南紀州

荒南風《あらはえ》のとき

祥賀谷　悠

第一部・灰色の雲

第二部・遥かな南紀州

第三部・嵐のとき

第四部・めぐり逢い

本の泉社

南紀州　荒南風のとき

〈もくじ〉

主な登場人物

萩原　良作……大正時代の萩原家の長男。腕のいい砥石工で政友会の党員。
谷口　さよ……漁師の娘で良作の妻となる。
萩原　洋……良作とさよの長男、戦争で満州に。シベリアに抑留。
萩原　耕治……洋の弟。中国に渡り匪賊に加わる。
山崎　武吉……砥石労働者で労働組合の闘士。治安維持法で逮捕。
山城　公……洋の終生の友で中国で八路軍に入る。
柊　しのぶ……柊家の次女。のちに洋の妻となる。
李　海云……中国人で東京大学に留学し、戦時中に洋と出逢う。
ジュヌヴィエーヴ……パリ女性で漢口のフランス租界で耕治と出逢い妻に。
萩原　洋子……洋としのぶの次女立命館大生、この物語の中心人物。
萩原　節乃……洋子の姉。
萩原　和一……洋子の兄。
敏美ちゃん……洋子の幼なじみ
北　均……洋子の初恋の人。
萩原　良介……洋子の兄で京都大学で共産党入党。
張　浩宇……洋子に恋をする留学医学生で李海云の息子。
黒沢　拓……戦場カメラマンで洋子の恋人。

南紀州

荒南風《あらはえ》のとき

第一部・灰色の雲

（一）

まだ夜が明けていなかった。南紀州の山々は古くから三千六百峰と呼ばれてきたが、その山々や各地に散在する村々を激しい春の風雨が襲っていた。

一九一二（大正一）年のある晩春の夜明け、流域の山々や谷々の水を集めて富田川の濁流が勢いをまし、重いうなり声をあげて紀伊水道へと流れ込んでいた。

西富田は人口千七百人余りの半農半漁の小さな村である。村の南端は黒潮が押し寄せる紀伊水道に面し、年間を通して温暖な気候に恵まれた土地である。村の東にはなだらかな山を隔てて、水量豊富な富田川が平野の真んなかを流れている。この富田川の河口流域にはいくつかの半農半漁の村がある。水田を囲むように小高い山があり、麦の穂や稲の穂の季節には絵のような景色が広がる。この物語は西富田村で農民として暮らす萩原家の人たちの物語である。

暴風雨が庭の柿の木を大きく揺らし、激しく鳴っていた。萩原家は西富田村のなかほど、山が両側に迫り、それに挟まれるようにしてあった。良作は両親が住む本家とは中庭を隔てた別棟で寝起きしていた。裏手には雑木林の山が迫り、その山を越えると富田川であった。

「良作よお、ちょっと起きいよ」

親父の大きな声が雨戸越しに聞こえる。

「なんなよ、こあな早うに」

まどろみを破られて、良作は不機嫌な声をあげた。雨戸の外はまだ薄暗い。

「えらい大雨や。庭も池みたいやし牛小屋も浸《つ》かったあるし、このままやったら床下まで来そうや。ちょっと起きて手伝えや」

「分かった。じき行くわ」

そう言って、良作は寝床から起き上がった。戸を開けて裏庭に出ると足首まで水に浸かった。裏の谷と山からの水が庭一面に流れ込んできている。

「えらい水やなあ」

良作は言いながら舌打ちをし本家に入った。二人の弟たちも起きていた。

「兄《にい》、お父ちゃんは牛小屋や。早よう来てとお」

「おまいら、家のなかに水が入ってこんようにしとけよ。この雨やったらまだ谷から水出てくるさかな」

そう言いながら、良作は表の広い庭に出た。一面が水で、まるで池のようだ。山からの水が流れ込んでいるんだろう、牛小屋から流れ出た藁やその辺りの板切れなどが水に浮いている。

「良作、わしは裏の水をせき止めるさか、お前は表のほうを止めてくれ」

親父の声が牛小屋の裏手から飛んできた。二頭の牛が不安げに大きな目で良作を見ている。

「心配すんな。こいから水止めたるさか」

牛小屋のなかに入り、良作はそう言いながら彼らの背中を軽く叩いた。辺りは少し明るくなってはきたが、雨が止みそうな気配はない。裏山からの水がゴウーという独特の音を出しながら絶え間なく流れ込んできていたが、父親が牛小屋の裏口に板をはめ込み水を止めたため、流れ込む水の量は少なくなった。

豪雨は昼過ぎまで続いた。本家は床下まで浸水したが、それ以上の浸水にはならなかった。祖母、母、それに弟たちは、床下に保存しているサツマ芋を取り出して座敷に上げるのがやっとだった。そんな格闘のあとで一家は遅い食事をとった。萩原家は祖母くに、父の為助と母きく、長男の良作、次男の小二郎、長女の律、その下に道造と末吉という男の子がいた。

「もうちょっと屋敷が高かったら、あのくらいの水で浸《つ》かることないのになあ」

小二郎がそう言った。

「あが家《え》はまだええほうや。昔の大雨のときには富田川が暴れて、北富田や東富田では家ごとごっそり流されて何百人も死んだこともあったんや」

と、祖母のくにが言った。

「ごついなあ、何百人も死んだんかあ。そやけど、あが家がここまで浸かったんやさか、北富田や東富田はもっと被害が出たあるんと違うか」

良作はそう言いながら親父のほうを見た。

「そうやなあ……、川が氾濫してなかったらええんやけどなあ」

この集中豪雨は、良作の心配した通り大きな被害を河口周辺の人々にもたらした。高潮と重なって十数戸の家が流れたし、橋がいくつも流された。農作物にも大きな被害が出た。萩原家は河口からは遠く、富田川とは山を隔てていたので床下に浸水した程度で済んだ。

為助は律儀で、村では働き者として有名だった。誰よりも先に田畑に出て、誰よりも遅く家に帰った。そういう父親の気性を受け継いだのか、萩原家の子どもたちはよく働く百姓として成長していった。

尋常小学校を終えた良作は農作業に精を出し、一家の跡取りとして成長していた。為助は農閑期になると車夫として働いて現金収入を得ていた。萩原の家は地主だったが、現金収入はこうした仕事のほうが得やすかったのだ。普通の荷車よりは少し大きめの荷車で、それを牛に曳かせて砥石であったり、材木であったりを近隣の村々に運ぶのであった。為助は体も大きく、気さくな人柄だったので村人から重宝がられていた。

四十歳を過ぎた辺りからよく腹が下って痛むと訴えていたが、それでも根っからの働き者で無理をして野良に出ることが多かった。

ある年の冬の初め、為助は荷車に砥石を積み込んで、富田川の上流にある岩田村に向かっていた。荷車が大池の横の道にさしかかったとき、いきなり横の山から狸が走り出てきた。それに驚いた牛が横に体をかわした、そのときであった。重い荷車が池にすべり、横に立っていた為助もろとも転落したのだ。為助は砥石の下敷きになりながらも必死で池から這い上がってきたが、胸と腹を強打していて、そこに倒れ込んだまま動けなくなった。しばらくして、通りすがりの人に見つけられ病院に運ばれたが、その日の晩に息絶えた。四十四歳の誕生日を目前にしての事故死だった。

良作は二十歳になり、母親のきくを支え、一町歩余りの田と五反ほどの畑を耕し、為助亡きあとの萩原家を仕切る立場に立たされた。小二郎も十八歳になりもう一人前の男に成長していた。小二郎は背丈こそ良作と変らなかったが、長ずるに従い筋肉質の体になり、鋭い眼差しで強い意思を持っていることをうかがわせた。

「兄《にい》、うらなあ、大阪へ出てみたい」

ある日、小二郎が畦道で一服しながら言った。

「大阪？」

「うん、わしは跡取りと違うし、どっちみち家を出ていかなあかん。そいやったら早い方がええと思うんや。兄《にい》に嫁はんが来てからて思たったけど、それ待ってたらいつになるか分からんしなあ」

「大阪て、行ってなにすんなよ」

「なにって、別にこれって決めてるわけやないんやけど、なんかやって一旗あげてみたい。親父ももうおらんし、文句も言われへん。道造もだいぶ大きなってきて野良仕事もできるやろ。末吉もじきに一人前になるし。そやさか、わしが家出ても気遣いないやろ」

小二郎はそう言った。弟がそんなことを考えていたとは良作には思いも及ばないことだった。

「家はわしが継ぐんやし、お前はどっちにせえ分家せなあかん身や、好きにしたらええと思うけどな。そやけど、大阪で身を立てるっていうてもそあに簡単やないやろ。前に天王寺のおいやんがいつでも出てこいよて言やったけどなあ。まあ、失敗したらいつでも戻ってきたらええけどな」

「……」

「で、いつ頃行くつもりなよ」

と、良作が訊いた。

「年明けたら、出ていこかなあて思たあるんや。とりあえず天王寺のおいやんとこへ行ったら、なっとかなるて思うんや」

小二郎が答えた。

翌年の一九一五（大正四）年の一月。小二郎が家を出て、家族は六人になった。この頃、第一次世界大戦の好景気で、輸出の花形になっていた生糸をつくる養蚕《ようさん》がこの地方でも広がった。多くの畑が桑畑となり、現金収入の少なかった農家は養蚕に期待をかけた。しかし、輸出に頼る経済は変動が激しく、生糸の価格も安定したものではなく収入はきわめて不安定で、養蚕も長くは続かなかった。

「良作よお、そろそろ嫁さんをもらうかあ？」

昼食が終わって、山の畑に登ろうとする良作を母親が呼び止めた。

「嫁さんてか……、わしまだ二十一やで」

親父が死に、小二郎が大阪に出てから、良作の肩に農作業の多くがかかってきていた。嫁でももらおうかと考えないわけではなかったが、所帯をもつことにそれほど真剣になれなかった。良作は頑丈な体を持っており、近頃では村の二、三人の仲間とよからぬ夜の遊びも経験していた。相手は夫を病気で亡くし、三つほどの女の子を連れ実家に戻り、母親と暮らしていた三十代半ばの後家さんだった。良作たちは、最初の三回ほどは一緒に遊びに行ってお茶を飲んだりして帰ってくるだけだったが、そのうちに良作一人で訪ねるようになり、やがてねんごろになってしまったのだった。

「まあ、早いとは思うけど早すぎることもないやろ。お父ちゃんが死んでから、人手が足らんでえらいやろさか、良やんに早よう嫁もろたれよて言うてくれる人があるんや。谷口の林蔵さんとこのさよちゃんやけどな、どうかなあって……」

谷口のさよちゃんというのは良作より三つ下で、四キロほど離れた海辺に住んでいる。働き者の娘だといつか聞いたことがあった。二年ほど前の秋、小二郎と、道造とを連れて釣りに行ったときに出会ったことがあった。

「さよちゃんて、よう働く娘らしいのお。舟をこぐの見たことあるけど上手いもんやった」

良作は、背がすうっと伸びて、姿よく舟の櫓をこいでいたさよを思い出した。

「そうらしいわ。あそこは女ばっかり四人で、さよちゃんは一番上やし早よう嫁に行かせたいらしいわ」

母親は嬉しそうに言った。

「まあちょっと考えさいてくれよ」

良作はそう言って、家を出て畑に登った。あの娘ならいい嫁になると思った。とにかく、丈夫で働き者でないと萩原家ではやっていけない。猫の手も借りたいほど野良仕事の量が増えていた。

農繁期が過ぎると、良作は村の多くの男たちと同様に、現金収入を得るために砥石工として石山で働いた。世話をやいてくれる親戚の仲立ちで良作はさよと何度か会った。器量もまあまあだし、大人しそうだったが芯のしっかりしたところがある娘だと思った。

晩秋のある日、良作は四キロほど離れた海辺のさよの実家に遊びに行った。さよの実家に行くには狭い山道をぬって、山ひとつ越えねばならなかった。さよの家の前には小さな砂浜が広がり、砂浜の前には周囲二百メートルもない小島があり、潮が満ちると歩いては渡れない。

良作とさよは釣竿を持って外海に突き出た岩場まで行った。イガミがよく釣れて、時間の過ぎるのを忘れて釣り糸をたれていた。

「こいだけ釣ったら、半分ずつしても二、三日のおかずになるなあ」

と良作が言った。

「うちは二匹ほどあったらええんや。女ばっかりやし、そいでほしかったらいつでも釣れるもん。良作さんとこは男の人多いんやさか、残り全部持ってってたらええわ」

「そうかあ、悪いなあ」

「ちっとも、魚らいつでも食べてるもん、ちっとも珍しいことないわ」

さよの家は典型的な半農半漁の暮らしだったが、子どもが女ばっかりなので、みんなよく親の仕事を手伝う働き者だった。

「えらいこっちゃ、潮がきてて渡れんわだ」

良作が大きな声をあげて、後ろからついてくるさよを振り返った。

「あはは、ほんまやわ。遅かったなあ」

さよは、こんなことは小さい頃から何度となく経験していることで、大したことでもなさそうだった。

「どうすりゃよお」

良作は思案顔でさよに言った。

「うん、だいそ、野良から戻ってきたら、どうせこっちを見るやろから、ほいたら渡り遅れたの分かるわ」

大きな声で呼べば、小島に二人がいるのが分かるからとさよは事もなげに言った。

「大丈夫やで、妹かお母ちゃんか、舟で来てくれるさか。そいまでここで待っててよら」

さよはそう言って、平らな岩場に腰を降ろした。良作は言われるままにさよと並んで岩場に座った。対岸に、とはいっても百メートルほどの距離だが、見えるのは、さよの実家とその少し先に別の家があるだけの、わずか二軒だけの集落だ。足もとで揺れる海水に浸けた竹籠のなかで、釣ったイガミが八匹とも元気だった。

「なあさよちゃん、いま釣り上げたばっかりやさか、こい刺身にして食べてもうまいかなあ」

良作はいままでイガミの刺身は食べたことがないのだった。

「いっぺん食べてみるかあ。ほいたら美味しいかどうか分かるでえ」

「ええっ、ていうことはあんまりうまないってことやな」

「人によるやろうけどなあ、うちは煮たイガミが最高に好きやわ」

「たしかになあ、煮たのはうまいもんなあ。うちの連中はみなイガミ大好物やで」

「そあに好きなん。ほいたら、こいみな持って帰ったらええわ。八つあるさか一匹ずつ食べられるわだ」

「そらあかんわ、さよちゃんとこの分ないわだ」

「ほんまにええんやて。イガミがなかっても家にはサバもアジもあるさか、大丈夫」

そんなことを二人で話しているうちに、対岸の家の前でさよのすぐ下の妹が手を振っていた。さよは声は上げずに、手で舟でここまで来てと妹に指示した。

妹はあっという間に舟を漕いでやってきた。

「みよちゃん、ごめんよ」

良作はそう言った。

「ううん、二人楽しそうやったさか、邪魔せんと放っとこうかて思うてんけどよお」

「あほ」

と、さよが妹に言った。

それから一年ほどのちにさよを嫁に迎えた。さよは海辺に育ったせいか丈夫な体軀を持っており、働くことをいとわなかった。その働きぶりが村中の評判になるのにさほど時間はかからなかった。

「さよ、そあに気合い入れてやらんでもええんやぞ」

良作はさよにしばしばそう声をかけたが、本人は取り合わなかった。

「舟の上から網引くこと思うたら、足元動かんさか楽や」

さよはいつもそんなことを言って笑った。

さよが嫁に来た年の夏、全国で米の値が急騰し、それが近郷近在の村々にも及んできた。シベリアへの出兵を当て込んだ米商人たちが、米を買い占め、売り惜しみをしたためだとかいう噂が広がった。西富田村でも一升十五銭だったものが六十銭にもはね上がった。田辺町辺りでは米屋が襲われたとかいう話が村にも伝わってきたが、この村ではそこまでの騒動には発展しなかった。さよの実家は漁業が主だったため、良作は麦と米を持っていって助けたりした。

さよは良作との間で五人の子どもを産んだが、この時代の農家の嫁の例にもれず産後の休みなどほとんど取らずに働いた。三番目の子は大流行した流行性感冒にかかり死んだが、四人が成長した。

その間に、良作の弟たちも嫁をとりそれぞれ家を出て分家した。妹の律も奉公に出ていた田辺町の酒造元に嫁いだ。祖母のくには律の嫁入りのあと、急な病で他界した。

（二）

良作は三十代半ばになろうとしていた。

田んぼでは米と麦との二毛作を、畑では茶、芋、夏みかん、梅などをつくった。その野良仕事の合間を見て、良作は砥石工の仕事をして現金収入を得た。

母親のきくは生来の元気者だったが、それでも老いには勝てず野良仕事も若い頃のようにはできなくなっていた。さよがその代わりを引き受けた。朝は四時をまわれば起き出し、茶がゆを炊き、草刈りに出て、牛の世話をして、それからやっと食事だった。そのあともすぐに野良に出て、それこそ日が暮れるまで働いた。

さよは少しでも後ろ指をさされるのを嫌う勝気な性格の持ち主だった。この母親に育てられて、子どもたちもよく仕事を手伝った。

良作の長男は尋常高等小学校を終えて十五歳になっていた。名は洋といった。洋は良作の血を受け継ぎ穏やかな性格で、誰からも愛される少年として育っていた。背丈もそこそこあり、なにより母親ゆずりのがっしりとして丈夫な体軀を持っていた。親父ゆずりの整った顔立ちに長い眉が凛々しい少年だった。無口で笑顔も少ないほうだったが、それだけに笑えばなんともいえず愛嬌があり、村の娘たちのなかで洋はしばしば話題に上っていた。

「お父《とう》よお、わしも石山に行ったらあかんやろか……」

ある日、夕食をとりながら洋が良作に尋ねた。

「石山に？　まあ、早すぎるちゅうこともないけどなあ」

「一人でやるんだったら無理やけどなあ、お父のするのを手伝うんだったらええやろ。公ちゃんも去年から行きやるしなあ、わしも見習いからやってみよかなあて思うんやけどなあ」

「山城の公ちゃんはおまいより一つ上かなあ」

「そうや。わしかてもう十五や。わしが手伝いをしたらお父の仕事もはかどってええん違うか？」

「そらまあそうや。そやけど、なんでそあなこと考えたんや」

「なんでて、ここんとこ米の出来も悪いし、石山の仕事でもちょっと覚えようかなあと思うたんや」

良作は息子がそんなことを考えていたとはなあという顔をした。

「こいつらはまだ小さいし、お父とお母《かあ》だけではえらいやろ。お婆ちゃんももう歳やしなあ」

洋が弟たちを見て言った。

富田地方で産出する石が建築用や土木工事用として近隣の各地で使われはじめたのは江戸時代のなか頃からで、それから四国や中国、九州まで販路が伸びていった。富田川河口の東西南北の村々にはいたるところでこの石が産出し、石質が少し柔らかいために庭石などには不向きだったが、墓石としては古くから重宝がられてきた。また、明治になってから鎌や包丁などの切れをよくするために富田砥石がいいとの評判が知られるにつれ、関西一円に富田砥石の販路が広がっていった。


洋が採石場に出るようになったある朝のことだった。

彼は街道を行かず、石山に向かって山沿いに田んぼのあぜ道を歩いていた。腰の高さほどに育った麦の穂が朝露に濡れている。百メートルほど先の家並みからは朝げの煙が立ち上っている。ふと見ると、一人の娘が家から出て、洋が進んでいる同じあぜ道をこっちに向かって歩いてくる。

「しのぶちゃんやなあ……」

洋はそうつぶやきながら足を進めた。相手の娘もさっきから洋に気づいているらしく、少しはにかむように笑っている。徐々に二人の間隔が狭くなってくる。

「こあに早うにどこ行くんなよ、しのぶちゃん」

微笑んでいるしのぶの頬が朝の冷気に触れ、少し赤く染まっている。

「ちょっと一家《いっけ》へ届けもんやよ。洋くんかて、朝早いんやなあ」

そう言いながら、しのぶは風呂敷包みをお腹の辺りでかかえた。

「今日は特別や。発破かける日やし、そいにわしはまだ見習いやさかなあ、早う行かなあかん」

しのぶはゆっくりうなずき、風呂敷包みを持ちかえ、すっかり色づいた麦の穂を手のひらで撫でた。洋は穂をはじく彼女の白く細い指先を見つめた。

「洋くんは奉公には行かんの？」

少しうつむきかげんになっていたしのぶが真剣な表情で尋ねた。切れ長の眉の美しさに洋ははっとした。それがこの娘の横顔に大人びた感じを与えている。

「ああ、行かん。長男やし、百姓せんとあかんさかな」

洋は視線をしのぶからそらし答えた。

「そうやなあ、洋くん総領やもんなあ……」

そう言って、しのぶは黙った。

「うちな、大阪へ行くことになったんや」

そう言って、しのぶは少し声を落とした。

「姉《ねえ》ちゃんも行ったあるし。一緒の店に行くんや……」

「ええなあ、大阪へ出ていけて」

洋がそう言うと、しのぶは首を横に振った。

「行きとうないんや、うちは。家にいたいんやけど、お父ちゃんがな、奉公に出て行儀を覚えてこいて言うんや。……ほんまは口減らしやけどな」

「……」

口減らしというしのぶの言葉に、洋は返答をためらった。

「そやけど、二年か三年で帰ってくるつもりやけど……」

そう言ったしのぶの視線は洋に注がれている。

「そうかあ、二、三年で帰ってくるんか」

洋の声はどことなく明るかった。

しのぶは少し笑顔になり、風呂敷包みをかかえなおした。

「なあ洋くん……」

そう言ってしのぶは口ごもった。

「うん……」

「洋くん、うちが奉公に出るまでにまた逢えるやろか。話したいこともあるし……」

「そら逢えるやろ。わしは毎日ここ通ってるんやし」

「そうやけど……」

しのぶはまた口ごもった。

洋はしのぶの顔を見ながら、次の言葉を待った。

「……」

風呂敷包みをかかえたままで、しのぶはふうっと大きく息をしただけだった。早朝の冷たい風が辺りをかすめ麦の穂を揺らした。空も雲も高い。

「……わし、もう行くわ」

しのぶは黙ったままじっと洋を見つめてからうなずき、少し微笑んだ。

洋はなぜか息苦しかった。しのぶは尋常小学校の頃から、はしゃぎまわる娘たちのなかにはいなかった。どちらかというともの静かで目立たなかった。一つ歳上ということもあって洋はあまり口をきいたこともなかった。しかし、今朝のしのぶの印象はまるで違っていた。何ヶ月ぶりに出逢ったしのぶは一つしか違わないのに妙に大人びて見えたのだった。


麦の穫り入れがはじまった。村中のそこここの田んぼで刈り取ったばかりの麦の穂を広げ、乾燥させている。乾燥すればそれを束ねて納屋に運ぶのである。それから麦扱《むぎこき》にかけて穂だけを落とし、それを家々の庭にむしろを敷き、竿で穂を打って脱穀して、採り入れが終了するのである。

しかし、農作業はこれからが大変だった。麦の採り入れが終わると同時に田植えの準備がやってくる。一年で一番忙しく過酷な労働の日々が続く。

萩原家の農地は良作の弟たちが分家するときに分け与え、自作地は水田が一町歩、畑が五反に減っていた。それ以外に、広い小作地を持っていた。農作業は、良作とさよ、洋、すぐ下の十二歳になる弟の耕治が中心であった。

この地方の田植えが「短冊苗代《たんざくなわしろ》」と「正条植え」に変わって十年余りが過ぎていた。それまでの苗代は畝に種《たね》籾《もみ》をバラまくという方法であったが、「短冊苗代」は約九十センチほどの幅で、両側から手が届き、稲の大敵だった二化螟虫《にかめいちゅう》を苗代で駆除できるという画期的なものであった。

田植えも、それまでは大勢の男女が水田に入り思い思いに苗を植えるという「見込み植え」だったが、田んぼの両端から一定間隔に印をつけた綱を引っぱり、その印にそって植える「正条植え」に変わってから除草作業も一気に早くなった。田の草取りには数年前から手押しの除草車が使われるようになってはいたものの、それでも仕上げは田んぼのなかで腰を落として這いまわるという苦しい労働が不可欠であった。尋常高等小学校には農繁期の休みがあった。耕治も貴重な労働力で朝から晩まで働いた。牛は重要な労働力で、それに肥料の供給源にもなっていた。

一九二九（昭和四）年に成立した浜口内閣は官吏減俸令を出すなどの緊縮財政を打ち出した。これによって国中の労働者の賃下げが広がった。物価も下落し、この地方一帯の米価も暴落した。

田植えが終わって、村の男たちの多くが朝から石山に出るようになった。石山の仕事は出来高払い制で村の大きな産業であったが、このところ不況の波にさらされていた。

良作はみなが認める腕のいい砥石工であった。本人にも誰よりもいい砥石をつくっているという自負があった。

「石は生きもんや」

それが良作の口癖だった。石山は外から見るだけでは普通の雑木が生い茂っている山にすぎない。その山から石を取り出し、砥石工たちが砥石の製品をつくり上げるまでには時間がかかる。〝荷はね〟と呼ばれる男達がまず雑木を刈りあらけ、岩石の上に乗っている土を取り除いた。岩肌が見えてくると、こんどはノミをつかって岩に火薬を詰めるための細長い筒を掘るのである。筒ができれば、そこに火薬を入れて蓋をし、そこから導火線を引く。これが発破だ。

発破をかけて山から取り出された石には、必ずその石に個有の目があり、年輪があるといわれていたが、良作はそれを識別する術をいつの頃からか身につけていた。大きな石の塊のなかには稀に丸い石の玉があったりした。目や年輪を無視して石を割って砥石をつくっても、少しの衝撃で石が欠けたりしていい砥石にはならなかった。

砥石製品の主力は直径百八十センチ、厚さ二十センチの丸いものだった。山から取り出された角ばった石にノミをふるい続け、丸みつけ、やがて真ん丸い砥石に仕上げてゆくのである。良作はなんの変哲もない石の塊に生き物がもつ命のような不思議を感じていた。その石の命を生かしてこそいい砥石ができると信じていた。

最近、一部の若い砥石工たちが労働組合をつくろうと動いていたが、しっかり仕事をしていい砥石をつくればそれだけ俸給もあがるのに、あいつらは仕事もろくに覚えずアカの思想にかぶれているんだと、良作は考えていた。

労働組合をつくろうという急先鋒は、まだ若い山崎武吉だった。山崎のほかにも数人の青年たちが石山での待遇改善を求めていた。洋は父親から、石山に行ってもそういう連中とは付き合うなと忠告されていた。


初夏が近かった。

「しのぶちゃん、この頃大人びてきたなあ……」

石山からの帰り道、往来では人目があるからと、洋はしのぶの家の物置小屋の裏手にあった空き地に誘いながら言った。

「そうかなあ、洋くんかてもう立派な若い衆《し》やよ」

しのぶが微笑みながら言う。そう言われて洋も微笑んだ。

「耕ちゃんも田植え手伝いやったなあ」

「あいにも手伝うてもらわな、わしとこは人出が足らんさかな」

二人は草むらに並んで腰をおろしていた。

「米の値が下がってかなわんて親父が言やったけど、なっとうなるんかなあ…」

「そいでも洋くんとこはええわだ。うちは小作やさか、半分以上は地主さんとこへ持っていくんやもん。せめて半分だけでも残ったらて、お父ちゃんがいっつも言うてるわ」

「……」

洋はどう答えていいか分からなかった。百姓は百姓でも、自分の家は自作だが、しのぶの家は小作だ。

夕闇が迫っていた。風がやみ、すぐそばのしのぶの体から汗にまじった若い女の匂いが漂っている。

「洋さんとこは村でもいちばん古い家柄やろ、お父ちゃんが言やったで。そやさかちょっとくらい米の値が下がっても、あそこの家は気遣いないやろて。そやさか、うちみたいに口減らしに奉公に出されることもないん違うん」

「そあなことないて。家柄が古かっても貧乏には変わりないよ」

洋は反論した。

しのぶはそれ以上なにもいわず、うつむいていた。

「しのぶちゃん、前に話があるて言うてたろ。なんなよ」

洋は気になっていたことを尋ねた。

「うん……」

洋は戸惑った。しのぶは答えない。うつむいたままである。とにしか、しのぶは答えない。うつむいたままである。

洋は戸惑った。若い女と二人っきりで話すの初めてではなかったが、こんなに静かな雰囲気で打ちとけて話しをするのは初めての経験だった。

「なっとうしたんなよ」

しのぶの顔を覗き込むように、洋は言った。

「洋さん、洋さんは女の人を好きになったことあるん」

「ええっ……」

唐突な問いだった。

「女の人、好きになったことあるん」

しのぶは再び聞いた。

「ううん……、ないことはないけどよお」

洋は、もう大阪へ奉公に行ってしまった同級生の女の子のことを思い出しながらそう答えた。

「なぜえ、そあなこと聞くんなよ」

「……」

「……ああ、言いにくいんやったらええけどな」

もう薄暗くなりかけていた。

「しのぶちゃん、ええんか、もうじき暗らなるで」

そう洋がいい終わるか終わらないかのときだった。突然、しのぶの熱い頬が洋の横顔に当てられた。右の腕にはしのぶの胸の柔らかな弾力を感じた。一瞬ののち、しのぶはなにも言わずに洋のそばから走り去った。細くて白いしのぶの足首が艶《なま》めかしかくて、洋は体の芯から起きてきた衝動を感じていた。


その夜、石山で働いている西田三四郎が萩原家を訪れた。良作とは同い年だ。

「……なあ良やん、お前どあに思う」

「ううん……」

良作はあいまいな返事をした。

「うらはな、あいらの言うこともっともやと思うんや。たった一つの村の産業やろ、砥石は。良やんとこと違うて、うらみたいな小作はほんまにえらいわ。とにかく現金収入がかいもくない。そやさかな、武吉ら若いもんの言うことも分からんでもないんや」

「ほいたら、三やんは労組《ろうぐみ》つくるのに賛成かよ」

良作は山崎武吉が何人かの若い者を誘って労組をつくろうとしている動きを快く思っていなかった。

「さあ、そこやて問題は。そこまでせんでもええと思うんやけど、うらは難しいことははっきり言うてよう分からんのや。そやさか良やんに相談に来たんや」

「石山の持ち主は水口さんやし、あがらはそこで働かせてもらいやる。そら、あがらが発破かけて、石を削ったり磨いたりしてちゃんとした砥石にせんかったら会社も水口さんも儲けにならん。そやけど、あがらは働かせてもろてる身やろ。山を持ってないんやから、あがらはなんにも文句はいえん立場やろ。そやさか、うらは思うんやけど、言いたいことあったら大勢で徒党を組んでやらんでも、水口さんと村長に穏やかにかけあったらええと思うんや」

「それができんさか武吉らも労組つくるて言うてるんやろけどな……」

「できんことないて。うらもなあ、だいぶ前にじかに水口さんに頼んだことあるんや。うらの砥石は、あがで言うのもおかしいけど、誰にも負けんだけの自信がある。水口さんがな、良やんの砥石はどこへ出しても天下一品やて言うさか、丁度なあ牛を買わなあかんときやったさか、ちょっとカネを貸いてもらえんかて頼んだんや。ほいたら気持ちよう貸いてくれたよ」

良作は、砥石工はまずいい砥石を製造することが第一だと考え、若い頃から腕を磨いてきた。いい品物をつくれば必ず親方の評判がよくなるし、そうなれば親方のほうも砥石工である自分の待遇をよくしてくれる。良作は単純にそう考えていた。

「そりゃ良やんやさかやて。良やんの砥石の腕はみな知ってるさかな。ここの石山で良やんにかなうもんはだあれもないわよ。水口さんかてそれはよう分かってるさか、良やんの頼みだったら聞いてくれるんや。良やんと組になったら得やて、こいはみな言うてる。そやけどな、武吉らみたいな若い連中はそうはいかんてよ。米の値は下がる一方やし、砥石の値も下がってきてる。三反や四反の小作だけでは嫁ももらえんし、子も育てられんわだ。

あいらの言う最低一日一円の賃金ていうのもな、わしは水口さんかて出せると思うんや。いままでたいがい儲けてるんやもん」

石山での砥石の製造はたいてい三、四人が組になっておこなわれた。一日働いていくらの賃金というのではなく、品物の出来高に応じてその組に渡され、それが等分された。腕のいい者も悪い者も、受け取る賃金は同じという仕組みだった。いわば連帯責任ということで、これは親方側の労働者を管理する知恵であった。熟練工が組に入れれば出来高もいいが、見習いばかりが組をくめば収入は少なかった。

「良やん、ただなあ、わしは武吉の後ろにおる連中が気にいらんのや。田辺の人間らしいけど、どうもアカらしいわ」

三四郎が暗い顔で言った。

「そうらしいのお、水口さんからちょっと聞いたけど……」

「わしは武吉らの言い分もよう分かる。分かるけど、アカはなあ……。そあなことになったら西富田村からアカが出たて言われるし、どもならんわだ。なあ良やん、そあに思わんか」

「そらそうや。そやさかな、この間も洋に言うたんや。あんまり武吉らと付き合うなて。わしは武吉ていう人間はええ人間やて思てた。真面目やし、目上のもんには礼儀正しいしな。そやけど、アカにかぶれてきたて聞いてビックリしたんや」

石山での砥石製造が本格化したのは明治に入ってからであった。山を所有している親方は五人ほどで、砥石工は百人を超えていた。良作や三四郎のように二十年も働いている者が五十数人、武吉のような若手が約四十人、あとはまだ二十歳にもならない洋のような見習いだった。賃金は半年に一回の清算で、一人前になっても、一日当たりにするとよくて五十銭くらいの収入しかなかった。

西富田村は堅田地区と才野地区の二つに分かれていた。どちらの村にも漁業があったが、主な産業といえば農業であり、多くの村の男たちが農作業の合間をぬって石山で働くという、いわば半農半労の村であった。女は家で藁《わら》をない、ムシロを打った。ムシロは一枚打って三十銭で、腕のいい者は日に三枚、四枚と打った。それを考えると、石山での男たちの賃金は低かった。

（三）

一九三一（昭和六）年。

風はまだ冷たかったが、冬の穏やかな陽射しがまわりの山々にふりそそいでいる。山崎武吉は午前十時までに田辺に着こうと十二キロの道のりを急いでいた。内の浦の海辺の小さな集落に出ると、潮の香が辺りに漂っていた。山の中腹にさしかかると田辺湾が陽の光に輝いている。右手にはなだらかな山の斜面に蜜柑の畑が広がっていた。

武吉は、もうやる以外にないなと腹を固めていた。昨夜の会議には二十三人の石山で働く仲間が集まった。三、四人から不安の声が出されたが、議論の結果、ストライキをやる以外にないと決まった。去年、解散させられた南紀州無産青年連盟の活動家で西富田村出身の南丈太郎も支援すると約束してくれた。

田辺は南紀州で最大の街だ。新庄の家並みを過ぎ市街地に入ると、道路の両脇には様々な商店が並んでいる。いくつかの路地を曲がって、武吉は古びた平屋の戸を開けた。

「山崎君が来たから、そろそろはじめようか」

南紀州無青連の中心メンバーの一人、磯部順一が言った。

「山崎君、じゃ、いまの状況を説明してくれんかなあ」

「分かりました。夕べ、二十三人が集まりました。あと二人あるんやけど、家の用事で来れなんだんです。わしのほうからストライキについて説明したんです」

「反対意見はなかったかあ」

磯部が訊いた。

「反対とは違うんやけど、不安の声が四人ほどから出ました。地主の水口は村長の丸山とつるんだあるし、もし、村長の一派が号令をかけて動き出したら、あがらの家族にも影響が出て、ストライキが潰されへんかとか、ほんまにうまいことといくんやろかとか、まあ、そういう意見が出ました」

五人が武吉に視線を向け、注意深く聞いている。

「山崎君はどあに思うんなよ」

磯部が訊いた。

「確かに山主の水口さんは村長の丸山一派と密接につながったある。当然、相談するやろうと思う。そやけど、かかげてる要求は賃下げ反対、一日最低一円を支給、出来高払い制廃止の三つで、これは石山で働いてるほとんどの者が願ってることとです。政府のやり方がどうのこうのという政治の難しい話は分かりにくかっても、みな子どもの学校の月謝もよう払わんような状況で困り果ててるんです。そやさか、絶対負けへんて説明したんです」

武吉の話しを聞きながら、小柄な磯部はキセルを出しタバコの葉に火をつけ一服吸い込んでから言った。

「山崎君の言うことはもっともだ。この不景気の根本は政府の悪政にある。しかし、二十五人の仲間のみながそこをしっかり分かってるわけじゃないやろ。ましてや、村のほとんどの人はそんなことは分かってない。そやけど、問題はな、わしはストライキを成功させる一番の問題は、村長や水口から村民の気持ちを離れさすことやと思うんや。丸山は実力のある村長やけど、私利私欲に走って蓄財してることはみなが知ったあるやろ。そやさか腹ではみな苦々しく思たある。丸山につながってる一部の自作農はともかく、石山で働いてるほとんどの小作はこんどの三つの要求の実現をほんまに願ってると思う。ストライキによう参加せんでも気持ちでは応援すると思う。そやさか、このたたかいで村長と村人の間にくさびを打ち込んで村長一派を孤立させる、これがうまくいけば勝てると思う」

武吉は磯部の話を聞き漏らすまいと、神経を集中させて聞いた。武吉と磯部の年齢にはそう差がなかった。しかし、治安維持法による弾圧が激しくなるなかで、南紀州無産青年連盟の活動家として各地の労働争議を経験してきた磯部の言葉には重みがあると武吉は思った。

磯部は続けて言った。

「それからなあ、村の世論を味方につける上で考えなあかんのは女の人や。砥石工はみな男やけど、家のことは嫁はんが切り盛りしやるやろ。子どもの学校の月謝のこともそうやし、切り盛りは嫁はんや。この不景気に一日一円の最低賃金ていうのは切実や。これが実現したら、嫁はんにしてみたらほんまにありがたい話や。そこを考えて、嫁はんらも味方につくような戦術を考えたほうがええ」

独身の武吉には、磯部のその話はちょっと思い及ばないことだった。しかし、磯部だって独身だ。武吉はいまさらのように感心しながら聞いた。

　細部にわたってのストライキの段取りが相談され、会議は三時間近くに及んだ。武吉は磯部たちと別れ、商店で幾つかの買物をし、それからまた十二キロの道のりを帰った。


　洋は沈んでいた。山城の公との仲が気まずくなったからだ。石山に出るようになって、洋はこの若い仕事仲間の公から様々なことを教わり、先輩というより気の合う友だちになっていた。その公からストライキに参加しようという話があった。

「なあ、おんなじ仕事しやるのに去年と比べたら工賃がえらい下がったあるやろ。下がり方が大きすぎや。世の中が不景気やさかて親方は言うんやけど、いくら不景気でもあがらみたいな働く人間があるさかな、ここの堅田の石山もやっていけるんやろ。あがらが仕事せんようになったら、石山らじきに閉めんならんようになる。そいになあ、いままで親方らは儲けたあるやろ。ちょっとぐらい工賃上げても気遣いないいて」

　と言う公の話は、洋にとってはこれまで考えもしなかったようなことだった。公の言うことももっともなように聞こえる。石山を持っている水口は村でも指折りの金持ちである。洋はそれを不思議にも思っていなかった。砥石工が製造した砥石を売って儲けているとしても、山を持っているのは水口であり、水口の意向には逆らえない。それを当然と思ってきた。しかし、公の話は違った。

「このままだったら、工賃は下がる一方と違うか。山崎の武きっちゃんの話では、なんとかいう……、不景気のもっとごっつい不景気になってるらしいわ。物の値段がなにもかも下がってるんやて。そやさか、あがらの工賃もひょっとしたらもっと下げられるかも知れんらしいわ。そあになったら、石山の稼ぎだけが頼りやのになっとうなるんなよ。うらはなあ、武きっちゃんらの言うことが正しいて思うんや。うらとこは田んぼていうても猫の額ほどしかないし、そいもみな小作や。石山の稼ぎが減ったらやっていけんのや」

　そう言う公の目は真剣だ。

「わしは……、難しい話はよう分からんけどな、前から親父に、水口さんに楯突くようなことはするなて言われてるんや。水口さんには世話になったあるし、困ったときには力になってくれる人やて。そやさか、その話には悪いけど乗れんわ」

洋はそう言って、誘いを断わったのだった。

その夜、夕食をとりながら洋は親父に話しかけた。

「公ちゃんがストライキの組に入らんかて言うんや」

「なんてえよお、山城の公もかよ。そいは絶対あかんぞ」

良作は即座に返答した。そして強く言った。

「うらはなあ、いま武吉が引っ張って二十人ほどが動きやるの知ったあるけどな、武吉はもうアカにかぶれたある。あいは武吉一人の知恵と違う。裏で田辺のアカの連中が糸を引いてるて水口さんが言うてた。そあなとこに行ってみい、手が後ろにまわることになる。ええか、公にもちゃんと言うたれ。あそこは親父が死んでおらんのに、そあなことになってみい、あとのこと、母親だけでどあにもこあにもならんわだ。へたなことするなて、公によう言うといたれよ」

山崎武吉ら若者を中心に総勢二十五人が三項目の要求をかかげてストライキに入ったのは、二月に入って間もないある日のことだった。「賃下げ反対、出来高払い賃金反対、最低賃金一日一円支給」が要求だった。西富田村の砥石工がストライキに突入したという報せは近郷近在の村々にまたたく間に伝わった。報せを聞いた隣の才野の砥石工がやってきた。田辺の釦労働者や日置川の木材労働者の活動家なども支援にかけつけてきた。ストライキに入った山崎たちにとってなにより心強かったのは、多くの村人が武吉たちが集まっている集会小屋にこっそりとやってきては、「ようやってくれたのお」とか「参加せんで悪いけど、頑張れよ」とか声をかけてくれることだった。

支援にきている磯部順一が武吉に言った。

「山崎君、これは面白いぞ。水口はひょっとすると三項目とも呑むかも知れんなあ。わしは賃下げ反対は絶対に呑むやろうけど、あとの二つはどうか自信がなかったけど、村の人たちのこの雲行きでは、水口も考えるやろ。村を敵にまわすらて、水口はようせんて。このストライキは勝てるかも分からんぞ」

「こいだけ村の人らが応援してくれるんやさか、わしも心強いわ」

武吉が応えた。

砥石工組合の代表三人が水口と対面した。

「水口さん、ストライキはしとうなかったけど、わしらとしても暮らしがかかってるさか。要求は三つです。ストライキには二十五人が入ったけど、参加してないけども賛成の者が大勢あるさか、この要求は砥石工全体の願いやと考えてもらいたいんですわ」

武吉はいつもの抑揚のない口調で言った。

「山崎君、話は分かった。そやけど、おまはん、いつからアカになったんな」

「アカ？　言うときますが親方、わしはアカと違います。わしだけやない、ストライキに入った二十五人の仲間はみなアカやない。労働者としての権利です、ストライキは」

武吉は反論した。

「それがアカの言い分やて言うんや。なんか言うたら労働者、労働者て言うてな。労働者って言うんなら、わしかて石山で砥石もつくるし、おまはんらと同じように働いてるやないか」

威厳を保とうとしているのだろう口調は穏やかだったが、水口が高ぶっているのは武吉にも分かった。水口はキセルに火をつけた。

「水口さん、わしらがアカかどうかを話しに来たんと違うんです。要求を説明しに来たんです。そいから、水口さんは親方です。たまにわしらと同じ仕事をしても、立場がまったく違うんです。水口さんは雇い主で、わしらはそこで働きやる。そこを区別してもらわなあきません」

「まあ、そりゃそうやけどな。そやけどな山崎君、世の中こいだけ不景気や。わしかて賃金は上げたりたいけど、なんせ製品が安く叩かれるやろ。なかなか前みたいに儲けが出らんのや。あんたらもそこの事情をもうちょっと分かってくれなあかんのと違うんかいな」

「あんたら、田辺の南紀州無青連の連中と相談してるんやろ。南の丈太郎みたいなもんと付き合ったらえらい目に遭うで」

水口の横にいた経理の男が口をはさんだ。

「いまの話、しかと南さんに伝えときます。わしらが誰と付き合おうと、この話と関係ないことです。それに、無青連は解散してもうありません」

と、武吉の仲間の一人が経理の男に向かって言った。

「前みたいに売り上げが伸びてないのは分かってます。そやけど水口さん、前みたいに売り上げがあったときには儲けてる筈や。その儲けは、言うてみたら砥石工の働いた分で儲けたもんです。村ではいま、子どもの学校の月謝にも事欠くような家があちこちにある。水口さんも知らん筈ないやろうと思います。わしらも早ようストライキを中止して仕事に戻りたいんです。ええ回答をしてもらえるようにお願いしますわ」

武吉はそう言って、二人を誘って席を立った。

磯部の指摘通り、ストライキは四日で終わった。水口が三項目の要求を受け入れたのだ。武吉たち二十五人の全面的な勝利だった。小雨が降っていたが、武吉たちの集会小屋は五十人ほどにふくれあがっていた。支援の労働者が次々にやってきては帰らないのだった。

石山で現金収入を得ている多くの村人はストライキの勝利を喜んだ。不景気の嵐が日ごとに強くなっていたもとで、一日最低一円の賃金はありがたかった。こうした機運にのって、武吉たちは富田砥石工組合を結成した。

しかし、この労働組合の結成は新たな難問を生み出すことになった。

数日後、ストライキに反対していた良作たちは、丸山村長の呼びかけで村長宅に集まっていた。村長の屋敷は湾を望む少し小高いところにあり、三百坪ほどの敷地のうち半分は庭になっており枝ぶりのいい楠の木が植わっている。二階建ての本宅のそばには別棟が建てられており、そこの二つの八畳間の真んなかを開け放して十数人が車座に座っていた。

丸山作之助は少し肥えた男で、浅黒い肌と大きな目が印象的だった。若い頃からこの地方の保守的な青年たちを束ねており、目立った存在だった。代々続く地主で、どこへ行っても横柄にふるまう癖があり、村人からはいい印象を持たれてはいなかった。しかし、丸山家から分家した一族の者たちのなかには評判のいい者もあり、こうした人たちが支えて村長にのし上がったのである。

丸山の隣に座っていた水口が話を切り出した。

「みんな、よう集まってくれました。早速やけど、今日集まってもらったのは他でもないんやけど、ストライキのことや。わしと村長さんと相談して、いっぺんみなに相談しようということになったんや。こんどの件は、西富田村にとってもえらいことや。いままで、こあなもめごとは一回もなかった。石山は、隣の才野の石山もそやけど村のたった一つの産業や。みな、石山があるさか収入が得られて暮らしもやってゆける。石山の持ち主と砥石工とは、わしは持ちつ持たれつの関係やと思う。持ちつ持たれつやけども、わしや丸山さんはそうは言うても山を持ってるさか、経営者みたいなもんや。そやさか、いままでもみなから相談を受けたらできるだけ乗ってきたつもりなんや。しかし、今回ははっきり言うてアカの連中が武吉らをたきつけてストライキをやらしたんや。二十五人もいっぺんに仕事休まれたら、月末までに大阪へ砥石を納められん。仕方ないさか渋々要求を呑んだけど、またああなことされたら、こんどはストライキに出てないみなにも迷惑がかかることになると思う。こいからどうやって言ったらええか、いっぺん思たあること聞かいてくれへんかなあ……」

水口の話をみなが真剣に聞いていたが、聞き終えても誰もすぐには声を上げなかった。

「そがに遠慮せんと、思たあること言うてみてくれんかなあ……、良やん、どうな。なんぞ言うてくれよ」

水口が良作に発言を促した。

「そやなあ、うらは難しいことは分からんのやけど、こんどのことはアカが後ろで糸を引いてるていうことやけど、恐ろしい話やなあ。水口さん、そあな奴ら、警察で取り締まれんのかいなあ。このまま放っておいたら、あいつらのことやなにするか分からんのと違うんかなあ」

良作のこの話に西田三四郎が続いた。

「わしも良やんとおんなじ気持ちや。アカだけはなっとうしてもこの村からなくなってもらわんとあかん。武吉一人がみなをそそのかしてストライキを構えたとは到底思えん。南の丈太郎とか、田辺のアカの連中が応援してる。こいつらをなんとかせんとあかんなあ」

「良やんも三ちゃんも、ちょっと甘いんと違うんか」

うつむいて茶をすすっていた、最近になって田辺の奉公先から戻ってきた、みなの間ではちょっと変わり者で通っていた川端熊助が口を開いた。

「アカ、アカ言うけどなあ、確かにわしもアカは性に合わんけどな、あいらはそあに簡単に抑えられるほどの阿呆と違うでえ。第一、わしはこんどの武吉らの要求なあ、あれはあれだけ考えてみたらなかなかよう考えられてるて思うんや。こいだけ景気が悪いやろ、そやさか見てみいだ、田辺の貝釦の工場でも争議や。日置の製材でも争議が起きてるていうやないか。なんでも日高郡のほうではえらい大きな争議が起きてるらしいしな。働いてるもんは、みな困り果てた上でのことと違うんか。武吉らが言うてた賃下げ反対にしても、一日最低一円の支給ということにしても、水口さんや村長さんには悪いけど、はっきり言うて石山で働いてるもんにはありがたいことや。今晩ここに来てない連中はどっちにつくか迷ってるんと違うか。そやさかな、アカやアカやて騒いでるだけではもうあかんと思う。武吉らの組合に対抗できるような、みなが安心できるようなことを考えんなあかんとわしは思うけどなあ」

この熊助の話に一同が沈黙した。

「熊やん、あんたの言うことは一味違うなあ」

そう言って口を開いたのは、丸山村長だった。

「みなさん、いま川端の熊やんが言うてくれたんで説明しやすなった。これまで石山はこれってていうもめごともなくやってきました。みなさんが仕事をしてくれて、わしら山持ちが大阪の業者とかけあって砥石を売りさばいてきた。仕事をようけした人にはそれだけの給金を払ってきた。そやけど、みなさんも分かってる通り、こんどのようなアカにそそのかされた者が一部の砥石工を集めてストライキまでやるようになって、労組までつくったんやさか、もういままでのようにはいかん。そこでや、わしら業者は業者として、堅田と才野と、それに北富田も朝来の業者にも言うて業者の団体をつくろうと思う。みなさんはみなさんで砥石の作業員の組合を他の石山にも呼びかけて作ってもらいたい。そいで、両方が協力しながら両方ともうまいことやってゆけるようにしていこうと思う。なんかあったら、ストライキやなんやて赤旗立てて物騒なことせんと、ちゃんと両方の代表が話をして解決する。わしとしてはみなさんに納得してもろて仕事をしてもらいたいと思たあるんや。そういうことで、これからもお互い協力し合って石山で仕事できるようにしてゆきたいて思うんやけど、みなさんどうやろうか」

「……つまり、なんですか、あいらの労組とは違う別の労組をつくるってことですか、いまの話は」

川端熊助が両手で湯飲み茶碗を持ったままで聞いた。

「そういうことや熊やん。石山で仕事をしてるもんみんなあ、そこへ入ってもらいたいんや」

村長の丸山の話は集まった十数人の者たちにとってはまったく初めて聞かされる話であったが、砥石工たちにとってても悪い話のようには聞こえなかった。

村長の話を聞きながら、良作は難しいことになってきたなあと思った。良作も、良作の父親も農業のかたわら石山に関わって現金収入を得てきた。それをありがたいことと思いこそすれ、親方に反発など思いもよらなかった。この村で暮らしてきたすべての者がこれまでそう考えてきた。明治以前から続いてきた石山の様子が大きく変わろうとしていた。

（四）

富田砥石工組合の総勢二十五人は田辺・西牟婁地方で初めて開かれたメーデーに参加した。会場はすでに赤旗が林立していた。富田砥石工組合は結成後の短期間に近隣の田辺貝釦工組合、日置木材労働組合などの全熊（全熊野労働組合協議会）傘下の戦闘的な組合との交流をはかっていた。どの組合も「全熊の旗の下に！」「万国の労働者団結せよ！」というスローガンをかかげ争議をたたかっていた。そこには磯部順一や南丈太郎という共産党系や労農党系の活動家の姿が常にあった。武吉たち砥石工組合は、彼らとの交流を通して労働者としての権利に急速に目覚めていった。南紀州各地でのメーデーはこの一九三〇（昭和五）年が最初であった。武吉たち富田砥石工組合が参加した田辺会場をはじめ、南紀州の新宮、古座、御坊でも開かれた。

武吉たちは朝十時の開会に間に合った。

「ようっ。みなよう来たなあ」

南丈太郎が近づいて声をかけた。

「全員で来ました」

武吉が答えた。

「みなで来たんかよ。よかった、よかった」

南はそう言いながらにこにこしている。

生まれて初めてのデモ行進だった。行進は大浜を出発し、波止場、大浜通り、電力前、福路町、今福町、宮路通り、小関通り、弁天通り、堀貝釦、それから裁判所前を通って解散した。武吉は胸の高鳴りを覚えながら赤旗をかかげて行進した。

この第一回メーデーの成功の後、富田砥石工組合の新たなたたいがはじまった。紀勢西線《きせいさいせん》の鉄道が南紀州に向かって南下していたが、この線路工事が西富田村に五つあった石山の一つに引っかかっていた。線路の敷設計画ではトンネルが掘られることになっていた。鉄道側はこの工事に伴って四千円の補償金を出すと提示してきた。武吉たち組合側は、この石山の所有者に対し砥石工も損失を受けるのだからと補償金の配分を求めた。人のいいこの所有者は一旦はこれを承諾した。しかし、数日後には態度を変えた。砥石山は鉄道に削られるし、補償金も組合に分けなならん、わしに残るのはわずかだといって採石事業そのものを閉鎖してしまった。

組合側はすぐさま「砥石工の首切り反対」「補償金を配分せよ」との要求書をつくり、所有者と交渉した。そもそもこの所有者も砥石工として働いている一人であったし、「石山の一部分を線路に取られてもすべての石山を失うものやないやないか」、と詰め寄る組合の言い分に納得した。争議は一日で解決し、村中に組合の力を見せつける事件となった。

この一件が収まってから、石山では仕事をしている間は表だって争議の話題は出なかったが、明らかに張り詰めた空気が漂っていた。丸山村長派の動きが慌しくなっていたからである。砥石工組合の二十五人と丸山村長派との間には、日に日に険しい空気が流れはじめ、それが誰の目にも見てとれるようになった。

陽射しが一段とつよくなり、やがて初夏へと季節が移っていった。山々は初夏に特有の濃い陰影を見せている。

牛の鼻緒に綱をつけて、洋は人通りの少ない道路に出た。牛の背を綱で打ちながら先を急がせると、巨体に力が入り勢いよく進んだ。良作もさよもすでに田んぼに入っていた。向かいの山すそまで三百メートル位だろうか、いくつかの田んぼには牛を引いて代掻きをする村人の姿が見えた。田んぼという田んぼには水が張られている。あと十日もすればどの田んぼでも田植えが終わり、一面の若苗色に変わる。

一家総出の田植えが終わると農作業は畑へと場所を移し、芋の植え付けがはじまる。山の畑に上り、畝の上を割ってそこに牛小屋から出た堆肥を入れる。芋苗代で発芽してあるツルを三十センチほどの長さに切り、それを畝に植えつけてゆく。

芋の植え付けが済むと、こんどは田んぼの草取りであった。若苗の間を除草車を押して歩き、そのあとは田んぼに這うようにして手で草を拡散させる。そうすれば草は枯れてしまうのだった。この仕事はすべて女が受け持っていたが、田んぼに日がな一日這いつくばっての重労働であった。

害虫の駆除は稲刈りまでの間に四、五回は必要だった。男が一升瓶に入った黒油を持ってそれを数滴落としながら歩き、水の上に落ちたその黒油をあとから女が稲の根元にかけて歩くという作業が繰り返された。

「今日はこいつえらい元気やで」

田んぼに牛を引き入れながら洋が親父と母親に言った。

「そりゃええわ。こいつはええ牛や。第一、まだ若い盛りやからなあ。まだまだ長いこと働いてもらわなあかん。こいつを買うときは水口さんに世話になったけどなあ、ちょっと高かったけどよかったわ」

牛に代掻きの農具を取り付け、背中を綱で打つと力強く歩き出した。洋が牛を使えるようになったのは二年ほど前からだった。物心ついてからというもの農作業は生活の中心であり、大抵のことは一人前にできるようになっていたが、牛だけは使い手の力量を見た。力量のない者の言うことにはまったく反応してくれないのだった。

萩原家の田植えは一週間で終わった。それを見計らってかのように大阪から三年ぶりに小二郎が帰省した。田辺まで船で来たとのことだった。大阪の阿倍野で一人ではじめた金物屋だったが、いまでは五、六人の店員を雇うまでに大きくなっていた。久しぶりに会った小二郎に良作は石山の争議の話を詳しく聞かせていた。

「そうなんかあ。この村にもアカが出たんか。まったく不景気やからなあ。満州での戦争もなかなか終わりそうにないしなあ。まだまだ世の中えらいことになるん違うんかなあ」

小二郎が暗い表情になって言った。

「戦争、どうなるんなよ。大阪だったらいろいろ分かるんやろ」

良作が訊いた。

小二郎は恰幅のいい体を揺らしながら、気持ちよさそうに杯を口に運んだ。神戸の酒とかで小次郎が土産に持ってきた一升瓶を前に、良作、小二郎、そこに洋も交じって飲んでいた。さよもそばにいた。

「いろいろ情報が飛んでるけどな、実際はどうやろなあ。若槻首相は戦争を広げんとこうということらしいけど、最近は軍部のほうの力が強いらしいし、まだ続くんと違うんかいな。ひろ坊、徴兵検査にはまだちっと間があるんか」

「うん、あと二年や」

「そうか。ひろ坊やったら甲種合格やな」

小二郎はもう赤い顔になっている。

「兄《にい》よ、大阪は景気が悪いのなんので。今日もな、船に乗る客がものすごう少なかった。不景気で、みな船にも乗れんようなこっちゃ。そやさかいに、大阪ではあっちこっちで労働争議が起きてるがな。みなアカが争議を指導してるんや。大阪辺りではえらい勢いやて。そらなあ、あいだけ首切りやられたら労働者かて黙ってられへんやろ。おまんまが食べられへんのやさかかな。わしの店ら、そう大きいていうこともないし、使ってる者も所帯持ってるのは一人だけであとは若い奉公人ばっかりやさかな、給料いうてもまあ安うつくさかな。そやけどえらい不景気やから、えらいことはえらいよ」

洋は目を丸くして小二郎の話を聞いていた。

「おいやんの店で働きやる若いのは近所のもんかあ」

洋が訊いた。

「違う違う。近所のもんはおらんよ。みな四国とか九州から来たもんや。丁度、ひろ坊らの年くらいのもんばっかりや」

「百姓よりええやろか」

「なあ、どうやろう。毎月毎月、月給もらえるしなあ、たまの休みは遊びに行こうと思うたら行けるしな。そやけど、仕事はきついで。朝は早いし、夜は百姓より遅いんと違うか」

洋はふと、奉公に出ているしのぶのことを思った。

「そいで兄《にい》、石山はなっとうなるんなよ」

小二郎が心配そうに良作に訊いた。

「労働組合に入ってるんは二十五人や。砥石工全体からみたら五分の一や。数の上では大したことない。けどな、村のなかではけっこう影響が広がってる。ストライキであいらは三つの要求を実現した。一つは賃下げ反対や。もう一つが出来高払いの廃止や。ほいてもう一つが一日最低一円の賃金や。この三つ目がな、ようやってくれたていう空気を村に広げてるんや。なんせな、田辺の釦工場でも日置の製材関係でも賃下げしてるやろ、そういうときやのに一日一円ていうのは実質的な賃上げや。これにはみな感心してるわけや」

良作は村中に広がっている空気をありのままに説明した。

「なるほどなあ、その一日一円の賃金ていうのは、もう全部の石山で実施せんとあかんようになるなあ。そりゃ、ストライキに参加してないもんもありがたいて思たあるやろなあ。そやけど、あの村長のことやから黙ってないやろが」

「そうなんや。ついこの間、村長の家によばれてこいからの対策を練ったんや。村長も水口の親方もな、一部のものだけの組合やのうて、みなが入るような別の組合をつくろらていうことになったんや。うらもその役員になることになった」

「兄《にい》よ、そりゃまた一騒動起きるんと違うかあ。気つけたほうがええで」

小二郎はそういいながら、良作と洋に酒をついだ。

「わしも大阪で労働争議を見たけど、あっちではごついでえ。全協ていうてな、共産党が指導してる労組《ろうぐみ》やけどな。工場の入り口に赤旗を何本も立ててな、労働歌を歌いながら何百人もデモ行進するんや。そりゃ迫力あるで。ここでもそあになってくるんと違うか。なかには血の気の多い連中もあるしな、兄《にい》、気つけや」

「まあ、人数はこっちが多いんやし、そあなことになるとは思えんけどな。気はつけるわ」

良作はそう言って小二郎に酌をした。まもなく一升瓶が空になった。

小二郎は三日間滞在し、田辺にいた同級生に会いに出かけたり、近所に顔を出したりして過した。

（五）

洋は一番鶏の声をかすかに聞きながら、しのぶの夢を見た。空き地での出来事があって以来、洋の頭からはしのぶのことが消えなかった。石山までおよそ十五分歩くのだが、しのぶの実家は丁度そのなかほどで往来から少し山すそに寄ったところにあり、朝夕にいくども顔を合わせていた。一言二言言葉を交わすだけだったが、あの日の出来事以来、たったそれだけで二人のこころは何日も満たされていた。

しのぶが大坂に奉公に出るという数日前、洋はいつもの空き地ではなく、裏の雑木林の山の上まで彼女を誘った。山は新緑に包まれてそよぐ風までが柔らかく辺りを撫でて通った。

「もうじきやなあ」

「うん、あと三日したら行かんならんわ」

そう答えながら、しのぶはほとんど洋にくっつくようにして草の上に座った。娘盛りのしのぶには裾の丈が短かすぎるのだろう、くるぶしから上にかけての白いふくらはぎが洋には眩しかった。並んで座ると、しのぶの女特有の甘い匂いが洋の鼻をくすぐった。

「どれくらいで帰ってくるん」

洋は目をしのぶの顔に転じて訊いた。

「多分、二年くらいやと思う。お父ちゃんがそあいに言うてたわ。そやけど、ここんとこ石山から帰ってきても毎晩出ていきやるさか、あんまり話できてないんやよ」

しのぶはそう言った。太ももがくっついていて、そこで二人の体温をお互いが感じていた。洋は気が遠くなりそうな興奮で、動悸が激しくなっていた。

「ああ、石山でもめ事が起きてるもんなあ。わしとこも親父は毎晩おらんわ。しのぶちゃんのおとやんと一緒の寄り合いに出てるはずや。ストライキがあってからこっちへ、色んな寄り合いがあって親父もだいぶ疲れてるみたいやわ」

洋の話す声は上ずっていた。

「洋くんは出んでもええん」

「わしはまだ見習いやさかな。分からんことは親父が教えてくれるし」

「男の人て大人になったら難しいこと考えなあかんさかなあ、うちらよう分からんことばっかりやわ」

そう言って視線を洋のほうに向けたしのぶの顔と洋の顔が間近に向き合った。洋はしのぶの顔をまじまじと見つめた。少し赤みを帯びたきめ細かな頬、切れ長の眉、娘盛りになったしのぶを感じて、洋は異常な興奮を覚えていた。

「そがいにじっと見んといて、恥ずかしいわ」

そう言ってしのぶは眼を伏せたが、体はさらに洋にすり寄ってきた。

「う、うん……」

そう言われて洋は視線をしのぶから外した。

「なあ、洋くん」

と言ったしのぶの声がいつもと違った。

「うち、できるだけ早よう戻ってくる。戻ったらまた洋くんに逢えるなあ」

「うん、また逢えるよ」

洋は素直にそう言ったが、もう上の空だった。

「いっこだけ聞いてもええ」

しのぶは洋の顔をみてそう尋ねた。

「うん」

「洋くん、好きな女の人おるん」

「……」

洋は答えなかった。

「おるん」

しのぶがまた尋ねた。

「……」

「おるんやね」

しのぶは消え入りそうにそう言った。

洋は視線を前に向け、

「おることはおるけど、その人がどう思たあるか分からん」

と言った。

しのぶはなにもいわず、沈黙がつづいた。洋はしのぶの横顔を見た。髪を後ろで束ねて、白いうなじがむき出しになって細い首筋につながっている。

「その人、誰か教えてだ」

しのぶは洋を見ずにうつむいたままそう言った。

「……」

「教えてくれんの」

風がかすかに吹いて辺りの木々の梢を揺らしている。さっきからどこかでメジロの鳴き声が聞こえてくる。洋は、もう打ち明けてしまおうと思った。

「あのな、前からしのぶちゃんが好きや」

しのぶは洋のほうに向き直った。

「この前、うちがあんなことしたさかかあ」

「違う、その前からなんとなく気になってた。この間はびっくりしたけど、嬉しかったわ」

洋の胸は鼓動で高鳴り続けていた。

「うちのこと、ほんまに好きなん」

「うん」

しのぶは少しの間うつむいていたが、やがて洋の腕の下に手を入れて身を寄せてきた。風のそよぎとメジロの鳴き声だけが聞こえている。

「うちは、もうずっとずっと前から洋くんが好きやった」

「ずっと前からて……」

なにを言ったらいいのか、洋は興奮で頭が混乱して、話せなかった。

しのぶは洋の左の腕を両腕で抱いたままだ。

「学校に行ってる頃から」

そう答えたしのぶの声はかすれ、身悶えして体を揺らした。しのぶの若くしなやかで柔らかい肉体を腕に感じながら、そんなに前からしのぶはわしを思っていたのかと思ったが、もう思考は止まっていた。

「学校って、いつ頃からよお」

洋は懸命に自制心を奮い起こした。

「何年前かなあ、台風でお宮さんの下の桜の木とか折れたことあったん覚えてない。あのとき、うちらがあそこで遊んでたとき、うちがよしちゃんに押されて下の川に落ちたの覚えてない。そのときに洋くんが通りかかって川に入ってうちを助けてくれたやろ、あのときから」

洋は数年前のその出来事を思い出した。たしかにそんなことがあった。川に落ちていたのがしのぶだったから洋は驚いたのだった。普段はそんなお転婆な遊びするしのぶではなかったから、とっさに川に入って助けあげたのだ。

「あのときな、洋くんはいっこ年下やのに頼もしかってん。それに優しいこと言うてくれてん」

しのぶはそういいながら相変わらず洋に身を寄せたままだ。しのぶの声を聞きながら、このひとつ年上の娘がたまらなく愛しく思った。もう体中が熱く燃えている。

頭のなかがぼうっとなっていた。

「しのぶちゃん……」

洋はそう言ってから、なにをしようとしたのか自分でも分からない。瞬間、洋はしのぶを草の上に押し倒し、しのぶの上に乗っていた。しのぶは「洋くん」とかすれたような声で言ったようだったが、その声は小さく洋にはしのぶがなにを言ったのか聞きとれなかった。洋が夢中になってしのぶの唇を吸った。しのぶは半ば口を開いて声にならない声を上げながら、両腕を洋の首にまわしてきた。

二人はもう正常な気持ちが麻痺してしまっていた。開かれたしのぶの胸もとから白い二つの豊かな乳房が露わになり、しのぶは洋のなすがままになっていた。しのぶの呼吸が激しくなり、体に熱を帯び、両の脚の力が失せていた。

それから一時間ほどして二人は山道を下った。山道を吹きぬける初夏の風が火照った二人の体を心地よく包んでいた。

（六）

夏が足早に過ぎて、村中の男たちは田んぼでの収穫の作業に忙殺されていた。そして、秋の取り入れが終わった頃から丸山村長派は反撃をはじめた。

この当時、西富田村の石山の業者は堅田、才野の両地域あわせて十人ほどがいた。年産二十万円ともいわれた砥石産業であったが、それぞれの砥石業者が個々ばらばらの販路で商売をしていたため買い叩かれることがよくあった。

国中に不況の嵐が吹き、各地で労働争議が続発するもとで、丸山は村長の立場を大いに利用して村内の業者を説得した。そして、西富田村に「紀州砥石会社」を設立し、水口を社長にすえてこれまで個々の業者がばらばらにおこなっていた販売方式をやめ、会社が一括して統制し販売をおこなうこととした。これと同時に、西富田村内にとどまらず近隣各村の砥石労働者などを組織して「紀州砥石材職工組合」を発足させた。

そして、労資双方が会合した席で、水口が思い切った提案をおこなった。砥石工の三割賃上げを実施したいというのだった。富田砥石工組合の影響力を弱めようとする丸山村長派の意図は誰の目にも明らかだった。提案は即決された。

良作は新たに結成されたこの親睦組合の組合長に選ばれた。丸山村長がじきじきに説得に来たのである。

「良やん、あんたしかおらん、やってくれへんか。砥石工としての良やんの腕はみなが認めている。そのあんたが組合長になっても誰からも異論は出えへんわ。それ相応の手当ては考えてるさかな、ひとつ引き受けてくれよ」

丸山はそう言って良作を口説いた。

「村長さん、わしは砥石の腕には自信があるけど、そあな組合の責任者になれるような学もないし、やれるやろか」

「なあに良やん、心配いらんて。ややこしいことになったらわしらも相談に乗るさか、安心してやってくれたらええんや」

そう言う丸山村長の口調は、良作には半ば命令的にも聞こえた。良作は仕方なく引き受けたのであった。

武吉たち砥石工組合も動き出した。三割の賃上げは多くの砥石工の不満を解消した。武吉たちは焦りを感じていた。

年の瀬も押し迫った十二月のある晩、武吉たち砥石工組合の会合がもたれた。田辺から磯部順一と南丈太郎も顔を見せた。

「こんどのたたかいはよう考えんとあかんなあ」

武吉が抑揚のない口調で話した。

「丸山一派は萩原の良やんを委員長にすえて村の中間層を御用組合にだいぶ取り込んだ。良やんのあの仕事ぶりなら、誰からも文句が出んやろうて踏んだんやと思う。良やんを頭にしといたら、あがに対する村民の不満が和らぐと考えたに違いないんや。良やんもそこへ乗せられたちゅうことや。そやけど、良やんに大した知恵がある筈がない。三割賃上げは丸山らの知恵やろう」

「山崎君、村長に対する不満てだいぶあるんか」

磯部順一が訊いた。

「そう思います。丸山は県会議員になりたいというもっぱらの噂や。あいはこの村で一番の地主やし、そやのに細かいことを言うさか小作から嫌われたある。みな、表立っては文句はよういわんけど、腹の底では快く思ってないのは確かです」

「そうか……、そうだったらその村民の気分に合った要求を考えた方がええなあ。みながその通りやって思うような要求を出す必要がある」

武吉はなるほどと思った。思ったが、その内容が浮かばなかった。

「というと……」

「うん、こうしたらどうな。あのな、村民の暮らしを安定させるために砥石工組合は四割の賃上げを要求するんや」

磯部の話に、「ほうお」という声が上がった。

「まだあるんや。四割の賃上げをかかげるんやけど、同時に丸山村政の打倒をかかげてはどうかなあ。丸山村政を倒さんと村民の要求は実現しない。これをはっきりと打ち出してはどうな」

武吉はじめ二十五人の組合員は考えてもみなかった磯部の提案に面食らった。四割の賃上げと丸山村政を倒すということが、どうにも結びつかなかった。

磯部はゆっくりと話しだした。

「なあみんな、よう考えてみてほしいんやけどな、ここの砥石工組合のたたかいは他の労働組合とは一味違うんや。どこが違うかていうと、砥石工の賃上げはすべての村民の暮らしに直結してる。村の七、八割の家が石山で働いてるんやからな。こあなところは他の労働組合にはないことなんや。石山を支配してるのも、村政を牛耳っているのもたった一人の人間や。三割の賃上げはあいつらにしたら随分と思い切ったことや。これで多くの砥石工を黙らせることができると踏んだわけや。そこへ我々が四割の賃上げを要求する。当然、丸山は認めんやろう。しかし、村民は三割よりも四割の賃上げのほうを支持する。村民の暮らしが切実にそれを望んでいるからや。丸山がその実現を妨害してるということになれば、そんな村民をないがしろにする村長はあかんやないかということになってくる。この関係を村民に分かってもらえるように、徹底的に宣伝して訴えたらどうかと思うんや」

会場にざわめきが起きた。武吉は「ううん」と声に出して唸った。「確かにそうだ」と、武吉は磯部の提案に目を見張った。

「武きっちゃん、いっそのこと原田の菊やんらに話を持っていったらどうなよ」

組合員の一人がそう提案した。

原田の菊やんこと原田菊蔵とは、砥石工ではなかったが数人の若者とともに丸山村政の刷新を訴え、村会議員に立候補しようと活動を続けている革新的な青年だった。

「菊やんかあ……。うん、話を持っていく価値はあるなあ」

武吉が答えた。

年が明けた。原田菊蔵は武吉たちの申し入れに即座に決断し、共闘を組むことを約束した。武吉らは要求書を持って紀州砥石株式会社の社長を訪ねたが、交渉は物別れに終わった。

二月一日、武吉らはそれならばとストライキを宣言し、その夜、再び社長を訪ねたが交渉は平行線のままだった。

武吉たち富田砥石工組合はこの事態を広く村民に知らせようと、青年会館で「丸山村長糾弾、御用組合粉砕演説会」を実施した。会場には二百人を超える村民がつめかけ場外にもあふれるような熱気ある場になった。武吉はもちろん、田辺や日置からも労働組合の活動家が登壇し、十数人が演説した。この演説会には特高（特別高等警察）も顔を見せ緊迫した空気が流れるものとなった。

会場には地元紙の記者たちも取材に来ていた。「熊野太陽新聞」は演説会の翌日、次のような記事を掲載した。

砥石同盟争議団演説会
富田砥石工値上げ同盟争議団の演説会は五日午後六時より西富田村堅田大坪倶楽部において開催したが聴衆会場の内外に溢れ、田辺署より向井部長以下数名臨席し、左記の弁士が交々起って熱弁をふるい争議団の態度を明らかにして聴衆に感銘を与え散会した。
弁士・山崎武吉、玉置米蔵、小野田金治、大川卓、津田安二郎（以上、争議団）、藍畑喜代治、渡辺力松（以上、田辺浜仲仕青年部）、磯部順一（全熊野労働組合協議会）

磯部順一や南丈太郎らはこの争議を重視し、全熊野労働組合協議会傘下の各地の労組や活動家と連絡をとって支援を求めた。この磯部らの呼びかけに県下の名のある活動家たちが次々に西富田村に入ってきた。静かな西富田村が、日に日に異様な空気に包まれていった。

争議団の本部では連日のように支援者たちの会議が開かれ、「ストライキ日報」やビラを作成し、村民に毎日の動きが伝えられた。また、家庭訪問隊が編成され、村内の各戸を訪問して闘争への支援を呼びかけた。争議団本部には連日のように資金カンパ、米や野菜、味噌、炭などの支援が寄せられるようになった。武吉たちは世論の高まりを見て、要求実現までは持久戦でたたかいぬくことを決議し、地元紙に声明書を発表し、それを地元紙が報じた。


砥石工値上げ同盟が声明書を発表（熊野太陽新聞）

砥石工値上げ同盟に対して労使協調を目的に「紀州石材職工組合」なるものが生まれ役員も決定し、同時に業者側との交渉によって賃金三割値上げの手打ちをしたことは既に報道したが、ここにまた富田砥石工値上げ同盟の名で声明書が発表された。それによると同盟は賃金四割値上げを要求し、業者の誠意なき態度にやむなくストライキ断行の余儀なきに立ち至ったものとしている。

（七）

村長の丸山作之助は次第に追い詰められていた。丸山は、ストライキが決行され、村政刷新の運動の広がり、演説会の盛り上がりや村民の空気を目の当たりにして、これはえらいことになってきたと狼狽した。あとさきの判断ができなくなった彼は、助役に詰め腹をきらせ、村政混乱の責任ということで辞職させた。これが裏目に出た。助役に責任を転嫁するとは何事かと、村民の世論は沸騰した。「村議会を開け」「村議会は事態を収拾せよ」の声が盛り上がった。

こうしたなか二月二十四日夕刻、村議会が招集された。村議会の名目は「決算認定村議会」とされていたが、争議問題などを協議しようとして開かれたことは誰の目にも明らかだった。

議場は争議団や反村長派の傍聴者であふれていた。その数は百五十人を超えている。議長が開会を宣言したが、村政刷新の運動をすすめる若者たちと連携していた議員が長い討論をおこない、傍聴席があふれるのを見計らっていた。やがて、議場はかけつけた村民であふれ返り、事態がどう進むのか固唾を呑んで成り行きを見守っていた。

そのときであった。議長は突然、秘密会への移行を宣言したのである。一瞬、議場全体があっ気にとられ静まり返り、そして次には怒号と罵声が飛び交い騒然となった。

「なにいやんなっ、議長!」

「村長っ、われ辞めえ!」

「なめとんのかっ!」

口々に叫びながら議場に乱入する傍聴者。椅子を振り上げ投げつける者。議長の胸ぐらをつかみ罵声を浴びせる者。こうして村議会はなにも決められずに流会となった。丸山村長は裏口から自宅に逃げ帰った。

この暴動ともいえるような騒動に、警戒に当たっていた東富田村の巡査はなに一つ手を出せなかった。地元の西富田村の巡査は、村民たちの気迫に圧されて自分では出向かず東富田村の巡査に応援を頼んだのであった。

騒然とした数十分が過ぎ、興奮が静まっていった。争議団は村会議員一同を集め、全員の辞職を求めた。傍聴者の全員がその成り行きを注視していた。この圧力に九人の村議が辞意を表明し、村議会は機能を失ってしまった。

争議団や傍聴者たちは役場会議室に集まった。村政の刷新をかかげていた青年・原田菊蔵が興奮しきって前に立った。

「みなさんっ、みなさんっ、事態は見ての通りです。もう村議会は議会の役割を果たしてない状況です。今日はここに大勢の村民が来ています。議会がどうだったか、みなさんがその目で見たと思います。争議団の人たちとも相談したんやけど、ここに集まっている全員で村政刷新同盟を結成したらどうやろうかと思います」

提案は即座に承認され、その場で村民大会が開かれ村政刷新同盟の結成を決定した。原田菊蔵が委員長に選ばれた。議論は白熱した。

「まず村長の辞任や。村長が辞めんかぎり西富田村はようならん。いまから直談判しに行くべきや」

「そやそや。いまから押しかけて辞任させたろやないか」

「まあ待てや。丸山村長が辞任せな収まらんのはそうやけど、そあいに簡単にあいは辞任はせんやろ」

「そうやけど、村会議員の辞職だけで終わったらなんにもならんやろ。一番の責任者がのうのうとしてるて腹立つやないか」

「このまま放ってたら村長派の巻き返しが起きるさか、ゆっくり構えてるわけにはいかんやろ。なんぞええ方法がないんかよ」

「なっとうな、村長辞めな税金払わんていうのは」

「そい、ええなあ。そいは効くで。村政が動かんようになるわ」

「子どもらの同盟休校もええんと違うんか」

「そらええ方法やけど、子どもまで巻き込んでええんかなあ。同盟休校らて、よっぽどのことなかったらやれへんことやろ」

「いま、そのよっぽどのことが起きたあるやないか」

　時間が経つのも忘れたかのように議論が続出した。原田菊蔵はこんなに多くの村人の前で場を仕切ったことがなかった。汗だくになりながら議事を進めた。


　一時間余りが過ぎた。

「ほいたら村民大会の名で、次のことを決議したいと思います。一つ、丸山村長を村民大会の名で不信任とし退陣を求め、いっさいの公職を辞すことを求める。一つ、これを丸山村長が認めない場合、児童の同盟休校、村税の滞納をおこなう。右決議する」

　わあっという歓声と拍手で会場が沸き返った。時刻はすでに零時をまわっていたが、村民大会の勢いで全員が丸山村長宅にデモ行進をかけた。原田菊蔵と山崎武吉が代表となって村民大会の決議を丸山村長に手渡した。丸山は「一応、受け取ることにする」と言うだけで、回答は留保した。

　村長の家の前では田辺から派遣された十人の警官隊が警戒にあたっていたが、ここでも村民のデモ隊の気迫に圧され、解散を懇願するだけだった。


　翌朝、まだ夜が明けきっていなかったが、良作のところに西田三四郎が駆け込んできた。

「良やん、えらいことになったなあ」

三四郎は興奮して昨夜の一連の顛末を語った。

「水口さんがな、朝から良やんと一緒に来てくれて言うさか、迎えに来たんや」

良作は着替えをし、さよが炊いた熱い茶がゆを三四郎にもすすめ、腹ごしらえを済ませて家を出た。往来の枯れ草の上には真っ白い霜が降り、冷え込みのきつい朝だった。空にはこの季節に特有の灰色の雲がたれ込めている。

水口の家には立派な門構えがある。良作が門をくぐり、すぐ右手に綱でつないである秋田犬の頭をなでてから玄関を開けた。すでに四、五人が来ているんだろう、履物がそろえてあった。

「おお、良やんと三ちゃんか。早うからすまんなあ、こっちへ入ってよ」

水口が台所から出てきて、先に立って廊下を歩きながら言った。

座敷に入ると火鉢を囲んで見慣れた顔ぶれが座っていた。

「そいでもよう、警察はいったいなにしやったんなよ。普通だったら何人か捕まえるのが当たり前やろ」

石山の業者の一人が言った。

「そうやけどなあ。あがらんとこの駐在はよう行かんかったらしいのお。東富田の駐在に応援に来てもろたらしいわだ。情けないのお」

別の地主が応えた。

「そいにしても、首謀者は武吉と菊蔵らやろ。菊蔵はともかく、武吉の後ろにはアカがついたあるさかなあ、おとろしいよ」

さらに四、五人が座敷に入ってきて、騒がしくなった。水口の年上の妻が湯気がたっている茶をせっせと運んできている。二十人程がそろったところで、水口が上座に行きあぐらをかいて座った。自然と座が静まって水口の話を待った。

「みなさん、朝早うからすまんこっちゃなあ。よう来てくれたよ。夕べの役場での一件やけど、あらましはいま話が出てた通りや。山崎武吉らの労組《ろうぐみ》が村民を煽って議場に乱入したちゅうことや。反丸山派の一部の村議もそれに同調して傍聴者を組織して、まるで暴徒みたいな連中が力ずくで村議を脅して辞職を迫ったらしい。このままでは西富田村が無茶苦茶にされてしまう。いま、われわれが正義の声を上げんといかん。同盟休校とか、税金を払わんとか、自分らの言い分を通すためだったらなにをしてもええという、まったく常軌を逸したやり方やと思う。今朝、丸山村長と話してきたんやけど、事を荒立てることはしとうないけどこのままにはしておけんということで一致したんや。そこで提案やけど、今日は四時から青年会館で純粋の村民大会を開きたいんや。いまから、みなさん手分けして村のみんなを説得してもらいたいんや。向こうは夕べ百人以上集まったらしいさか、それを上回る人数を集めな格好つかんと思う。どうやろう、協力してもらえるか。良やんとこが青年会館に一番近いさか、良やんとこを事務局にさせてもらえんやろか。みなさん、参加してくれる名前を良やんとこに報告してもらえんやろか。良やん、どうな、ええかなあ」

事態が事態だったし、それに水口に頼まれては断われなかった。良作は黙ってうなずいた。

午後四時、青年会館には七十人余の村長派の村民が集まり、「西富田村純村民大会」が開かれた。昨夜の反村長派百五十人の大会とくらべ、これは明らかに村長派の力が弱まっていることを示した。大会では、児童の同盟休校反対、村長と村議に不正あらば司直に任せよ、村議九人の辞任理由を明らかにせよ、との決議を採択した。

翌二月二十六日、「西富田村正義団」を結成し、百二十五人の連名を付けて次のような声明を発表した。

数年来、労農組合と連絡し過激の言動をなすものがあり、丸山村長が労資協調に努め職工組合をつくり、争議団幹部の山崎武吉ほか九人に通知したが出席せず、御用組合とか政治的野心とか悪宣伝し、刷新団と称する青年の一部に側面運動をなさしめ、二月二十四日の村会を妨害するため二十三日に反村長派の村議が密会を重ね、二十四日の村会に遅れて出席し、議事を引き延ばし、村民の集合を待ち、丸山村長が着席を求めても席につかず、傍聴と称して多数が入場し、議員の発言をさえぎり、議事の進行を妨げ、開会数十分で休憩せざるをえず、協議会に移るや議場に乱入して暴言を放ち、即時辞職を迫り、場外立ち退きを命ずるもきかず、村民大会の美名に隠れて村内には役場に集合せよと伝達し、出席せざるものには捺印を強制した。

また、工賃値上げ、村政改善などと偽って捺印させ、一家数人の印を押して二百余名の多数と称し、村民大会と唱え、一定の住所も職業もなき不良の徒が首謀者となって不信任決議をつくり、自治の破壊をはかり、純真無垢の小学児童まで渦中に引き入れて休校を強要し、村政を撹乱した。

愛郷に燃える情熱は、猛然起ちて不良の徒を撃滅し、破邪顕正に邁進せんとす。

（八）

西富田小学校の職員室は大混乱に陥っていた。約三百人の児童のうち三分の二の百九十人もの児童が登校していなかった。争議団と村政刷新同盟は児童を堅田、才野の両地区の青年会館に集め自主学習をはじめていた。村政刷新をかかげる地元の青年や、各地から争議の支援に入っていた活動家らが学習を指導したり、労働歌を教えたりした。

洋は母のさよと向き合っていた。

「校長先生も気の毒やなあ」

と、さよが言った。

同盟休校に頭を痛めた校長が、それがもとで寝込んだという話は一日で村内に広がっていた。

「あいら、いつまでやるつもりかなあ。小さい子にあがな歌教えてなにすんなよ」

「教頭先生が一軒一軒回りやるらしいけどなあ、みな言うことききかんのやて」

校長が寝込んだため、教頭が登校していない児童の親を説得してまわっていた。しかし、村民の結束は固く、逆に説得される始末であった。

「役場の人も辞職してしもうて、用事で行っても閉まったままやて。洋よお、いつまで続くんやろなあ」

さよは洋に焼き芋を渡しながら言ったが、洋にも分からない。

毎日のように村長派と反村長派の集会や演説会が開かれ、石山はこの村を二分するこの騒ぎで仕事にならなかった。

「お父ちゃんに聞いても、女のわしにははっきりしたこと言うてくれんしなあ」

と、さよ。

「言うてくれんのと違うやろ。お父もどうなるか分からんねて。小次郎のおいやんが一騒動起きるて言やったけど、ほんまにその通りになったなあ。水口さんら会社のほうが労組のいい分を呑んで解決させるか、警察が入ってストライキやってる連中を捕まえるか、どっちかしかないやろな」

洋は自分の考えを母親に言った。

「そやけど、いまみたいに村が二つに割れてたら警察もそう簡単に手出せんやろしなあ。難しいことになったなあ」

「お父ちゃん、職工組合の委員長になってるし、なあ洋、気遣いないやろか。向こうと喧嘩になるようなことないやろか」

さよが心配そうに訊いた。

「なあ、いくらなんでもそこまでようせんと思うけどなあ」

「そいやったらええんやけど」

そう言って、さよが台所に立とうとしたときだった。

西田三四郎が飛び込んできた。

「おお、ひろ坊。気遣いないかあ」

走ってきたんだろう、西田の息が切れていた。

「あのなあ、水口さんとこへこれくらいの石がいっぱい放り込まれたんや。瓦割れるし、窓ガラスも割られるし」

西田はそういいながら握りこぶしを作って見せた。

「ええっ、誰《だい》がやったんなよ」

洋が身を乗り出して訊いた。

「そりゃ分からんのやけどな、その話聞いてここは気遣いないかなあて思うてきたんや」

「西田はん、お父ちゃんはどこにおるん」

さよが訊いた。

「良やんは丸山村長の家や。正義団の会議やろ。水口さんとこに石投げつけられたんは今朝早うらしいわ。ひろ坊、気つけなあかんで。あいつら気立ってるさかなにするか分からん」

西田はそう言って帰った。

心配は的中した。

その日の夜更け、萩原家は誰とも分からない連中からの投石を受けた。罵声を上げながら、襲撃は約五分ほど続いた。投石を用心して、良作は洋と二人で厳重な戸締りをしていたのだ。家族にじっとしていよと命じたが、良作の身は怒りに震えていた。

同盟休校は五日目に入っていた。争議団は、毎日のように「ストライキ日報」のビラを一軒一軒に配ってまわった。村の要所要所には伝単を貼り出した。また、村政刷新同盟もビラを作って各戸に配布した。この動きに負けじと、村長派も「共産思想を排除せよ！」というビラを出したが一回きりだった。

争議団と刷新同盟は、辞職しないでいた残りの三人の村議に辞職を勧告してまわり、ついに辞職を勝ちとった。こうして村政刷新の運動は一つの段階を超えたが、肝心の丸山村長は頑として辞めなかった。

争議団を支援するためにやってきた人々は本部の裏山にあった物置小屋に寝泊りしていた。なかでも磯部順一の献身的な働きは砥石工たちに感銘を与えていた。磯部は警察の目が厳しくなっているのを肌で感じていたが、表向きはそんなことには無頓着を装ってビラづくりなどに励んでいた。

武吉たちは磯部などの献身的な支援に励まされながら、資金を捻出するために行商部隊をつくって魚などを売ってまわった。

「山崎くん、このたたかい、この段階ではストライキと同盟休校が決定的な問題になってきたなあ。村長がどこまで踏ん張れるか、こっちの運動がどこまで村民の気持ちを持続させられるか、そこが勝敗の分かれ目やと思う。相手の攻撃は、子どもをいつまで政争に巻き込んだら気が済むのかて、そういう攻撃を絶対にかけてくるやろな。村のみんながそれに動揺しはじめたら終わりや。そこを頑張ってもらって要求の実現までこぎつけるためには、この毎日のスト日報が大事や。これで勇気づけるんや。大義は村民の側にあることを繰り返し繰り返し知ってもらわなあかん」

磯部は握り飯を食べながら、自分に言い聞かせるように武吉にそう話した。

「勝てるんやろうか、磯部さん」

「うん、わしは七割がた勝てると思う」

「七割……」

「うん七割。残りはやっぱり村民の声や。一致したままで最後までいけるかどうか、そこが問題やと思う」

「…………」

「山崎くん、どうな、いまの村の空気は」

　磯部が武吉を見て言った。

「丸山派の水口の家と、職工組合長の萩原の家が襲われたて、みなが言うてました。そあな阿呆なことする人間はうちの組合にはないし、誰がやったんか分からんのやけど、その話で村中がもちきりです」

「そうらしいなあ。おそらく争議団と村民の間にくさびを入れようとしてるんやろけど……。その萩原というのはどういう人間なんや」

「そうやなあ、どっちかというと村長よりも水口との関係のほうが深い人間です。職工組合の委員長になってるけど、砥石工としては萩原の右に出る者はないんと違いますか。前に石山で仕事を見たことがありますが、ちょっとよう真似せんと思いました。腹の黒い人間やないと思います」

「ふうん、人望のある人間なんか、その萩原っていうのは」

「家柄も古いし、自作農やし、とにかく真面目で通っています。わしのことをアカやアカやて言うてるらしいですが」

「ははは……違いないなあ」

　磯部は笑いながら言った。武吉もつられて笑った。

「会社との交渉のことやけどなあ、みんなと中身は詰めたんかあ」

　少し真剣な表情になって磯部が訊いた。

「まだなんやけど、これでええかどうか磯部さんに見てもらおうと思うて持ってきたんです」

　そういいながら、武吉は一枚の紙を磯部に見せた。磯部はしばらくそれを見ていたが、思い立ったように言った。

「ようできてるよ。これでいいと思う」

　武吉は黙ってうなずいた。

「で、交渉はいつやるつもりにしてるんや」

　磯部が訊いた。

「まだ決めてないんです。もうやってもええと思うたあるんやけど、こういうのは頃合が大事やさかて思うて」

「山崎君も争議での駆け引きが分かってきたなあ」

　磯部が笑顔を見せて言った。

　武吉たち争議団は二月二十七日に交渉をもちたいと申し入れ、会社側もそれを受け入れた。代表を十人と決め、武吉たちは交渉の場に臨んだ。会社側は、「争議費用百五十円の支給」と「ストライキ期間中の日当二百円の支給」の二つの事項は受け入れなかったが、「最低基準賃金一日一円四十銭」「賃金は毎月支払い」など、他の要求はすべて受け入れた。争議団はこれに納得せず、全項目を認めよと迫った。会社側は、スト中の日当支給はできないが、争議費用を三百円支給するとの案を新たに示してきた。武吉たちはこれに同意した。会社側は情勢を不利とみて妥協したのだった。争議団のほぼ全面的な勝利だった。

翌日、争議団本部は砥石工組合二十五人をはじめ支援の人々でごった返した。村政刷新同盟からも数人がお祝いにかけつけた。

「いまから解団式をやります」というひときわ高い声が発せられると、本部は歓声に包まれた。武吉が挨拶に立った。

「労働者諸君。われわれ富田砥石工組合は歴史に残るたたかいで全面的な勝利をおさめた」

歓声が武吉の声をかき消した。

「諸君、このたたかいを指導し、支えてくれた磯辺さん、南さんをはじめ、応援してくれたすべてのみなさんに心からの感謝をささげたい」

またも歓声が起きた。

「このたたかいはまた、村政刷新同盟の諸君との連帯を抜きには語れない。さらには、多くの村民の連帯を忘れてはならない。丸山一派の村政の私物化を許さない村民のたたかいは続いている。われわれのたたかいもまだ続く。労働者諸君……」

武吉はにわかに込み上げてきた感涙に声をつまらせた。一瞬、場は静まり、そしてひときわ高い拍手と歓声で沸きかえった。

（九）

季節がめぐって梅の花がそこここで満開に咲いていた。陽射しの明るさが春の近さを告げている。それはまた同時に麦の刈り入れという労働の季節のはじまりでもあった。

誰も予想していなかったことが起きた。村長の丸山作之助が逮捕されたのである。

「ええっ、なんてよお！」

と大きな声を上げて良作は三四郎を振り返った。良作は、牛に藁《わら》を切って与えていた手が震えるのが自分でも分かった。

「おいやん、どういうことなよ。なぜえ村長が逮捕されなあかんなよ、わけ分からんわ。ちゃんと説明してよ」

三四郎の声に納屋から駆け出してきた洋が訊いた。

「詳しいことは分からんのやて。水口さんの話やけどな、おとついから村長は田辺に行ってたんやてえ。そやけどな、帰りが遅いんで気にはなってたらしいんや。で、今日な、村長の家へ行って奥さんと話をしてるとこへ駐在がきてな、そいで逮捕されたて分かったんや」

三四郎は知りえた限りのことを話した。

「水口さんが良やんを呼んできてくれ言うさか来たんや」

良作と三四郎は水口宅へ急いだ。

「良やん、えらいことになったわ」

水口は肩を落としていた。

「いま聞いたけど、もっと詳しいこと分からんのかよ」

「ああ、いま駐在へ行って聞いてきたとこや」

そう言って、水口はことの次第を語った。

「村政刷新同盟の奴らがな、顧問弁護士を使って村長に不正がないかどうかて、この間から調べてたらしいわ。そいで、信用組合の背任とか横領とか、詐欺もあるちゅうて警察へ告発したていうんや」

「ほんで警察が逮捕したんかよ」

「逮捕ていうんか、とにかく警察に呼び出されて調べを受けたらしいんやけど、そのまま拘留されたらしいわ」

「ふうん……、そあなことてあるんかよ。まだはっきりしたわけやないのに」

三四郎が思案顔でつぶやいた。

「そいにしてもえらいことになったなあ。あいつらのことやさか、なにを言いふらすか分からんなあ」

良作は誰に言うともなくつぶやいた。

そんな話をしているところに、事件を聞いた村長派の取り巻きや親戚も水口宅に集まってきた。

「水口さん、なっとうすらよ」

親戚の一人が水口に向かって言った。水口はしばらく黙ったままだった。頭が混乱してすぐには知恵が浮かんでこなかった。

「なっとうって言われても相手は警察やさかなあ……。弁護士に相談せんかったらわしらでは分からんなあ」

水口の力のない言葉に、みな押し黙ったままである。

ややあって、三四郎が言った。

「水口さん、原田菊蔵を名誉毀損で告訴できんのやろか？」

「名誉毀損？」

「村長のあることないこと調べて警察に持っていくらて、あいらのやり方は汚いわだ。弁護士に相談してみたらどうやろか」

翌日、原田菊蔵ら村政刷新同盟は四十人ほどが気勢を上げ、船で田辺に入り警察署に押しかけて丸山作之助の徹底的な取調べを要望した。一方、正義団のほうも刷新同盟の原田菊蔵を名誉毀損で告訴した。

丸山村長が逮捕され、西富田村の村政はほとんど機能しなくなり、死亡や出産の届けもできない事態になった。拘留された丸山村長は辞職を拒み、村長に居座っていた。

この事態を解決しようと動き出したのは、隣の北富田村に在住する山林県議だった。山林県議は村長派、反村長派の幹部らと相次いで会った。反村長派の村政刷新同盟には丸山村長に辞表を書かせるから同盟休校、村税滞納の中止を求めた。村長を辞めるのならと刷新同盟側も調停を受け入れた。

山林は同僚の県議もう一人と一緒に拘留中の丸山作之助に会い、丸山作之助を説得し、ついに辞表を書かせた。丸山村長の辞職にともない、村役場には村長職務管掌ということで県の官吏がやってきた。同盟休校は中止され、児童が登校する姿が半月ぶりに往来に戻った。

三月の末、定数十二人の村会議員選挙がおこなわれた。砥石工組合から山崎武吉ともう一人が立候補し二人とも当選した。村政刷新同盟の原田菊蔵なども当選し、刷新同盟派が議会では多数を占めることになった。村長を辞職した丸山作之助も起訴猶予となって、再び村議に立候補し村政の場に返り咲いた。丸山派の議員は四人が当選した。

しかし、村会議員選挙が一段落するのを待っていたかのように、警察が動き出した。争議を指導した磯部順一、南丈太郎、それに山崎武吉ら砥石工組合員数名が治安維持法違反容疑で逮捕された。

　武吉たちの取調べは田辺署員ではなく和歌山県警察の特高警部ら三人がおこなった。取調べとは名ばかりで、それは苛酷をきわめた拷問だった。拷問は磯部、南、武吉の順におこなわれた。

「なんにも吐かんのならそいでもええぞ。思い知らせたるさかな」

　そう言ってからは殴る蹴るの暴行の連続だった。磯辺の小柄な体はひとたまりもなく床にころがった。しかし、それはほんのはじまりだった。特高は磯辺を直立させ、上半身を裸にして竹刀で乱打した。磯辺がまた床に転がると、こんどは髪の毛を鷲づかみにして、引きずりまわし、椅子に座らせ、さらに顔といわず、胸といわず、背中も太股も、力まかせに打ちすえた。床に倒れ込むと、シャツの袖をまくり上げていた特高の一人が部屋の隅にあったバケツの水を裸の体に浴びせかけた。水びたしの床の上に、手でつかめるほどに抜けた髪の毛の束が散らばっていた。

　しかし、磯部も南も一言も口を割らなかった。武吉も拷問に耐え抜いた。やがて、磯部と南は懲役二年、山崎は懲役一年半に処せられた。その他の組合員は不起訴となって釈放された。武吉に下された判決は次の通りであった。

「主文」
　被告人ヲ懲役一年六月ニ処ス
「理由」
　被告人ハ尋常小学校卒業後引続キ本籍地和歌山県西牟婁郡西富田村ニ在リテ砥石工トシテ稼キ居タルカ其ノ労働体験ヨリシテ砥石工ノ団結ノ必要ヲ痛感シ昭和六年三月自ラ居村ノ砥石工ヲ糾合シテ富田砥石工組合ヲ結成スルト共ニ全熊野労働組合協議会（以下全熊ト略ス）ニ加盟シ爾来熊野地方ニ於ケル数多ノ労働争議ニ関与シ居ル中漸次共産主義思想ヲ宿懐スルニ至ルモノナルトコロ日本共産党カ国際共産党ノ一支部ニシテ我カ立憲君主制ヲ撤廃シ私有財産制度ヲ否認シ無産階級ノ独裁ヲ経テ共産社会ヲ建設スルコトヲ目的トスル秘密結社ナルコト及日本労働組合全国協議会（以下全協ト略称ス）カ国際赤色労働組合ノ一支部ニシテ日本共産党指導ノ下ニ経済闘争ヲ激発シ之ヲ政治闘争ニ転

化セシメ該闘争ヲ通シ日本共産党ノ目的綱領ヲ一般労働大衆ニ浸透セシメテ其革命化ヲ図リ以テ同党ト共ニ前記目的ヲ達成セントスル赤色労働組合ナルコトヲ知リ乍ラ

第一昭和七年八月下旬全協産別和歌山支部協議会指導ノ下ニ全熊全部ヲ全協ノ影響下ニ獲得センカ為全熊内ニオケル左翼分子磯部順一外数名ト共ニ戦闘化同盟ヲ結成シ次テ同年九月右同盟ヲ解消シテ全協フラクション会議ヲ確立シ爾来昭和八年三月ニ至ル間屡和歌山県西牟婁郡田辺町ニ於テ開催セラレタル右フラクション会議ニ出席シテ其ノ組織並闘争方針等ニ関スル協議ヲ遂ケ

第二昭和八年一月末頃富田砥石工組合ニ労働争議勃発スルヤ自ラ其ノストライキ委員責任者トナリ前示和歌山支部協議会ヨリ派遣セラレタル数名ト図リ全協指導ノ下ニ該争議ヲ激発シ村長ヲ排斥スルト共ニ村民児童ノ同盟休校ヲ決行セシメ遂ニ村長村会議員辞職ノ止ムナシニ至ラシメ尚該闘争ヲ通シテ二名ヲ右フラクション会議メンバーニ獲得シ自ラ富田フラクション会議ヲ結成シテ其ノ責任者トナリ

第三昭和七年九月頃ヨリ昭和八年三月ニ至ル迄ノ間西富田村ニ於テ数回ニ亘リ磯部順一ヨリ配布セラレタル全協中央機関紙労働新聞数部ヲ数名ニ配布シテ閲読セシメ以テ日本共産党ノ目的遂行ノ為ニスル行為ヲ為シタルナリ

右事実ハ被告人ノ当公廷ニ於ケル判示同趣旨ノ供述ニヨリ之ヲ認ム

法律ニ照スニ被告人ノ半示所為中国体ヲ変革スルコトヲ目的トスル結成ノ目的遂行ノ為ニスル行為ヲ為シタル点ハ治安維持法第一条第一項後段ニ私有財産制度ヲ否認スルコトヲ目的トスル結社ノ目的遂行ノ為ニスル行為ヲ為シタル点ハ同条第二項ニ該当スルトコロ以上ハ一個ノ行為ニシテ数個ノ罪名ニ触ルル場合ナルヲ以テ刑法第五十四条第一項前段第十条ニ依リ前者ノ刑ニ従ヒ所定刑中有期懲役刑ヲ選択シ其ノ刑期範囲内ニ於テ処断スヘキトコロ犯情憫諒スヘキモノアリト認ムルヲ以テ同法第十六条第七十一条第六十八条第三号ニ依リ酌量減軽シタル刑期範囲内ニ於テ被告人ヲ懲役一年六月ニ処スヘキモノトス

仍テ主文ノ如ク判決ス

昭和八年十一月十六日
和歌山地方裁判所刑事部
裁判長判事　大草晃

この時代、南紀州一帯にはまだ日本共産党の組織はなかった。非合法の日本共産党は、治安維持法での相次ぐ全国的な弾圧で多くが獄中にいた。

この南紀州ではわずかに磯部順一だけが共産党員であった。磯部は田辺町の出身で長じて「合同電気」（のちの関西電力）に勤めていたが、その後、南紀州無産青年連盟結成に参加し、全熊野労働組合協議会の書記局に入った。

磯部は四つ年下で同じ田辺町出身の南丈太郎とともに、若くして田辺西牟婁地方の労働争議を指導する立場に立っていた。磯部は南とともに昭和七年に南紀州一帯の「全協（日本労働組合全国協議会）」を確立し責任者になった。

磯部や南、山崎たちは昭和八年春の大弾圧で検挙され二年間服役した。しかし、戦争への大きな渦が荒れ狂うもとで、田辺西牟婁ではメーデーも中止させられ、大きな争議も起こらず、時代は磯部や南、山崎らを戦争への渦にのみ込んでいったのであった。

（十）

良作は疲れきっていた。この一ヶ月というもの、毎晩のように会合に出席する日が続いていた。砥石争議は一応の解決をみたが、村政の混乱は収まっていない。

「お父ちゃん、この頃しんどそうやなあ」

さよは久しぶりに寝床に入ってきた良作に言った。

「ああ、しんどいなあ。腹に力が入らんていうか、なんか下腹の辺りがおかしいわ。こあに毎晩かけ回って寄り合いに出るらて、生まれて初めてやもんなあ」

そう言いながら、良作はさよの寝巻きの胸に手を差し入れた。若い頃にくらべると張りはなくなってはいたが、豊かな乳房だった。

「洋がお父《とう》の体が心配やていやったわ。あの子も、こんどのことで公ちゃんとうまいこといかんようになってかわいそうや」

「公も二十五人の労組の一人やしなあ。争議が終わったさかて、前にみたいにうまいことはいかんやろ」

砥石工組合ができてからというもの、石山が昔のような石山ではなくなったことを良作はしみじみと思った。

「この間、洋が言うんや。小次郎のおいやんみたいに大阪へでも行って一旗あげてみたいって」

「あいつがそあなこと言うんか」

良作には思いもかけないことだった。

「あんたは総領やし、そあなことできんでて言うといたんやけど……」

「なんて言うたら？」

「このままだったら徴兵検査受けて戦争に行かんならんのと違うんかなあって」

「そあなこといやったか」

良作は満州で拡大している戦争のことを考えたが、それが終結するのかどうか、よく分からなかった。

「兵隊にとられて満州に行くらて、そあなことにほんまになるんかあ？」

「分からんなあ。天皇陛下が決めることやし、あんまり無茶なこともせんと思うけどなあ」

「洋もなあ、そあなこと考えたら不安なんやと思うわ。そいに、好きな娘もあるみたいやし」

さよのその一言に良作は驚いた。

「ええっ、そいほんまか。だいなよ、その娘て」

「いつやったか、お父ちゃんが留守のときなあ、郵便さんが洋に手紙持ってきたんや。わしが受け取ったんやけどな、だいからやったと思う」

「分からんなあ、だいなよ」

「しのぶちゃんや」

「しのぶちゃんて……、柊《ひいらぎ》の家のかあ。あそこの二番目の娘か……」

思いもしなかった名前だ。良作は柊しのぶの顔を思い浮かべたが、まだ学校に通っている頃の顔しか浮かばなかった。

「奉公に出てるんやろ、しのぶちゃんは」

「うん。しのぶちゃんの上の春江ちゃんが世話になってるとこと同じ店らしいで。大阪の松屋町とかいう住所書いたあったけど」

「そうかあ、小次郎のとことそあに離れてないなあ……。あい、そいにしても、まだ子どもやて思うてたのになあ。あい、まだ十七やろ」

「なに言やんのお父ちゃん、もう十七にもなったんねでえ」

さよの言葉に、それもそうだと思った。息子を、あらためて大人になった男として意識した。

「手紙まで来るような仲に、どこでどあいになったんやろ……」

さよがひとりごとのように言った。

「阿呆、そあなもんどこでも、なっとうでもなるもんや。そいで、あいつ、なんか言うてたか」

「なんにも言えへんけど、ちょっと照れくさそうやったわ」

柊のしのぶちゃんなあ……。良作はなおも柊しのぶの顔を思い出そうとしていた。洋も耕治も大きくなったものだと思った。子どもたちを育ててきたこの十数年を考えると、決まって頭に浮かぶのは洋たちがまだ小さかった頃の姿であった。良作は自分もそういう風に育てられてきたように、洋を萩原家の総領としてこの家を継ぐ人間として厳しく育ててきたつもりであった。洋は長ずるにつれ口数が少なくなってはきたが、負けず嫌いなところは小さい頃のままであった。野良仕事で鍛えられたがっしりとした体軀は見事であった。夏など、裏庭の水汲み場で裸になって水をかぶっている姿を見ると、親ながら惚れぼれとする体格をしていた。耕治は洋ほど手をかけずに育てた。背丈は洋と同じ位だが、洋のようなたくましさは具わっていなかった。しかし、学業は洋よりもよくできた。物心つく頃から、いずれは家を出ないといけないことを教えられて育ったせいか農作業などにもあまり熱が入らなかったが、勉強熱心なところがあった。

「耕治ももう十五やなあ。そろそろ奉公に出さんならんなあ……」

良作は独り言のように言った。

「朝鮮に行きたいて言うんや」

「朝鮮へ？」

「うん。別所のおいやんが向こうで商売しやるさかいに、そこへ行って奉公させてもらえんかなあて。そあな遠いとこに行かんでもええて言うたんやけど」

「別所てかあ……」

良作は遠縁にあたるもう五十を過ぎた別所半四郎のことを思った。別所半四郎は近所の嫁といい仲になったのだが、それが知られて村に居られなくなり村を飛び出したのであった。もう二十五年も前のことであった。

「大陸へ渡ってみたいて言うんや。別所のおいやんが朝鮮で成功してるて聞いて、行ってみとなったんやろ……」

洋も耕治もそれぞれに自分の道を探しているんだと思うと、良作は頼もしくもあり、また寂しくもあった。

公ちゃんこと山城公は冗談も多いが、人間は一本気なところがあった。いつもにこやかな態度で、石山でも好かれている若い衆《し》の一人だった。こうして二人きりでゆっくりと話すのはどれくらいぶりだろうかと、洋はさっきから考えていた。

「あがら、こあにして喋るの久しぶりやなあ」

公も同じことを考えていたのかと、洋はおかしかった。

「労組のお陰で工賃も上がったし、なあひろし、よかったと思わんか」

公は普段の開けっぴろげな言い方をした。

「そうやなあ、そいはよかったと思うわ。そやけど、村はえらいことになったし、えらいしこりが残ったたんも確かや」

「まあなあ、そやけどそいは仕方ないいんと違うか。あいだけ真っ二つに分かれて争うたんやさかなあ、しこりが残るのは仕方ないて。気の毒なんは武吉ちゃんや。いまだに監獄のなかやろ……」

「武吉ちゃんはいつまで入ってなあかんなよ？」

「一年半やさか、まだ大分先やわ」

そう言ってから公は腰からキセルを取り出し、煙草に火をつけた。風がなく、暖かな陽の光が二人に差している。石山の仕事場の横で、二人は弁当を広げていた。

「お前んとこも争議のときに石でやられたて聞いたけど、気つかいなかったんか。気にはなってたんやけどな、聞きにいく間もなかったしなあ」

「壁がちょっと剝げたくらいで大したことはなかったわ。誰《だい》がやったんか分からんけどな、親父は労組の奴らに違いないて言うてたけど……」

洋は思い切ってそう言ってから公の顔色をうかがった。

「ひろし、そいは違うで。うらの仲間にはそあな阿呆なことする人間はないて。その話聞いてからみなで言やったんやて。良やんは絶対あがらがやったて思てるでて。

そやけど、労組にはだあれもやった人間はないて。毎日、行商もせなあかんしビラも配ってたし、みななあ、夜になったらへとへとに疲れてたしなあ」

「そうかあ、ほいたら誰《だい》がやったんやろなあ？」

「分からんけど、ひょっとしたら刷新同盟の人間かも知れんなあ……証拠はないけどな。他に考えられんわだ」

公は遠くを見つめながら、口を丸めて空けて煙草の煙を吐き出しながら言った。

「あのときはほんまに腹たったわ。考え方が違うさかて、あそこまでやらんかてええやろが」

洋は襲撃を思い出してまた腹を立てた。

「そりゃそうや。そやけど、みないきり立ってたさかなあ……。話は変わるけどな、戦争のことやけど、お前どう思う？」

「どうって？」

「どうもな、満州での戦争は広がるいっぽうのようや。去年の五・一五事件もそうやろ。軍部が主導権を握ろうていう話やろ。どうも気色の悪い事件やろが。だんだんと戦争が大きなっていきやるみたいでなあ……。うらはもう来年になったら徴兵検査やろ、ひょっとしたら行かんなんかも分からんて思うたりするんや。そあになったらな、野良仕事するのお母一人になるしな……」

「公ちゃん、そあな話どっから入ってくるんなよ。よう知ってるなあ。わしはそあなこと分らんわ」

「田辺の労組の人らに聞いた話や。ひろしよ、お前、戦争らに行きたいか。わしは行きとうない。戦争ら行ってもええことはなんにもないて思うんや」

「そやけど、天皇陛下のすることやろ。あがらはそれに従う以外にないわだ」

公は洋の顔をまじまじと見た。それから、半ば呆れたように言った。

「お前、暢気なこと言うてるなあ。戦争ていうんは殺し合いやぞ。そいも、なんにも関係のない者同士が殺し合いをするんやぞ。おかしいと思わんか？」

「……、公ちゃんの言うことも分るけど、こあな話、あんまり大きな声でしたらあかんのと違うん？」

「そりゃそうや。ひろしやさか言うんや。そやけど考えてみいだ。戦争らてあがらにはなんにもええことないやろが」

「そらそうやけどなあ……大東亜の共栄圏とか言うて、

日本の領土が広なるらしいで」

「そうや、要するにそこらへんの国に侵略していって、日本の領土広げるちゅう話や。戦国時代やあるまいし、朝鮮にしても中国にしても、そあなもん黙って従うはずないやろ。問題はなあひろしよ、戦争らしていったい誰が得をするんかってことやで」

「はっきりしてるんは、あがらはいっこも得にならんってことや。戦争で死ぬか傷ついて動けんようになるか、どっちかや」

「ううん……」

「ひろしなあ、うらはお前が労組に入らんさかてなんとも思うてないさかな。親父さんとお前とは違う人間やしな」

公はそう言って、空になった弁当箱をさげて立ち上がった。

初春の陽射しが真上からそそぎ、汗ばむ陽気であった。周りの山の茂みからはうぐいすの鳴き声がずっと聞こえてきている。「戦争かあ」、洋はそう声に出してつぶやきながら公につづいて腰を上げた。

（十一）

大陸への戦争は拡大の一途をたどっていた。近隣の村々からも「日支事変」への動員が増えている。新聞は毎日のように出征兵士の模様を報道し、西富田村でも入隊する若者の送別会がおこなわれるようになっていた。

地元紙は、「わが在郷将士、万歳の嵐に送られて晴の征途へ」の大見出しで出征を報じた。

「出征部隊は六月九日、村役場前に集合。晴れの真新しい武装も美々しく広場北側に、これを送る村人は南側に整列し、東方遥拝ののち、山岸四郎白浜出征隊長が次の訓示を与えた。

大命を奉じていよいよわれわれは出征する。いたずらに歓呼の声に酔うて国民の信頼を裏切ることがあってはならぬと、馬上の厳しき隊長の言葉は粛然として、しかも真情流露、聞くものの肺腑を貫き、送るものも送らるるものもいつしか熱涙の頬を下るを禁じえなかった」

などと戦意高揚の記事を載せていた。こうしたもとで、南下を続けていた紀勢西線は新庄村つぶり坂トンネルで思わぬ足止めを食らっていた。作業中にトンネルが崩落し多数の死傷者を出したのである。このトンネルは全長八十メートルだがこれまでも崩落事故を起こしている難所だった。

西富田村ではすでに新しくできる白浜口駅の敷地整備が進んでおり、このトンネル事故の報道で、また鉄道の南下が遅れると村人たちは噂しあった。白浜口駅は白浜と湯崎温泉の玄関となる駅で、駅の敷地が千二百坪、駅前広場が九百坪、合わせて二千坪の広い駅となる計画だった。この工事で数軒の家の田んぼや畑が当局に買い上げられたが、現金収入の少ない者にとってこれは恵みとなった。

白浜口駅はそのひとつ南の富田駅とあわせて昭和八年の十二月に完成予定で、駅から温泉に連絡する幅十二メートルの県道改修もあわせて進められていた。

山主の水口が良作を訪ねてきて、小一時間ほど話し込んでいるのを洋は知っていた。牛の世話が一息ついた頃に、洋を呼ぶ良作の声が奥の間からする。

「おとう、なんか用かあ」

洋はそういいながら、机を囲んで茶を飲んでいる二人の横に座った。

「うん、水口さんがな、わしに政友会に入ってくれんかと頼みに来たんや。さっきからその話をずっと説明してくれて、そいでな、わしは入ることにした。お前もどうかと思うてな。お前ももう大人やし、世の中は戦争の真っ最中でこれからどうなるかまだ分からん。そやけど、政友会はあがら百姓の味方やし、ここらの地方でも大勢が入ってるようやしな、お前もいっそ入っといたらどうかと思うたんや」

そう言う良作の言葉を次いで、こんどは水口が口を開いた。

「洋くんなあ、あんたは萩原家の跡取り息子やし、戦争ていうてもそういつまでも続くもんやないし、これからはあんたら若いもんの時代や。政友会はこれからも陛下のために日本を守ってゆくわけやしな、そこに参加しておいてくれんか。この萩原家はどうこういうても村では一番古い地主やし、県や国との付き合いもせなあかん。良やんもそうしてくれるて言うし、頼むわ。わしもな、この間、県へ行ったときに知事から南のほうでも政友会をもっと大きくしてくれって頼まれてな。まあ、そんなことで今日は寄せてもろたんや」

予想もしなかった話に洋は面食らっていた。返事のしようがなかった。

「ううん、話は分かったけど、わしは政治のことはなんにも知らんなあ。この前も、犬養首相が殺されたときなあ、若いもんらでいろいろと話をしたことあったんやけど、まだまだなっとうなるか分からん世の中やなあって、みなこれといってはっきりした考えらなかったわ。そら、水口さんとおとうに頼まれたら断る理由はないけど、そいでもなあ、いままでそあなこと考えたことないしなあ。そいに、公ちゃんなんかは真っ向から戦争に反対て言うてるしなあ」

良作が洋を制して言った。

「公には公らの考え、アカの考えがあるやろ。しかし洋、アカはあかん。これはどうあってもあかん。お前、まさかとは思うけど公になびいてるんと違うやろなあ」

「なびいてはないよ、なびいてはないけど、わしと違って公ちゃんら小作のもんの気持ちもよう分かるとこがある。そやさか、わしは公ちゃんは公ちゃんでええて思たある。この間は公ちゃんと、あがらどっちみち戦争に引っ張られるし、先は分からんなあって別れたんやけどな」

その洋の話に水口が割って入った。

「戦争に行くのはあんたら若いもんや。わしも良やんももう戦争に出る歳やない。これから先はあんたらの時代やて。戦争が終わったらどっちみち日本は大きな仕事をせなあかんようになるとわしは思てるんや。そのときのためにもな、政友会の一員になっといたらいろいろと発言もできる。洋くんも所帯を持って、この萩原の家を継いで村のリーダーの一人として押し出されるのは間違いないことや。そういう先のこともちょっと考えてほしいんや」

水口はしばらくして帰っていった。洋は、しばらく考えさせてほしいと返事をした。

しのぶからの手紙

洋くん、お元気ですか。こっちに来てから色んなことがありました。家の人のこともあるから、洋くんに手紙を書こうかどうしようかと思案しましたが、思い切って書くことにしました。

大阪はほんまに大きな街です。毎日、お店の前の道を大勢の人が通ります。こんなに大勢の人は西富田では絶対に見ることはありません。最初は、使いに行けと言われて一人で外に出るのが怖くて仕方なかったけど、それももう慣れました。奉公は大変です。朝は早く起きないといけません。お店には二十人位の人が働いていますが、私と、あと新入り二人はなんでも用事を言いつけられます。ここのお店は大阪に全部で三つの店があって、姉ちゃんは別の店のほうに行かされているのでたまにしか顔を合わしません。徳島の田舎のほうから来た幸《ゆき》ちゃんっていう人と仲良しになったから、ごくたまに幸ちゃんと遊びに出かけています。

お母ちゃんからの手紙で石山の争議のこととか、村が大変なことになっていることを知りました。難しいことは女の私には分かりませんが、洋くんになにもなければいいのにと思っています。こっちでは店に来る人たちがよく満州での戦争の話をしています。戦争はもっと広がってゆくとみんなが言っています。洋くんも二十歳になったら満州に行かなあかんのやろうかって、心配です。

お母ちゃんからの手紙では、鉄道のレールを敷くのに、うちの畑にそれがかかるとかで、畑を買うてもらったらしいです。田んぼは地主さんのやけど畑はうちのもんやから、お父ちゃんはちょっとやけど現金ができて喜んでいるらしいです。来年には駅ができるから、こんど帰るときには初めて汽車に乗って帰れると、いまから楽しみにしています。

洋くん、洋くんは分かってなかったと思うんやけど、私は高等科を終える頃から洋さんが気になっていたんです。前にも川に落ちたときのことを話しましたが、初めは好きとかっていう気持ちじゃなかったんです。洋くんの家の前を通って毎朝学校に行くとき、あの生垣から洋くんが出てくるんじゃないかって、いつも気になっていました。高等科を出てからは毎日のように顔を見ることができなくなったから、よけいに気になっていました。覚えていると思いますが、私が親類に届け物をしに行くあの朝ですが、こっちに向かって歩いてくるのが洋くんだと分かってほんとうにびっくりしてしまいました。あのあと、なにを言ったのかも分からないくらいで、胸が高鳴っていました。あの朝のことがなかったら、その後のこともなかったやろうし、私にとってはほんまに記念すべき朝になりました。

あと一年余りはこっちで奉公をしないといけません。大阪の街には珍しいものもいっぱいで、幸ちゃんと一緒に歩いてて、あれもほしいなあ、これもほしいなあって……。慣れてくればそれなりにいいんですが、私はやっぱり西富田がなつかしいいし、村が好きです。空気も水も違います。山も海もすぐ近くにあるし、秋の採り入れの頃に村中に漂っているあの独特の匂いが好きです。

年末年始はお店が忙しくて休みがもらえません。その代わりに別のときに休みがもらえるようになっています。わたしも二日間くらいは家でゆっくりできそうです。洋くんに逢えればいいのにと、いまからそんなことばかり考えたりしています。洋くん、くれぐれもお体に気をつけてください。さようなら。

柊しのぶ

茶色っぽい紙に書かれたしのぶの文字の一つひとつを、洋は何度も目で追っていた。しのぶが村を出てから村を二分した砥石争議や村政の混乱がつづいていたが、そんな日々のなかでも、洋はしのぶとの出来事をよく思い出していた。手紙が来たということも思いがけないものだったが、書かれていた内容はさらに洋を驚かせた。

学校に通っている頃、確かに家の前の往来でしのぶをよく見かけることがあった。しかし、一人ではなく何人かで登校していたし、一つ上のしのぶに声をかけることもなかった。しのぶがその頃から自分を見ていたなど、洋には思いも及ばないことだった。手紙を受け取ってから数日後、洋は初めてしのぶに手紙を書いた。

洋の手紙

ちょっとずつ寒さが遠のいていっている。もうじき、家の前の土手に土筆やわらびが芽を出すと思う。そしたらまた、野良での仕事が山のようにやってくる。

しのぶちゃん、手紙ありがとう。

何度も読みながら、話をするのと違って手紙というのは人の気持ちをよく出すもんだと思った。しのぶちゃんが大阪で暮らしているのが、わしは正直言うてうらやましい。百姓が嫌いなわけやないけど、大阪に行ってもっと色んなことをしてみたいと最近はよく思う。小二郎のおいやん（親父のすぐ下の弟）が阿倍野で金物屋の店を出しているけど、そこへでも行って働いてみたいと思ったりする。けど、わしは総領やし、そういうわけにはいかんてこの間も母親に言われた。言われなくても、それはよく分かっているんやけど……。

石山でも戦争の話はよく出る。満州に行きたいって言う若い者もあるけど、わしは戦争もお国のためなら仕方ないと思う。山城の公ちゃんが言うてたけど、戦争に行って殺し合いさせられるのはあがら貧乏人だけで、だんなしの家のもんは戦争には行かんて。それもそうやなあと思った。戦争らなんでするんか、国の偉い人らが決めることやからわしには分からん。

石山の争議はやっと解決した。解決したけど、砥石の労組ができてからは前みたいな石山の空気ではなくなった。親方に味方するもんと、親方に味方するわしの親父みたいなもんと、労組に味方するもんとに分かれてしまった。争議のおかげでわしらみたいな見習いでも賃金がだいぶ上がったけど、人間関係がやりにくくなったことは確かだ。

こんどの争議でほんまに色んなことを考えさせられた。最初のうちは、親方にたて突くアカの連中が村を混乱させていると思っていた。親父がアカの奴らだけには近づくなっていつも言うてたし、アカというのはほんまに悪い連中やと、自然とわしも思っていた。実際、奴らのやり方にはついていけんとこがいっぱいある。ストライキとか同盟休校とかも、あそこまでやらんでもええのにと、いまでも思っている。そやけど、公ちゃんの話を聞いてたら、それはそれで分からんこともない。はっきり言うて、どっちが正しいのかいまのわしには難しすぎてよう分からん。

しのぶちゃんが大阪へ行ってから、わしもしのぶちゃんのことをよく考えるようになった。なにを考えるというんでもないんやけど、どうしてるんかなあとか……そんなことを考えるようになった。これがしのぶちゃんを好きになったという証拠かどうかはよう分からんけど。わしはふっと思ったりするんやけど、あと何年かしたらしのぶちゃんを嫁にもろうて、ずっとここで百姓をしながら暮らすんやろうかて。嫁をもらう話らまだなにもないけど、もらうんだったらしのぶちゃんがええと最近は思うようになった。しのぶちゃんが嫌でなければの話やけどな。まあしかしまだまだ先のことやけどな。いつ頃かえってこれるのか、決まったらまた知らせてください。また、あの裏の畑にでも上ろう。

だんだん野良仕事が増えてくる。田植えが終わる頃までは忙しい毎日や。しのぶちゃんも体に気をつけて過してください。

萩原洋

「行たら見てこい富田の堅田、可愛い娘がムシロ打つ」

母親が納屋の土間に座ってムシロを打っている後ろから、耕治がそんな唄を歌ってからかった。

「可愛い娘と違うて悪かったなあ」

さよが手を動かしながら耕治に応じた。

「ははは……」

耕治が笑っているところに、牛に喰わせる麦を桶にいっぱい入れて洋がやってきた。

「なにおかしいんなよ？」

耕治はその問いには答えずに、

「いたら見てこい富田の堅田、可愛い娘がムシロ打つ」

と、可愛いのところをひときわ大きな声で言った。

「むかし可愛いやろ」

洋が言った。

「そやそや、むかし可愛いや。ははは……」

納屋の座敷の上がり口に座っている耕治の隣に腰をかけて、洋はキセルを取り出しておぼえたばかりの煙草に火をつけた。

「兄《にい》、どあな味な？」

「吸うてみいだ」

洋はキセルを耕治に渡した。それをちょっと吸ってみて、耕治は「うえっ」と顔を歪めてキセルを突き返した。

「耕、そあなもん覚えんでもええ」

さよが動かしている手を休めずに言った。

「兄、こあなもん、どこがうまいんなよ？」

「初めはうまいと思わなんだ。初めて煙を肺のなかに吸い込んだときはな、くらくらってなって倒れたわ。そやけど、そのくらくらするんが気持ちええんやて。そいを繰り返してるうちに吸えるようになってきたんや」

「そうか、肺のなかに入れなあかんのや」

「そらそうや。こあなもん、口のなかだけやったらうまいこともなんともないやろが」

「洋、そあなもん教えんでええていうのに……」

　さよがまた言った。

「そやかて、男やさかどうせじき覚えるて。早いか遅いかの違いやて。どうな、もう一回やってみるか？」

　そう言って、洋はキセルに葉を詰めて耕治に渡そうとした。

「ええわ、またにするわ」

　耕治が言った。

　コトコト、コトコトと、一定の間隔でムシロを打つ音をさよが立てている。

「お母、ムシロ一枚打っていくらになるんなよ？」

　ふいに耕治が聞いた。

「一枚なあ、三十銭や」

「日にどれくらいつくれるんなよ？」

「ムシロばっかり一日中打ったら……、そうやなあ七枚くらいやなあ。もうちょっと早う打てるようになったら八枚打てるけどな」

「ふうん、七枚で二円と十銭かあ。ええ稼ぎやなあ」

「耕、お母は簡単に六枚、七枚ていうけどな、そいだけ打てる女の人はそうないんやぞ。普通は五枚も打ったらええ方やで、なあお母。お母は早いんや」

　と、洋が耕治に説明した。

「一日に二円も稼げるんだったら、兄の石山よりええわだ。大したもんやなあ」

「耕、お母が簡単にやってるさかて、こいは誰にでもできるもんと違うんやぞ。相当な腕がなかったらお母みたいには打てんのや。出来が悪いむしろはじきに使いもんにならんようになるしな。しっかり打ったムシロやさか、萩原さんとこへ頼んだら間違いないちゅうことで、そやさか注文も増えるんや。お母みたいにええムシロ打つのは滅多にないんやぞ。村でも二人しかないんやぞ」

「へえ、お母、大したもんやなあ」

「いま頃分ったんかよ」

　さよがそう言って胸を張った。三人とも声を上げて笑った。

「そいにしても、あがら百姓は現金の収入が少ないなあ。米かてあいだけえらい目して作っても大した金にならんしのお」

洋がムシロを打っている母親を見ながら言った。

「仕方ないわだ。昔からこあにしてやってきたんやもん。大阪へでも行って小二郎さんみたいな商売でもせん限り、お金ら儲けられんよ」

さよが腕を動かしながら、こちらを見ずに言った。

「兄よ、わし、別所のおいやんとこへ行ってみよかて思うんやけどなあ……」

耕治がそれに応じるかのように、ぽつりと言った。

「ええっ、別所のおいやんて、朝鮮のか?」

洋は驚いて、耕治を見て聞き返した。さよも振り返った。

「うん。兄、わし考えてみたんや。このままここにずっとおってもなあ、じきに徴兵検査やろ。いつ戦争に行かなあかんかも分らんやろ。戦争に行ったら、どうなるか分からん。そいやったら、いっそ朝鮮にでも行って、別所のおいやんとこで世話になって一旗あげてみたいんや。そら簡単なことやないやろうけどな、戦争で死んでしまうよりずっとええと思うんや。なあ、あかんやろか?」

洋は母親の顔を見た。

「耕、お前、戦争に行きとうないらて、アカみたいなこと絶対に他所で言うたらあかんで。そらお前は次男坊やさかな、洋が嫁もろおたら、いずれここを出て分家せなあかんことになるけど、朝鮮らて遠すぎるわだ。商売やったら大阪でもええん違うんか」

さよがそう言った。

「大阪でもかまわんけど、どうせなら朝鮮に行ってみたいんや。遠いていうても九州の向こうや。別所のおいやんもおるしな」

耕治がそんなことを考えていたとは、洋には思いも及ばないことだった。弟が羨ましかった。自由に羽ばたける次男という立場が洋にはなかった。自分は一生ここにいて、やがて年老いてゆく父母の面倒を見なければならない。なによりも、徴兵検査が迫っていた。その先になにが待っているのか、洋は漠とした不安を消すことができなかった。

「耕、お前の思うようにしたらええんと違うか。失敗したら、戻ってきたらええわだ」
そう言って、洋は母親を見た。めっきりしわが増えたと思った。ふと見上げた空には、いまにも降ってきそうな灰色の雨雲が西の空に広がっていた。

（第一部・灰色の雲　終）

第二部・遥かな南紀州

（十二）

南紀州、そこは山々が連なり、大小いくつもの川があり、無数の滝がある。日本有数の雨量が降りそそぐ大地であり、さまざまな樹木が豊富に生い茂る、それゆえにまた山岳信仰の聖地である。

およそ千五百万年前の火山噴火によって、この半島の南部に巨大な熊野カルデラができあがった。絶え間ない火山活動と風化作用とによって神秘の風景がそこに現れた。日本列島最多の雨量が照葉樹の林を育て、火山は無数の温泉を生んだ。

熊野カルデラは数百キロに及んでいて、阿蘇のカルデラよりも広い。紀伊半島のこのカルデラ噴火は日本列島史上で最大の噴火だったといわれている。この地には高温の温泉が湧いている。竜神、湯の峰、川湯をはじめ、熊野と南紀州の各地には多くの温泉場がある。果無山脈から帯をなして八丁《はっちょう》涸滝《こしか》の変質帯があるが、それはみな高温の熱い水の作用によってできたものだ。この半島の各地に巨岩や奇岩があるのもこうした自然の副産物だ。

なぜ、都からかくも遠く離れた南紀州に「蟻の熊野詣」といわれるほど、いにしえ人が訪れたのか。人々の移動には経済がついてまわる。古代の社寺の建築には南紀州の深山の大木が使われているが、さらに、金、銀、鉄、水銀の鉱山資源を求めて南紀州へと人々が流入した。それはつい先頃まで続いていた。

そこにはまた、険しい山々から海に向かって大小の河川が走っている。なかでも、熊野川は悠久の歴史を持って流れている。熊野川には不思議と橋が少ない。南紀州の最大の街は田辺だが、熊野に限ってみると最大の街は新宮だ。木材の街・新宮は、上流の十津川と北山川を抜きにしては語れない。この二つの川から筏に組んだ木材が熊野川の流れに乗って新宮へと運ばれてくる。運賃は要らない。川が運んでくれる。

その南紀州の空に梅雨の雲が重く垂れさがっている。数日前、もう梅雨が上がったかのような晴れが続いていたが、今朝、昨日までの夏空が一転した。

灰色の雲の下で、緑を敷きつめた世界が広がり、その緑が稲穂になる前のしなやかな体で初夏の風に揺れている。黒南風《くろはえ》が吹きかける香に南紀州は包まれていた。畑では野ウサギや野ネズミが姿を見せ、小川では鮒や鯉、ウナギが清流に遊んでいた。野の生きものたちすべてが躍動していた。

紀伊半島は太平洋の黒潮海流に身をさらすように大地を突き出している。半島の東には熊野灘が広がっている。半島西側は白浜を過ぎると海岸線の景色は一変する。そこから串本までのおよそ四十キロの海岸線は枯木灘とよばれ、荒れ狂う海風を真正面から受け、すべての樹木が枯れてしまうというので、そう名づけられている。

入り組んだリアス式海岸は岩礁におおわれ、まるでノコギリの歯のように険しい。海風が立つと白い波が絶え間なく風に飛ぶ。

洋としのぶは南紀州の最南端、串本の町にいた。二人は農作業がひと段落したら二泊ほどの旅行をしようと約束していたが、それを実行に移したのだった。

旅行をしようと言い出したのはしのぶだった。洋としのぶは結婚の約束をしていたし、すでに二人は結婚したも同然の仲になっていた。洋は多くの若者が出征しているときに二人で堂々と旅行に出るのを躊躇ったが、しのぶはそんなことをあまり意に介する女ではなかった。

「心配だったら洋さんは富田駅まで行って、そこから乗ったらええわ。うちは白浜口から乗るから」

なるほど、そうすれば地元の人たちに二人が遊んでいることを知られずに済む。しのぶがそこまで考えてでも行きたい旅行なんだから、よし、どうしても実現してやろうと洋は考えていた。

富田駅まで自転車で行き、洋はそこからしのぶが待っている汽車に乗った。

枯木灘を南下して、初日は串本の旅館に泊まった。露のひぬまの熊野までの旅であった。

この日、一九四〇（昭和十五）年六月二十八日の早朝、串本の海には巨大な鉛色の船が停泊し、舟艇が橋杭海岸との間を絶え間なく往復して兵士たちを降ろしていた。ときならぬ早朝のエンジンの轟音、兵士たちが撃つ空砲の銃声、実戦さながらの演習に周辺の住民たちは飛び起きた。

「これってなんの訓練なんやろ」

しのぶは少し乱れた浴衣の寝間着姿のままで窓際に

立って外を眺めながら言った。

「なんやろなあ、こんな場所で訓練するって聞いてなかったなあ」

洋にも分からなかった。軍の演習がおこなわれる場合には、前もって役場から住民に周知されているはずだし、旅館の泊り客にも知らされるはずだ。

「朝のお食事の用意をさせてもらいます。朝からえらい音ですねえ」

旅館の仲居さんが来て、そんなことを言いながら手際よく食事の準備をしている。

「なんの訓練ですかねえ」

洋が仲居さんに声をかけた。

「ええっと、陸軍第十六師団の第二十連隊とか言うてましたよ」

「こんな訓練、いつもやってるんかあ」

「いやあ、初めてですよ」

洋は仲居さんが迷惑そうに顔をしかめているのを見た。

「♪ここはあくしもとむかいはおおしま♪」

しのぶがそんな歌を小さく口ずさんだ。

「お客さん、そいはねえ、♪ここはおおしまむかいはくしもと♪っていうのがほんまなんですよ」

と、仲居さんが笑いながら言った。

「ええっ、そうなんですかあ」

と、しのぶは仲居さんに返した。

仲居さんが言うのには、その昔は本州最南端の大島の港は海上交通の要所で、それはそれは栄えたとのこと。船乗り相手の遊女たちもたくさんいたらしい。だから串本節のもともとは大島から生まれたのだという。洋もしのぶも仲居さんの言葉を聞きながら静かにたたずむ対岸の大島を眺めた。


二人はそれから汽車に乗り、紀伊半島の東側を北上した。那智の滝を見ようと那智駅で降りた。バスも走っていたが、二人は那智川の清流を見ながらゆっくりと滝までの道のりを歩いた。

海からの初夏の風が心地よい。この辺りの風景は同じ南紀州でも西牟婁の風景とはまるで違っている。山々が高く、どこか人を寄せつけないような険しさがある。また、南紀州でも紀伊半島の東側は雨の多い地帯だ。その気候のせいだろうか、山々に生い繁っている樹木も大きくて鬱蒼とした森や林を形作っている。

「ねえ洋さん、山が切り立ったように高いなあ。こんな急な山はてっぺんまで登れへんなあ。地元の人はこれ登るんやろか」

しのぶは那智の山を見上げながら、そんなことを言った。

二人は途中の茶店に寄って休憩し、また那智の滝と青岸渡寺をめざした。

青岸渡寺は、九八八年に西国三十三ヶ所の第一番札所として定められ、参詣者が全国から訪れている。入り口の看板には、如意輪観世音像は四世紀の頃にインドから渡来した裸形上人が、那智の滝壺で見つけ、本尊として安置したものと記されている。いまの本堂は、織田信長の軍勢によって焼き討ちされたのち、一五九〇年に豊臣秀吉が弟秀長に再建させたものであるとも記されていた。

二人はそれから新宮駅で降りる予定だったが、那智の山で時間を過ごしすぎ、予定を変更してそのまま熊野駅に向かった。

夜、旅館の広間にはどこかの団体客が遅くまでにぎやかだった。二人だけの時間になれば、話は戦争のことになってしまう。いつ、洋に召集が来るのか、二人の関心事はそれだった。仲がよかった公も先月の半ばに召集された。洋は来たら来たときだと腹を括っていた。西富田の若い仲間たちが一人また一人と出征していく。その数が増えてゆくにつれて、戦死したという知らせも増えていった。洋は、最近になって公がよく石山で言っていた戦争で得をするのは誰なのかという、大っぴらには口にはできないことを考え、どうにも結論が出ない迷路にはまることが多くなっていた。

翌日の新聞は、昨日の串本での演習を次のように報じていた。

敵前上陸の大演習
京都師団、三重県熊野市方面の海岸に演習する予定を悪天候のため、急に上陸の兵士の宿泊地として、古座、高池、西向の三町へ約八百名の止宿割当てあり。高池町二百五十八名と馬匹二十八頭、一軒につき二名ないし十二名など。師団長以下、約千名の将兵は生憎の降雨のなかを午前七時前に歩武堂々、海岸道路を新宮に向い出発したのである。

熊野の宿で目覚めると、二人の脚が布団のなかでからまったままだった。洋はうつ伏して串本での演習の記事を読んだ。

もうすぐ召集が来る。その前にしのぶと結婚式をあげたほうがいいのだろうかと、洋は悩んでいた。そうなれば、戦地から生きて帰ってこれないかも知れない。しのぶは先々の長い人生を後家として生きてゆかねばならない。それではしのぶが可哀そうだと、それでいいんだろうかと、洋は思うのであった。

しのぶは結婚式を急かすようなことを自分からは口にしなかった。口にしなくても、洋には早く結婚式をあげたいというしのぶの気持ちは分かっていた。

しのぶが大阪での奉公から戻ってきて、二人が深い仲になるのに時間はかからなかった。二人はずっと手紙のやりとりをしていて、お互いの気持ちを理解していたし、なにより若い男と女の命は求め合っていた。

しのぶが帰ってきた日、洋は夕暮れになる前にしのぶの家の裏に行った。そこは、しのぶがまだ奉公に出る前に、洋との時間を過ごした畑への登り口で、往来からは隠れたところで人目にはつかなかった。

「あっ、洋さん、もう来てたん、待ったあ」

しのぶの声が弾んでいた。

「ううん、ちょっと前や」

そう言ったかと思うと、洋はしのぶをきつく抱きしめた。しのぶの首の辺りから匂ってくる香りに、洋は年月の流れを感じた。都会的な香りだった。洋は夢中でしのぶの唇を求めた。しのぶも同じように熱い吐息で洋の唇を求めてきた。再会の喜びを確かめ合うその時間が過ぎたあと、二人はやっと体を離して草むらに腰を降ろした。二人は指をつないだまま、しばらくは無言でいた。

「やっと逢えたなあ」

「うん、やっと逢えた。長かったわ」

「都会の女になったなあ。あの頃とは別人のような気がするわ」

「垢ぬけしたあ」

しのぶはにこにこしながら尋ねた。

「したした、女優さんみたいや」

「わあ、ほんまに、嬉しい。洋さんも大人びたなあ、びっくりしたわ」

そんな会話を繰り返しながら、二人は何度も互いの唇を求め合ったのだった。

旅館の朝食は熊野の地磯で獲れた魚や野菜があって美味しかった。

洋はお茶を飲みながらしのぶを見て言った。道路の向こうは熊野灘の大海原が紺碧の色で広がっている。雲はあったが朝の陽の光が射して美しい。

「結婚式やけどな」

「召集が来るのもう近いと思うんや。戦争に行ったら、帰ってこられんかも知れんしな、ほいたらしのぶちゃん後家さんになるやろ。万が一のことを考えると、戦争から戻ってきてから式をしたほうがええかなって。しのぶちゃんはどう思う」

しのぶは匂い立つような若い女の美しさを発散させてテーブルの前に座っている。洋はその美しさに常の心を失いそうになっていた。

「いつその話をしてくれるんかて、ずっと思ってた。洋さん、そんなこと考えてたんやね。戦争へ行っても洋さんは帰ってくるって。向こうで死んだりせえへんて。うちには分かってる。だから、早よ式あげよ」

しのぶはそう言って笑った。洋もその笑いにつられて笑った。

大陸での戦火の広がりにともなって、西富田村でも様々な世相の変化が起きていた。生活物資が足りなくなってくるもとで、西富田村細野に住む四十二歳の男が各所で盗みを働くという事件が起きた。漁業組合の事務所にも侵入して、現金二千六百円を盗んで山中に逃げた。警察や消防団らが総出で捜索して、ついに夕刻に男を追いつめて逮捕した。

その後の供述によると、母親と妹との三人暮らしだが、母親が病気で妹は病気がちで、暮らしに困って盗みを働いたとのこと。事情を知る近所の人たちは、「気の毒になあ」と同情が多かったという。

そうかと思うと、酒も自由に買うことができなくなり、切符制となった。

また、トンボ釣り禁止のお達しがあり、夏の風物詩もなくなった。食糧増産のためだとされたが、これも庶民は納得していない。

長い間、小学校という呼び名で親しまれてきたのに、「国民学校」と呼び名を変えることになった。国が決めたことであったが、庶民の間では「また、なんでや」と反発の声が上がった。

白浜温泉への玄関口である白浜口駅ではいつも数十人の旅館客引きが声を張り上げて客の争奪戦をする。白浜口駅の名物でもあるのだが、時局を鑑みて禁止というお達しが出た。駅前の商店街の人たちも、そこまでせんでもええのにと、不服を言っているとのこと。

食糧難の折り、白浜の料理教室ではイナゴやカエルの天ぷらが考案され、なかなかの美味だと好評だった。

十二月八日午前七時、ラジオが「帝国陸海軍は本八日未明、西太平洋においてアメリカ、イギリス軍と戦闘状態に入れり」と大本営の発表を伝えた。

白浜・田辺間の巡行船はガソリンの使用規制によって、一時間毎の出発だったのを二時間毎の出発となった。

この年の十二月二十九日、田辺市出身の世界的細菌学者の南方熊楠氏が死去し、地元は悲しみに包まれた。

(十三)

季節が巡っていた。今年も一年で一番忙しい季節が西富田にやってきた。

気持ちのいい風がそよぐ日だった。麦の穫り入れがはじまっていた。そこここの田んぼで刈り取ったばかりの麦の穂を広げ、乾燥させている。農作業が休みなくつづく季節だ。

しのぶは、義父の良作に教えられながら、乾燥させた麦を束ねて荷車に乗せて運び、納屋に積み上げている。明日からは、それを麦扱《むぎこき》にかけて穂だけを落とし、それを庭に敷いたむしろに広げ竿で穂を打って脱穀するのである。

節乃が生まれた半年後に召集があり、洋は大陸に出征した。それからしばらくして、しのぶは二人目の子を身ごもっているのを自覚した。しのぶはそのことを洋から届いた手紙の住所に知らせた。折り返し洋から男の子だったら和一、女の子だったらしのぶが名前をきめてほしいと、洋が便りをくれた。生まれてきたのは男の子で、和一と命名された。

麦の収穫のあと、農作業はそれからが大変だった。麦の採り入れが終わると同時に田植えの準備だった。一年で一番忙しく過酷な労働の日々が続く。

農作業は、良作とさよ、それにしのぶの三人だった。洋の弟の耕治は朝鮮で一旗あげるんだと、家を出たままでなんの連絡もなかった。田植えの季節はどの家も親せきや縁者に声をかけて手伝ってもらい、朝から夕刻まで腰を折り、苗を手に持って植える。この作業は重いものを持つわけでもなく、見た目には簡単に見えるのだが実は重労働である。日がな一日腰を曲げての労働の苦しさは、馴れた者でも大変なものだった。

萩原家では、日頃の農作業は男手は良作だけで、すべての農地を管理するのは大変な作業量であった。

しのぶは二十五になっていた。農作業には小さい頃から馴れてはいたが、節乃と和一の幼子二人を田んぼ横の木の下に遊ばせての農作業は神経をつかった。

そんなある日、いつものように辺りを走り回っていた節乃が、急に火がついたように鳴き声を上げた。しのぶが田んぼから這い上がるようにして駆けつけると、節乃は口から白いよだれをたらしていた。

「なっとうしたんな」

しのぶが叫びながら節乃を抱きかかえた。

「こい、食べたんやわ。硫安食べたんやわ」

しのぶのあとで走り寄ってきたさよがそう叫んだ。

「お父ちゃん、節乃が硫安食べたわっ」

さよが田んぼにいる良作に向かって叫んだ。

「茶瓶の水をようけ飲ませてから、喉に指入れてぜんぶ吐かせえっ」

良作が田んぼのなかから叫びながら走ってくる。

泣きじゃくる節乃の口を開け、しのぶは茶瓶の口を傾けて水を飲ませた。それから、汚れた手を洗ってしのぶは嫌がる節乃の口を開けて喉元まで指を差し入れた。節乃は苦しさを堪えきれずに胃のなかのものを吐きだした。

「節乃、もう一回や」

そう言って、しのぶいはまた同じ動作を繰り返した。

節乃はまた吐いた。

「それだけ吐いたら大丈夫やろ。しのぶちゃん、ここはええから連れて帰って置き薬を飲ませといたほうがええわ」

良作はそう言ってしのぶを家に帰した。

考えてみれば、田んぼの畔で三歳の幼子を遊ばせておくのは危険なことだ。和一はまだ一歳だったので家で寝かせおき、隣の婆さんにちょこちょこ覗いてみてと頼んでいた。

いったい洋はいつ戻ってくるんだろうと、しのぶはそのことを考えない日がなかった。最近は戦地からの便りがないことが気にかかる。最前線に行けば手紙を書いて出すことなんかできないから、手紙がなくても心配するなと洋は書いていたが、しのぶは心配でたまらなかった。

新聞やラジオでは戦争がはじまった頃のように景気のいい記事が少なくなった。世間では、南方のどこそこの島がやられたとか、あの島が陥落したとか、日本軍が負けている噂が飛び交っていた。

「お父さん、戦争はどんな具合なんやろ」

遅い夕食をみんなで囲んでいるとき、しのぶは良作にそう尋ねた。

「外では言えんけどな、どうも難しいようや。この間の寄り合いで、南方がやられてるみたいやて永野さんが言うてた。神国の軍が負けるはずないって言う奴もいたけど、実際は攻め込まれているのは間違いないようや」

「お父ちゃん、そがな話寄り合いでしたらあかんのと違うん」

「あかんあかん、そやから内緒の話やでって永野さんも言うてたよ」

最近は、編隊をなして北の方向に飛んでいくアメリカの爆撃機が増えた。大阪のどこそこが爆撃されたとか、神戸の街がやられたとか、新聞のニュースにもそれと分かるような記事が出るようになっていた。田舎の町も攻撃されるのはもう時間の問題やからと、村の各所に防空壕がつくられている。

「お父ちゃん、西のみっちゃんが食べるもんなくなってきたから麦とコメとなんとかならんかって、昨日、お宮さんの下で会うたときに言われたんやけどなあ」

食事時にさよがそんなことを言った。

西のみつは夫婦と病気で寝込んでいる母親の三人暮らしだったが、頼みだった夫が出征して苦労をしている親せきだった。

「そうか、あいつとこもえらいやろなあ。ちょっと持ってってやれよ」

良作はさよにそう言った。萩原の家だけではないが、農家にはたいてい隠している米があった。良作はそれを少し持っていけと言うのだ。

翌日の晩、さよはみつの家を訪ねた。戸が開け放たれていたので、「みっちゃん」とさよはいつもの通り声をかけながら重い袋を持って土間に入った。いつもなら、「はーい」と言ってみつは奥の台所と居間と兼用の間から顔を出すのだが返事がない。でも、どこかでみつの途切れ途切れのかすれた声がしている。

おやっ、とさよはそこに予期しなかった常にはないなにかを感じた。にわかに高鳴る動機を感じながらも、さよは忍び足で歩を進め、居間の奥にある物置を覗き見た。板の戸が開いていた。

「ああっ」

さよは声にならない声を上げそうになったが、それを押し殺してその場を離れた。後ろ姿なので相手の男が誰なのかは分からなかった。ズボンを途中まで下ろした男の下半身が、モンペを下したみつの真っ白いお尻に密着していたのだ。さよは荷物を持って静かにその場を離れた。そこで目にしたことを、さよは良作にも言わなかった。これはみつの秘密のことだ。黙っていないといけないと、さよはそう思ったのだった。

若い働き盛りの男が出征して、女たちだけが家に残される場合が少なくなかった。それを狙ってなにかと世話をやいて女をものにするという話をさよも耳にしていた。一回五十銭とか、お金がないときは米でええらしいとか、そういう噂話をする人もいた。

それから二日後の夕刻、さよはまたみつを訪ねた。みつはいつものように笑顔で奥から出てきた。

「ああ、さよさん、こんばんは」

「みっちゃん、この間の話やけど、ちょっとやけど米持ってきたさか」

「わざわざすみません。ほいでもな、あのあと友だちが来て、困ってるやろからって米を持ってきてくれたんや。そやさかさよさん、せっかく持ってきてくれて悪いんやけど、これいまはええんや」

みつはそう言って断りを言った。

さよは内心やっぱりそうだったのかと思った。

「なんな、そやったんか、よかったなあ。そやけどな、これはどいだけあっても邪魔にならんし、どうせ要るようになるさかな、置いてゆくわ」

「そんなん、悪いわ。良作さんに怒られるし」

「そあなことないよ。うちの人が持ってたれって言うたんやさか」

みつは三十歳の半ばだった。特別の美人というわけではなかったが、色白で通っていた。さよと話していても、モンペ姿からでもほのかに女の色気が見える。さよは、女がこんな境遇に置かれるのも戦争のせいだと思った。みつも、夫からの便りはないという。いま、息子はどこでどうしてるのか、さよはそのことばかりを考えていた。

（十四）

洋たちの部隊は九州の博多港から対岸の釜山港に渡った。いつアメリカの潜水艦が攻撃をしてくるか分からない。船内は灯火管制がしかれた。釜山からは鉄道だった。

長い旅になった。中国との国境を越え、万里の長城の東側を通り天津駅に入った。ここからはそれまでの客車と違って貨車であった。隙間風が容赦なく吹き、猛烈な寒さに震えながら足踏みをして体を動かした。さらに名も知らない駅で乗り換え、最終目的地の寧武駅に着いた。駅の寒暖計を見ると氷点下だった。生まれて初めて体験する極寒に、洋は一瞬倒れそうになった。

兵士たちは中国に行くとは告げられていたが、具体名は知らされていなかった。みんな軍から支給された軍服にゲートルを巻きつけ、地下足袋をはいた姿だった。顔を覆う防寒用の覆面はあったものの、外套も防寒靴もなかった。

山西省寧武は省都の太原市から北へ百五十キロにある農村地帯であった。広大な中国大陸のどの辺りなのか、洋をはじめ部隊の兵士たちは分からなかった。戦地へ行くとばかり思い込んでいた兵士たちは、辺りののどかな農村地帯に胸をなでおろす気分だった。

しかし、この初年兵たちがそこで訓練という名で体験した出来事は、一生涯忘れられないものとなった。

この当時、山西省に駐屯していた日本軍は北支那派遣軍の第一軍の約六万人、その下にいくつもの大隊、中隊、小隊が置かれていた。洋たちが配属されたのは百五十人からなる中隊だった。

初年兵の教育はまず、「上官の命令は天皇陛下の命令だ」を徹底的に教え込まれるところからはじまった。上官の命令は絶対であった。さらに、「生きて虜囚の辱めを受けず、死して罪禍の汚名を残すことなかれ」と教え込まれた。これは、捕虜となった者にたいしての自殺の強要であった。

その日は風が冷たいものの朝から晴天だった。上官が「今日は肝試しをする」と言った。洋たちが連れていかれたのは村外れにあった処刑場だった。そこには七十人ほどの中国人が数珠つなぎにされておびえていた。

「よく見ろ」

と上官が叫んだ。

数人の将校の前で、後手に縛られた中国人がひざまずかされた。

「えいっ」

と、将校が声を発したかと思うと、中国人の首が切り落された。

「次っ」

と、別の将校が叫ぶと、別の中国人が引きずり出された。

「うおっ」

と言って振り下ろした刀は、首を落とせずに別のところを切った。中国人がなんともいえない呻きのような悲鳴を発した。肩から首にかけて血が噴き出している。将校は慌てて二度目を振り下ろしたがまだ首は落ちていない。

洋たち初年兵は声も出ない。目を閉じる者に上官から「目を開けよ」との怒号が飛ぶ。

洋は体中の血液が逆流するかのような衝撃で、呼吸ができないほどの胸苦しさに襲われた。心臓が高鳴り耳たぶ辺りの血管がドクドクしていた。これは現実と違う、夢や。洋はそう思った。こんな恐ろしい、野蛮な光景はいまだかつて見たことがない。繰り返されている凄惨きわまる場面に体中が震えが止まらない。

「よく見たかっ」

と、上官が叫んだ。

「次はお前たちの番だ」

上官は初年兵に向かって言った。一瞬、同じことをやらされるのかと思ったが、違った。

「五人ずつ並べ」

そう言って上官は初年兵五人を横並びさせた。

「刺突訓練だ」

と、上官は言った。

初年兵の前に後手に縛られた五人の中国人が並ばされた。その中国人たちを銃剣で突き刺せというのだ。彼らは目隠しもしておらず、にらみつけてくる。

「突けっ」

「抜けっ」

号令が繰り返される。

初年兵の誰一人としてまともにできる者はいない。

「腰をすえろっ」

「かかれっ」

号令が響く。

洋の番が来た。洋は目を閉じて、腰をすえて銃剣を構えた。

「突けっ」

「抜けっ」

と、上官の声が響く。

どれだけそれを繰り返したのか覚えていない。なかなか心臓を刺せず繰り返した。最後にずぶっと心臓を突き刺したとき、上官の声が響いた。

「よおっし」


その夜、就寝時刻になっても物音ひとつしなかった。いつもなら、すぐにいびきや寝息が聞こえてくるのだが、今夜は静まり返っている。初年兵たちは誰一人として眠りに落ちていない。眠れるはずがない。放心状態のまま、体中の血液が音を立てて流れていた。人間の体をしているが、もう人間でなくなってしまったと、洋は泣きだしたくなっていた。

誰かがつぶやくような、かすれた声で言うのが聞こえた。

「戦争なんや、戦争なんや」

その絞りだすような声を、真っ暗な大部屋のなかでみんなが聞いていた。

そうだ、平常時ではないのだ。きょう、中国人を殺したときに、いっさいの人間の心、いっさいの理性をも殺してしまった。

やがて暗闇のどこかから、すすり泣く声が聞こえてきた。

洋は、自分も泣きたかった。泣きたかったが、不思議と泣けなかった。なぜか、洋はしのぶを思い出した。故郷のあの南紀州の山や川を思い出していた。西富田に帰りたい、しのぶを抱きしめて泣きたかった。遥かな故郷の地に戻り、野良仕事をしたいと、洋はこの日ほどそれを願った日はなかった。

洋たちの部隊は一つの村を隔てて、八路軍（中国国民革命軍第八路軍・中国共産党軍）と対峙していた。八路軍は革命の根拠地を拡大するのが目的であり、日本軍は占領地域の拡大を意図しており、そのせめぎあいが続いていた。

日本軍の分遣隊を八路軍が攻撃しているとの情報を受け、洋たちは分遣隊の援護、救出に出動した。だが、現地に着くと分遣隊は全滅しており、線路も破壊されていた。すでに八路軍は引き上げていた。洋たちの部隊の任務は、鉄道の確保であった。占領地を結ぶ鉄道を八路軍に奪われないように、治安維持と警備にあたるのである。

日本軍の部隊は村人を広場に集めた。

「お前たちも協力したんだろう。協力した者は前に出よ」

しかし、誰も前には出なかった。

「うそをつくな。協力者がいるのは分かっているんだ」

部隊長はそう言うと、態度の悪そうな三人を銃剣で追い立て前に出した。

「座れっ」

と言ったかと思うと、サーベルを手にした。そして、その三人の首を次々と切り落とした。

「いいかっ、八路軍に協力すればこうなるんだ」

部隊長はそう村人に向かって叫んだ。そして、その首を道沿いの高い木の枝につるせと初年兵に命じた。

だが、洋たちの部隊もその他の日本軍の部隊も、八路軍の根拠地を攻略することができなかった。八路軍が各地で攻勢に出られるのは現地の村人たちの協力があるからだと、日本軍は討伐の名で頻繁に村々を攻めた。

洋はその日、機関銃を手にして山間の村の警戒にあたっていた。山ひとつ越えたところにある村を討伐しようとしていた。しかし、それを察知した村人は山頂でのろしを上げた。それが村々の合図だった。日本軍が村に到着する頃には、村人たちはみんな逃げて村はもぬけの殻になっていた。日本兵は家々に入り、金品や家畜など略奪の限りを尽くした。

（十五）

良作はこの日、鶏のひよこを買うために、朝から自転車で田辺の三栖に来ていた。萩原家のひよこは、以前からこの三栖の養鶏場で買い入れていた。

家で飼っている鶏は、年に何羽も潰して食べていた。誰それの誕生日とか、遠くの親せきがやってきたときとか、鶏を潰してすき焼きにして食べるのがご馳走だった。自然と数が減ってゆくし、そうすれば産んでくれる卵も減るので、ときどきひよこを買って大きくしていた。

養鶏場の主人に代金を支払って、良作は荷台にくくり付けてあるひよこを入れた木箱の衝撃を和らげようと、木箱の下にむしろを敷いて自転車に乗ろうとした。

その時だった。空襲警報が大きく鳴りはじめたかと思うと、そのあとゴーという突き上げてくるような音とともに、東の上空から飛来したB29が焼夷弾を落とした。

焼夷弾は上空で破裂し、なかから百発を超える小型の爆弾が飛び散る。これが炸裂して火のついたドロドロした炎が四方八方に飛び散るのだ。この粘着性の炎はなんにでもへばりつく。辺りは火の海となり、人間は叫びながら、動物も燃えながらけたたましい鳴き声を上げ逃げ惑った。辺りはさながら灼熱地獄と化した。

良作はとにかくこの場から逃げようと辺りを見回したが、養鶏場もその向こうにある主人の家も、納屋も、近所の家々も火に包まれていた。主人は少し離れたところで体中が火に包まれてもがいていた。良作は火のついた上着を脱ぎ棄てて主人を助けに行こうとした。そのときにまた大きな音がして閃光が走った。良作は焼夷弾の直撃を受けて、声も出ず燃えながら倒れた。こうして良作は家族の誰にも看取られることなく、その生涯を終えたのだった。

田辺の神子浜には海兵団の訓練所が置かれていた。だが、訓練所とは名ばかりで、もう武器などはなく銃の形をした木製のものを使って訓練していた。訓練兵も十八歳くらいの朝鮮人や台湾人が多く、畑の作物づくり、あるいは漁業班は海に出ての作業などの労働にも従事するという、そんな海兵団だった。この訓練兵たちが周辺の農家に行って麦や稲の収穫を手伝っている姿がよく見かけられたが、まったく稲刈りなどの経験がないため農家は困っていた。これらの朝鮮や台湾の訓練兵は、兵士不足を補うために集められた「海軍特別志願兵」であり、これを日本人の兵士として仕立て上げたのである。

これらの志願兵は中国への侵略を本格的に開始した頃から集められた。そのすべてが植民地の朝鮮や台湾で徴兵した青年たちであった。それが「特別志願兵」として日本に連行されてきた。

大本営戦備考査会議（一九四三年二月）では、海軍人事局長が次のような報告をしている。

「人的動員の整備は緩慢である。なお徴集の余地は大であるが、結局、陸海軍軍備は内地人だけでは間に合わないようになることは必須である。陸軍には朝鮮人に徴兵制を、台湾人には特別志願兵制を布いたので、朝鮮台湾の優秀な青年は陸軍に赴き、海軍設営隊、工作庁工員にも漸次影響を及ぼさんとする形成である。陸軍は第二国民兵を多数に召集する方針をとりつつあるので、海軍文官その他の者も陸軍へ応召の可能性急激に増加している。海軍は海軍をして第二国民兵召集範囲を局限させるように施策する要がある」

日本海軍は精鋭主義といわれてきたが、戦争の後半においては背に腹はかえられず、朝鮮や台湾の青少年の動員に踏み込んでいったのである。

田辺海兵団の朝日丸は三十トンのカツオ船であったが、地元の漁師と海兵団の兵隊が乗り込んでカツオ漁をしていた。この日は早朝から周参見の沖に出て二千本も釣り上げるといういつにない大漁であった。この頃、つまり一九四四年から終戦にかけての頃は紀伊水道に戦闘機が頻繁に飛来し攻撃してきた。朝日丸はいったん周参見の漁港に寄って様子を見てから田辺の磯間漁港に帰ろうとしていた。ところが、市江の沖で監視係が望遠鏡で沖の空を覗いたときだった、レンズの隅に黒い点のようなものが見え、それが見る見るうちに大きくなり戦闘機が迫ってきた。わあっ敵機だ、という声で船長はエンジン全開で磯間漁港に向けて走った。敵機はいったん陸に向かって行き姿を消したのだが、しばらくすると陸から姿を現してこんどはまっすぐに朝日丸に向かってきた。ついに朝日丸は敵機につかまり、富田沖で狙い撃ちを浴びた。操縦士の顔が見えるほど敵機は低空で飛び機銃掃射を放ち、小型爆弾まで落とした。朝日丸に乗船していた海兵団の兵士が銃を構えて応戦したが無駄だった。雨のように弾丸が降り、ばたばたと乗組員が倒れた。船長は両の手首と首に銃弾を受け、両の手首は弾が貫通した。首が熱かったが、とにかく必死で船を走らせた。二十人の乗組員のうち十一人が死亡していた。

南紀州を覆っていた梅雨は数日前にあけた。じめじめとした湿気を伴った黒南風《くろはえ》はどこかに消えた。代わってからっと乾燥した白南風《しらはえ》が山から山へ、田から田へ、通りから通りへ、家から家へと吹き抜けていた。連日、空には真夏の真っ青な空が広がっていた。田んぼの稲穂も伸び見事な緑のじゅうたんを敷き詰めている。萩原家の横を流れている農業用水の小川にもフナやウナギが群れていた。

洋は出征したまま、弟の耕治も朝鮮に渡ったままだった。長男も次男もいないもとで、父親の良作が突然帰らぬ人となった。まだ五十歳にもなっていなかった。葬儀はさよが仕切って自宅でおこなわれ、分家した親類の人たちや良作の友人たちが多数参列してくれた。洋はそれを知る由もなく、朝鮮で行方が知れない耕治にも連絡の取りようがなかった。

初七日の法要を済ませ、さよもしのぶも疲れていた。

「洋にも耕治にも知らさなあかんねけどなあ」

「連絡のしようがないしなあ」

しのぶは母に答えるようにつぶやいた。

しのぶも嫁いできてからムシロ打ちを覚えて、さよと一緒に打っていた。節乃と和一が周りで遊んでいる。

「そや、あとでモドリでも掛けてみるか」

さよが思い出したように言った。

「今年、まだウナギ食べてないわ」

しのぶはさよに答えて言った。

「あとでええさか、前の畑でミミズを適当に掘っといてだ。モドリ二つ掛けるさかな」

「ほな、ちょっと多めに獲っとかなあかんなあ」

しのぶはそう言った。

さよは夕方になってから、家の横の小川に二十メートルほどの間隔を置いてモドリを沈めた。勢いよく農業用水の水が流れている。水に流されないように、モドリの上に大きな石を置いて押さえた。これを翌朝に引き上げるとウナギが入っているはずだった。

「お父ちゃんはモドリでウナギ獲るの上手やったわ」

しのぶはそんなことを言いながらさよが仕掛けるのを眺めていた。

小川は道に溢れそうな高さにまで水をたたえて流れていた。この水は白浜口駅から上富田の方面に行ったところにある大きなため池から流れてきていた。この小川は両川が石垣だった。その石垣のたくさんのタニシがへばり付いていた。近所にはそのタニシを採って食べる人もいたが、良作が好まなかったので、萩原家では食べなかった。

翌朝、さよとしのぶとそれに子どもたちとでモドリを上げた。

「はいってるかなあ」

と、そばで節乃が楽しそうに言った。

「あんた、下の上げてみてだ」

さよはしのぶにそう言ってから上流のモドリを引き上げた。

「二匹入ってるわ」

しのぶも引き上げて、なかを見た。

「お母さん、こっちも二匹、大きいわあ」

それぞれに二匹とは大漁だった。これはご馳走やなあと、朝はそんなことを言って笑っていた。

ところが、この日の午後、紀伊半島はアメリカ空軍の大空襲に襲われた。

太平洋戦争で日本へ空襲をした本体は、サイパン、テニアン、グアムの三基地から飛来したB29である。そして紀伊半島の真南にサイパン島があり、最短距離で飛来できるのが南紀州であった。

アメリカ軍が日本本土を空爆する場合、名古屋から西の都市を空爆す場合、たいていは紀伊半島の東の熊野灘からと、西の紀伊水道から侵入することになる。この航路の中心点の町が本州最南端の串本であった。

B29にすれば、串本はレーダーでも目視でも、目印としては最適であった。南紀州はB29の飛行銀座でもあったのだ。

戦況が悪化し、日本軍の敗戦が色濃くなってゆく一九四四年から四五年の夏にかけて、南紀州の上空をB29が飛ばない日は一日としてなかった。

海岸線の漁村でも、平野部の町でも、山間の村でも、人々は毎日のように編隊を組んで飛ぶB29の集団を仰ぎ見ていた。晴れた日の空には真っ白な飛行機雲を残したし、曇りの日には不気味な轟音を響かせながら大阪へ、神戸へと飛んでいくのであった。

一九四五年七月のある日、グアム島のアメリカ空軍第二十航空軍司令部は七つの爆撃目標を決めていた。気象条件もよく、有視界での飛行、目視での攻撃作戦だった。目標は名古屋市から大阪市までの主だった工場への爆撃だった。名古屋方面には七十四機のB29が、津から西には四十一機のB29が出撃した。

午前二時、これらのB29はテニアンから次々と発進し、そのすべてが硫黄島を経由して進路を北北西にとった。すべての爆撃機が発進し終えたのは午前三時過ぎだった。

串本沖を通過し白浜沖まで北上してところで、名古屋に向かう編隊は北北東に進路を振り、津にむかう編隊は真東に進路を振って大王崎へむかった。

ここで思わぬアクシデントが発生した。名古屋に向かう予定の一機に故障が発生し、急遽、搭載していた爆弾を投下しなければならない事態となった。そのため、この機は午前十時八分、高度四千メートルから二百五十キロ爆弾二十七発（約七トン）を日置から白浜に向けて落としたのだ。

朝から真夏の灼熱の太陽が照りつけ、日置の大浜も、富田や白浜の浜も白く輝いていた。

B29は毎日のように南紀州の上空を飛んでいたが、しかし、日置ではこれまで一度も爆弾を落とされたことがない。人々はこれまで、日置や富田の浜から紀伊水道上空でB29が編隊を整える光景を幾度となく見ていた。

この朝も、いつものように空襲警報が鳴った。当然のこととして防空壕に駆け込んだ人々もいた。しかし、どうせいつもの警報だと多くの人々が思ったのだった。お婆ちゃんたちは冷やした「おかいさん（茶粥）」をなすびの漬物で食べたりしていたし、野良仕事をしていた人もいたし、夏休みの子どもたちは遥か沖合上空の編隊を眺めたりしていた。

「あれっ、あい一つだけおかしいわ」

と、誰かが叫んだ。一機だけ編隊から離れ沖に向かって遠ざかっていったかと思うと、しばらくして機首を陸に向けて飛んでくるではないか。機体が見る見る大きくなり、町の上空で機体の腹が開いた。と思うと、黒い塊が落とされた。

「爆弾やあっ」

と誰かが叫んだ。

すさまじい爆音がしたかと思うと、辺りは一瞬にして暗くなった。火煙や砂埃が舞い、家も人間も吹き飛ばされた。家のなかにいた人々は柱や家具に潰されて血を流していた。

辺りは地獄となった。お寺の住職も、役場の助役も、幼い子どもを連れていた母子も、畑にいた老人も、遊んでいた少年たちも、みんな命を落とした。この朝の一発の爆撃で日置では四十八人が死亡した。

さよやしのぶたちは、空襲警報と同時に家のすぐ裏山にあった自宅の防空壕に駆け込んだので無事だった。


やがて秋になり、戦局があやしくなってくるのにつれて、供出しろ、供出しろとの命令が頻繁におこなわれるようになってきた。どの農家でも働き盛りの男手がいなくなり、増産、増産と掛け声はかけられるが、米を初めとしたあらゆる作物の収穫は激減していた。供出は係が抜き打ちのように頻繁にやってくるようになった。

しのぶは朝早く裏の井戸で水を汲んでいた。萩原家の井戸は深く掘って出る地下水ではなく、山の奥のから不断に流れてくる谷水を溜めている井戸で、それを手前と真んなかと奥と三つの井戸で溜めていた。手前の井戸は深さは二メートルで四メートルの正方形、真んなかと奥の井戸は深さ一メートルで三メートル正方形だった。普段は手前の井戸を使っていて、長い柄杓をいつもそばに置いていた。

さよが大根を手に下げて家のほうからやってきた。

「今日、松茸を採りに平《ひら》ったに登らんか」

さよがそう声をかけた。平ったというのは萩原家の山の一つで、家から奥に十五分ほど山道を登ったところにある平らになっている低木の雑木林だった。しのぶは平ったと聞いて、いつか洋さんと二人で登ったなあと、一瞬そんなことを考えた。

「松茸、ちょっと早いんと違うん」

しのぶはさよにそう言った。

「今年はもう出てるらしいで。ほいて豊作やてえ」

さよは井戸の水を汲んで大根を洗いながら言った。

「へー、ほいたら行こうか。そやけど、供出で持っていかれんようにせなあかんなあ」

「そらそや、そんなもん出せますかいな」

さよは当然やとばかりに笑った。

秋の山には松茸だけではなく、食料になるものがいろいろとあった。

さよの言う通り松茸は豊作だった。しのぶはきゃっきゃ言いながらぼっつり篭に松茸を入れた。しのぶの実家は山のそばだったが、それは自分の家の山ではなかったし、それに付近に松がなかった。だから自分の家の山で松茸が採れるのが嬉しかった。それにしても今年のようにたくさんの松茸が採れるのは珍しいことであった。

「今年はほんまに多いなあ。こいだったらあと二、三回採りにきても生えてるなあ」

さよもそんなことを言いながら離れたところで採っている。

しのぶはこの松茸を夫にも食べさせてやりたいと思った。洋は松茸が好きだった。秋に鶏を潰してすき焼きをするときは、必ず山で松茸を採ってきて一緒に食べたものだった。

「お母さん、大陸にも松茸あるやろか」

しのぶはさよにそんなことを尋ねた。

「なあ、どうなんやろ、似たような赤松のある山があったらええけどなあ」

「おかあさん、こいだけあったら余るさか、駅前に持ってって布と替えてもらわんの」

しのぶは急に思いついてさよに言ってみた。

「そやなあ、そうしょうか。食べきれんもんなあ。この松茸だったらけっこう布と替えてもらえるわ」

駅前の路地裏で、疎開してきて暮らしている都会の人たちが古い服や布を持ってきて、地元の農家の米や野菜と物々交換していた。以前も、さよが家でつくった一升瓶に入った菜種油がとても喜ばれて高く買ってくれたことがあった。しのぶは松茸なら喜んで替えてくれるだろうと思ったのだ。

萩原家ではほとんどの食糧は自給自足できた。主食は米と麦を混ぜたもの。戦争がはじまって供出が義務付けられてからは、米は日常の分とは別に、裏山の小屋の倉庫に一定量を隠していた。野菜類はすべて畑で採れたものだった。卵は飼っている鶏が日に七つ八つは産んだので不自由しなかった。魚は海辺の漁師の婦人たちがよく売りに回ってきた。山の畑では季節のものを栽培していた。梅、ミカン、ビワ、柿、栗、タケノコ、スイカ、ナス、白菜、大根、キュウリ、ネギ、サツマイモ、ジャガイモ、砂糖キビ、茶などなど。味噌も醤油も油も自家製で足りた。だから、甘いものこそあまりなかったが、そして贅沢はできなかったが、飢餓を覚えたことはなかった。

一九四五年八月十五日、その日がついにやってきた。蟬の声が降りそそぐような夏の日だった。刺すような陽の光に照らされ、戸外はすべてのものが燃えるようだった。

玉音放送は雑音で聞き取りにくかったが、地元の区長がうなだれて「日本が負けたんや」と言った。放送を聞きに集まった人々はみなうなだれ、泣いている人もいた。しのぶは、やっと終わったんだ、これで洋が戻ってきてくれる、一緒に暮らせるようになる、その思いが込み上げて叫び出したい気分だった。

「お母さん、やっと終わったよ、戦争が終わったよ」

そう叫びながら、しのぶは家に走り込んだ。さよは、ちょっと気分が悪いからと、しのぶだけが集会所に行ってきたのだった。

「ほんまかあ、よかったあ。こいでやっと電気つけられるわ」

さよは開口一番そう言った。

「日本、負けたらしいわ」

としのぶが言うと、

「そらそうや、あがな大きな飛行機で爆弾落とされるんやもん、勝てるはずないわ。お父ちゃん、ほんまに可哀そうに」

さよの言葉にしのぶは驚いた。そんなことをお母さんは考えていたのかと思ったからだ。この一、二年、周りでも日常の会話では反戦を口にする人がちらほらいたが、それはあくまでも内緒の話だった。しのぶはお母さんの口から、戦争への批判が語られるとは思っていなかった。

敗戦とともに、阿南、橋田、杉山などの大臣が自殺し、本庄司令官や近衛元首相も死んだという新聞報道が続いた。

(十六)

一九四四年から四五年にかけて洋たちの部隊は山西省の村々で八路軍と戦っていたが、四五年の三月には硫黄島が陥落し、四月には沖縄本島にアメリカ軍が上陸した。そして八月六日には広島に、九日には長崎に原子爆弾が投下された。

八月十四日、日本はポツダム宣言を受諾し、無条件降伏をした。天皇は十五日に国民に向けての放送をおこない、敗戦を告げた。

この日、すなわち十五日の朝から洋たちの部隊は、村人たちが収穫した麦を奪い取る作戦をおこなっていた。部隊の食糧が不足すると、兵を出してこうした略奪をおこなっていた。ある村に来たとき、これから天皇陛下の玉音放送があるので集合せよとの指令が入り、村の集会所に集まった。

ラジオは雑音だらけで、しかも途切れ途切れで話の内容がよく分からなかった。天皇の放送は次のようなものだった。

玉音放送（詔書）

朕深く世界の大勢と帝国の現状とに鑑み非常の措置を以て時局を収拾せんと欲しここに忠良なるなんじ臣民に告ぐ。

朕は帝国政府をして米英支蘇四国に対しその共同宣言を受諾する旨通告せしめたり。

そもそも帝国臣民の康寧を図り万国共栄の楽しみをともにするは皇祖皇宗の遺範にして朕の拳々措かさざる所さきに米英二国に宣戦せる所以もまた実に帝国の自存と東亜の安定とを庶幾するに出で他国の主権を排し領土を侵すが如きはもとより朕が志にあらず。

然るに交戦すでに四歳を閲し朕が陸海将兵の勇戦朕が百僚有司の励精朕が一億衆庶の奉公各々最善を尽く

せるにかかわらず戦局必ずしも好転せず世界の大勢また我に利あらずしかのみならず敵は新たに残虐なる爆弾を使用して頻りに無辜を殺傷し惨害の及ぶところ真に測るべからざるに至る而もなお交戦を継続せんが終にわが民族の滅亡を招来するのみならず延て人類の文明をも破却すべし斯くのごとくんば朕何を以てか億兆の赤子を保し皇祖皇宗の神霊に謝せんやこれ朕が帝国政府をして共同宣言に応ぜしむるに至れる所以なり。

朕は帝国とともに終始東亜の解放に協力せる諸盟邦に対し遺憾の意を表せざるを得ず帝国臣民にして戦陣に死し職域に殉じ非命に倒れたるもの及びその遺族に想いを致せば五内ために裂くかつ戦傷を負い災禍を蒙り家業を失いたる者の厚生に至りては朕深くしん念する所なり惟うに今後帝国の受くるべき苦難はもとより尋常にあらず爾臣民の衷情も朕よくこれを知る然れども朕は時運の赴くところ堪え難きを堪え忍び難きを忍び以て万世のために太平を開かんと欲す。

朕ここに国体を護持し得て忠良なる爾臣民の赤誠に信椅し常に爾臣民とともに在り若しそれ情の激する所濫りに事端を滋くし或いは同胞排せい互いに時局を乱り為に大道を誤り信義を世界に失うが如きは朕最もこれを戒む宜しく挙国一家子孫相伝え確く神州の不滅を信じ任重くして道遠きを念い総力を将来の建設に傾け道義を篤くし志操をかたくし誓って国体の精華を発揚し世界の進運に遅れざらんことを期すべし爾臣民それ克く朕が意を体せよ。

御名御璽

昭和二十年八月十四日

「日本が勝ったんだ。戦争が終わったぞ」と、放送の意味が分からなかった古参兵が大きな声を上げた。

このところ、日本軍が進むと八路軍が後退するということが続いていた。この古参兵はそれを念頭においてそう言ったのだろう。日本が負けるはずがない、これは一時の休戦だと、そう言い張る兵士も大勢いた。

部隊は玉音放送があっても従来と変わりなかった。

当時、山西省にいた日本軍は北支那派遣軍第一軍であり、その六万人の兵を指揮していたのは浦田平三郎中将であった。浦田平三郎は国民党軍に降伏することに決めた。この浦田平三郎にはA級戦犯の容疑がかかっており、彼はこれを逃れるために国民党軍に尻尾を振ろうと考えたのだった。

国民党軍の挽最恵司令長官は、日本軍を抱き込むことで八路軍と戦わせて、山西省に豊富に眠っている鉄や石炭の資源を我がものとできる新しい国をつくろうという野望を持っていた。両者の思惑はここで一致し、奇妙な関係が成立したのであった。

四五年の秋、浦田平三郎中将は第一軍の団隊長たちを集めた席で次のように訓示した。


国民党軍の挽最恵司令長官は、日本軍が一万人の特務団を編成して山西省に残留し、共産軍の侵攻を阻止し、戦時中に日本軍が開発してきた地下資源を共産軍より守り中国の国内建設に役立たせるよう奮闘せよと命令された。

われわれはいま、無条件降伏によって危機に瀕している天皇陛下の国体を護持しなければならない。それは、焼け野原と化した祖国日本を復興することでもある。国体護持と祖国復興を中国側に訴え、国際的な発言権をもった中国の力を借りてその実現をはかる。

それゆえに、われわれが山西省に残留するのは祖国復興の礎となる。われわれは支那派遣軍のうちで最も奥地にいる。われわれは復員輸送からもっとも取り残されているが、われわれの残留は共産軍の侵攻を阻止するという中国側の願いにもそっているし、祖国復興にも資するものだ。

団隊長各位におかれても、進んで残留部隊に入られるよう切望する。また、今日の命令を部下将校に徹底され残留を呼びかけてもらいたい。


こうして各部隊での残留工作が展開された。そんなある日、洋は曹長室に呼び出された。

「萩原、現下の状況を分かっているか。日本軍は敗北した。いま、わが軍は相手側の国民党より一万人の特別団を編成して山西省に残り、終戦の処理に当たれと申し渡されている。知っているか」

「存じています」

「われわれ第一軍はおよそ六万人だが、一万人を揃えなければならない。上からは、故郷に年老いた母親だけを残しているとか、故郷には女ばかりが男の帰りを待っているとか、そう言う者は早く帰してやらんといかんと言われているんだ。そこでだ萩原、君は弟さんもいるようだし、農業も弟さんがやってくれるだろうし、もう少しここに残ってくれんか」

「曹長殿、残留するとすればどれくらいの期間になるのでありますか」

「そうだな、短くて半年、長くても一年ほどだろうな。どうだ、残ってくれるか」

洋は一瞬考えた。一刻も早く帰りたい。しのぶや子どもたちに逢いたい。だが、求められれば、そして半年から一年ほどなら仕方ないかとも考えた。迷ったが、残留すると洋は曹長に返事をした。しかし、この返事が洋の運命を大きく変えることを、自分を待っている過酷な運命を、このとき洋は知る由もなかった。

敗戦のすべてを知っていたのは上級の軍人だけで、洋たち末端の兵士にはポツダム宣言の受諾をはじめなにも知らされていなかった。結局、残留者は一万人にはほど遠い三千人ほどであった。

こうして残留部隊は国民党軍の正規軍に編入され、相当数の中隊ができあがった。中隊のなかには中国人と日本人との混合部隊も少なくなかった。

洋が配属された中隊は日本人ばかりであった。そればかりか軍服も日本軍のままだったので。八路軍には日本軍とすぐに分かった。

（十七）

しのぶは妙な夢を見て目が覚めた。洋が誰か知らない女の人と小さな舟に乗って笑っている。しのぶが声をかけようとするのだが、その舟はどんどん遠ざかってゆく。それでいっそう大きな声で「洋さーん」と叫ぶのだが、舟はついに見えなくなってしまった。しのぶは自分の叫び声に驚いて目を覚ましてしまったのだ。しのぶは上半身を起こして、部屋の隅にある小さな机の上の時計を見た。寒さで思わず身震いをした。朝の四時十五分過ぎだった。起きるにはまだ早すぎた。しのぶは横の節乃と和一の寝顔を見て、もう一度布団に入りなおした。いまの夢はなんだったんだろうかと、そんなことを考えているうちにまた眠りに落ちそうになった。

　まさにそのときであった。しのぶは地の底から湧き上がってくるような重くて鈍い音を体で感じた。その直後、強烈な地震が襲ってきた。しのぶは布団をはねのけ立ち上がろうとしたが、体が揺れて自由に動けない。箪笥の上の箱などが落ちたかと思うと、背の高いほうの箪笥が倒れた。もう十センチこっちに倒れていたら寝ていた節乃が圧し潰されていた。

　しのぶは二人の子どもを自分の布団のなかに引きずり込んで抱きかかえた。台所で鍋や食器が落ちて割れる音がしていた。犬が常にない遠吠えのような長く伸びる声で、繰り返し繰り返し哭いている。

　さよが、「気つかいないかあ」と大声を出して別棟から走ってきた。

「大丈夫です」

　しのぶは大きな声で答えた。

　小さな裸電球も停電で消えていて、辺りは真っ暗闇だ。ようやく揺れが収まった。どれほどの時間、揺れが続いたんだろう。長く感じたが、実際は何十秒だったろうか。その後も余震が繰り返し襲ってきて、この日一日は生きた心地がしなかった。

　一九四六年十二月二十一日の朝四時二十一分に発生した南海道地震の被害は甚大だった。震源地は串本の潮岬の南西沖で深さは五十キロ、震度六強。

　東富田や西富田の海岸線に津波が来たのは地震から十分後だった。萩原家は北の細野湾からも、西の五島の入り江からも離れていたため津波からは逃れることができた。

　しかし、白浜の温泉街では死者が十四人に上ったのをはじめ、壊滅的な被害となった。白浜温泉への入口、立ケ谷湾に架かる霊泉橋《れいせんきょう》百五十五メートルは全壊して海に没した。橋に併設していた水道の本管も壊滅し、交通とともに水も遮断されてしまった。

　浜通りや御幸通りにはおよそ五メートルの津波が襲い、一帯が浸水の被害を被った。

　旅館・白良荘には進駐軍の宿舎があったが、床上までの浸水に襲われた。

　さよの実家は細野湾の北の入り江にある小さな漁村だ。あとで分かったことだが、家はほぼ屋根まで浸かり壊滅状態になった。

霊泉橋が崩壊して交通が遮断されたため、温泉街の被災地への救援物資は船便で田辺から搬入された。電気は五日間、水道は六日間、それぞれ復旧に要した。

遺体は十九体見つかったが、うち四体は対岸の田辺から漂着した人だと判明し、残る一人の遺体はついに分からなかった。

後日、被害の大きかった串本の様子が新聞に載った。その日の様子を手記にしたのは松下四朗という潮岬測候所の職員だった。

『ぐわーんと下から突き上げられるような衝撃で目をさまされた。蒲団のなかでじっとしていても、いつの間にかうつ伏せになって居ました。揺れていた時間は、数分だったように感じました。多分立ったら、物につかまらないと立って居られなかったでしょう。地震と共に停電、真暗闇のなかで服を着ている間に、早や余震が来て恐ろしい。寒い朝で一枚余分に着て出勤する。ほとんどの人は寝巻一枚でふるえていた。地震と共に外へ飛び出したそうだ。余震が続くため、部屋に帰るに帰れないので、ストーブのそばで暖を取っていました。串本警察署に連絡のため二人の職員が出発しましたが、間もなく馬坂で立木が倒れて通れないと引き返してきました。

七時前、やっと東の空が白みかけてきたので、串本に向いました。馬坂（当時はもっと狭く、両側林であった）の下り口は、両側から木が倒れて通せんぼしていました。木の下をくぐり、或いは上を飛び越えていく。高校のグランド西辺りから上のほうに、多勢の人が立って海を見つめていました。みんな津波の襲来を恐れて避難してきた人達であった。下を見ると道路にき裂ができていた。殆んどが南北に走って居たように記憶する。当時はまだ埋め立てがなく、電々公社の横を海岸沿いに桟橋前に行く。桟橋前の辺りはドラムカンや色んなものが一杯散乱していました。津波に洗われたものであった。矢倉甚兵衛さんの石垣の辺りで、一メートル位の津波があったそうである。

袋港では、推定で八メートル位の津波で大被害を受け、流失した家の屋根がショバ谷の沖を流れて居ました。又、橋杭では、津波の襲来が早く（地震後十五分位）逃げおくれて母子二人が津波にさらわれ、尊い生命をなくしました。測候所の袋港の検潮所も倒れ、記録は海にさらわれました。津波の引いたあと、西浦の海岸では、打ち上げられたイカが沢山拾えたそうである。

十時過ぎには潮岬よりはるか北東方面で、すごい煙の立ち昇っているのが見えました。午後になるとその煙は成層圏まで達したのか、上部は平らに広がっていました。新宮の大火の煙であった。夕食には、タコの配給がありました。聞いてみると、袋に調査に行った人が、打ち上げられたタコをつかまえてきたもので、太平洋のタコはカタイ等と冗談を言いながら食したのは、恐ろしいなかにも楽しかった思い出です。当時の通信は、測候所では、大阪管区気象台との間に、トンツーと言われる有線電信と無線電信がありました。地震と共に有線は駄目、無線電信も送受信アンテナが切断されて、通信不能となってしまいました。早速修理に取りかかり、電源用の発動発電機も動き出して、午後には細々ながら連絡できるようになりました。

翌二十二日には、大阪方面から新聞記者が来て、だんだん様子が判り、被害の大きいのに驚いた。その記者達が、新宮の大火の記事を見てきた様に書いて本社に送っているのには感心しました。いまならこんな事は許されないでしょうが、戦後の混乱と通信の不備から、当時では当り前の事でありました。

午後から新宮方面に調査に出発しました。鉄道は不通で、徒歩で行きました。古座の鉄橋の下手の当時の木造の橋は、津波で流されていたので、鉄橋を渡って下里迄歩き、そこから鉄道の保線用のトロッコに乗せてもらって勝浦迄行き、一泊して、翌日新宮迄バスで行きました。そこで、初めて倒れている家を見ました。いまの裁判所の前辺りだと思いますが、初野地郵便局の二階建ての局舎が、一階がつぶれて平屋建てになっていました。本で読んだ事はありましたが、木造家屋では二階のほうが割合に安全であるという事が、初めて分かりました。仲ノ町から権現前迄、焼け野原でした。処々、煙の昇っている処もあり、避難先を書いた立札が方々に立っていました。駅前のほうへは、丹鶴橋のそばの旧郵便局の手前迄焼けて、地震後の火災のいかに恐ろしいものであるかを物語っていました。

この調査旅行で、当時、食糧難の時代で勝浦警察署で救援米をもらい、又、古座漁協でもらったサンマを勝浦の旅館で焼いてもらって食べた味は、いまだ忘れる事はできません。当時と現在では、道路も広くなり比較にはなりませんが、ただ、地震の際には必ず火の始末は充分気をつけ、火事を起こさないようにしなければなりません。水道は止り、消火活動は大変困難であり、経験者も未経験者も新宮の大火を教訓として、心掛けてほしいと思います。』

新宮では大規模な火災が発生し、街は壊滅状態となった。火災は、元町から発生し、停電や断水に加え、倒壊した家屋や電柱が道路をふさいだため燃え広がり、やむなく周辺家屋を倒して延焼を防いだという。約十八時間にわたって燃え続けて鎮火。死者五十八人、焼失家屋二千三百九十八戸、全壊六百戸、半壊千四百八戸、全焼・全壊の罹災二千九百九十三世帯の被害が出たと、翌々日の新聞が報じていた。

（十八）

日本の「支那派遣軍総司令部」は南京に置かれていた。山並幸太郎総司令官はじめ幹部たちは、奥地に派遣している第一軍の不穏な動きを察知していた。

総司令部の方針は、大陸の各地に派遣しているすべての日本軍を天津へ集め、早期に日本に帰すというものであった。しかし、第一軍だけがなかなかこれに従わないので、参謀の一人を現地に送り込んだ。

第一軍の浦田平三郎中将は、表向きは総司令部に従う態度を見せておき、実際は残留部隊を編成するという行動をとった。

他方、国民党軍と共産党軍の今後を協議していた軍事三人委員会の張群、周恩来、マーシャルたちも、第一軍のおかしな状況を聞きつけ調査に入った。第一軍では、この調査団がやってきたら、残留部隊を山のなかに隠して自分たちの動きを隠ぺいする計画を立てていた。しかし、軍事三人委員会の調査も徹底したものではなかった。こうして多くの日本兵が天津に集合し、そこから日本へと帰っていった。

ほとんどの日本兵が帰ってしまったもとで、洋たち残留部隊はごく少数だった。

洋たちが満州の最北の地に閉じこもっていたこの時期、中国の情勢は大きく変化していた。日本の降伏までは共産党と国民党が統一戦線を組んで抗日戦争を激しく戦っていたが、一九四六年の夏にはアメリカのテコ入れによって蒋介石軍が共産党の支配下にあった地域への攻撃に転じた。これに激怒した共産党軍も全面的な反撃を開始した。

こうしたもとで残留部隊の状況も変わらざるをえなかった。洋たちは山西省の国民党軍の正規軍に編入された。

八路軍（共産党）との戦いは激烈をきわめた。士気に勝る八路軍が次々と国民党軍を破っていったが、洋たち日本軍の地域だけは持ちこたえていた。

日本軍残留部隊の総大将であった浦田平三郎は国民党の山西省軍の顧問となって、運転手付きの車をもらい、女中もいて優雅な暮らしを送っていた。その後、この浦田平三郎は残留の兵士たちを奥地に残したまま、飛行機で日本に帰っていった。

一九四八年。十数万人の中国人民解放軍（八路軍から改名）が太原を包囲した。この辺りは大きな穀倉地帯であり、ここを奪還されると国民党軍の食糧がなくなるのである。

六万人の国民党軍がこの人民解放軍に戦闘を挑んだ。残留の日本人兵士たちの奮闘もあり、最初のうちは国民党軍が優勢だった。

しかし、人民解放軍の最強軍団といわれた華北軍団が合流して以後、戦況は一変した。国民党軍の拠点を応援しようとやってくる部隊が到着するまでの間に、解放軍に攻撃され全滅するのであった。さすがに共産党軍の最強軍団と呼ばれるだけあって華北軍団の働きは目覚ましかった。

国民党軍の応援部隊はことごとく途中の山などで待ち伏せされて集中攻撃を受けた。解放軍は応援部隊を寸断しておいて、拠点を一つひとつ叩いて潰すのであった。

洋は疑問を持ちつつも人民解放軍と戦う以外になかった。しかし、国民党軍の志気は次々と陣地を奪われるに従って低下していった。山西省の南部方面はもう壊滅寸前だとの情報が乱れ飛んでいた。北部の戦況も後退の一途をたどっていた。国民党軍は食糧が不足しているので村々を襲って略奪を繰り返した。

このままではいずれ解放軍に殺されてしまう。二度と故郷には戻れない。最近は毎晩のようにしのぶや長女の節乃が夢に立つ。田んぼの稲穂の緑色が目に浮かぶ。そして望郷の想いが洋の胸を絞めつけていた。

ある日、洋たちはひとつの作戦を敢行した。華北軍団が合流していない敵の駐屯地を叩く作戦だった。最初の攻防戦で国民党軍は優勢に立ち敵を後退させるのに成功した。洋は先頭の部隊にいた。散発的な解放軍の抵抗はあったが、洋たちはじりじりと敵を追いつめていった。

ある小高い丘に来たときであった。低い雑木が一面に生い茂っていて、見渡しても敵はいなかった。洋が腰を低くして前進しようとしたとき、斜め前方を敵兵が通るのを発見した。洋は一瞬身を低くして銃を構えた。そのとき誰かが「スイヤ（誰だ）」と叫んだ。その声に、敵兵が一目散に逃げた。味方の銃声が鳴り響いた。

そのときだった。左右の雑木のなかから解放軍のいっせい射撃が火をふいた。待ち伏せされた国民党軍兵士は次々に倒れていった。洋は銃弾を受けずに、運よくその場から後退した。辺りは死体と、撃たれて死なずにうめき声を上げている兵士だらけだった。それに構ってはいられなかった。洋たちの部隊は後退をつづけ、やっとの思いで拠点の村に着いた。ここまで退却すれば大丈夫だ。

しかし、寝静まっている夜明け前に、解放軍は村になだれ込んできた。寝込みを襲撃されて、国民党軍は壊滅し、生き残った多くは捕虜となった。洋は肩と右太ももに銃弾を受け倒れたが、命は助かった。肩に受けた銃弾で激痛が走り動けなかった。声を上げようにも声が出ない。敗走する指揮官が「負傷兵は置いていけっ、共産軍は絶対に捕虜を殺さん」と叫んでいるのが聞こえた。

洋はしかし、「そんなこと言っても敵に渡せるか」と言う仲間に引きずり出されて馬に乗せられた。洋は声も出ず、馬の背にしがみついた。その馬が近くの銃声かなにかのはずみで駆け出した。どれくらい馬の背に揺られていたのか洋は思えていない。はっとわれに返ったとき、馬の手綱を取っている仲間の兵に気がついた。洋は馬から降ろされコーリャン畑のなかに寝かされた。仲間の兵士も脇腹に傷を負っていた。

「どうする、ここで自決するか」

とその仲間が洋にささやいた。

生きて虜囚の辱めを受けず……の文句が頭をよぎった。しかし、洋はやめろと言いたかった。だが、声が出なかった。やめろ、手榴弾はやめろ、そう叫ぶのだが声が出ない。

そのときだった、解放軍兵士が三人、銃を構えて二人を包囲した。

こうして洋は人民解放軍の捕虜となった。この戦いで国民党軍にいた残留日本兵は百五十人が死亡した。その後、一九四九年四月、残留部隊は人民解放軍に全面的に投降し戦いは終わった。

解放軍のまだ若い兵士が馬の手綱を引いてくれた。洋はやっと小さな声が出るようになった。

「水、水をくれないか」

そう言うのだが、若い兵士は水をくれない。

「水を与えると死ぬから与えるなとの命令だ」

そう言った。

スイカ畑にさしかかった。若い兵士は農夫になにか言い、お金を渡してスイカを一つ買ったのだ。洋は仲間の捕虜と二人で驚いた。洋たちは農民から作物を略奪してきたが、お金を払って作物を買うなどとは考えたこともなかった。人民解放軍とはこんな軍隊なのかと、洋は半ば呆れ半ば感心した。

小さな集落に着いた。日本兵の捕虜だと知った婆さんが、唾を吐きかけてきた。

「息子は日本軍に殺された。家も火をつけて燃やされた。お前たちは殺しても殺し足りん」

と叫んだ。

そのときに若い兵士が婆さんの前に立ちふさがった。

「この二人は武器を捨てたんだ。だからもう敵ではないんだ。分かってくれ。もう敵ではないんだ」

若い兵士は一生懸命に婆さんを説得した。婆さんはやがて立ち去っていった。

洋は一種、わけの分からないことを見ているような感覚に襲われた。若い兵士がもう敵ではないと懸命に説得する姿に、洋は心底から驚いていた。

洋は自分たちがやってきた「肝試し」「刺突」という無残な虐殺行為を思い出していた。殺しても殺し足りないはずなのに、この若い兵士は、この人たちはもう武器を捨てたのだから敵ではないと言う。洋は、自分たちはこんな国民を殺したのかと思うと、戦争とはいえ後悔で言葉が見つからなかった。

野戦病院に連れてこられたのは洋たち二人を含む数人の捕虜だけだったが、他の捕虜たちはそこで死に、生き残ったのは洋たち二人だけになった。生き延びた多くの日本軍兵士は自決用に持っていた手榴弾で自爆死していた。

その野戦病院は民家の納屋を改造して設置されたものだった。洋はそこに一ヶ月半くらいいた。その間にもう一人の仲間の兵士も死んでしまった。

激痛に悩まされた肩の傷は比較的早くに治ったが、太ももに受けた傷が化膿し、その治療が長引いた。野戦病院の食事はほとんどお粥のようなものだった。それでも日本軍が残していった味噌などもあり、体力が戻ってくるような気がした。

やがて洋は次第に歩けるようになり、近くの畑のなかを歩いたりした。農家の娘たちが畑に出て作業をしていることもあり、ゆっくりと近づくと娘たちはすぐに逃げていった。

やがて洋は北京に送られ、そこで日本に帰る手続きするのだと、解放軍の兵士から聞かされた。やっと故郷の西富田に帰れる。洋の胸から重苦しいものがとれ、明るい希望が射してくる気がした。

思えば、敗戦から残留兵としての任務に就き四年が過ぎていた。しのぶに手紙ひとつ出すことができなかった。多分、しのぶは俺が死んだと思っているだろう。長い間、消息を伝えるにもそれを伝える術がなかった。北京に着けば手紙を出せる。洋は、そればかり考えていた。そして、北京から十日余りもあれば故郷に帰れると思っていた。しかし、運命はまたも洋を弄《もてあそ》んだ。

洋のいた人民解放軍の野戦病院から北京まではおよそ六百キロの距離があった。それを列車を乗り継げる場合は列車で、しかし基本的には徒歩で行くのである。数百キロの道のりを歩くのは、体力が回復しつつあるとはいえ苦しい道のりだった。

ある朝、解放軍の兵士がなにやら言い争っている声で洋は目が覚めた。女がどうしたこうしたと、そんな口論のようだった。洋は何事が起きたのかを確認しようと外に出た。

「あの後家さんと寝たというのは事実かどうかと尋ねているんだ」

解放軍の上官が兵士を詰問していた。

「女に手を出してはならない。物を盗ってはならない。人民解放軍の基本の基本ではないか。忘れたのか」

上官が厳しく問いただす。

兵士はうなだれたままだ。

「どうなんだ、返事をしろ」

「……」

「黙っているということは、認めるということだな」

兵士は無言のままうなずいた。

「ばか者。一時間後に処分を伝えるから待機しておくように」

上官はそう言って立ち去った。

その若い解放軍兵士は、昼間親しくなった後家の家に夜遅く行き、そのままねんごろになったとのことだった。


洋はその模様を眺めながら、日本軍との違いにいまさらながら驚かされた。日本軍では、強姦や略奪は戦争だから当然のことであった。それればかりか、生きている中国人の首を切り落としたり、銃剣で生身の体を刺す肝試しをやってみたり、狂気の沙汰としか思えないことも平気でしてきた。

ところがこの解放軍はどうだ、女に手を出してはならない、物を盗ってはならない、それが基本の基本だと言っている。洋はそんな光景をなん度も目の当たりにするなかで、国民党軍や日本軍が解放軍に敗北して当然だと思うようになっていた。


やがて、洋は北京の近くの村に着いた。村には洋だけではなく、各地から集められた日本軍捕虜がいた。

そこで、解放軍用の作業服と運動靴が支給された。日本軍の捕虜の指導には日本人の指導員がついていた。

「今日から諸君の日課は、一つは労働現場で働いてもらうことになる。ここでは主に農作業だが、日本の農作業とは違っているので農業指導員の話をよく聞いて理解してほしい。もう一つの日課は学習だ。学習の中心は、いまの社会の成り立ちはどうなっているのか、資本家と労働者の関係、労働者と農民はどうあるべきか、そういう根本問題を学習してもらう」

などと、日本人指導員はそんなことを言った。洋は故郷での砥石争議を思い出した。労組の連中はことある度にこの労働者や資本家という言葉を使っていたのを思い出したのだ。それにしても、公はもう日本に戻っているんだろうか、元気でやっているんだろうかと、洋は公の顔を懐かしく思い出していた。

農作業といっても日本と違うと言う指導員の話は本当だった。アルカリ性の土壌で、そのままではとても作物はまともに育たないのだ。どうすればアルカリ度を弱くできるのか、まずはそんなところから作業がはじまった。

洋にとって田植えや草取りの作業は簡単だった。使う器具などは日本のものとは違っていたが、原理は同じだから早く覚えられた。農作業の経験のない都会出身の日本兵は相当苦労したようだ。

学習は、洋にとって苦痛だった。指導員の言っていることがよく理解できなかった。それで洋が考えたのは、教えられる内容を丸暗記する方法だった。

捕虜収容所では、捕虜たちがこれからどうなるのかについていっさい説明がなされない。ただひたすら指導員が提起する日課をこなすだけであった。

ある日、別の収容所に移動するとの発表があった。新しい収容所は山のなかにあり、これまでのどの施設より劣悪な状況にあった。そこは古い時代の牢獄で、それを捕虜収容所にして使っていた。衛生面も悪く、洋たちはシラミやノミに連日連夜悩まされた。

ある夕刻、洋はあまりの痒みに悩まされて屋外に出て水浴びをしていた。水で冷やせば多少はましになるかと思ったからだ。月明かりがきれいな夜だった。と、そこへ一台のトラックがやってきた。新しい捕虜が来るという話を聞いていたが、そのトラックだった。荷台から次々に降りてくる日本人捕虜たちを、洋はなにげなく眺めていた。

捕虜たちを引率してきた数人の解放軍兵士のなかに、洋はどことなく見知っているような、懐かしい姿形をした男を見たような気がした。月明かりがあるとはいえ、はっきりとは分からない。洋は急いでその集団のほうに走って近づいた。

「ああっ」

そう言って、先に向こうの男が洋を認めて大きな声を上げた。

「ああっ」

洋も男を指さして大きな声を上げた。

「わあっ」

二人は声にならない声を発して走り寄り抱き合った。

「生きてたかあ」

と、二人はほぼ同時にそう言った。

公も洋も、あまりの懐かしさと衝撃にしばらくは言葉が出なかった。

次の夜、二人はこれまでの変遷を語り合った。公は中支方面の部隊にいたが、終戦と同時に解放軍の捕虜となったとのこと。公は延安の捕虜収容所に入れられて教育を受け、そのまま勧められて八路軍に入ったと言った。

「公ちゃん、生きてるん、おばやんには知らせたんか」

二人だけの会話は自然と故郷の富田弁になってしまう。

「ああ、手紙出いた。半月ほど前やさかもう向こうに着いたあるやろ。ひろし、手紙出してないんか」

「うん、手紙出せるような、そあなん場所やないんやて。残留部隊で残ったさか、その連絡はしてくれたと思うんやけどなあ」

「ひろし、そら甘いわ。あのどさくさのなかでそあなことしてると思えんなあ。そりゃあ家の人ら心配しやるで。ひょっとしたらもう戦死扱いされてるかも分からんなあ」

「ひろし、手紙書けよ。わし、出したるさか」

「うん。あとで書くわ。公ちゃん、わしなあ、柊しのぶと結婚したんや。式をあげて一年余り経ってから出征やった」

「ええっ、柊のって、ほいたら妹のほうやな。べっぴんさんで有名やだ。ひろし、いつの間にそあなことになったんなよ」

公は洋より一年ほど早く出征しているから、当然まだ一人身だった。

西富田を出てからこれまでのことを語るにはどれだけ時間があっても足りなかった。公は時間を作って洋を呼び出し、二人は農作業や学習の空き時間を利用してこれまでの出来事を語り合った。

ある日のこと、公が言った。

「なあひろし、わし、お前を日本に帰すの、なっとうしたらええか考えてたんや。どうな、証明書つくるさか朝鮮まで行って、そこから帰るようにせえよ」

「そあなこと、ほんまにできるんかよ」

「まあ、やってみんと分からんけどな、わしはいまでは八路軍の、いまは人民解放軍ていうんやけどな、ここの兵士やし共産党員や。上官に事をわけて説明して頼んでみるわ」

「公ちゃんはどうすんなよ」

「わしも母親が待ったあるしな、帰りたいのは山々やけど、すぐにとはならんとやろ。お前だけでも先に帰って、わしは元気やって母親に伝えてくれへんか」

中国共産党の人民解放軍兵士になった公は、どことなく自信に満ちて仕事をしていた。洋は、昔、砥石の労働組合を作って頑張っていた頃の公を思い出していた。そういえば、武吉はいまどうしてるんだろうか。あの頃は治安維持法で逮捕され実刑判決で監獄に入れられたが、その後、どこかの戦地にいると風の便りに聞いたことがあったのだが。

洋は、この戦争はいったいなんだったのかとよく考えた。大陸に来てからの六年ほどの間で、それこそ殺し殺されたおびただしい数の若者を目の当たりにしてきた。もともと、洋は戦争は賛成ではなかった。戦争で得をするのは誰なのかと、石山でよく公と話をしていた頃から、戦争はあかんと思うようになっていた洋だった。

日本軍が降伏したあと、洋たちは残留部隊として大陸に残ったが、それもいまとなってはどれほどの意味があるものなのか分からなかった。洋は、捕虜収容所を転々としながらも一日も早く故郷に戻りたいと思っていた。節乃や和一、なによりしのぶに逢いたかった。

（十九）

公が八方手を尽くしてくれたお陰で、洋は北京行きの列車に乗ることができた。公がどんな手を打ってくれたのかは分からなかったが、こんな幸運があったのかと洋は心から感謝をした。

列車とはいえ、それは風がびゅんびゅんと入ってくるほとんど貨車のようなものだった。そこは北京に向かう人々でごった返していた。

向かい合った座席の窓側に三十前後と見られる女性が乗っていた。乗車したときからちらちらと洋を見ていて、洋も気になってはいた。途中の駅で隣の男性が降りて、洋は窓側に寄りその女性と向かい合うことになった。膝頭が交差してどうしても女性に触れる。洋は笑顔で軽く会釈をした。すると、女性も会釈をした。

しばらくすると洋は眠ってしまったが、目を覚ますとその女性は古ぼけた本を読んでいた。なにげなくその本を見て洋は驚いた。『源氏物語』である。

「あの、日本の方ですか」

洋はそう小さな声で尋ねた。

「いえ、中国人ですよ」

と、女性は流暢な日本語で答えた。

「あなたは日本の方でしょう」

女性はそう言った。

「はい、そうです」

「そうだと思いました。お顔が日本の方のようでしたから」

女性は李海云《リハイユン》という名前だった。戦争が激化するまでは東京帝国大学で日本文学を学んでいたという。

「そんなに偉い先生でしたか。ぼくは萩原洋と言います」

「はぎわらひろしさん。萩原朔太郎の萩原ですか」

「はい、そうです」

読んだこともないが、その詩人の名前を洋は知っていた。

李海云は髪を後ろでひとつに束ねていた。見たところ未婚のような感じがする。

「萩原さん、どちらまで行かれますか」

「はい、北京まで行きます」

「そうですか、これまではどちらにいらっしゃったのですか」

「実は、解放軍の捕虜収容所にいました」

洋は少し前かがみになって小さな声で言った。

「まあ、そうでしたか。大変な目に遭われたんですね。お体は大丈夫ですか」

「はい、大丈夫です。あの、李さんは大学の先生をされているのですか」

　洋はそう尋ねてみた。

「ええ、北京大学で教えています。萩原さんは、お国は何県ですか」

「和歌山県です。それにしても日本語が上手ですね」

「いえ、まだまだです。和歌山県、わたし行ったことがあります」

　洋は驚いた。

「ほんまですか、どこへ、和歌山市ですか」

「違います。新宮に行きました。大学の先生のお供で行きました。とてもいい街でした」

　不思議な巡り合わせだと洋は思った。こんな場所で新宮を知っている人と出会うとは。

「いやあ、ほんまに驚きました。新宮は紀伊半島の東側です。ぼくの町は西側にある白浜というところです」

「白浜、温泉に行きましたよ」

「ええっ、それはまた、ほんまですか」

　李は、また東京に行きたいと言った。日本に行って、そこでもっと日本文学を研究したいと思っているんだという。


　洋と彼女は北京までの長い時間、お互いについての話を繰り返し、意気投合した。李は、洋が朝鮮行きの列車に無事に乗るまで付き合ってくれると言った。そこまでご迷惑をおかけするのは忍びないと洋は一度は断ったが、そんな遠慮はいらない、日本にいたときには日本の方に大変お世話になったからお返しですと、李は屈託なく笑った。

　北京駅に着いたのは夕刻だった。

「李さん、ぼくは北京は初めてなんです。今夜、どこか安く泊まれる宿はないでしょうか」

「ああ、それを尋ねようと思っていたんです。宿はないですが、もしよければわたしの家に来てください。父はいませんが、母も歓迎してくれると思います」

　思わぬ申し出でに洋は面食らった。

「いいんでしょうか、そこまでご迷惑はおかけできません」

「遠慮は無用です」

　李は、あなたは信頼できる人だと思いますから、わたしの家でゆっくり寝てくださいと言った。洋はその言葉に甘えた。

李の家は北京市内の古い住宅が密集する街にあった。入口の狭さに反して、予想していた以上に奥は大きな家だった。風呂で体を洗って無精ひげも剃った。夕食を共にしたあと、洋と李はゆっくりと語り合った。

「戦争はなにもかも破壊しました。わたしは帝大に二年間いましたが、たくさんの友人ができました。日本の友人たちも学徒出陣でみんな戦争に行きました。いったい誰が生き延びたのか分かりません。ほんとに悲しいです」

李はそんなことを言った。

「ぼくは戦地で異常なことばかりを体験しました。とても口にはできないようなことがたくさんありました。いったい、こんな戦争になにか意味があるのかと、そんなことばかり考えながら過ごしてきました」

「日本という国はとてもいい国だと、それはいまでも思います。あれだけの優れた文化を生み出してきた国です。この何十年間の日本は、わたしには悪夢のような気がしてなりません」

「ぼくは学問のない人間です。田舎で百姓をしてきただけですが、いまの日本はとても正気だとは思えないんですよ。戦争は人間を別の生き物に変えてしまいました」

李は洋に中国の酒を出してくれた。家に戻って普段着に着替えた李は、結婚していないからか若々しく見えた。

「洋さんは結婚なさっているんですか」

「ええ、結婚して一年半ほどでこちらに送られてきました。もう六年が過ぎました」

「そんなになるんですか。奥様が恋しいでしょうねえ。早く帰れるといいですね」

そう言ってから、李は亡くなった夫ですと隣の部屋から一枚の写真を持ってきて見せた。

まだ若い二人がそこには写っていた。

「ええっ、どうしてまたお亡くなりになったんですか。ご病気でしたか」

「いえ、夫は八路軍に志願したんです。北部方面で日本軍との戦闘で死にました」

「ああ……」

洋は言葉が出なかった。もしかすると、自分たちとの戦闘で、かも知れない。洋はそう思ったのだった。

「お気の毒に……」

洋はそう言った。

「夫はマルクス主義者でした。東京で出逢ったんです。わたしたちは出逢ってすぐに恋をしました。でも、萩原さんと同じように二人で過ごした時間は短いものでした」

李はそう言いながら頰に涙がつたっていた。洋はその涙を見て、われ知らず李の手を取っていた。

「辛かったでしょうねえ、お察しします」

「ありがとうございます」

李はしばらく洋に手をあずけていたが、思い直したように手を離して言った。

「もう少し飲みましょう。こんなこと滅多にないことですもの」

「いいですよ、飲みましょう」

李は、隣の部屋で母が眠っていますから二階へ行きましょうと言って、盆に酒を乗せて二階の部屋に案内した。

「夫が使っていた部屋です。狭いですが今夜はここで休んでくださいね」

そう言って、李はグラスに酒を注ぎ、洋に手渡した。

「久しぶりに酒を口にしたので酔いが回ります」

「でしょうね、でも、あとは眠るだけだからいいじゃないですか。わたしもこんなにお酒を飲むなんて、夫がいた頃以来です」

洋はベッドにもたれ、李は小さなソファーに腰を下ろした。洋は、これは夢ではないかと、ふと思った。長い戦場での生活と収容所での生活では味わうことができない、緊張から解き放たれて若い女性と過ごしている時間。それは幾度も幾度も夢に見たしのぶとの睦み合いのときに似ている。しのぶの丸みをおびた弾力のある柔肌が浮かんでくる。結婚して、毎夜のようにそれは続いていた。あの悦楽が蘇ってきた。

「あら、グラスが空ですよ」

そう言いながら酒を注ぎにきた李の腕をとって、洋はその火照った体を引き寄せた。李は、あっ、とかすれた小さな声を上げて洋に体をあずけてきた。


昨夜の酒も手伝って洋はぐっすりと眠った。ベッドの横の机に小さな時計が置かれていた。九時を回っていた。粗末ではあったが、清潔な布団で眠ったのはいつぶりだろうか。出征して以後、こんなに深い眠りを経験したことがなかった。まだ襲ってくる眠気をふり払うように洋は上半身を起こした。部屋の真んなかにある小さなテーブルの上には、昨夜、李と飲んだ酒瓶が置いてあった。洋は、昨夜の李とのことを思い出し、若い女性の体を求める衝動のままに李を抱いたことに少し後悔の念を感じていたが、深く考えないことにしようと思った。

静かに階段を登ってくる足音。多分、李が起こしに来たのだろう。小さくドアをノックする音がした。

「はい、起きています」

洋がそう言うと、ドアが開いて李が部屋に入ってきた。微笑んでいる李の顔を見て、洋は少し驚いた。昨日の感じとは打って変わって、李は匂い立つような女の香を漂わせていた。

「ああ……、李さん、昨夜はお世話になりました、ありがとうございました」

と言って頭を下げた。

「こちらこそ、久しぶりに楽しい時間をありがとうございました」

李はそう言った。

「あの、簡単ですが食事がありますから降りてきてください。これ、夫がむかし着ていたものですが、体格が似ていますから着られると思います。遠慮なく着てくださ い。それから、紹介したい人がいますので」

そう言い残して、李は階段を下りていった。紹介したい人、いったい誰なんだろうか。服の寸法はぴったりだった。洋は急いで階下に降りた。

紹介された少女は十五歳の日本人だった。富山県で生まれて、家族とともに満州の開拓団にやってきて、両親も妹も亡くなり、兄と二人が残されたそうだ。いまは二人とも近所の李の親せきに引きとられて暮らしていると のことで、名前は幸子というらしい。

「ぼくは萩原洋といいます。和歌山県の出身です。和歌山県って知っていますか」

少女は首を横にふった。

「じゃ、大阪は知っていますか」

こんどは首をこくりと縦にうなずいた。

「大阪の南のほうに紀伊半島があります。そこが和歌山県」

幸子は幼いときに両親に連れられて満州に渡ってきたので、日本のことは少ししか覚えていないのだという。

幸子は、覚えている限りのことをゆっくりと話し出した。

最初に住んだ家の近くには学校もあって兄が通ってい
た。近所の女の子三人で空き地で遊んだ。新しい学校が
できて、最初だけダイコンのご飯が出たが、あとは毎日
ジャガイモばかりで飽きた。カボチャ、キュウリ、ナス、
キャベツ、ダイコンなどが採れた。満州リンゴを生でか
じって食べたこともあった。

八月十日、開拓団の村長が「家に戻れ」と叫びながら
馬に乗ってまわってきた。家に帰ると、牛に引かせる二
輪車にいろいろなものを乗せていた。開拓団のみんなが
家を出て野宿しているとソ連軍が攻めてきたが、どうに
か山のなかに逃げることができた。山には日本の軍隊が
出ていったあとがあり、缶詰のビスケットがあり拾って
食べた。

山のなかを歩いているとき、飛行機が来て機銃掃射が
あった。気がつくと妹が撃たれて死んでいた。大きな川
を渡るとき、重い病気だったお父さんは、「わしはもう
行かない。ここでお前たちと別れる」と言った。お母さ
んを呼んで父は「子ども連れて早くいけ」と言った。兄
がわたしの手を引いて川を渡った。渡っているとき後岸
で銃声がした。父が自殺したのだった。母が泣いていた。
なんのために満州に来たのか？　いつ死ぬか分からな
い。戦争のせいだ。食べるものが無く、トウキビ、ジャ
ガイモを盗んで食べた。木の芽、木の皮なども食べた。
山のなかで、どうやって寝たか思い出せない。お母さん
の足枕で寝た。昼は隠れて、夜歩く。眠くて転びそうに
なりながら歩いた。ある村を通るとき道が一本しかなく、
泣き声で気づかれるのを怖れて、開拓団の大人が幼い子
どもたち十二人を殺した。

二人の男性が村で捕まり、その後みんなソ連軍に捕
まった。麻袋を作っていた元工場に連れていかれた。四、
五日して貨車にぎゅうぎゅう詰めになって出発し、その
あと何度も乗り換えた。

奉天という街に着くと、日本人が茹でたサツマイモを
持ってきてくれた。その夜ソ連兵が来た。お母さんも、
一緒に遊んでくれたお姉さんたちも、みんな丸坊主にさ
れた。工場のコンクリートの床にむしろを敷いて、そこ
に人がびっしりだった。食堂の残飯を拾ってきて、鉄カ
ブトで温めて食べた。

お母さんは病気で寝たきりになってしまった。二人の中国人が来た。この子たちを頼むとお母さんは言った。男たちがくれたお金を持って兄と二人でお母さんのためにリンゴを買いに行ったが、二個しか買えなかった。お腹がすいて我慢できなかったので、帰り道で一個を兄と分けて食べてしまった。

お母さんは次の日に死んだ。「なぜ、お母さんに二個食べさせてあげなかったのか」と後悔した。その後、一人一枚、着る物の配給があって、毛糸のセーターが貰えたのが嬉しかった。

それから中国人家庭に貰われていった。細かい仕事をたくさんした。働きづめだった。暇のないように次々に仕事が与えられた。外出できず、仕事ばかりさせられた。しばらくして、近所の人が「日本人はみんな帰った」と言っているのが耳に入った。取り残されたと、しばらく泣き暮らした。しもやけが酷く、靴を脱ぐのが痛くてそのまま寝た。養父母はラジオや時計の修理などの店をやっていた。

新中国になってお店ができなくなり、兄と二人で家を放り出された。そのあといまの李の家に住まわしてもらっている。

幸子の泣きながらの話はそれで終わった。聞き終えて洋は深いため息をついた。幸子にかける言葉が浮かんでこなかった。

それから幸子を連れ、洋と李は三人で北京の繁華な場所に出た。李が、日本で待っている奥様と子どもさんへのプレゼントですと、小さな人形とお菓子を買ってくれた。洋はお礼を言って、ありがたくそれを貰った。

洋は、病気にならないように気をつけて、きっとお兄さんと富山の故郷に帰れる日が来るからと幸子を励ました。幸子は、ありがとうございます、おじさんも気をつけて和歌山に帰ってくださいと、目に涙をためながら言った。

洋は断ったが、李が泊まれと言うので、その晩も李の家に泊まった。明日の朝、北京駅から瀋陽行きの列車に乗ってくださいと李は言った。洋と李が互いに持っていた想いには似たところがあった。洋は李にしのぶを、李は洋に亡くした夫を、それぞれ求めていたのかも知れない。それは、戦争という極限のなかでも生きてゆこうという衝動を確かめ合う男女の営みであったのかも知れない。

洋と李海云は長い間互いの手を握り合っていた。日本に着いたら必ず手紙を出すと、洋はそう約束した。故郷の南紀州の大地に帰るまでもうあと少しだと、洋は西富田の山や川を思い出していた。北京から瀋陽へ、瀋陽から朝鮮の釜山へ、そこから日本へと、洋の想いは膨らんでいた。

だが、洋が想いをはせ、夢に見る遥かな南紀州はまだ遠い空の下であった。

（二十）

どれほどの間、ごった返す貨車に揺られて眠っていたのだろうか、誰かの靴が脇腹を圧迫する痛みで洋は目が覚めた。

銃声が遠くから聞こえてくる。しばらくすると、新たに捕まった者たちが車両に詰め込まれてきた。それからまた列車は動き出した。みながみな空腹をかかえていた。配給の食事はほんのわずかだった。

いったい、ソ連兵は洋たちをどこへ連れていこうとしているのか。列車は北上していた。

海だ、と洋は一瞬そう思ったが、いや、こんな北に海があるはずがないと、すぐにそれを打ち消した。誰かがバイカル湖だという声が耳に入ってきた。「バイカル湖」、洋はそう声に出してつぶやいた。

湖畔には白樺の木立が並んでいる。バイカル湖の水面には白波が立ち、遠くを汽船が過ぎてゆく。

「どこへ連れてゆかれるのか」

そばの中国人が不安そうに独りごとを言った。

「分からない。バイカル湖を過ぎたし、シベリアということだけは確かだ」

洋はそう言ったが、確信があったわけではなかった。

あの日、北京駅で李と別れ、瀋陽から運よく平城行きの貨物列車に潜り込めた。公が手配してくれた人民解放軍の通行証明書がものをいった。貨物列車は瀋陽から平城へ様々な物資を運ぶものだった。列車を待てば列車もあったがそれはだいぶ先だと言うので、洋は日本へ帰るのが遅くなるからと貨物に乗せてもらったのだ。瀋陽駅の解放軍兵士は、そんな事情ならと許可してくれた。しかし、それが明暗を分けた。

数百人、おそらく五百人はいたであろう匪賊がその貨物列車の物資をねらって襲撃してきたのは、瀋陽を出て二時間くらいしてからだった。貨物列車とはいえ、様々な事情で乗車を許可された人々が六十人から七十人くらいいた。匪賊は捕らえた人々を一ヶ所に集め、女と子ども、それに年寄りを解放した。残った四十人ほどはボロボロの馬車に乗せられた。抵抗すれば殺すと脅された。

匪賊が各地で村々を襲撃して略奪を繰り返していることは洋も知っていた。北部方面での戦闘では匪賊と戦ったこともあった。しかしそれは戦争中のことで、終戦後もう五年も過ぎているいま、匪賊がまだ蠢動しているとは信じられなかった。

匪賊は洋たちをソ連兵に売り渡した。ソ連兵は、洋たちをシベリアの収容所に連れていくというのであった。アムール川を小さな蒸気船で渡った。船べりから水面までほとんど余裕がない状態で、いつ沈没するかと洋は心細かった。

こんどは貨物列車に乗せられた。馬糞の臭いがひどい。停車しては燃料の薪を積む。約一週間、シベリアの荒野を貨物列車に揺られて走った。

収容所は山のなかにあった。洋たちは 翌日から作業に出されたが、若い女囚の一団と出会った。いったいどんな罪でシベリアに流されてきたのか分からないが、ジャガイモ畑でみんな唄を歌いながら作業をしていた。

洋たちは 伐採作業をさせられ、同時にその木材でソ連式の住宅建設をさせられた。丸太を横にして積み重ねていくやり方だ。ここには南京虫が多く、シラミとは痒みが違う。潰すと独特の臭いがする。血を吸って丸くなった南京虫は、夜明けには住宅のすき間にかくれてしまう。昼の労働で疲れて熟睡しかけているのに、シラミと南京虫とで何回も起こされる。熱湯をすき間にかけるのが作業に行く前の日課になっていた。

住宅の建設が一段落すると、こんどはさらに北に向かって移動した。トラックで、一台に四十人近く詰め込まれた。ガタガタの道をスピードで出して走るので、痩せた尻の骨が床に当たって痛い。

ベルホヤンスクの近くだと誰かが言った。この北の流刑地まで来ると、もう体力も弱って思考力もなくなってくる。ここでも伐採作業と平行して収容所づくりがはじまった。山で倒した木材をトラックで運んで来て、そして組み立てる。ツンドラを丸太の間にはさんで壁を塗るが重労働だった。

零下五十度の極寒の大地。作業のないときにはドラム缶のペーチカで薪を焚いて収容所のなかでじっとしているだけである。周りの世界は森閑として静かである。陽がのぼって零下四十度以上になると作業になる。凍傷を防ぐ軟こうを顔や鼻の頭や指先に塗るのだが、それでも凍傷にかかる。寒さと栄養失調で死ぬ人が次々に出た。

同じ班で親しくなった一人に山形県の山田という男がいた。歳は洋より一つ下だが、背が高くしっかりとした体軀の持ち主で、労働で鍛えられているという感じだった。この山田の口癖が「早く帰って恋人に逢いたい」というものだった。

その山田がチフスにかかり隔離された。頑丈な男だけに治って、しばらくして班に戻ってきたが元の元気はなかった。

「おい山田君、調子はどうな」

夜、背中合わせになって横になっている山田に洋は声をかけた。

「特にどこが悪いってことはないんだけど、どうも元気が出ん」

山田は消え入りそうな声でそう言った。

「毎日毎日あんな黒パンだけやもんなあ、まったく家畜同然やからなあ」

洋は誰に言うともなくつぶやいた。

洋は、朝目覚めると背中に異変を感じた。いつもは背中合わせで寝ている山田の体温を感じるのだが、今朝はそれがなかった。洋は、あっと思って飛び起きて山田をゆすった。思った通り、山田の体はつめたくなっていた。

班の仲間たちで山田を土葬した。土葬といっても、かちかちに凍った土を五十センチ掘るのが一苦労だった。長い時間をかけて掘り、山田を横たえ、上に土を乗せた。野生の動物にやられるかも知れなかったが、そこまでするのがやっとだった。

救いといえば、捕虜のなかに僧侶がいてお経をあげてくれたことだけだった。

ある朝、洋は寒けがした。熱が三十九度を超えていた。三日休養軍医から休養するようにと米の粥をもらった。三日休養するうちに体の調子がよくなった。班長が「働かないで食べている」と言ってビンタをしようとした。洋は、ここはもう軍隊ではないと抗議すると、その班長は手を上げるのをやめた。

北極海に流れ込む川は透明だ。だが、冬はすべてが凍ってしまう。その氷を沸かして炊事や入浴に使う。

冬は川が交通路になり大型トラックがたまに来る。捕虜の食糧を運搬するのが主であるが南京袋を満載している。積荷を下ろしたあとへ行ってみると、大豆や高粱《コーリャン》などがこぼれている。それをみんなで拾って食べた。

便所は収容所の一番奥にあり、四方をむしろで囲っていた。便槽は長さ十メートル、幅三メートルで、そこへ直径二十センチ位の丸太を二つ割りにしたものを架けていた。三百人もの人間だから朝は混雑するが、雀が電線に群れたときのようにして用を足す。零下四十度、短時間で足さないと露出した部分が凍傷にかかる。

毎日、順番を決めて便所掃除をする。この掃除は、積み重なっている大小便を先のとがった鉄棒で力いっぱい突き刺して崩すのだ。しかし、相手は氷そのもので鉄棒がはね返される。何度も何度も繰り返してやるので、飛び散ったものが顔に当たり、ときには口や目に入ったり、服やポケットにも入る。この塊を収容所の外に投げ捨てるのである。

コムソモルスクの近くに各地の捕虜収容所から集まった栄養失調者の建物があった。洋もそこに入れられることになった。

約五百人が収容されていた。毎朝ラジオ体操をして食後は睡眠時間である。入浴は一週間に二日である。日本人の床屋さんがいて丸坊主にしてくれた。たまに、入浴時にカミソリでわき毛と陰毛を剃り落とされる。シラミがつくからだ。

そうして、少しずつ体の調子がよくなって夏頃から軽作業に出されることになった。作業の合い間に、オオバコ、ハコベなどを煮て食べた。みんな空腹だった。蛙などは皮をむいて焼いて食べたりしたが、淡白な味がしてみんな好んで食べた。

食事は一食当たり黒パン、高粱粥茶、スープ少々。栄養失調になってから小便が近くなった。一晩で七、八回も起きた。尿意が来て走って便所まで行くのだが、我慢しきれず粗相をするようになった。洋は衰弱したということを実感した。

収容所という隔離された社会にいると、追いつめられて動揺する気持ちになってくる。そんな矢先、「ヤポンスキー　ダモイ」（日本人帰る）と監視のソ連兵が頻繁に言い出した。別の作業班から「確かに汽車に乗って南下するらしい」といううわさが伝わってきた。

それにしてもだ、それにしても、なぜ五十七万人もの日本兵がシベリアに抑留され、地獄の強制労働に従事させられたのだろうか。ここに関東軍最高幹部の極秘の文書がある。そこには次のように書かれている。

『在留邦人及び武装解除後の軍人はソ連の庇護のもとに満鮮に土着せしめて生活を営むこととす旨をソ連に依頼す。満鮮に土着する者は日本国籍を離るるも支障なきものとす』

日本人や軍人はソ連に引き渡して構わないとする棄民政策である。ソ連の側はシベリアの開発に猫の手も借りたい。こうして日本側とソ連側の要求が一致し、五十七万人の人々が強制労働をさせられ、二十万人近い人々の命が奪われた。

シベリアを発ち、洋たち病弱兵を乗せた列車は沿海州のポセットに着いた。

七月の陽が輝いていたある日、ポセット湾に入っていた貨物船に洋たちは乗せられた。翌日には北朝鮮の清津港に入り、そこで下船した。ここからはまた陸路で、貨車に乗せられて古茂山に着いた。この街でもしばらくの間は待機することになった。ここでも多くの日本兵が死んだと聞かされた。死骸は古茂山駅の裏の山に埋められているとのことだった。

その後、洋たちは感興に送られ、そこで船に乗せられた。

ここでは蚤、虱を駆除すると言われて、ＤＤＴという白い粉を頭のてっぺんからつま先まで、それこそ全身が真っ白になるまで振りかけられ、更にチフス、コレラ、赤痢などの予防注射を何本も打たれた。

これで安心して日本まで行くことができると思うと、いままでの疲れがどっと出てきて、うとうとしはじめた。船が出航すると、すぐに船酔いに悩まされた。

船員が「船はもうしばらくすると日本の領海に入ります」と、船内放送をしていた。それを聞いたとき、洋は八年間の戦争の生活が、このときをもって完全に終わったのだなぁと思った。船内の人たちのなかには、「万歳！」と叫んでいる人もいた、感激で、隣にいる誰かれを構わずに抱き合って小躍りする人もいた。

西富田を出てからのこの戦争の歳月は、洋の人間を大きく変えた。人間を変えたというより、ものの見方も大きく変わった。戦争は絶対にしてはならない、洋はそう考えるようになった。出征するときは、戦争に疑問を持ちつつも、お国のため、それなら戦争も仕方がないと洋は思っていた。戦地で体験するすべてのことを、公がいつも言っていた「戦争で得をするのは誰か」という目で見るようになっていた。なぜ、こんなに殺し殺されないといけないのか。戦争のなかでいつも考えていた疑問は、ついに答えが見当たらないいまま、いまこうして故郷への岐路にある。洋は、心ならずも自分が殺した人たち、自分のまわりで殺された戦友たちを思い、込み上げてくる怒りとも哀しみとも分からない涙が頬をつたうのを感じていた。

「舞鶴が見えたぞっ」

と誰かの叫ぶ声に、洋は甲板にでた。日本海の波は少し荒れていた。遠くに山並みが見える。生きて日本に帰ってくることができた。洋はその思いで胸がつまった。徐々に大きくなる山々を見つめながら、洋は帰ってこれた喜びとともに、故国の土を踏めずに死んでいった戦友たちへの申しわけなさとが交じった感情を抱いて、茫然とその景色を眺めていた。

こうして一九五〇年八月のある日、洋は舞鶴の港に降り立った。西富田を出て、実に八年ぶりの日本であった。真夏の陽ざしが辺りを照らし街は輝いていた。港は朝鮮や大陸から帰ってきた者を迎える人たちで賑わっていた。

洋は、港に設置されていた復員を受け入れる機関で、三日間にわたって過ぎた八年間について詳しい聞きとりをされた。係官は、「大変な目に遭いましたね。ほんとうにご苦労さまでした」と洋に言った。係官から洋は二百円という金を渡された。少ないですが、国からのお金ですと、係官はそう言った。

港に降り立ってから洋が一番驚いたことは、街をゆく女たちがスカートをはき、口紅やマニキュアをつけていることだった。

洋の知っていた日本は昭和十八年の日本であった。「ぜいたくは敵だ」「ほしがりません勝つまでは」と、みんなが思っていた。男も女も質素な服で、化粧をした女など目にすることはなかったのだ。

日本を離れてからの八年間、洋の脳裏に去来する女はいつもしのぶであった。違った女が夢に出てきても、最後はしのぶの顔がそこにあった。洋は、各地に置かれていた「慰安所」に一度だけ行ったことがあった。しかし、そこにいる女は女ではなかった。極限のなかにあって、性欲の処理のためだけ、ただその目的のためだけに中国の女を犯すことができなかった。洋の局部はそれを拒みつづけ機能しなかった。洋は半裸の娘に「ごめん」と言った。娘は洋の目を見て首をふった。

八年間でたった一人、別れてきた李海云だけが洋の乾いたこころと体を癒してくれた。もう二度と会うことがないだろうと、このときの洋はそう思っていた。

日本のこの変わりようはどうしたことなんだ。スカートから伸びて出た白い脚は、洋にはものすごく扇情的に見え、それはいっそうしのぶへの想いをつのらせた。

（二十一）

舞鶴でもらった二百円の金はすぐになくなった。もらったときは大金だと思ったが、それは出征した頃の金の値打ちであって、敗戦後五年が過ぎたいまとなっては、食堂でうどんを食べタバコを買うなどすると、すぐに消えてしまうものだった。

天王寺駅は人々で混雑していたが、洋はなんとか座席を見つけた。紀勢本線は新庄と朝来の間でがけ崩れがあって、汽車は田辺駅止まりだった。二十歳で故郷を出てからの八年、大陸とシベリアを彷徨した。洋の脳裏には数えきれない場面が浮かんでくる。自分はいったい大陸でなにをしたんだろう。数えても数えきれない顔見知りの戦友たちが一瞬にして死に、また腹が裂け内臓が飛び出し、顔が崩れ、腕や脚が捥がれて死んでいった。寒さと飢えとでものも言えずにうつろな目を開けて死に、極寒のシベリアのどこことも知れない土のなかに埋められた戦友たち。村々を襲って中国の人々を殺し傷つけ略奪をおこなった。なんと意味のない、許されない行為をしてきたんだろうか。

洋はそう考えながら睡魔に襲われていた。夢を見た。オオカミに襲われている兵士たちが必死で抵抗するのだが、肉を噛みちぎられている。恐怖におののく悲鳴を上げながら体から鮮血が飛び散っている兵士たち。洋は大きな声を上げて目を覚ました。「気つかいないかあ」と、前に座っていた老人が声をかけてくれた。ふとホームを見ると、御坊駅に停車していた。

「あんた、復員かあ」

老人が訊いてきた。

「はい、そうです」

ひろしは几帳面な返事をした。

「いま時分に戻ってきたて、どこに行ってたんなよ、苦労したんやなあ」

老人はいかにも気の毒そうに言った。

「はい、話せば長いんですが、北支から最後はシベリアに送られました」

「そうかあ、それにしても、戦争が終わってもう五年も経ってるんやで、大変やったなあ。家はどこなよ」

「はい、白浜の西富田です」

「そうかあ、わしは次で降りるけど、気つけて帰えらんせよ。家の人らどいだけ嬉しいか、家族の人が喜ぶの目にみえるようやわ」

老人はそんなことを言って下車していった。洋は起立して頭を下げた。

列車のなかにはアメリカ兵が数人乗っていた。アメリカ兵は舞鶴でも大阪でも見かけたので馴れてきたが、大陸では見たことがなかったのだ。アメリカ兵たちは気軽に日本人と片言で話をしている。洋には不思議な光景だったが、もう戦争から月日が経っているのを感じさせられた。

アメリカ軍はこの南紀州にも進駐してきていた。「鬼畜米英」と呼んだ敵軍が来るというので、世間にはさまざまな流言飛語が広がった。それで、市町村長宛に当局から以下のような通達が出された。

イ・外国人には個人的に対応しないこと。

ロ・言語や人情も違うので、誤解を招き間違いを起こさないように。

ハ・連合軍が進駐してきても治安維持には警察、憲兵があたるので、落ち着いて日常生活を営むこと。

ニ・いかなる場合にも腕力に訴えないこと。

ホ・婦女子は外国人に隙をみせない。外出にはモンペを着て華美な服装や化粧はせず、素肌や素足をみせないこと。

ヘ・婦女子は外国人にニコニコしないこと。

ト・外国軍駐屯地の付近に住む婦女子は、夜間はもちろん昼間でも一人歩きは慎む。

チ・見られても恥ずかしくない服装を。特に戸外では裸体にならない。

リ・婦女子の住居では戸締りに気をつける。

ヌ・外国兵は品物を記念品として持ち帰る習慣があるので、時計などは目に触れないように。

ル・外出に際しては短刀など武器と類似のものは携行しないこと。

ヲ・暴行には毅然たる態度で抵抗し、大声で近所に知らせよう。

ワ・万一不法行為がおこなわれた場合は、場所、日時、犯行者の特徴など、すみやかに警察に届ける。

和歌山県内には、アメリカの第三百八十九歩兵連隊の六千七百人が進駐してきた。この六千七百人が県下各地の駐屯地に配備された。ジープを乗り回し、洒落た軍服に帽子、サングラスをかけたくつろいだ態度の兵士たちが各地に見られるようになった。

また、戦争中に南太平洋の戦域で捕虜となった外国の兵士たちが連れてこられていた。イギリス兵約三百人は、熊野川対岸の紀州鉱山で働かされていた。敗戦と同時に、こうした捕虜たちは解放され、故国に帰された。

さらに、強制連行で連れてきた多くの朝鮮人労働者がいた。紀勢本線は一八九一年に着工され、一九五九年に全通した。この紀勢本線の敷設工事のほとんどの現場で朝鮮人が働いていていた。これら朝鮮人労働者の強制連行は戦争の拡大とともに拡大したのであった。

洋は田辺駅に降り立った。懐かしさで、しばらくは駅の入り口に立ったまま動けずにいた。

それから洋は線路に入った。土砂崩れのところまで線路を歩き、そこから道路にでようと思ったのだ。夏の午後の暑い陽が輝いていた。山に刺す陽の光が陰影をつくり、山の緑が物悲しく美しい。

ふいに、山のなかから男が降りてきた。

「こんにちは」

と洋が言った。

「暑いのや」

と、相手はタオルで顔の汗を拭きながら挨拶を返してきた。歳は四十くらいだろうか。

「あんた……その格好……もしかして復員かあ」

洗ってあるから清潔なんだが、洋は破れたところもある軍服を着ていたし、軍の帽子をかぶっている。

「はい、そうです」

「なんとお、よう戻ってこれたのお。シベリアからかあ」

「そうです、シベリアからです」

「そうかあ、喋り方もまだ兵隊さんやのお。もう普通にしゃべったらええのに」

「そうなんやけど、なかなか抜けんのです」

「ははは、ほいて、家どこな」

男が人なつっこく尋ねてくる。

「西富田の堅田です」

「ええっ、お前、萩原の洋くんと違うんか」

洋はびっくりした。

「そうです、そうですが、あのお、誰なんでしょうか」

「あんたは分からんやろうけど、あんたのお母さんの、さよさんの実家の近所の池田っていうんや。この間もさよさんが実家に来ててな、あんたのことを話したばっかりや。いやあ、よう帰って着たなあ、そうかそうか、そりゃ目出度いわ」

「そうやったんですか、母親は元気でしたか」

洋は尋ねた。

「元気や元気や、お父さんはえらいことやったけどなあ、お母さんも嫁さんも元気やで」

「あのお、父親がどうかしましたか」

「あっ、知らんのか……空襲でな、亡くなったよ」

「ええっ、いつですか」

「終戦の年の前やったわ」

洋は、それを知るはずもなかった。洋のほうから行く先々で安否を知らせる簡単な手紙は出したが、しのぶからの手紙は洋の手元には届かなかった。

親父が死んだ。出征の朝に短い言葉を交わしたのが最後だった。帰ったら、戦争の実際を話そうと思っていたのに……。

洋は父親の良作の面影を思い出していた。

白浜口の駅舎が夏の陽を受けていた。わが家はすぐそこ、米吉さんの家を左に折れれば百メートル先に我が家がある。この陽の光、そよいでいる風、木々の匂い……それらすべてが洋を包んでくれているようだった。太陽が照りつける真夏の午後、道にも田んぼにも人は出ていなかった。すると、向こうから四つか五つくらいの男女の幼い子が駆けてきた。近所の子なんだろう……洋は近くに来た男の子と目が合った。

「坊、名前はなんていう」

と静かに声をかけた。

「はぎわらわいち」

その男の子がたどたどしく言った。

言葉が出なかった。なにを言えばいいのか。

「じゃ、じゃ、そっちは節乃か」

女の子はこくりとうなずいた。

洋は「和一」と言って腰をかがめて抱きしめた。和一はびっくりして泣き出したが、洋は構わずさらにきつく抱きしめた。すると節乃が駆け出した。ふと見ると、女の子はわが家に駆け込んでいった。しばらくすると、慌てたように一人の女が走り出てきた。女の子もついて走ってきた。

「……」

洋にはそれが誰だかすぐに分かった。洋は抱いていた和一を腕から離した。和一は泣きながら母親のもとに走った。

「……」

洋を見つめていたしのぶが無言で近づいてくる。洋は立ったままで歩いてくるしのぶを見ていた。それはどれほどの時間だったんだろう。洋は照りつける陽の暑さを忘れていた。しのぶが歩いてくる。と、数メートル手前で歩を止めた。

「……」

「……」

二人は見つめ合った。

「洋さん、お疲れさまでした」

しのぶは涙をいっぱいためて、それだけ言うのがやっとだった。しのぶは走り寄って洋に抱きついた。洋もしのぶを抱いた。二人の幼児が不思議そうにその光景を見つめている。しのぶは人目もはばからずに大きな声を出して泣いた。その泣き声で、近所の人たちが何事かと次々に家から道に飛び出してきた。洋はしがみついているしのぶを無理に離した。

「萩原洋、ただいまシベリアから帰ってまいりました」

そう言って、洋は帽子を取り深々と頭を下げた。すると、しのぶもいっしょに頭を下げていた。

「よう帰ってきた、よう帰ってきた」

という声があがりいっせいに拍手が起こった。

懐かしい生け垣をまわり、洋はわが家に入った。庭の向こうの入り口にさよがいた。

「母さんっ」

さよが泣きながら走り寄ってきて、洋に抱きついた。

「心配をかけました」

洋もそう言うのが精一杯だった。泣くまいと思っていたのに涙があふれてきた。

「お父ちゃんがな……」

「聞いたよ、死んだんやなあ」

さよは体を離し、まあ中へ入りよしと洋に言った。

しのぶが「そや」っと言いながら走って庭を出ていったが、すぐに大きなスイカを抱くようにして持ってきた。

「井戸で冷やしててん」

そのスイカをすぐに切って、しのぶは塩とともに盆に乗せて持ってきた。

洋はあぐらをかいて畳に座った。節乃と和一はもう両側に座っていた。洋は真っ赤なスイカにちょっと塩をつけて一口噛んだ。懐かしい味が体にしみ込むようだった。

「うまいなあ」

洋は心底からそう言った。

（二十二）

洋が大陸で残留部隊で八路軍と戦い、その後、シベリアでの抑留生活を余儀なくされていた頃、戦後の日本では大きな変化が進んでいた。

日本の軍国主義は打倒され、新しい憲法が生まれた。だが、そのあとに起こった朝鮮戦争は、日本資本主義の復興への足場をつくり、同時に、日本は再び再軍備への道を歩むことになる。朝鮮戦争はいわゆる「特需」をつくった。戦後の日本の物質的復興は、朝鮮半島での他国の戦争によってその分け前を得たところから出発したのであった。

マッカーサーが日本から去り、代わってリッジウエーが極東の司令官となった。サンフランシスコ条約が締結され、吉田茂政権は独断的にアメリカと安全保障条約という軍事同盟を結んだ。これによって日本は、平和を求める憲法よりも、安保条約を優先しアメリカ軍の極東の「キーストーン」としての歩みをはじめることになった。

核兵器の開発競争が激しくなるもとで、第五福竜丸などが南太平洋のビキニ環礁でおこなわれたアメリカの水爆実験で被曝し、久保山愛吉さんが死亡するという痛ましい事件が起きた。

さらに、戦後の大きな変化のひとつに農地改革があった。戦前の日本では、農耕地全体の約半分に近い二百二十七万町歩が小作地だった。自分は農作業をせずに、小作人から小作料を取り立てる地主が農村で実権をにぎっていた。このことが社会全体の封建的な性格の基盤ともなっていた。

萩原家もわずかだが小作人から年貢を取っていた。農地改革によって、地主制度はなくなり、地主から取り上げた土地はそこを耕していた農民へと譲り渡された。全国に無数の家族経営の農家が生まれた。そのことは、日本の社会と経済の全体に大きな影響をおよぼした。小作農民は地主への年貢から解放され、暮らしが楽になった。また、小作料を農産物で収めることもなくなり、作った農産物のすべてを市場で売ることができるようになった。こうして、日本の農村全体が商品経済のなかに巻き込まれ、さまざまな農機具や農薬の購入などで、資本の製品が農村に入っていった。それは、農村が資本にとっての市場になったことを意味した。しかし、土でつくられる農産物の量は、工業生産の発展に見合うほどには発展しなかった。商品経済に巻き込まれていった農民の暮らしは、兼業農家になるか、あるいは農業を捨てて都市に流入し労働者になるか、そのどちらかを選ぶ以外に生き延びる道はなかった。

秋の収穫の頃には洋の体力はもとに戻りつつあった。戦争で負った胸や脚の傷はもうすっかり癒えていたが、腹の底からの力は復員してすぐには出てこなかった。

洋の生活は、出征する前のように農作業と石山での砥石づくりという元々の流れになった。現金収入を得るために、洋はトマトやキュウリなどのハウス栽培にも手を出していった。

こうして月日が過ぎていった。洋としのぶの三人目の子は男だった。洋は死んだ父親の一文字をとって、その子に良介と名づけた。翌々年、しのぶは四人目の子を産んだ。こんどは女だった。洋は自分の洋という字を入れ洋子という名をつけた。

「おばやん、公ちゃんは帰ってくる日を言うてきたかあ」

洋は公の家にはよく顔を出していた。シベリアから戻った翌日に公の家に行き、大陸での公との出会いなど詳細を母親に話して聞かせた。

「日にちまで分からんのやけど、年内には帰れるて書いてあった……ほら、これがその手紙」

おばやんはそう言い、最近公から来た手紙を洋に差し出した。

洋はその手紙を素早く読んだ。

「なあ洋さん、公が言うてるこの人民解放軍ってアカの軍隊やろ」

おばやんがそんなことを言った。

「そうや、中国共産党の軍隊やけど、前は八路軍ていう名前やったんやけど、この軍隊は、わしが知ってる限りでは日本の軍隊とはまったく違うなあ」

「どあなんよお」

「まず、略奪をせん。日本軍は村に攻め込んで食べ物を奪いさがすし、そらちょっとおばやんには言えんような悪いことをしたけど、公ちゃんの軍隊は人のものには絶対手をつけんのや。そら、徹底してたわ。そやさかな、心配せんでもええで、おばやん」

「そうかあ、わしはまたアカの軍隊やて言うさか、極悪人になったんかと心配で心配で」

「おばやん、そら逆や。規律正しい連中やて。わしは八路軍に捕まったことあるけど、規律正しいのにびっくりしたもん」

「そうかあ、そいやったらええんやけどなあ」

おばやんは納得してくれた様子だった。

今年中に帰ってくるということは、もう数ヶ月の間に帰るということだ。公には積もり積もった話があった。あれから李という女性に出会ったこと、それからシベリアでの抑留生活があったことなど、話すべきことがいっぱいあった。もう四人も子どもがあるて知ったらびっくりするやろうなあと、洋は公の帰還を待ちわびた。


農地解放で萩原家の田んぼも小作人に渡され、米の収穫も減っていた。しかし、山や畑はそっくりそのまま無傷で小作には渡さずに残っていた。洋はいろいろ考えた末に、時期は少し遅れていたが、お宮さんやお寺の土地をそっくりお宮とお寺に寄付をして手放した。これらの土地は先祖代々、萩原家の土地だった。畑の年貢はこれまでも多寡が知れていた。


「節乃、この四つの家、知ってるやろ。ここへ行って年貢代を貰ってきてくれるか。ほいたらそのなかから小遣いやるわ」

洋は十歳の節乃に畑の年貢の集金をさせた。田んぼの小作はなくなっていたが、畑の小作はそのまま続いていた。

「分かった、和一も連れていってもええかあ」

節乃は一人では不安なのか、そんなことを言った。

「ああ、ええけど気つけて行くんやで」

節乃は弟の手を引いて出ていった。小遣いをもらえるからと、喜んでいる。

「おばやん、こんにちは」

節乃は五分ほど歩いて小作をしている山田宅に行って挨拶をした。

「節っちゃん、こんにちは。和一君も、今日はどうしたん、二人そろって」

「お父ちゃんに頼まれたから、年貢の集金に来てん」

「ああ、そうかあ、そりゃご苦労さんやなあ。ちょっと待っててよ」

山田のおばやんはそう言ってから家のなかに入っていった。

「はい、ほいたらこれ、お父ちゃんに渡してな」

おばやんは封筒に入れた年貢代を節乃に渡した。

「節っちゃん、まだ回るんかあ」

おばやんはそう節乃に尋ねた。

「うん、あと三軒行かなあかんね」

「そうかそうか、そりゃえらいなあ。気つけて行きよしよ。こい、ちょっとやけどな、食べよし」

おばやんはそう言いながら紙に包んだ金平糖をくれた。

「おばやん、おおきに」

節乃が言うと
「おばやん、おおきに」

と和一も同じことを言った。

一時間ほどで四軒の集金を終えた。他の家でもお菓子をもらったので、二人はにこにこしながら帰ってきた。

洋は、畑も小作人に譲ろうかと考えていた。新しい時代がはじまったことをどう受け止めるべきか、洋は復員してきてからそれを考えていた。妻のしのぶにも母のさよにも意見を聞いた。二人とも、洋の思うようにしたらいいとの返事だった。

お宮の場合も、お寺の場合も、土地を寄付するという洋の申し出を喜んでくれた。無料でもらうのは気が引けると、お宮の総代もお寺の住職も言ったが、洋はこれからも世話になるんやからと、無料で譲ったのだった。

数日後、洋は四人の畑の小作人に集まってもらった。

「集まっていただいたのは畑の小作のことです。正直にいいます。小作はもう終わりにして、畑をみなさんに渡そうと思っているんですが、どうですやろか。みなさんも知っての通り、わしは戦地から戻ってくるのがだいぶ遅れました。そやさか、戦後のやり方もよう分かってませんでしたし、そやから遅れました。でもまあ、自分なりに考えて、いま言うたようにさせてもらおうかと思っているんです」

洋は、そこで一息ついた。

「洋さん、洋さんが言うみなさんに渡すという意味は、払い下げるということですか。われわれがお金で買い取るということですか」

畑でブドウの栽培をしている寺田が質問した。

「いやいや、お金は要りません。無料で、ただで渡すということです」

「そりゃわれわれは有難い話やけど、ただというのはいかにも洋さんの損になるんと違いますか」

　寺田はそう言って、洋を見た。

「損得の話になると、損ということになるんやろけど。そやけど、小作のみなさんにお金を払えとわしはよう言わんのです。みなさんがお金持ちならお金を出してって言うんですが、戦争でみなえらい目をしてきた、そやから無料でいいんです」

「そやけど、それではあんまり気の毒やわ」

　と、寺田が言った。

「うん、そうやけど、お宮にもお寺にも寄付したんや。みなさんがそれではあんまりわしに悪いと思うんなら、取れたブドウをちょっとくれたらいいですよ」

「洋さん、今夜の話はほんまに有難い話ですわ。戦争中は、戦争の話したら、この村では洋さんは戦争でたいがい苦労した人ていうのは間違いないことやけど、わしらもえらい目したよ。そやさか、これからの暮らしを考えたら畑をいただけるのはほんまに有難いです。できた作物をちょっと萩原家に持っていくのくらい簡単なことです」

　そう言った鈴木はシイタケ栽培をしていた。

（二十三）

　長い間、弟の耕治の行方は不明だった。耕治は「一旗あげたい」という夢を追って朝鮮に渡った。いっときは縫製工場を経営していた別所のおいやんの家にいたのだが、満州へ行くと言ってそこを出て以来、別所のおいやんにも実家への便りも途絶えてしまっていた。耕治が西富田を出て、かれこれ十五年が過ぎていた。生きているのやら死んでいるのやら、耕治の行方はようとして知れなかった。

　その耕治の情報が思わぬ人からもたらされた。大陸から帰ってきた公が教えてくれたのだった。その耕治の十数年の物語を、公は次のように洋に語った。

　わしが聞いた話では、満州はもともとは不衛生なところで、風土病や伝染病があって大変なところやったらしい。この荒れ果てた土地を開発するのに、満蒙開拓団で巨額のカネと人々をここにつぎ込んだ。

二十世紀の初め、満州の人口は一千万人だったが、内地からどんどん人が入って、満州国になった頃には三千万人、終戦の年には四千五百万人というものすごい数になっていた。当時のアメリカ『タイムズ』紙は、「日本は支那の荒寥たる砂漠のなかに青々としたオアシスを造り出した」と書いたほどだ。

満州国の寿命は十年余りだったが、驚異的な成長で新京（長春）などの大都市が次々につくられて重工業も発達した。映画や音楽など、内地では考えられないような豊かな市民生活がごく短期間に実現された。

大不況の内地の人々には希望の地に思えた。

日本は鉄道を敷き、産業を興し、関東軍によって治安を確保した。それゆえに、戦乱を逃れて多くの漢民族が満州に流入した。

道路や鉄道ができて奥地まで交通が通じ治安が良くなると、奥地の農民も農作物を町の市場に出して、金にすることができた。地方にも学校・病院・工場をつくった。内地はくみ取り式トイレだったのに、満州は水洗トイレが普及した。

満州は当時の中国人にとって戦乱も飢饉もなく、私有財産も安全も保障され、しかも進んだ教育・医療を受けられた桃源郷だった。

当時の中国には、匪賊と呼ばれる武装集団がいくつもあった。この匪賊は、数百人、あるいはもっと多い規模で農村などで略奪を繰り返していた。巨大になった匪賊のなかには、政府軍と手を結び軍閥となってボロ儲けをしたものもあった。軍閥とはいえもとは匪賊だから、放火・掠奪・殺人も平気でおこなった。

満州の匪賊はほとんどが馬に乗っていたため馬賊と呼ばれていた。馬賊は独特の集団で「われわれは義賊である」と主張していた。その規律は厳格で強姦をおこなわないという不文律もあった。

俺も行くから君も行け
狭い日本にゃ住み飽いた
海の彼方にゃ支那がある
支那にゃ四億の民が待つ

こういう「馬賊の唄」が流行っていた。この唄を聞いて、十代後半の耕治の胸は高鳴ったという。

とにかく満州へ行こうと思い、耕治は満州へ行った。

満州には、当時、有名な日本人の馬賊の大山静雄大将がいた。とにかく大山大将にあって仲間に加えてもらおうと、耕治は思ったのだ。

満州に入った耕治は大山大将の居場所を探し出し、手下の者に「日本から大山さんに会いに来た。会わせてほしい」と、このフレーズを繰り返した。手下は、「待ってろ、大将に言ってみる」と言った。そしたら大山が会ってくれるということで、耕治は大山の部屋に連れていかれた。大山は、日焼けした、精悍な顔立ちの男前だったらしい。

「どこから来たんだ」

部屋に入るなり、大山は耕治にそう言った。

「和歌山県です」

「和歌山、紀州だな」

「はい」

「俺の仲間には大阪はいるが、紀州の人間は一人もおらん。で、なにをしたいんだ」

大山はゆっくりした口調で聞いた。

「なんかでっかいことをして、大山先生のようになりたいんです」

と、これが耕治の答えだった。

こうして、耕治は大山大将の手下の鈴木覚の部隊に配属されたという。

元々、大山の資金源はアヘンの密売で、その元締になり、どんどんと巨額を蓄財していった。耕治は鈴木の部隊でアヘン密売の仕事を懸命に見習い、腕を認められていったという。

ある日、耕治たち運び屋数人は憲兵隊に呼び止められ、事務所まで連行された。憲兵隊事務所では中国人であれ日本人であれ、一人ひとりを厳しく調べていた。

耕治はその様子を見ながら、直感的に先手を打つ必要があると思った。そこで一芝居うった。耕治は近くにいた憲兵にしっかりした日本語で言ったのだ。

「わたしはこれから師団司令部に行き、参謀長と会う約束がある。ここでいつまで待たせるつもりかね」

すると、憲兵はびっくりして、憲兵隊の上司になにやら耳打ちをした。

「シナ服なのでシナ人かと思っていました。師団司令部へ行かれると聞きましたが、ちょっとお待ちください。一行は何人ですか。憲兵隊の車で師団司令部までお送りします」

と、手のひらを返したような扱いになった。

「おい、車で送ってくれると言うから、荷物を持ってきて積み込みたまえ」

耕治は大きな声で言った。こうして、耕治たちは検問を無事通過した。

こんなことが何度かあって、耕治は次第に大山大将に気に入られていった。

ある日、耕治は「萩原くん、もうちょっと大事な仕事をしてもらう」と、大山大将から言われた。

耕治は、大山大将から挨拶に行けと言われた諜報機関の児玉大尉のもとに出向いた。

「大山大将からの指示で来ました、萩原耕治です」

と挨拶した。

「児玉です」

と、ぶっきら棒に児玉は言った。あとで分かったことだが、耕治があまりに若いので驚いたらしい。

「これを大将から預かってきています」

耕治はそう言って、大山からの手紙を児玉に大尉に渡した。

「この者は若いですが、勇敢です。拳銃もよく使えます。有能ですから推薦します」などと書かれてあったらしい。

その日から耕治は児玉大尉のもとで働くこととなった。児玉は、共産ゲリラの殲滅、諜報や工作、討伐や掃討戦などの謀略に従事していたらしい。天皇陛下のため、大東亜共栄圏の建設のためと、児玉大尉からそう教えられた。

そこでは耕治のような日本人だけでなく、現地の素性の分からないような男たちも雇われていた。耕治はそこでこれまでもらったことのないような高額の報酬を得たという。こうしたカネを児玉はどこから出しているのか分からなかったが、軍とつながっている裏の社会はすごいと耕治はあらためて思ったという。

白い蒙古馬に乗り、腰にはモーゼル八号を二挺さげ、背中に青龍刀を背負って、耕治はいっぱしの義賊を気どっていた。

耕治は拳銃の手入れをして寝床に潜る、それが生活習慣になったという。

こうして、耕治は児玉大尉に従って、日本軍に協力する馬賊として活動することが満州を守ることだとの信念をもつようになっていた。

そのためには延安の毛沢東や重慶の蒋介石とは対決しなければならない。耕治たちは八路軍や国民党の軍の動きにも目を光らせていた。

この時期、八路軍の捕虜になった日本人や左翼活動家が八路軍の放送活動に協力して、盛んに日本軍兵士向けに宣伝放送していた。その反日放送の中枢にいたのが野上浩三であり、野上は命を狙われていた。

そんなある日、耕治は児玉大尉から会いたいとの連絡を受け会いに行った。

「萩原君、忙しいだろうけど特殊任務があるんだ」

「はい」

大恩のある児玉大尉の頼みとあれば、断るわけにはいかない。

「実は、これは上からの指示なんだ。野上浩三を始末してもらいたいんだ」

耕治は、一瞬驚いた。人を殺すのは初めてのことではないが、それはほとんど八路軍の連中だった。同じアカとはいえ、野上は日本人だ。

「いやな気持は分かる。分かるが、やってくれるか」

児玉大尉にそう言われたら断れない。

「分かりました」

耕治は、意を決して児玉大尉と別れた。

児玉大尉の命を受け、耕治は漢口のフランス租界に行った。そこで仲間と落ち合って、それから計画を実行することになっていた。

漢口には繁華街があり、洒落た店がいくつも並んでいた。耕治は繁華街の通りからほど近いアパートに入った。アパートの部屋は三階で、一階にはバーがあった。そのアパートにはフランス人やアメリカ人、ロシアやドイツの人もいた。

ときたま足を向ける一階のバーで、耕治は同じアパートの住人で、ジュヌヴィエーブというパリから来た女学生と知り合った。彼女は伯父がフランスの商人で、ほぼひと月の間、漢口で過ごす予定であった。耕治は彼女とバーで知り合い、この一つ年下のジュヌヴィエーブに恋をした。

　ある日、二人はフランス租界を歩いていた。茶や赤の落ち葉が通りに落ちていた。ジュヌヴィエーブは耕治がなにをしている人なのかがよく分からなかった。

「耕治の給料はどこから出ているの」

　そんな訊き方で、彼女は耕治について知ろうとした。

「給料は日本の商社だよ」

「どんな仕事をしているの」

「一口ではいえないけど、日本のものをこっちに持ってきて、中国のものを日本に持っていくんだ。食べ物からはじまって、武器まである」

「そうなの」

　と、彼女は言ってそれ以上は尋ねなかった。

　そんな日が何日か続いて、耕治とジュヌヴィエーブは深い仲になっていった。

　ある日、アパートの近くでパンパンパンとピストルの発砲音がした。初めて聞くピストルの音に驚いた彼女は、耕治が「部屋から出るな」と言って飛び出していったのにもさらに驚いた。

　ジュヌヴィエーブは半開きの机の引出しを開けてみた。そこには拳銃が二丁入っていた。なんでこんなものを耕治は持ってるのと彼女は思った。

　耕治はすぐに戻ってきた。

「耕治、なんでこんなものを持っているの」

　ジュヌヴィエーブは不思議そうに尋ねた。

「ああそれ、もしものときの護身用にって、会社からさ」

　耕治は、さも当たり前のように言ったので、彼女はそれ以上なにも言わなかった。

　戦争が激しくなり、八路軍と国民党軍の協定が成立し、野上暗殺の極秘任務もひとまず見送りになっていた。パリに戻らないといけなくなったジュヌヴィエーブは、耕治と別れたくないと言い出した。


　公の耕治についての話はそこまでだった。そのあとのことは公にも分からないという。

「公ちゃん、耕治はその彼女と一緒になりたいとか言うてたか」

「いや、そあなんことは言うてなかったなあ。ただ、耕治くんは相当に経済的にはゆとりがあるように見えたから、彼女一人を養うだけの力はあると思った」

「そうかあ。どっちにせよ母親に手紙の一つくらい出せるのになあ……」

「耕治君に漢口で会うたのはお前を日本に帰してから一年近くたってからやからな、もうそれから五年近く経つなあ。洋はもう西富田に帰ってるから手紙で居場所を知らせてやれよと耕治君に言うたら、手紙出すよ、って言うてたんやけどなあ」

洋はそれには答えずに公に聞いた。

「なあ、耕治はいったいなにをやって稼いでたんやろなあ」

「最初は馬賊やなあ。大山静雄大将は満州の界隈では知らんもんはない大物やし、そこで見込まれたわけや。そっからいろいろと危ないこともしてたみたいやなあ。わしが会うた時分は、また大山静雄大将のもとに戻ると言うてたんやけどな」

「死んでなかったらええんやけどなあ」

洋はつぶやくように言った。

「もう戦争も終わったし、いまは人民解放軍がすべて仕切ってるしな、危ない目にあうことはないと思うけどなあ。それよりわしが気になってるんは、ジュヌヴィエーブっていう女の子や。お互いに好きあってたからなあ……どうなったんかなあ」

「耕治がフランス人となあ……」

「まあ漢口のあの辺りは世界中から人が来てたからなあ。若いもん同士や、好きになるのは自然のなりゆきやて」

公はそんなことを言った。

「公ちゃんはどうするんあよ、もう所帯もたなあかんやろ」

「そうやけどなあ……」

「向こうでいろいろあったんか」

「まあなあ、わしの場合は外人と違うんや。八路軍には日本人も大勢おったからな。そこで好きになった女がいた」

「どうなったん。いまどこにおるん」

「手紙でやりとりしてるんや。北京におるけど、もうじき帰ってくるて」

「そうかあ、ほいたらこっちへ来てもろて所帯もてるなあ。おばやん、喜ぶやろなあ」

公も笑顔を見せた。

「公ちゃん、頼みあるんやけどなあ」

と洋はあらたまって言った。

「公ちゃん、解放軍には友だちもおるんやろ」

「うん、ようけおるよ」

「耕治の消息、調べられんやろか」

「うーん、どうかなあ。なんせ広い国やからなあ。ほいでも手紙書いて頼んでみよか。あかんかっても仕方ないつもりで、頼める奴に頼んでみるわ」

「おおきによ、わしにはこれっていう知り合いがおらんさかな」

洋は李海云のことを公に言おうと思ったが、すぐに、いや言わないでおこうと考え直した。

「それにしても公ちゃん、この十数年、いろいろあったなあ」

「ほんまやなあ、あり過ぎるくらいあったなあ」

「むかし、石山で公ちゃんが言うてた、戦争で得するのは誰かって話なあ、戦場でいっつもその言葉を思い出して考えてたんや」

「ああ、そあなことわし言うたもんなあ」

「わしは、もう途中からこの戦争が正義の戦争とか、お国のためとか、そんな考えは吹っ飛んでたわ。現地の人に取り返しのつかんむごいことしてしもうたしな、死なんでもええ仲間が大勢死んでいくの見たしな、誰がこんなことはじめたんなって思うようになったわ」

公はタバコを吸いながら洋の話を聞いていた。

「わしは八路軍に入って、共産党の話を一から勉強してつくづく思ったわ。なんにも知らんと生きてたなあって。戦争は偶然に起きたもんと違う。やっぱり原因がちゃんとあるし、それはやってはならんことやと、その根本が分かったわ」

「公ちゃん、日本でも共産党の活動するつもりなんか」

「うん、そのつもりや」

「そうかあ、わしなあ、出征する前に政友会の党員になったんや」

「なんてよう」

公はびっくりしたように言った。

「いや、別に好きでなったわけやないんや。永野さんと親父に言われてな、話を聞いてそのままになってたんやけど、どうも親父が返事をしたみたいでな、こっちに帰ってきて机の引き出し見たら会員証が入ってたんや。

しのぶに聞いたら、お父さんがそこに入れてたって言うんやな。そやけど、政友会ってもうないやろ。みな大政翼賛会になったもんなあ」

「そうやったんかあ。そやけど自由民主党っていうのが結成されたやろ、永野のおっさんらまた言うてくるで」

「そやろか、来てももう入れへんけどよ。わしは公ちゃんみたいに共産党にはようならんけど、そやけどこんどできた自由民主党らて、顔ぶれみたら前と同じ連中で戦争を引っ張ってた奴らやろ」

「洋、お前、昔と変わったなあ。そこまで言うようになったんかよ」

「変わったかなあ」

「変わった変わった。砥石争議の頃とはまるで別人みたいやわ」

二人は顔を見合わせて笑った。

お宮やお寺に土地を寄付したのにつづき、あちこちにあった畑も小作の人たちに渡し、萩原家の田畑は戦争前よりだいぶ少なくなった。洋は米や野菜づくりに励み、石山にも行くようになった。

節乃と和一につづき良介も入学した。末っ子の洋子は戦後の食べ物の豊富さもあってか背が伸びた。美人顔ではなかったが独特の瞳の輝きをもった、よく走り回る女の子に育っていた。

洋は子どもたちの教科書を見たり、参観日に教室に行ったりして、戦前の学校とはまるで様変わりしたことに驚いた。民主主義という言葉が流行語のように使われはじめていた。

公ところには、八路軍で知り合ったという照代が長野県からやってきた。三十歳を過ぎてからの結婚だったが、洋は心から二人の結婚を祝う気持ちだった。式のあと公の家で親せきや友人たちの宴があったが、洋はいつになくしたたかに酔った。公と再会した大陸でのことが昨日のように思い出された。自分の手で殺した人々や、目の前で無残な姿で死んでいった戦友には悪いと思うが、洋は生き延びてきたことに感謝していた。洋のその感謝は、そのまままっすぐに死んでいった人々に向けられていた。

公が耕治の情報を持ってきた。

「どうも、怪我をして北京病院に入院してるようやなあ」

「怪我てか」

「うん、ピストルで撃たれたようやで」

「ええっ、耕治はまだ危ない仕事してるんかなあ」

「違う。撃ったのは若いフランス女って書いてるから、ジュヌヴィエーブと違うかなあ。名前まで書いてないから分からんけど、あのあと仲がもつれたんかもなあ」

「ううん、そいでも公ちゃん、有難い知らせやわあ。生きてることが分かっただけでも公ちゃんに頼んだ甲斐があったわ」

「で、洋、どうすりゃよ。簡単に行けるとこと違うしなあ。手紙でも書くか」

そうやなあ、北京病院って分かったあるんやさか、本人に届くもんなあ。とにかく書いて送ろうか」

耕治への手紙
耕、ご無沙汰やなあ。

この手紙がお前のもとに届くことを願いながら書いている。

わしは終戦後に八路軍の捕虜になり、そこで八路軍に入っていた公ちゃんとバッタリ出会った。その後、いろいろあってこんどはシベリアに抑留されて、結局こっちに帰ったのは終戦から五年も過ぎてからや。

公ちゃんとお前が出会った話、それは公ちゃんがこっちに帰ってからやから最近になって知ったんや。で、公ちゃんに頼んで、お前の消息を調べてもろうたんや。解放軍のルートで調べてもろたら、ひょっとして分かるかも知れんと思った。

耕、まず言うておくことがある。親父は戦争が終わる前に、アメリカ軍の空襲で死んだよ。田辺に鶏のひよこを買いに行って、三栖で空襲に遭うたらしい。母さんは元気や。まだまだしっかりしてるし、畑に行ったり、今日も菜種油こしらえてたよ。お前が北京にいると分かって、あの親不孝もんがって怒りながら、涙をポロポロ流して泣いてた。

それから、わしはお前が朝鮮に渡って、それから満州に行った頃やと思うけど、柊しのぶと結婚した。いまもう四人の子どもがいてる。上から節乃、和一、良介、洋子。会うたらびっくりするほど大きなってる。

耕、おおよそのことは公ちゃんから聞かせてもろうた。波乱万丈の大陸での様子、大づかみやけど分かったわ。そやけど、体がよくなったら一回戻ってこられへんか。なにより、母さんに元気な顔を見せてやってくれ。母さんも親父が死んで辛かったと思う。長い間、わしも戻ってこんし、お前もどこにおるか分からんかったしな。母さんへの罪滅ぼしやと思うて帰ってこいよ。

どっちにしろ、わしには構わんけど、母さんには手紙の一本くらい出してやってくれ。

体を早く治してくれよ。元気で。

兄より

白浜口の駅前に老舗の土産物屋があり、そこの主人が村で初めてテレビジョンを買った。子どもだけでなく大人たちも力道山の空手チョップに魅了されていた。良介や洋子はまだ小さくてさすがにプロレスとは言わないが、学校で話題になっているので節乃も和一も見たいと言った。

「じゃ、二人で行ってこいよ。近所の子らも一緒やろ」

「うん、みなで行くんや」

「おいやんにちゃんとお礼言うんやで」

しのぶが節乃と和一にそう念を押している。実際には、子どもだけでなく大人もプロレスのある晩には土産物屋に集まっていた。

「テレビ、買おうかなあ。こいからはテレビの時代やもんなあ」

洋はしのぶにそう言った。だがしのぶは、あれはまだ高すぎるから、もっと安なってからでええんと違うんかと、乗り気ではなさそうだ。だが、節乃も和一も最近はなにかというとテレビ買うてほしいなあと口癖のように言うようになっていた。

節乃は中学生になっていて、進路をどうするか考えている様子だった。

「節乃はなあ、高校へは行かんと大阪に働きに行きたいって言うてるわ」

しのぶは、野良仕事の昼ご飯時にそんな話を洋にした。高校へ行かずに就職する子はたくさんいた。

「お前はどう思う」

と洋はしのぶに意見を求めた。

「うちは節乃のしたいようにさせてやったらと思うんや

けど。大阪で一人で仕事するのもええ経験になると思うし」

「そやなあ、お前もそうやったしなあ。高校へ行くとなったらけっこうカネかかるやろしなあ」

「和一、良介、洋子って、まだ後ろが控えてるもん」

節乃はしのぶに、和一は洋に、良介はしのぶに似ていた。しかし、末っ子の洋子はどちらにもに似ず独特の雰囲気をもつ女の子だった。しのぶは、洋子はどうなるか分からんなあと洋に言うのだった。


耕治からの返事はいつまで待ってもなかった。公は、手紙は病院に届いていると思うけど、先に退院してたらどうなったか分からなあと言っていた。

その日の午後、土曜日だったので節乃と和一は学校から帰ってきていた。さよは畑に、洋としのぶは「焚きもん」（薪）をつくりに裏の山に入っていた。

節乃と和一、それに良介の三人は家の手伝いとして子どもたちの日課になっている卵を集めるため、広い庭で腰をかがめて枯れ枝や草むらのなかを探していた。庭は広いし、それに鶏たちは必ずしも庭だけに卵を産み落としているわけでもなかった。よく動きまわる鶏は裏庭まで足を延ばして、そこで卵を産んでいるときもあるのだ。そうかと思えば庭ではなく鶏舎の箱のなかに行儀よく産んでいる場合もあった。

三十羽ほどあるどの鶏も、ひよこのときから大きくしてきたので子どもたちにも馴れていた。

「ほほう、卵を探してるんか。懐かしいことをしてるなあ」

と言う男の声に、三人の子どもは声の主を見た。知らない人が庭に入ってきた。顔にはひげをはやしていた。

「こんにちは」

と、まず節乃が言った。和一も良介も黙ったままだ。

「こんにちは。誰もいないんか」

と、男は言った。

「みな、おらん」

と、和一が大きな声で言った。

「そうか。ええっと、節乃ちゃん、和一君、良介君やなあ、洋子ちゃんがおらんなあ」

と、男は言った。

「洋子は昼寝」

良介が言った。

男は手に持っていた大きなカバンを下に置き、こんどは腹のところに抱きかかえて、そうして家のなかに入っていった。そうして言った。

「みんなにお土産があるから、こっちにお出で」

子どもたちは顔を見合わせたが、お土産と聞いて三人とも男に従って家のなかに入った。

「あのう、おいやんは耕治のおいやんですか」

節乃は思っていたことを口にして言った。

「当たり。耕治のおいやんや」

「耕治のおいやんて、おいやんが耕治のおいやんかあ」

和一が大きな声で驚いたように言った。

「お祖母ちゃんに言うてくるわ。畑に行ってるんや。おいやん、どこも行かんと待っててな」

「どこも行けへんよ、畑までわしも行くさか一緒に行こら」

耕治は和一と二人で懐かしい畑への細道を登った。

和一が駆けるように登ってゆく。耕治は十五年ぶりに登る坂道で、駆けてゆく和一の後ろ姿に幼い頃の自分の姿を見ていた。


「お祖母ちゃん、耕治のおいやんが来たでえ」

「……」

さよが和一にふり向いた。

「耕治のおいやんが来たんや、お祖母ちゃん」

「ええっ、耕治……」

やがて、さよは細道をやってくる息子を認めた。

「……」

耕治も鍬を持って腰を伸ばした母を認めた。

「……」

さよはその場を動けなかった。耕治はゆっくりとさよに近づいていった。

やがて目の前に立った。

「ご無沙汰いたしました」

耕治はそう言ってさよに頭を下げた。さよは「耕治」と小さな声で言った。耕治に抱きついた。さよの体は耕治の半分くらいしかない。さよは泣いていた。耕治も泣いた。大陸で波乱の十五年を過ごし、どんな境涯に置かれても涙を流したことなどなかった耕治だが、老いた母の細い体を抱いた途端に、あふれる涙をどうすることもできなかった。

（二十四）

「兄《にい》、いつまでもブラブラしてられんさか、なにかしようかと考えたんやけど、旅館をやろうかと思うんやけど、どうな」

夕食を家族みんなで囲んでいるときに、耕治がそう切り出した。

「ええっ、旅館てか。カネあるんか」

「ようけあるわけやないけど、小さい旅館なら白浜温泉でやれるくらいのカネは向こうで儲けてきた」

「おいやん、カネ持ちやなあ」

と、和一が横から口を出した。

「ははは、まあそこそこやなあ」

「そうかあ、そら面白そうやなあ」

「白浜もこいからは外国からも客が来るようになると思う。まあ、わしは中国語なら喋れるしな、やってみようかと思うんや」

「耕ちゃん、建物とかどうするん。新しく建てるん」

しのぶが聞いた。

「いや、ひとつ古いけど湯崎に物件があるんや造りはしっかりしてる。けど、まあちょっと大きいんやけど、まあ手頃かな思う。浜にも近いしな」

「そらええわ。わしにはカネはないけど、食べる米は応援できるわ」

「耕治、いつからはじめるんな」

母親がそう聞いた。

「年明けたら開業できんかなあって思うんやけど、実際にやりはじめるにはいっぱい準備があるんやわ」

「そらそうやろなあ」

洋は独り言のように言った。

「耕ちゃん、なんでも言うてよ。手伝えることあったら手伝うさか」

しのぶも乗り気だった。

耕治はまだ所帯をもつ様子がなかった。洋は、大陸でのことが気になってはいたが、突っ込んでそれを聞き出すのもどうかと思って、これまで話はしてこなかった。だが、旅館をやるとなると、どうしても相棒が必要だろうし、所帯を持ったほうがなにかと都合がいいと思った。

畑仕事で弟と二人になる機会があったので、耕治に話しかけた。

「前に公ちゃんから聞いたことやけど、フランスの女の人といい仲だったらしいなあ。その人はもうアカンのか」

耕治は手を止めて、洋のほうに向き直った。

「そうかあ、公ちゃんはそんなこと言うてたんか」

耕治がタバコに火をつけた。

「実はな、一回向こうに行くつもりなんや。向こうに行って、一緒にならんかと言うつもりや」

「ほんまかよ」

耕治はゆっくり話はじめた。

「ジュヌヴィエーブっていう名前でな、歳は二十六や。名前長いさかジュヴィって呼んでたんや。俺がまだ危ない仕事をしてたときやけど、漢口のバーでジュヴィと知り合った。その頃はまだ卒業前の学生で、伯父さんがフランス租界にいて商売してたから、遊びに来てたらしい。まあ、なんとなく気が合うっていうんか仲良しになって、何度か会って話すうちになるようになってしもうたんや。お嬢さんでな、天真爛漫っていうか、世の中の裏なんかまるで知らんかった。こっちは裏の社会ばかりを見てたさか、よけい惹かれたんやなあ。そのうちにパリの大学に戻る時期が来たんやけど、なかなか別れ辛いって言うてな。俺も別れたくないけど、一度パリに戻ってちゃんと卒業してから、それからまた中国に来たらいいって言うたんや。

そうこうしてるうちに、ほんまに帰る日が近づいてある日、北京に行って繁華街を二人で歩いてるときに、ちょっと現地の悪い連中に俺が因縁をつけられて喧嘩になったんや。で、俺はジュヴィに逃げろって言って逃がしたんやけど、ちゅっと走ってからこっちを振り返って、見たらジュヴィはピストルを構えてるんや。そのピストルは護身用って俺が持たせてたもんなんやけどな、あいつはそれをぶっ放したんや。それが悪い連中に当たらんと俺の腹に当たったんや。連中はそれで逃げてしもうたけど、こっちは病院に担ぎ込まれてな。まあ大変やった。

で、入院してもう大丈夫やからと、ジュヴィはパリに戻った。それから会ってないけど、俺はこっちに帰るときに、ジュヴィの伯父さんに会って、必ずまた来るから、北京でまた会おうと伝えてほしいと伝言してきたんや」

耕治は話し終えてまたタバコに火をつけた。

「パリのべっぴんさんがこあな田舎に来たら、みなビックリするやろなあ」

「それより、ジュヴィがここの環境に慣れてくれるかどうか。まあ、それもこっちに来てくれたらの話やけどなあ」

耕治はそう言って遠くを眺めた。

耕治がジュヴィと会うために中国に出発して数日が過ぎた。

洋は公とゆっくり話がしたかったが、公は田辺や和歌山やと頻繁に飛び回っていた。

公の話では、中国でアカになって帰ってきたからと、いつも警察にマークされているんやと洋に言った。しかし、マークされていたのは公だけではなかった。洋だって八路軍の教育を受け、さらにシベリアで教育されと、警察からすると公と同じようにマークすべき対象だった。だが、洋は元の地主であり、村では保守の本流として誰もが認めていたので、やがて尾行されたりすることはなくなった。

そんなある日、水口が萩原家を訪ねてきた。

「ゆっくり話すのは戦争の前に話をして以来やなあ」

水口は、最近は一段と肥えて腹が出てきていた。身なりを整えると、村の顔役という感じがよく出ていた。

「向こうでは大変やったのお。そやけど、考えてみたら命を落とさんと帰れてよかったわ」

そんなことを言いながら、水口はいつからか知らないが葉タバコをパイプで吸っていた。そのせいで甘い香りが辺りに漂っている。

「それはほんまにそう思います。こんな風に生きているのが不思議な感じがします。ほんまにようけ敵や味方の若いものが死んでいったのを見てきたんで、生きているのが悪いような気持ちもありますわ」

洋は正直な気持ちを言った。

「洋君なあ、良やんがあがいに早いこと亡くなるとは思ってもなかったけど、いまとなってはあんたが良やんのあとを継いで、この村のリーダーの一人としてな、そろそろそういう役割を果たしてくれんかなあと思ってるんやけど、洋君の気持ちを聞かせてほしいんやけどな。そいで寄せてもろたんや」

また厄介な話を持ってきたなと、洋は思って腕を組んだ。

「自民党ができてから、村でもみんな入ったんですか」

洋はそう尋ねた。

「うん、あんたも知っての通り、和歌山県は戦前から政友会が強かったけど、戦争でみな翼賛会になって、で、戦争が終わってから全国的に保守の合同がやられたやろ。そやさか、いまはもう自民党一本になってしもた。たいがいの連中は自民党に入ってもろたよ」

「わしは戻ってくるのが遅かったさか、そういう話はあんまり知らんのですわ」

「復員が遅かったこともあるけど、洋君な、村長はじめな、主な連中のなかにはあんたが山城の公と無二の親友やから、ひょっとして萩原はアカと違うんかと思てるのもおるんやて」

なるほど、そういう見方をされても不思議はないと、洋は思った。親父の代なら、萩原家は村でも三本の指に入る保守の家柄だった。

「なるほど水口さん、正直に言うてもらえて嬉しいです。たしかに、わしは親父とは考え方が少し違うと思います。それを説明したら長い話になるんですけど、とにかく、わしには戦地で経験した様々なことが消えません。罪のない中国人に自分がしてしまったこととか、日本軍が満州にいた日本人をどう扱ったか、この目と体で体験して、いまの自分があります。公ちゃん無二のは親友です。親友ですが公ちゃんの考えは公ちゃんの考えです。それは公ちゃんもよう分かってるさか、わしに共産党の仲間になれとは言わん」

「なるほどのお、ええ友だちやのお」

水口はそう言って、タバコを一息吸ってからまた言った。

「わしもな、実際を言うたら、そがいに難しいことは分からんのや。ただ、立場ちゅうもんがある。村長を支えてるし、砥石山の経営者としての付き合いもあるし、まあそういう世界で生きているさか、そこから抜けるようなことはできん。商売の上では自民党の県会議員さんの力も借りなあかんしな。この村は農業と砥石でみな生活してるやろ、そやさか洋君にもそこへ入ってもろて知恵を貸してほしいと、まあそういうことなんや」

洋は、これからの生活を思った。四人の子どもたちがいる。しのぶと農業をやりながら子どもたちを一人前の大人に育てる、それが死んでいった人たちへの責任だと洋は思っていた。

「わしにそんな話を持ってきてくれるのは水口さんしかおらんし、有難いと思います。せっかくの話やから、わしもじっくり考えてみます」

それは洋の本心だった。

戦争後の日本で、これからどうしてゆけばいいのか、それは身に余る大きな問題だった。最近は、みんなが民主主義を口にするようになった。それは明らかにアメリカの影響だと洋は思っていた。戦争前に民主主義を言っていたのはアカだけだった。民主主義などは天皇陛下を否定する極悪非道な思想だと、みんながそう言っていた。それが、いまはもう猫も杓子も民主主義だと言う。それならみんなアカになったのかというと、水口もアカはあかんと言う。

洋は、公たちアカの言う民主主義と、水口たちの言う民主主義とは違うものなのか、それとも同じなのか、そこをしっかり考える必要があると、そう思うのだった。


しのぶは洋の話を聞き終えてから言った。

「民主主義ってなあ、子どもたちもよう言うてるけど、民主主義って何なん」

しのぶは洋に尋ねた。

「そいやて、そいがどういうもんか、わしも深くは知らんねよ。ただ、漢字からいうと、たみがぬしってことやさか、国の主は国民やってことや。戦争前は、国の主は天皇やったからなあ、そこが大きく変わったということやな」

「ほいたら天皇さんはどうなったん」

「天皇は、自分は人間やって言うたらしい。いままで、現人神って言われてたけど、人間ですって宣言した」

「民主主義になったから、神さんが人間になったんかあ」

「まあ、そういうことかなあ。天皇さんは新しい憲法で日本の象徴ということになったんや」

しのぶはうなずきながら洋の話を聞いている。

「それは知ってるけど、でもその象徴って何なん」

「ううう、それが難問なんやて。もう天皇は政治に口を出したらあかんってなったんや。選挙で立候補も投票もできへん。ということは、人間なんやけど普通の人間やなくて特別の、つまり象徴やな、それってことや」

「なんかよう分からんなあ」

しのぶは茶をすすった。

「そや、わしもそう思う、よう分からん。ただな、はっきりしてることは天皇は名前は天皇で前といっしょやけど、位置づけちゅうか役割はまるっきり変わったなあ。日本の主は国民になったていうことや」

「ほいたら民主主義っていうんは、まあええことなんやなあ」

「そういうことになるなあ」

しのぶと話しながら、洋はなんとなく整理されたような気分になった。

「ついでに聞くけど、最近は毎日のように新聞に書いたあるけど、あの安保条約て何なん」

しのぶの話はそっちに飛んだ。

安保条約の改定に反対する人々が、「安保改定阻止国民会議」という団体をつくり、最近は国会前でデモや集会を繰り返していて、それが新聞に載らない日がなかった。

「安保条約はわしが復員してきた年に、あの頃は吉田首相やったけどな、アメリカと日本が結んだ軍事同盟や」

「軍事同盟て」

「軍事同盟て言うたら、戦争が起きたときはいっしょに戦うっていう取り決めやなあ」

「ふうん、日本はまた戦争するんかなあ」

しのぶはそんなことを言った。

「戦争は絶対しいへんよ。憲法で戦争を放棄したんやから」

「戦争を捨てたのに軍事同盟は必要なんか」

「ううう、分からんなあ。戦争しいへんのに要らんように思うなあ」

「ほいたら洋さんは、安保条約は要らんって意見なんか」

「ううう、そこまで分からん。自民党は外国が攻めてきたら一人では戦えんから、そやからアメリカと同盟を結んでおかなあかんって言うてるなあ」

「やっぱり、自民党は戦争を考えてるんやなあ」

「そうは言うてない。もしも、どっかが攻めてきたらっていうことや」

「だったら洋さんは、どこの国が日本に攻めてくるって思うん」

しのぶの疑問は普通の疑問やけど、洋はどこの国だと、そこははっきり言えなかった。

「洋さん、子どもに聞かれるさかな、ちゃんと教えてよ。説明せなあかんねから」

洋は自分の不勉強を自覚させられた。安保条約は必要なのか、どこの国が日本に攻めてくるのか、そういうことを突き詰めて考えたことはなかったからだ。


一九六〇年五月二十日未明、新安保条約は衆議院で強行採決された。これによって、安保条約に反対する運動は史上最高の盛り上がりとなり、国会は数万人から十数万人のデモ隊で取り巻かれた。

六月十日、アイゼンハワーアメリカ大統領の訪日事前視察に来たハガチー秘書官たちは、学生を中心としたデモ隊に包囲されヘリコプターで脱出する騒ぎとなった。こうしてアイゼンハワー大統領の訪日は中止となった。十五日には、学生たちが国会に突入したが、その際、樺《かんば》美智子の圧死事件が発生し国民に衝撃を与えた。


洋がシベリアから復員して十年近くが過ぎようとしていた。戦後の日本の好景気は朝鮮戦争の特需からはじまったといわれているが、日本は焼け野原から急速に経済復興を遂げつつあった。が同時に、日本は世界一の自殺大国にもなっていた。ノイローゼという言葉が流行していた。企業の論理が優先し人々を追い立てた。オートメーション化が進み、人が機械に使われる時代となり、この頃より日本資本主義は深刻な矛盾をその体内に宿しはじめていった。

洋は、贅沢は敵だ、ほしがりません勝つまでは、大東亜共栄圏などと叫んで戦争に行き、露と消えた若い仲間の数限りない命はなんだったのかと、折に触れそれを考えさせられた。急激に変わってゆく世の中にあって、だが、洋の子どもたちは南紀州の大地に育まれ、新しい人生のたたかいに挑もうとしていた。


（第二部・遥かな南紀州　終）

第三部・嵐のとき

（二十五）

雪が降っていた。

東紀州から西紀州にかけての海岸線は、まるで絵に描いたような美しい景観を持っている。海岸線から内陸にかけて広がる山々は、至るところに流れる大小の河川をともなった急峻な地形をつくって、人を寄せつけない神秘の森や渓谷や滝を生み出していた。この南紀州の広大な大地はすっぽりと冬に覆われていた。

紀伊半島は山といわず野といわず真っ白に染まって音もなく朝を迎えた。風はなく、そこここの水たまりに氷が張っていた。冬はまだどっかりと南紀州に腰をおろしていたが、それも時間の問題だと誰もが知っていた。この積雪のあとに暖かな日が来て、でもまた少し寒い日が来て、そうしてそのあとに春がゆっくりと、そして急ぎ足でやってくるのだった。

萩原家の裏庭には赤い寒椿がいまを盛りと咲き乱れていた。真っ白な世界で、赤い花は情熱的にさえ見えた。そこだけが鮮やかに命の香を放っていた。

洋は一面に広がっている白い世界を見ながら、極寒のシベリアのあの白い世界を思い出していた。それはいまも夢に出てきて、その度に洋の心を暗くした。あの凍土の下に、誰に知られることもなく無数の戦友たちの魂が置き去りにされている。それを思うと心がかきむしられるようでやりきれないのだ。あの戦争はなんだったのか、この難問がずっと洋を捉えて放さない。洋は出征してからの大陸での体験を、公を別にすれば、ほとんど誰にも話していない。話せなかった。話してはならなかった。寒椿の紅の花を眺めながら、洋は流された血の赤い色を思い出すようで、目を背けた。

その紅の花の一つひとつを、この家の片隅でじっと見つめている少女がいた。少女は中学の二年生。少し伸びた髪を後ろで束ねている。眉は父親に似てまっすぐ横に長く、目は大きいが一重瞼で、瞳は時々にその眼差しが変化し感情の豊かさと激しさを物語っていた。顔の輪郭は父親の弟に似ていた。背が伸びはじめた体はどことなくアンバランスで、肩も胸も胴も腰も思春期に向かって歩みだしている。スカートから伸びた両の脚は陽に焼けて輝くような色合いを帯びていた。少女は、誰もが一目見てお転婆だと分かる輝きを持っていた。

ほどなくすると、姉の節乃が裏庭に現れて、お茶碗に積もった雪をすくっている。

「姉ちゃん、なにしてるん」

洋子は寒椿の世界から覚めて、窓を大きく開けて姉に声をかけた。

「洋子か、良介が雪を食べたいて言うさかお茶碗にすくってるんや。砂糖をまぶすんや。あんたも食べたいか」

「うん、食べたいわ。作ってよ」

洋子はそう言ってから部屋を出た。

「兄《にい》はまた、なんでこんなもん食べたいんな」

洋子は姉に尋ねた。

「知らんけど、かき氷みたいやからって言うてたわ。よっしゃ、これだけ入れたらええやろ。あとは砂糖や」

雪でつくったかき氷は美味しかった。

「姉ちゃん、これええなあ。美味しいわ」

良介が一口食べてから言った。

「どれ」

節乃は良介のスプーンで自分も一口食べてみた。

「うん、いけるなあ」

「そやけど、夏と違うさかようけ食べられんわ。寒なってきたわ」

家の裏戸がガラガラと開いた。

「あんたら寒いのになにしやんの」

と、母親が声をかけた。

「はよ入りよし、ご飯やで」

しのぶは、子どもたちがお茶碗に雪を入れて食べているのをみて笑った。子どもの頃には、自分もこうして雪氷を食べたものだった。

家族が食卓についた。洋、しのぶ、さよ、節乃、良介、そして洋子の六人だ。

「お姉ちゃん、結婚式の場所って大きいとこかあ」

良介が節乃に言った。

「そら都会やもん、大きいよ。何組も式ができるくらい大きな建物や」

「樋口さんのほうからも大勢来るんかなあ。福岡県やろ、遠いなあ」

「あの人の家族もだいたい同じくらいの人数や」

節乃が答えた。

「大きい兄は来れるんかなあ」

東京にいる和一は姉の結婚式には必ず行くとの便りが来ていた。

「うん、東京から来ることになったある」

節乃が答えた。

節乃の結婚相手の樋口は職場の同僚だった。節乃も樋口も、大阪のさほど大きくない縫製会社に勤務していた。

節乃は、もうこの家ともお別れかと思うと、幼い頃からのさまざまな出来事が浮かんできた。小さいときには父は家にいなかった。戦争が終わっても父は帰ってこなかった。シベリアから帰った父は、いなかった空白のときを埋めるかのように節乃と和一を可愛がってくれたものだった。

「節乃、あんたみんなに言うことあるんやろ」

母が食事の終わる頃を見計らって節乃に声をかけた。

「ほいたら、お姉ちゃんが話すから聞いてよ」

いつになくあらたまった感じの母親に、みんなもあらたまった気持ちになった。

「うちは中学校を卒業してから大阪に出たから、この家には十五年間いただけや。樋口さんと結婚して、来月から新しい家を借りて一緒に住むことになるけど、この家は大事な故郷や。お父ちゃん、お母ちゃん、お祖母ちゃん、弟と妹、そいから田んぼや畑、山、ぜんぶ大事な故郷や。大阪で暮らしてたらな、それがよう分かる。そいでもな、結婚したら萩原と違う樋口っていう名前に変わるさか、そこの家の人になってしまうけど、そいでも生まれて育ったとこはここやから、ここはいつまでも大事なとこ。それが言いたかったんや。お祖母ちゃん、お父ちゃん、お母ちゃん、そいから良介と洋子も、いままでおおきに」

ずっと笑顔で話していたのに、いままでおおきにと言ったかと思うと、節乃は突然涙を流して泣き出した。

母は節乃の背中に手を当てていた。父は目をつぶってじっとしていた。お祖母ちゃんも泣いていた。良介もしんみりしている。

「お姉ちゃん、がんばってな」

洋子がそんなことを言った。

節乃は顔を上げて、洋子に笑ってうなずいた。

「あんたも女やさかな、いつかは出て行かなあかん。あんたも勉強がんばって高校だけは行くんやで」

節乃の言葉に洋子は黙ってうなずいた。

「早いもんやなあ、節乃が結婚やもんなあ」

布団に入ってからしのぶがそんなことを言った。

「節乃と和一は戦争中に生まれたさか、もう大人やけど、良介と洋子はだいぶ経ってから生まれたんで、まだまだ山も谷もありそうやなあ」

しのぶは横滑りして布団に入ってきた洋に体をあずけながら、その頃を思い出すように小さな声で言った。

洋は八年ぶりに日本に戻って、その様変わりした世の中に戸惑ったことを思い出していた。

「ほんまに、よお生きて帰れたもんやわ。もう日本には帰れんて思うたこと、そら数えきれんくらいあったもんなあ」

「ほんまやわ、洋さんがもし戦死してたら良介も洋子もおらんし、うちとお母さんとで萩原の田畑の面倒見きれんもんなあ」

「その洋さんて言い方、なんか懐かしいなあ。たまにはそういう風に名前で呼んでくれよ」

「ほいたら、うちもたまには名前で呼んでな」

「しのぶちゃん」

「ちゃんはいらんよ」

しのぶは脚を洋の間に絡ませた。二人の肌の温もりで一つ布団のなかは熱いほどになった。

節乃の結婚式は大阪のホテルでおこなわれた。萩原家と樋口家の親族と、新郎と新婦のごく親しい友人で、総勢三十人ほどの式だった。

洋子は、いつか自分もこうした伴侶を見つけ一つの家庭をもつのだろうかと、漠然とそんな考えを巡らせていた。何人かの人たちがお祝いのスピーチをしたが、洋子にはどれも興味のわく話ではなかった。最後になって両家を代表しての挨拶になった。新郎の両親はすでに他界していたので、洋がお礼のスピーチをすることになっていた。洋子は両親が並んでマイクの前に立つのをじっと見つめていた。

「本日は、二人のためにお集まりくださり本当にありがとうございました」

ゆっくりとした父の話ぶり。洋子はこんな父の姿を見るのは初めてで、緊張して見つめた。

「人が生きてゆくうちには、考えもしないことが起きます。樋口君のご両親は、お父さんは戦死で、お母さんは病気で、もう亡くなっています。わたしも、大陸で終戦を迎えたんですが、捕虜になって五年間も帰ってこれませんでした。多くの仲間と同じように、とっくに死んでいて不思議ではなかったんです。ですので、せめてこの二人のこれからには、平和が破られるようなことがない、そういうもとで暮らしていってほしいと、ほんとにそれを願っています。戦争は、人が人でなくなってしまうんです。どうか、二人と同世代の仲間のみなさん、これからも二人を見守り、支えてやって頂きますようにお願い申し上げ、両家の挨拶とさせてもらいます。本日はありがとうございました」

洋子は、噛みしめるようにゆっくりと話す父の言葉を聞いていた。参加していた人たちはみんな笑顔で拍手をしていた。両親は深く頭を下げていた。

父はいったい、終戦後の五年間に大陸でなにをしていたんだろうか、それをゆっくり聞いてみたい気持ちになっていた。復員してこの方、洋子は父から戦争の話を聞いたことがない。洋子が知っていることといえば、父の胸と脚に銃弾の痕があることとくらいだった。これまではそんなことを考えたことがなかった洋子だが、しんみりと話す父の姿を見つめながら、ぜひ聞いてみたいとの思いが湧き上がってきた。


節乃は樋口と一緒に、大きい兄は東京へそれぞれ出発した。洋子は祖母、両親、それに小さい兄とともに家に帰ってきた。陽が当たらない寒い場所を除けば、先日来の雪はほとんど溶けていた。

洋子の四畳半の部屋は両親にいる母屋とは別棟にあった。母屋から裏に出て、小さな庭を行くと離れがあった。そのそばまで山が迫っていた。離れには二部屋があり、六畳間にはお祖母ちゃんが寝起きしていた。洋子の部屋は、節乃が中学を卒業して大阪に就職するまで使っていた部屋だった。机も節乃がつかっていたものだし、大きな鏡も箪笥も節乃から譲り受けたものだった。

ある晩、洋子は父親のいる居間にいた。

「お父ちゃん、戦争の話を聞きたいんやけど」

洋子はタバコを吸いながら新聞を読んでいる父にそう言った。

「なんなまた、急にどうしたんな」

洋は娘の突然の申し出にいくらか戸惑った。

「急にってことないんやけど、前から聞きたかったんや」

「そうかあ」

子どもは四人いるが、洋は末っ子の洋子が可愛くて仕方ない。思春期を迎えて、以前より口数が少なくなり、なにを考えているのか分からないこともあったが、それでも可愛いことに変わりはない。

「で、どあなことが聞きたいんなよ」

そう言って、洋は新聞をたたみ、娘に向き直った。

「なんでもええよ、思い出に残っていることとか……」

この子になにを話せばいいのかと洋は考えた。なにを話しても、どれだけのことを理解できるのかと、洋は思ったのだった。

「まあ、なんちゅうても、とにかく食べるもんがないさかな、腹いっぱい食べたいって毎日そればっかり思うてたわ。そやさか蛇もカエルも捕まえて、それを焼いて食べたわ」

「ええっ、気持ち悪うないん」

「ほんまに食べるもんがなかったら、気持ち悪いとかどうとか、そあなこと言うてられんようになるんや。大きな蛇とか大きなカエルがあるんやで」

「ここら辺とは違うんやなあ」

「違う違う。川でもな日本の川とはまるでスケールが違うんや。そら大きいしな、海みたいに広い川が流れてるんや」

「わあ、見てみたいなあ」

洋子は目を輝かせて話に夢中になっている。洋は、こんな話なら差しさわりがなくていいやろうと思っていた。

「日本だったらな、山には木がいっぱいあるけどな、中国には土だけしかない山がいくらでもあるし、畑らでもな、向こうがかすんで見えんくらい広い畑がいっぱいある。その畑に入っていったら、どこにおるんか分からんさかな、逃げるときには畑のなかに入ってな、敵の攻撃から身を守るんや」

「その畑は誰が作ってるん、そこの農家の人が耕してるん」

「そうや。村人が朝から晩まで働いてな、とにかく広い畑やさかか、働くていうても大変やわ」

「ふうん、地図でみても大きな国やもんなあ」

「これでいうたら、どの辺に行ったん」

と言って、洋子は近くにあった兄・良介の地球儀を手に取って、中国を指して尋ねた。

「この辺りがわしらが行ってた満州や。それから捕虜になってシベリアへ、この辺やなあ、ここまで行ったんや」

「わあ、ごっつい遠いなあ、こあなとこまで行ってたん」

洋子は地球儀を覗き込んできた。

「この辺りはな、冬はマイナス四十度とか五十度とか、それくらいの気温や」

「ええっ、そんなん言われてもどれくらい寒いか分からんわ」

「小便するやろ、もう地面に落ちたら凍るんや。うんこもカチカチに凍るしな、尻を出してたら尻まで凍るんや」

「あははは」

洋子は屈託のない笑い声を上げた。

「中国の南のほうには行かんかったん」

「南には行ってないけど、耕治のおっちゃんな、あいつはこの辺まで行ったらしいわ」

洋は武漢市の辺りを指した。

「耕治のおっちゃん、ここでなにしてたん」

「あいつはなあ、戦争で行ったんと違うんや。こんどおっちゃんに聞いたらええけど、あいつはこの辺りでカネ儲けしてたんや」

「おっちゃんは若い頃に向こうに渡ったて言うてたなあ、いくつだったん」

「あいつは十五で朝鮮に行って、中国へ行ったのは十六くらいやろ」

「十五ていうたらわたしより一つ上なだけやわ。すごいなあ」

「あいつはな、ここでいまのジュヴィさんと出会ったんや」

「その話なあ、お母ちゃんからもちょっと聞いたけど、詳しい話きたいなあ。おっちゃんに言うたら、教えてくれるやろか」

「おっちゃんでも、ジュヴィさんでもええわだ、聞いたら話してくれると思うけどな」

洋子は部屋に戻った。久しぶりに日記を書こうと思って青い色のノートを開いた。

二月十五日お父ちゃんと話す
耕治のおっちゃんとジュヌヴィエーブさんとの恋。この話は強烈に私を引きつけた。おっちゃんは十五歳で西富田を飛び出して朝鮮に行ったという。それから中国へ行ったというが、おっちゃんはあの広い中国でなにをして過ごしてたんだろう。

おっちゃんも、お父ちゃんもすごいと思う。戦争やから中国に行くのは義務だったんやろうけど、よく生きて帰ってこれたと思う。お父ちゃんが帰ってきてなかったら当然、小さい兄もわたしも生まれていない。それを考えたら、命ってつながっているんだと実感する。

考えてみたら、その頃の若い人たちは、いまよりもずっと大人だったんだろう。戦争が目の前に迫っていて、男の人はもちろんだけど、女の人も自分がどんな風に生きてゆくのかを真剣に考えていたんだと思う。

いま、わたしはどうなんだろう。もしいま戦争が起きたらと想像しても、なんか実感がないし。若い男たちがどんどん戦争に出てゆくなかで、どんな気持ちだったんだろう。

それにしても、おっちゃんの生き方は素敵だと思う。わたしにはあそこまでの勇気はないけど、でもあんな風に自由に考えて自由に羽ばたく生き方はいいと思う。おっちゃんは次男坊だったからそれができたんだろう。お父ちゃんも次男に生まれていたら、おっちゃんのように生きたんだろうか。お父ちゃんに聞いてみないとそれは分からん。

十五歳のおっちゃんがなにを考えて、どんな目的で大陸に渡ったのか、はよ話を聞いてみたい。それからジュヴィさんとどんな風に出会い、どんなふうに恋をしたのかも聞いてみたい。

（二十六）

戦後、新制中学校の設置、消防、警察、福祉、保健衛生などが市町村の事務とされ、その財政確保の名のもとに市町村の合併が進められた。中学校一校を管理するのに必要な規模として、町には八千人以上の住民が必要とされた。

洋は毎晩のように開かれる会議に出かけていた。それは次のような事情からであった。

西富田村では、村人の多くが東富田、南富田、北富田と合わせて四村の合併が自然な流れと思っていた。ところが、西富田村議会では全員協議会で北隣りの田辺市との合併を決議した。

これに驚いた人々は、西富田村と南富田村、それに白浜町の、三つの合併を呼びかけた。しかし、西富田村議会は田辺市との合併方針を変えず、三月十五日に合併が成立した。これを受けて、南富田村はやむなく単独で白浜町と合併した。

一方、四富田村の合併を考えていた東富田村と北富田村は、自分たちが取り残されたという気分と、四富田村が割れてしまったという気分で沈んでいた。

こうしたもとで椿温泉をかかえる椿地区では、その南に位置する日置川町と合併しようとの動きが起きた。

事態を打開しようとする東富田村議会は、西富田村は白浜町に、椿地区も白浜町にと、白浜町への大同合併を実現しようと決めた。そして、鍵を握る西富田村への説得を開始した。しかし、西富田村はこれに応じず、構想は挫折し事態は動かなかった。

その後も事態の打開をはかるための動きもあったが、どれもうまくいかなかった。東富田村と北富田村は将来的に四富田村の合併を展望しつつ、さしあたり東富田と北富田の合併をおこない、名前を富田村とすることになり、一九五六年九月二十九日に両村は廃村式をおこない、翌日富田村が発足した。

一方、事態の成り行きを見ていた和歌山県当局は、西富田の堅田地区と才野地区のうち才野地区を切り離し、才野地区と富田村が白浜町に合併してはどうかと勧告した。これには、西富田を構成する堅田と才野から反対意見が続出した。

田辺市議会はこの西富田問題が発端となって紛糾し、ついには総辞職する羽目に陥った。

堅田地区と才野地区の分離に反対する西富田住民は、

八幡神社に集まり、児童の同盟休校でもって分離反対を貫徹すると決定した。

「お父ちゃん、今晩も会議かあ」

「そうや、お宮さんでな。このままだったら堅田と才野が割れてしまう。同盟休校以外にええ知恵がないみたいや。同盟休校らて若い頃の砥石争議を思い出すなあ。あのときもえらいことやった」

「子どもを巻き込んでもええんかなあ」

「ええことないわだ。わしは反対意見を言うつもりやけど、多数は同盟休校をやろうという意見やさか、どうせ負けるけどな」

お宮さんの大広間は大勢の人々でごった返し、タバコの煙で空気もよどんでいる。あっちでもこっちでも、合併問題を論議する光景が見られた。

洋は窓際にもたれていた山城公の姿を発見した。

「久しぶりやなあ」

公が先に手をあげながら洋に声をかけた。

「ほんまやなあ、変わりないかあ」

洋は公の隣に座りながら応じた。

公とはなにか重大な問題が起きたときに、洋が出向いたり公がやってきたりして意見交換をしていた。公はこの田辺西牟婁地方の日本共産党の役員をしている関係上、各地を飛び回っていた。合併の問題では、二人の意見は同じだった。西富田村は富田地域の村々と一緒に白浜町に合併するのが妥当だと考えていた。

定刻になり、座長が上座について会議の開始を告げた。まず、村長から田辺市との合併が経済的にも、これからの西富田の発展にも一番いい道だとの考え方が述べられた。そして、昔から一つの村としてやってきた堅田と才野を分離するという和歌山県当局のやり方は、村民の分断をはかるもので許しがたいと訴えた。子どもたちをこの政争に巻き込むことは忍び難いが、短時日であり分かってほしいと訴えた。会場からはそうだ、そうだの声と大きな拍手がわき起こった。集会に集まったほとんどの者は、同盟休校を強行して村民の声を県に突きつけ、不当な村民の分断をはね返そうというものだった。

意見交換となり、座長がみんなに発言を促した。

「わしもひとこと言わせてもらおうか」

そう言いながら手をあげたのは、日頃から田辺市との合併を主張してきた北野という中年の男だった。

「わしは前々から西富田は田辺と合併したほうがええって言うてきた。田辺市と合併できてよかったと思うたった。そやのに、なんで今頃になって県から堅田と才野の分離らて話が出てくるんか、さっぱり分からん。西富田の住民をバカにしたやり方で絶対に承服できん。堅田と才野を割るようなことはこれまで村を作ってきた人たちを冒涜するようなもんや。そやし、なにがなんでも反対や。こいは子どもらの将来にも関わることで、同盟休校は子どもらのためでもあるんや」

この意見に満場の拍手が起きて、北野も満足そうだった。

「ほいたらわしもひとこと言うわ」

そう言って立ち上がったのは、尾崎だった。

「わしは、なんで県がこんな理不尽な方針を出してきたのか、その根本が気に入らん。そもそも、西富田村が田辺市と合併することに県は賛成したやないか。そのときの西富田村っていうのは堅田と才野のことで、分離らていう話はこっから先もなかったんや。県がこんど出してきた方針は机に座ってる連中が考え出した折衷案で、地元の住民の意見らまったく考えてない無茶苦茶な案や。こんなもんに従わされてたまるもんか、そうやろみな」

この尾崎の意見にも大きな拍手がわき起った。

「ちょっと、わしにも発言させてくれんか」

そう言って立ち上がったのは公だった。みんなが注目した。

「まず、わしは堅田と才野を切り離すという、人間の胴体を二つに引きちぎるようなやり方は間違っていると思う。だから分離には絶対反対や。これは前提の話として、分かっといてもらいたい。それを前提にした上でわしの意見やけど、これから先の西富田のことを考えたら、わしは田辺やのうて白浜町と合併すべきやと思う」

会場がざわめいた。かまわずに公は話を続けた。

「その理由をこいから言うさか、まあ、みなさんよう聞いてよ。理由は簡単なことや。これからは田辺市よりも白浜町のほうが何倍も発展すると思うさかや。みな、いま白浜口に降りる観光客の人数を見てると思う。うなぎ登りに増えてきてる。わしは和歌山市にもちょくちょく行くけど、紀北の、あっちの連中がなんて言うてるか。県内でこれから急成長するのは白浜やて、これはもうみんな一致した意見や。つまり、経済も先々の住民の暮らしも、白浜町には大きな可能性と展望があるちゅうこっちゃ。一方、田辺市はどうか。なるほど、いまは紀南でいちばん大きな街やし財力もある。しかし、先々はどうか。わしの見立てでは衰退はしいへんけど、大きく成長する可能性はないと思う。まあ、詳しいことを長々と言うつもりはないけど、どっちが伸びてゆくかと比べたら、白浜が勝つ。だから他の富田や椿も加わった白浜町にするのが一番ええと思う」

公が言い終えると、一瞬、座が静まった。しばらくして拍手がパラパラと起きざわざわと語り合い出した。

洋はいまが話しどきだと思って立った。

「わしも言いたいことがあるんで、聞いておくれ。わしは合併についての意見がなんであれ、子どもたち、児童や生徒をこれに巻き込むことには賛成できん。子どもたちは親の所有物と違う。地域の宝やし地域の未来や。大人の勝手な事情で、ものを言えない子供たちから勉強する時間を奪い取ってしまうのは、つまり、子どもたちを政争の具にするのはまったく間違っている。そんな力ずくのやり方がありますかいな。力ずくのやり方に従わされて、ええもわるいも言えんと、あの戦争に引っ張りだされていったいどれだけの人々が命を落としたか。だから、浅はかな思慮で、子どもたちに大人の世界の不始末を圧しつけたらあかん。冷静に考えなあかん。これがわしの意見です」

世間では、萩原洋は保守本流の家柄として認められていたし、他方、山城公は左翼の活動家として認められていた。その両者が同盟休校に反対だとの意見をのべたので、同盟休校を強行しようとしていた勢力は面食らってしまった。

洋は、公の意見と自分の意見とで、座が同盟休校という熱狂から覚めた気がした。

合併をめぐる混乱は、県の思惑も絡んでその後もつづいた。合併問題はついに西富田の子どもたちを巻き込んでの一大政治問題に発展した。小学校では百二十五人の児童が、中学校では三十二人の生徒が登校しないという事態が起きた。

事態を重くみた田辺市長や白浜町長らは、地元有力者らと話し合い、子どもたちをいつまでも巻き込むのは間違いだと判断。白浜町の大同合併への道筋をまとめあげ同盟休校は終わった。同時に、西富田は田辺市から離れ、東西南北の四富田村と椿地区を含めた大同合併がおこなわれ、長きにわたり混乱した合併問題に終止符が打たれた。

そんなある日、公が近所まで来たからと萩原家を訪ねてきた。

「なるようになったたって感じやなあ」

そう言いながら、公は敷居をまたいで家に入ってきた。

「まあ、上がらんせ」

と洋は言いながら灰皿を畳の上に置いて、タバコに火をつけた。

「お宮さんでの話のときになあ、公ちゃんが田辺よりも白浜のほうが発展するって言うたやろ、あれ、あとでみなが感心してたわ」

「そうか、感心してたかあ」

と公は笑った。

「てきの言うことは先を読んでて深いなあって、永野さんらもそあなこと言うてたよ」

「ふうん、永野さんがなあ。まあしかし、ちょっと考えたら分かることやけどな。白浜温泉はこれからもっと有名になるってこと、いまの観光客の増え方を見てたらな。あの場では詳しく話さんかったけどな、田辺市が西富田、とくに堅田をほしかったのは白浜口の駅が堅田にあるさかやろが。あいだけの人が毎日毎日乗り降りする観光地ら、この辺りにはないもんな」

「なるほどなあ。言われてみたらそうやなあ、駅の周辺にはカネが落ちるもんなあ」

「こいからな、外国からも人を呼び込む方策を考えなあかんと思う。耕治くんにも言うといたれよ、海外からの客を呼び込んだら、それこそ白浜温泉は関西地方で屈指の観光地になるのは間違いないって。いまの観光業界にそういうことを考えてる連中がおるかおらんか知らんけど、白浜の発展のカギはその辺りにあると、わしは思うてるんや」

「公ちゃん、あんた観光のことらなんにも関係ないとこにおるのに、そこまでなんで考えられるんなよ」

と、洋は感心しながら尋ねた。

「大したことと違うんや。八路軍におったときに上海にちょっとの間おったんやけどな、あの街が発展してくの見てたらそう思うたんや。上海と白浜とは比べもんにならんけどな、外国人の出入りは観光地にとってはカギやなあ。そやさか、伊丹空港だけと違うてな和歌山県内にも空港があったらええのになあって思う。ほいたら韓国からも中国からも客を呼び込めるようになるやろ」

洋はいまさらながら公の言い分の深さに目を見張った。

「公ちゃん、その話、ものすごい計画やなあ。そんな先々を考えて町づくりを計画してる人ら他におらんで。公ちゃん、町長になって町を引っ張らなあかんわ」

「なに言うてんね、共産党に町政を任せてらくれるもんか。それにな、この計画には莫大なカネがかかるんや。わしらとしたら、そんなとこに大枚をつぎ込むんやったら、もっと町民の暮らしのことでやらなあかんことがいくらでもあるんや、そっちが先やな」

「そらそうかも知れんけど、そやけど公ちゃんの壮大な計画は面白いなあ」

「ははは、いまの町長の周辺にはそういうことを考えるもんがおらんのやろなあ」

「よう分からんけど、こんど耕治が来たらいっぺんそこらへんの話をしてみるわ」

しのぶが運んできたお茶を飲みながら、洋は公に会ったら話そうと思っていたことを切り出した。

「いっぺん聞こうと思うてたんやけど、中国の共産党のことやけどなあ」

洋がそう言うと、公は洋の顔を見た。

「毛沢東、最近おかしいないか」

「そう思うか」

「思うなあ。ていうか、ようは知らんで、ようは知らんけど、最近のやりかた見てたら、わしが知ってる八路軍みたいな感じやない気がするんや。公ちゃん、どう思うんな」

「日本共産党はいまの毛沢東のやり方を批判してる。わしもな、向こうの何人かと手紙をやりとりするけど、昔みたいな感じやなくなってるなあ。はっきり言うて、あんな人民公社みたいなもんはソ連の真似やし、ああいう強制的なやり方ではもたんと思うてるんや」

「そやろ、いまみたいなやり方はおかしいと思うんや。満州で八路軍に捕まって引っ張られていたときにな、わしらを連行してた若い兵士がカネを出して百姓からスイカを買って、それを食べさせてくれたんや。わしなあ、あれ見てほんまにびっくりしたわ。百姓から略奪するなって掟が末端の兵士まで徹底してた。あれ見たときは、日本は勝てんって思うたよ。日本軍は殺すし奪うし犯しやったもんなあ」

「あの頃はほんまに厳しく教育されたなあ。懐かしいなあ」

公は笑みを浮かべてそう言った。

「ソ連も中国もな、わしらからしたらおかしなことが多すぎるんや。よその国のことやさかな、批判するて言うても無茶苦茶にはできん。内政干渉にならん程度にやらなあかんしな。そこら辺りは宮田顕治さんらもやりにくいと思うわ」

「野上さんは中国におったんやろ、会う機会らあるんかよ」

「野上さんか、向こうでは有名やったもんなあ。そやけど向こうでは会うたことなかった。この前の党大会で東京に行ったときに見かけたけど、あの人らは最高指導部やし話らしてないわ」

洋は、公にこれからのことを聞いてみたくなった。

「なあ公ちゃん、日本の共産党はソ連や中国とはちょっと違うて、それはなんとなく分かるんやけど、実際はどうなん。どあな日本にしたいんなよ」

「そりゃまあ、話せば長なるけど、そうやなあ、まず第一は自由と民主主義の実現やろなあ。いまはそれが口先だけで、実際には大会社だったり、アメリカだったり、あがらには実現してないさかな」

「なるほど、そりゃそう思うなあ」

「二番目はなあ、やっぱりほんまの独立やなあ。まあ、これが第一かも知れんけどな。安保条約でなにもかもアメリカに握られてしもうたさかなあ。ほとんど植民地状態やもんなあ」

「そうかあ、植民地かあ。あの頃の朝鮮みたいなもんちゅうわけか」

「あの頃は露骨な植民地で、軍隊がなにもかも抑えてたけど、いまの日本は目に見えるような露骨なやり方と違うさか、分かりにくいけどなあ」

「そやけど公ちゃん、それをひっくり返すのにはだいぶ先が長いのう」

「長い。わしも長いと思う。ここら辺りでも反共意識が根深いもんなあ。それを地道な活動で取り除いていくのは並大抵のことと違うわ。実際に活動してて、つくづくそう思うよ」

そう言ってから、公はまたタバコに火をつけた。

「しかしなんやなあ、わしとお前とは不思議な関係やなあ。子どもの頃は顔を知ってる程度やったもんなあ。なんちゅうてもお前は地主の長男で、わしより歳は下なんやけど話がしにくかったもん。石山に行く時分からなあ話すようになったんは」

公がそんなことを言い出したので、洋はその頃のことを思い出した。

「争議の頃は大変やったなあ。親父に公みたいなアカとは付き合うなって言われてたしなあ」

「ええっ、そうやったんか、口をきくなっててか」

「うん、アカは国を亡ぼすってなあ」

「そうかあ、そら知らなんだなあ」

洋は共産主義という考え方の深い理論は知らなかった。「赤旗」新聞を読んで、世界や日本の出来事をどう見るべきかという部分には大いに教えられていた。しかし、マルクスが唱えている理論そのものは知らなかった。共産党員の知り合いは公だけだった。その公は、戦争中の出来事も手伝ってほんとうの親友と呼べる仲で、これは終生つづくだろうと思った。

「ところでよお、その後、自民党への勧誘はないかあ」

「何回もあったよ。あったけど、断った」

「萩原洋には、ないほうがおかしいもんなあ。この村では三本の指に入る保守本流やもんなあ」

「保守本流なあ、まあ、親父の頃まではそうやろうなあ。それがいまは、名うてのアカと友だちてか」

そう言って、二人は笑いあった。

（二十七）

この年、ジョンソン・アメリカ大統領は第七艦隊の艦載機によるベトナムの首都ハノイやハイフォンなどの北ベトナムの中心都市への爆撃開始を命じた。いわゆる北爆である。当初、アメリカ軍による爆撃は国際世論の圧力もあり限定的なものであった。しかし、その後アメリカ空軍は当時「死の鳥」との異名をもつB52戦略爆撃機を投入、北ベトナム全土が爆撃と空襲にさらされることとなる。これに対してベトナムは、ソ連や東欧諸国、中国の支援を受けて直接アメリカ軍と戦火を交えるようになった。アメリカの統治下にあった沖縄本島のアメリカ軍基地から北ベトナムに向かう戦闘機が離発着した。ハノイやハイフォンをはじめとする北ベトナムの主要都市の橋や道路、電気や水道などのインフラは甚大な被害を受けていた。このアメリカ軍による北ベトナムへの本格的な空爆作戦にたいして、ホー・チ・ミンをはじめとする北ベトナム指導部は、「アメリカ軍による虐殺行為だ」と訴えつづけ、世界中で大規模な反戦活動が活発化していった。

テレビやラジオでは毎日のようにベトナム戦争のニュースが流れていた。洋子は自分の部屋でラジオをよく聴いていた。

先ほどから、洋子はラジオから流れるビートルズ特集を聴いていた。学校に行くと、友だちとテレビ番組のことや、教科の先生の悪口や、どの男子がかっこいいや、誰がどんなレコードを買ったや、誰の髪型がいいや、そんな話題で過ぎてゆく。誰も、洋子が持っている不安に気づいていないし、また誰にもそれを打ち明けていなかった。

自分って、いったいなんなんだろう？　最近になって、洋子はこの疑問にさいなまれていた。自分が深い迷いの海に入ってしまったと、洋子はそこから抜け出せないでいる自分を哀れに感じていた。去年の今頃はそんなことは考えもしなかった。みんなと同じように勉強して、みんなと同じようにどこの高校をめざすべきか、そんなことを考えながら学校に行っていた。

いったい、なんのために高校に行くのか、いまではそのことが分からなくなっていた。いや、それまではそんなことを考えなかったから疑問にも思わなかった。肉体だけが変化していった。乳房が盛り上がり、お尻も大きくなってきた。それに背も高くなってゆく。これから自分はなにをしないといけないのか、それが分からなかった。こんなことを聞いてくれる人なんかいない。ビートルズの唄が心に沁みた。

When I was younger, so much younger than today,

昔、僕がいまよりずっと若かった頃は

I never needed anybody's help in any way
なにをするにも誰かに助けを求めたことなんてなかったのに
But now these days are gone, I'm not so self assured,
でも、それももう昔のこと、いまの僕は自信を失いかけていて
Now I find I've changed my mind and opened up the doors
気がついたら気持ちが変わり、心の扉を開いていたんだ
Help me if you can, I'm feeling down
できることなら助けてほしい 僕は落ち込んでしまっていて
And I do appreciate you being round
そばにいてくれるだけで助かるんだ
Help me, get my feet back on the ground,
助けてほしいんだ 僕がまた立ち上がるために
Won't you please, please help me
お願いだから、きみの手を差し伸べてくれないかな

And now my life has changed in oh so many ways,
いまでは人生はいろんな部分で変化してしまった
My independence seems to vanish in the haze
自立したい心も影のなかに身を潜めてしまったみたいで
But every now and then I feel so insecure,
ときどき、とても不安な気持ちを感じてしまって
I know that I just need you like I've never done before
ねえ、僕にはきみが必要なんだ こんな気持ちは初めてだよ
Help me if you can, I'm feeling down
できることなら助けてほしい 僕は落ち込んでしまっていて
And I do appreciate you being round
そばにいてくれるだけで助かるんだ
Help me, get my feet back on the ground,
助けてほしいんだ 僕がまた立ち上がるために
Won't you please, please help me

お願いだから、きみの手を差し伸べてくれないかな
When I was younger, so much younger than today,
昔、僕がいまよりずっと若かった頃は
I never needed anybody's help in any way
なにをするにも誰かに助けを求めたことなんてなかったのに
But now these days are gone, I'm not so self assured,
でも、それももう昔のこと、いまの僕は自信を失いかけていて
Now I find I've changed my mind and opened up the doors
気がついたら気持ちが変わり、心の扉を開いていたんだ
Help me if you can, I'm feeling down
できることなら助けてほしい　僕は落ち込んでしまっていて
And I do appreciate you being round
そばにいてくれるだけで助かるんだ
Help me, get my feet back on the ground,
助けてほしいんだ　僕がまた立ち上がるために
Won't you please, please help me
お願いだから、きみの手を差し伸べてくれないかな
Help me, help me, oh
助けて、助けてくれよ！

友だちの家から帰ってくると、耕治が来ていた。耕治は車を持っている。旅館をやってるから必要なんだろうが、洋子はうらやましかった。

「洋ちゃん、久しぶり。日曜やさかええなあ」

耕治は車のトランクに米の袋をいくつか積み込んでいた。

「おっちゃん、もう帰るん」

「おお、米を取りに来ただけやから。なんか用かあ」

「……いやあ、ちょっと時間ないかなあって」

「時間、ないことないよ。なんなよ」

そう言って、耕治はトランクの音を立てて閉めた。

「洋ちゃん、ちょっと乗れよ」

耕治はそう言って、洋子に助手席に乗るように促した。

「洋ちゃん、いくつになった」

運転しながら耕治はそう尋ねた。

「一四かあ……もうそんな歳かあ」

「なあ、おっちゃん。おっちゃんは十五で朝鮮に行ったんやろ」

「そうやなあ、十六の誕生日のちょっと前やったなあ」

「なんで朝鮮に行こうって思ったん」

耕治は車を五島の方向に走らせた。

「五島へ行こうか……そうやなあ、あの頃はな、いまと違うて朝鮮は日本だったんやな。植民地って分かるか、日本が力づくで奪った国やったんや。そやから、向こうには大勢の日本人が行っててな、外国ていうても行きやすかったんや」

「うん、お父ちゃんもそれは言うてたけど。おっちゃんは朝鮮へなにしに行ったん」

「正直に言うたらな、これって言うて目的はなかったなあ。俺は次男やからどうせ萩原の家を出てゆくからな、兄貴と違うて自由やったから。兄貴は長男で萩原家を継がなあかんさか、たいがい不自由だったと思うわ。そやから、どうせ家を出るんなら朝鮮へでも行って、なにかやってみようって、まあその程度のことだった」

砂利の浜の手前に車を停めて、二人は浜に出て腰を降ろした。

「そのあと満州に行ったんやろ」

「そっからあとの話はな、これは話せば時間がかかるなあ」

「聞きたいなあ」

洋子は催促した。

「大山さんっていう日本から満州に行ってた人がいてな、向こうで親分になってた人やけど、その大山さんとこに行って、仲間にしてほしいって頼んだんや」

「愚連隊なん、その大山さんって」

「ははは、似てるけど、ちょっと違うなあ。分かりやすく言うたら、金持ちから奪って貧乏な人らに分ける、まあそんなとこやなあ」

「おっちゃん、それほんまの話かあ」

「まあ、ちょっと違うけど、そやけど大体そあなんとこや」

「アヘンって、洋ちゃん知ってるか」

「名前は聞いたことあるけど」

「まあ麻薬やな。中国ではそのアヘンの密売が盛んでなあ。高く売れてな、ごっつい儲かるんや。見つかったら手が後ろにまわるんやけどな」

「おっちゃんはそれをしたん」

「大山さんの下でだいぶやった。もっと洋ちゃんが大きなったら詳しく教えてあげるよ」

「うん、そこでジュヴィさんと出会ったん」

「そうやなあ、ジュヴィとはもうちょっとあとやけど。初めて出会ったんは漢口って街。漢字の漢っていう字と口って書く」

「おっちゃん、その話聞きたい」

「そうやなあ……なにから話そうかなあ……いちばん最初にジュヴィを見たのはアパートの階段や。あいつは若かったし、そらきれいな女の人やった。ていうか、俺の目にはそう見えたんや。そあなきれいな西洋の女性とあの狭い階段で出会って、ちょっとびっくりしたなあ」

「階段なん、初めて出会ったんは」

「うん、アパートの階段。俺が降りてたらジュヴィが上がってくるとこでな。そんな広い階段と違うんやけど、向こうがボンジュール・ムッシュって、こんにちはってな、挨拶してきた。ほんの微かに香水のいい匂いがした。さすが西洋の女は違うなあって思ったよ。で、俺も挨拶してな、それはそれだけやったんやけど、夜になって、下のバーに入ったらジュヴィがまたおったんや。そのバーはジュヴィの伯父さんが経営してて、大学の休みでパリから遊びに来てたわけや。まあそんな風にして出会ったんや」

「なんかなあ、異国の空の下での二人の出逢いって感じでええなあ、ロマンチックやわ」

「そうやろ、羨ましいか」

「うん、羨ましい」

「洋ちゃんだったらこいから何回でもそういう出会いはあるって」

「そうやろうか」

「間違いないよ。保証したるわ」

「ほんで、そっから付き合うようになったん」

「そうやなあ、別に付き合ってくれって申し込んだわけと違うんや。とにかくしょっちゅう顔を合わすんや、二人ともそのアパートに住んでたからな。ほんで、ちょっと喫茶店に行こうかとか、ちょっとお昼を食べに行こうかとか、まあそんな風に流れていったわけや」

「ということは、ジュヴィさんも耕治のおっちゃんが好きだったんやな」

「そらまあ仕方ないわ、なんせこれだけの男やもん」

耕治がそう言って笑ったので、二人は大きな声を上げて笑った。

「でまあ、それから色んなことがあったなあ。その頃は、いまから思うたらおれも危ない仕事をしてた。かといってジュヴィに全部話せんしな、なかなか大変やったわ」

「危ない仕事てなに」

「そやなあ、洋ちゃん、スパイって分かるか」

「なんとなく分かるけど、おっちゃんスパイやったん」

「まあなあ、その手下やなあ。日本軍とつながってる黒幕みたいな人に雇われてたんや。おかげで給料もごっついよかったよ」

「その頃の話はジュヴィにまた聞いたら面白いんと違うかなあ」

「そうやなあ、また聞いてみる」

洋子は誰にも話してないことを言ってみようと思った。

「なあ、おっちゃん。人って、なんのために生きてるんかなあ」

耕治は洋子に振り返った。

「そうかあ、そんなことを考える歳になったんかあ」

耕治は、しばらく黙っていたが、やがて言った。

「それは人類の永遠の疑問やなあ。俺にもまだ答えは見つかってないなあ。難しい問いなんや。そやから大抵の人は大人になったら、それを考えるのをやめてしまう。俺なんかも考えるのやめてしもうた方やなあ」

耕治はそんなことを言って、ははははと笑った。それから真面目な顔になって言った。

「洋ちゃんなあ、その答えを見つけるのは難しいことやけどな、答えが分かるまで考え続けてほしいって、俺は思うなあ。それを考えてな、答えが見つからんからって、日光の滝に飛び込み自殺までした青年もおったなあ。死んでしもうたらなにもかもパーやけど、しっかりと生きて自分の答えを見つけてほしいって思うよ。答えは一人ひとり違う。そやから洋ちゃんの答えを見つけることやな」

洋子は黙って耕治の話を聞いていた。

「自分だけの答えかあ、見つかるかなあ」

「簡単やないと思う。ひょっとしたら死ぬまで見つからんかも知れんしな。洋ちゃん次第やなあ」

「わたし次第かあ」

「そやけどな、コツがあるんや」

「コツなんかあるん」

「ある、言うたろか。一生懸命に勉強すること、一生懸命に恋をすること、この二つやな」

「おっちゃんはそれをしてきたん」

「いやあ、とてもとても、どっちも中途半端や」

そう言って、またはははと笑った。

「そやけど、なんでその二つがコツなん」

「学問っていうのは、人類の知恵の積み重ねやろ。それこそ、いろんな人がその問題を考えてきたんやけど、学問は言うてみたらそれが詰まっている宝の山や。恋はな、命の泉や。これは洋ちゃんがもっと大きなったら必ず分かると思う。いまはまだ、ちょっと難しいなあ」

（二十八）

山々が様々な緑色に包まれていた。その緑色をした若葉たちの群れのなかで、そこだけが鮮やかな白に染まる山桜が洋子は好きだった。この緑と白の織り成す景色に、洋子は毎年見とれてしまう。その景色はまた風光の変化にしたがって春に彩りをそえ、自然がもつ命の美しさを周囲に放っているのだった。

高校入試が終わり、学校に行く必要もない日が続いていた。洋子は毎日のように敏美と会っていた。今朝も、洋子が遅く起き一人で朝食をとっているところに敏美がやってきた。

「おはよう。一人なん。だあれもおらんなあ」

台所まで入ってきて、洋子のテーブルの向いに座りながら聞いた。

「うん、みんな田んぼやと思う」

「洋ちゃんとこは田んぼも畑も大きいさかなあ、家の人もえらいなあ」

「なあ、洋ちゃん。二Bの小島君って北富田の、あの子知ってるやろ」

「小島君て、あのテニス部のかあ」

「うん、あの子からラブレター来たわ」

「ええっ、ラブレターっ。なんて書いてたん」

「なんてって、それ言うたらあの子に悪いやろ」

敏美がそう言った。

「そうやけど、ちょっとだけ教えてだ」

洋子は知りたいと食い下がった。

「ちょっとだけなら、ええかなあ。洋ちゃん、絶対ほかの人に言うたらあかんで。あんな、前から憧れてましたって書いててな、来年、ぼくも敏美さんと同じ高校に行きますやて」

「わあ、すごい。告白やなあ。敏美ちゃん、もてるなあ。それにしてもよお、二年のくせにませてるわ、三年生に手紙書くらて」

「小島君てなあ、前に自転車を直してもろたことあるんやな、そのときにちょっと喋ったことあるさかなあ。洋ちゃんは、誰からももらってないん」

「ないわあ、そんなん。だあれもくれへんわ」

敏美は、テーブルの上の小さな入れ物に入っているコンコを指でつまんで口に入れた。それを食べながら言った。

「まだあんね」

「ええっ、他にももろたん」

「うん、Cクラスの井上君」

「ええっ、井上君って、あの井上君かあ」

井上は野球部で、勉強もできるしかっこいいと評判の子だった。

「井上君はなんて書いてたん」

「高校も違うからもう会えんけど、たまには遊ぼうって書いてたわ」

「敏美ちゃん、それってどっちも返事出したん」

「まだ出してない。どうしようかって迷ってる。どうしたらいいかなあ、洋ちゃん、どう思う」

二人分のインスタントコーヒーを入れながら、洋子は言った。

「そら手紙をもらったんやから、なにか返事を書かな悪いやん」

「やっぱりそうかなあ」

「うん、普通はな」

敏美は歳下の男からも、同級生の男からも、歳上の男からもモテた。それはまず、敏美の美貌によるところが大きかったが、それだけでなく敏美の底抜けに明るい性格が男の子たちを惹きつけるのだと洋子は思っていた。小学校に入学したときから、敏美はほんとに可愛い女の子で、いつもクラスの中心にいた。そして高学年になるに従って、彼女はますます人気が出てきた。

洋子はそんな敏美と家が近いということも手伝って、いつも一緒に遊んでいた。小学校の頃は、洋子はまだ背がそれほど高い方ではなかったし、二人で一緒に遊んでいてもいつも敏美が目立った存在だった。洋子は中学校になってから急に躰が大きくなりだした。スポーツに熱中するようになり、三年間で身長も大きく伸びたし、女子の体つきに変わった。それに伴って、小学校の頃の顔つきが変わり、洋子は個性的な顔立ちになってきた。敏美は昔のイメージのままで、可愛いらしい美人だったが、洋子は躍動的で、顔立ちも個性的な美人になってきていた。

「ほんで、もらったんは二人だけなんか」

そう洋子が聞くと。

「ううん、実はまだあるんや」

「ほんまにもう、誰」

「雅之君からも手紙が来た」

「雅之君て、あの保坂君」

「うん」

洋子は、どうしてわたしには一人もラブレターが来ないんだろうかと思った。

「それにしてもよお、なんであんたばっかりで、わたしには来いへんのかなあ」

「それは仕方ないわ、洋ちゃんは気軽に手紙を出せるタイプと違うもん」

「なんでえよお」

「うちは社交的やし可愛いし、明るくて軽快な女の子やから、男だったら誰でも声をかけてみたくなるやん。あんたは違うもん」

「どう違うんよ」

分かってはいたが、敏美がどう言うか聞いてみたくなった。

「あんたは万人受けせんもんなあ。性格にクセはないんやけど、外見にクセがあるやろ。独特の顔立ちやし、気軽に声でもかけようもんなら怒られそうな感じやもん。陸上やっててもな、洋ちゃん、あんたはダントツで早いやろ。この前の陸上競技の大会ら、みなびっくり仰天してたわ。普通だったら、本人もトップはトップらしい態度をするけど、あんたはポーカーフェイスを崩さんやろ。そやさかみな声をかけにくいんよ。そこがうちとあんたの違うとこやて」

「ははは、あがばっかりええように言うなあ」

洋子は思わず爆笑して言った。

「そあに怖そうな顔してるんか、わたしは」

「ははは」

敏美も笑った。

敏美は、実際、明るくて愛想のいい女の子だった。洋子はお世辞にも愛想がいいとはいえなかった。この世代の好奇心のある男の子の多くは、近づいてきてもいいよと表情に出している女の子のもとにいくものである。敏美は、いわばこうした女の子の最大の武器をいくつも持っていたのである。

洋子と違って、敏美は四方八方に気配りができた。明るく、愛想のいい女の子の常で、これも男の子からすると魅力のひとつになっていた。

その敏美は商業高校を受験した。うちは大学に行く気ないし、就職するつもりやからと、敏美は洋子に言った。

三年生になってから受けた数回の模擬試験の成績で、洋子はいつも百五十人中の上位三分の一のなかに入っていたが、受験は堅苦しい田辺高校にせず、自由な気風のある熊野高校にした。

「で、話を戻すけど、敏美ちゃんは誰と付き合うんなよ」

「ラブレターくれたなかには好きな人がいてないしなあ、お楽しみは高校へ行ってからの話やなあ。洋ちゃんもそうやろ」

「わたしはどうかなあ。高校に行ったらいい男の子がおったらええけどなあ」

「高校で陸上するん」

そう敏美が聞いた。

「クラブに入るかどうか分からんけど、走るのは好きやしなあ」

「体育の花田先生が言うてたわ。萩原の走りは素晴らしいって」

「ああ、それ、わたしにも言うてくれたわ。高校へ行っても陸上をやめるなよって。けど、陸上のクラブにまで入ってやるかどうかは分からんわ。別に走るのは自分でもできるしな。敏美ちゃんはどうするん」

「そやなあ、うちはなんか華やかなクラブに入りたいわ」

「華やかって、例えばどんな」

「それはまだ分からんけど、チアガールとか、放送部とか、なんかそんな目立つやつ」

「まだ目立ちたいんかよ。そあなことせんでも、敏美ちゃんは歩いてるだけで十分目立ってるやん。それ以上目立ってどうすんのよ」

「そやろか。ほんまに美人は辛いですわ」

そんなことを言って、敏美は泣く仕草をしたので、二人はまた大きな声で笑った。

「でもよお、あんた、なんで熊高にしたん。大学に行くんだったら田高のほうがええん違うん」

急に、敏美がそんな質問を投げてきた。

「なんでって、それ、前にも言わんかったかなあ。堅苦しいの嫌いやから。いかにも勉強して、ええ大学に行って、ええとこに就職してって、そういう感じしいへんか。それが性に合わんね」

「分かるけどな、分かるけど、それ普通違うん。大体、みんなそれを目指してるんやろ」

「そうやろなあ。そやさか、そういうのがわたしは合わんねて。なんかな、決められたコースを歩かされてるみたいやわ。敏美ちゃん、そう思わんか」

「思うよ、思うけどそれが世の中と違うんか」

「そうなんかも知らんけど、なんか面白うないわ。そやから、他人とは違うけど、わたしは自分の思う通りにしてみよかなって、そがに思うたんやて」

「あんた、変わってるなあ。まあ、そやし洋ちゃんは面白いんやけどな」

洋子は、その思いを打ち明けたのは敏美一人だけだった。担任にも、洋子は詳しい話はしていない。両親にも言ってはいない。母に熊野高校に行くと伝えたとき、「田高と違うんか、そうか」と言っただけだった。父に言うと、父は「そうか、頑張れよ」とだけ言ったのだった。

（二十九）

本格的な農作業の季節になろうとしていた。陽射しが強くなり、やがて初夏へと季節が移ってゆく。山々はいまが盛りとばかりに柔らかい緑に覆われている。

耕運機を買って田を耕す農家も増えたが、洋はそうしなかった。耕運機の値段が高かったということもあるが、それよりも牛と一緒に水田をつくる作業を止めたくはなかった。近所の農家の連中は耕運機でやったほうが早いでと忠告したが、洋は生返事をして耳を傾けなかった。

牛の鼻緒に綱をつけて洋は往来に出た。牛の背を綱で打つと、巨体に力が入り勢いよく進んだ。見渡すといくつかの田んぼに牛を引いて代掻きをする光景があった。十日もすればどこでも田植えが終わり、辺り一面が若苗色になる。

学校も田植えのための休みになり、文字通り一家総出の田植えとなる。それが終わると農作業は畑へと場所を移し、芋の植え付けがはじまる。裏山の畑に上り、畝の上を割ってそこに牛小屋からとった糞を堆肥として入れる。芋苗代で発芽してあるツルを三十センチほどの長さに切り、それを畝に植えつけてゆく。

芋の植え付けを終わらせると田んぼの草取りであった。若苗の間を除草車を押して歩き、そのあとは田んぼに這うようにして手で草を拡散させる。そうすれば草は枯れてしまうのだった。この仕事は田んぼに日がな一日這いつくばっての重労働だった。

害虫の駆除は、戦前は稲刈りまでの間に四、五回おこなった。しかし、最近はいい農薬ができたと、どこの農家も発動機を買って農薬を水で薄めて散布するようになっていた。

南紀州だけでなく、当時、全国でもっとも多く栽培された稲は「日本晴」という品種であった。「日本晴」は愛知県で生まれた品種だったが、大粒の良質の米でまたたく間に全国に広まり、日本中の水田が日本晴で埋め尽くされた。その「日本晴」の強みは、早生、多収、強稈、耐病性にあり、しかも美味しかった。そして姿が美しいことも農家の人たちに好まれたのである。

昔の品種は、葉が垂れてしまうので陽の光を浴びず光合成が十分おこなわれない品種が多かった。コシヒカリやササニシキなども、味はいいのだが、稈《わら》が長いため倒れやすく、多収が望めず病気にも弱いという欠点を持っていた。そのため農家泣かせの品種だった。その点、「日本晴」は稈が短く葉が立っている理想的なもので、つくりやすく農家に歓迎される品種だった。

敏美と二人で、洋子は才野のお熊野さんの春の祭りに出かけてきた。権現さんの山の上は人々でごった返している。大きな桜の木の枝に吊るしているスピーカーから、祭の参加者が一万人を突破したと放送した。するとそこここから大歓声があがった。ゴザを敷いて、その上で飲んだり食べたりする風景が延々と続いている。屋台の食べ物を買い、洋子は敏美と並んで歩いているのだが、人の多さに阻まれてなかなか前に進めない。

「なあ、ミスユニバースの、あの徳枝さん、べっぴんさんやなあ」

敏美がそんなことを言った。

和歌山県代表は地元の明光バスのバスガイドで、先日の新聞に大きな顔写真が載っていた。

「見た見た、徳枝さんってすごいなあ」

洋子が言った。

「なあ、夏に白浜町のミスはまゆうコンテストあるやろ、あれに洋ちゃんと二人で出てみたいなあ」

敏美がはしゃいだ声でそんなことを言った。

「ええっ、わたしもかいな」

敏美は器量よしで有名だった。

「洋ちゃんかわたしか、どっちかがミスはまゆうになれると思うわ」

「そら敏美ちゃんは選ばれるかも知れんけど、わたしは自信ないわ」

「なに言うての、男子が洋ちゃんのことなんて言うてるか知らんの」

「ええっ、なんて言うてるんよ、教えてだ」

「洋子は声かけにくいけどええなあって、みな言うてるわ」

「うそ、そあなこと誰も言うてくれんでえ」

「そら、洋ちゃんは男子からしたら声かけにくいタイプやもん仕方ないわ」

「わたし、そあに声かけにくいんやろか」

「洋ちゃんはな、前も言うたやろ、なに考えてるんか分からんし、ポーカーフェイスやからな」

「そんなに変かなあ」

「変ってことないけど、男子は苦手にしてるわ。苦手なんやけど、ええなあってことやな。そりゃともかく、ミスはまゆうに出てみような、約束やで」

洋子は、まだ恋を知らない。それは敏美も同じだった。ただ、敏美は息をするように、理由もなく男子を求めている早熟な女の子だった。洋子のしっている男子は、父であり、大きい兄の和一であり、小さい兄の良介であった。そして、最近ゆっくりと話をした耕治だった。洋子が恋を知るまでには、まだ時間が必要だったのである。

熊野高校に進学した洋子は、多くの女生徒がそうであるように身に着けるものには敏感になっていた。ミーハーな女生徒の多くはセーラー服のスカート丈を短くしていたが、洋子はあえてそうしなかった。そうしなくてもセーラー服がよく似合っているのを誰よりも知っていたし、風になびく長い髪がセーラー服によく合っていることも知っていた。

洋子は鏡の前に立って自分を観察した。首は細くて長く、乳房も小さくはなく、胴はしまっている。両の脚は同級生の女の子たちも羨むほど形がよかった。洋子は、ただ一つの欠点を別にすればすべてを気に入っていた。

洋子は自分の顔にコンプレックスを持っていた。同級生からは最近売り出しの歌手の竹内まりやにそっくりだと言われていたが、それが嫌だったのだ。はっきりとした真一文字の眉はとりわけ顔の印象を濃くしていた。それはほぼ母親のしのぶ譲りの顔立ちだったが、しのぶ以上にはっきりとした意思を表に出す顔だった。特に、自分の嫌いなものごとには露骨に嫌悪感をあらわにした。

入学後の四月から五月、六月と一年生から三年生までの七、八人の男子が交際を申し込んできたが、洋子にはどの男子も軽薄そうに見え、うんざりした。というよりも、男子との付き合いなど眼中になかったといってよかった。

洋子は最近、耕治が言ったことをよく思い出して考えるのだった。人はなんのために生きているのか。耕治は、それは人類の永遠の問いだ、俺にもまだ分からん、そう言った。

洋子は母親にこの質問をしてみた。母親は、「そあなこと考えたこともないわ。あんたらは平和でええなあ。お母ちゃんらの若い頃は戦争で、毎日毎日が戦争のことばっかりや。食べるもんも減っていくしな、そやさか運動場まで掘り起こして芋をつくったり、そら大変やった。呑気にそあなこと考えてる暇らなかったわ」と、愚にもつかないことだと言わんばかりだった。

休み時間、洋子の姿はいつも図書館の片隅にあった。本棚に置かれていた国内外の小説を、洋子は手あたり次に読んでいった。そこで繰り広げられる世界は、これまで知らなかった生き方を洋子に教えてくれた。まだ雛からかえって間もない真新しい洋子の魂に、それらの物語の一つひとつがしみ込んでいくのだった。

洋子には、父親と母親から受け継いだ農民のしぶといほどの生命力が備わっていた。その生命力は、実は洋子のどんな外形的な魅力よりも光を放つものであったが、いまの洋子はそんなことには一向に気づいてはいなかった。来る日も来る日も、洋子は図書館に通い、帰ってからはその日の出来事を日記に書いた。

洋子は幼い頃から生き物が好きだった。萩原の家には、常に大小の動物がいた。牛は生まれたときから身近にいた動物で、洋子には友だちのような存在だったし、犬も猫も飼っていたし、鶏もいた。

とんぼは大きな種類では鬼ヤンマ、ヤンマ、蚊とりトンボなどがその季節にはいつも飛びちらっていたし、ありとあらゆる小鳥や昆虫が家の周辺にいた。ただひとつ、青大将とハビ（マムシ）だけは苦手だった。

土曜日や日曜日、洋子は時間があれば犬のジョンを連れて裏の山に入って、そこでジョンを放ち、林のなかを走りまわるのが好きだった。もちろん、小さな頃からすればそうした遊びの回数は減ってはいたが、まったく途絶えてしまったわけではなかった。幼い頃からのこの習慣が洋子の形のいい姿態をつくったし、マラソンで常に校内で一番という健脚をつくった。

「兄《にい》、そのギターどこにあったん」

洋子は、縁側に座ってギターを練習している良介に声をかけた。

「ええ、ああ、こいはたー坊のや。借りたあるんや」

良介は、同級生の名前をあげた。

「ふうん、たー坊、ギターらしてるんか」

「しよと思うて買うたらしいけど、もうやめたっていうさか借りてきたんや」

「ちゃんと弾けたら面白いやろなあ」

「フォークソングが流行りやからなあ、みなフォークギターやりたがってるわ」

「でも、そいはクラシックの本やろ」

「ああ、おれはクラシックのギターを練習しようと思うてな」

そう言いながら、良介は習いはじめたギターに夢中になっている。

「ああ、洋子、お前が好きやって奴、けっこうおるぞ」

「ええ、なにそれ」

「いや、汽車でお前を見かける連中がそう言うてるわ。あの子、なかなか可愛いとか言うてな、俺の高校でも人気ある」

「そりゃまあ嬉しいけど、どうせ大した男はおらんのやろなあ」

「なかなかお前も言うなあ、まあ、そうかも知らんけどな」

洋子が汽車に乗るのは白浜から朝来までの一駅間だけだったが、日置やすさみの方面から通学している高校生はすべて同じ汽車に乗るので、洋子の存在はすぐに知れ渡っていた。

「兄、兄は大学行くんやろ」

「ああ、そのつもりやけど」

「どこ受けるん」

「まだ決めてない。お前はどうすんね、大学か就職か、どっちなよ」

「お母ちゃんに言うたら、あんたは女やさか無理に大学ら行くことないって言われた」

「なんじゃそりゃ、俺は女やからこそ行ったほうがええって思うわ」

「兄もそう思うん」

「当たり前やろ、これまでの人間の知識を勉強せなあかんやろが。男も女も関係ないやろ」

「兄、それお母ちゃんに言うたってよ、頭かたいんやから」

「親父はなんか言うてるか」

「お父ちゃんにはまだ話してないもん。そやけどお母ちゃんと同じやろうなあ。兄からもお父ちゃんに言うといてだ」

そう言って洋子はその場を離れた。

朝の十時だった。きょうは日曜日ということもあり、昨夜は時間が過ぎるのを忘れて小説を読みふけり、もう寝なあかんわと本を閉じたのが三時頃だった。

窓のライトブルーのカーテンを通して陽の光が部屋に射してまばゆかった。洋子は目を開けて天井をにらみ、今日はなにをしようかと考えていた。ふと目を障子の内側にやると、紙切れが差し込まれていた。「家は洋子一人やからお昼ごはんの用意をしとくこと　母」とあった。またかよ、と舌打ちをしながら洋子は布団を出た。

いっつもこうなんやから、もう。そう呟きながらジーンズを穿いた。なんで女だけが食事の用意をせなあかんねと、洋子はいつも母に言った。女なんやから仕方ないやろ、といつも同じ答えが返されてきた。答になってないわと思いながら、言われるがままに仕事をこなしてきている。女、女、女ってなんなんやろう、洋子はことある度に考えるようになった。

障子を開けると春の香が一気に部屋のなかに流れてきた。どの木も柔らかな新芽の葉をつけて風にそよいでいた。南紀州に初夏が訪れるのは早い。少し寒さが戻る日もあるが、新緑の香はすでに初夏を思わせるものだ。

山すその野草のなかにわらびが混じって生えている。そうだ、あとでわらびを摘んでみようと洋子は思った。部屋を出て母屋に行ってみると、当然だが誰もいなかった。みんな田んぼに出ている。玄関の戸は全開に開いていて、ツバメが出たり入ったりしていた。庭では鶏が数羽クックククックと泣きながら地面をついばんでいる。そして、洋子を見たジョンが相手をしてくれと尻尾を振りながら吠えた。

お昼の用意って、なにをつくったらええんなよと思いながら台所に入ってみた。冷蔵庫の氷はすでに新しいのが入っていた。冷蔵庫に入れておく大きな氷は、毎朝、氷屋が運んで来て入れてくれる。洋子が遅くまで寝ていたので、勝手に入れてくれたんだろう。食材の容器のなかにはイカがあった。よし、イカ大根にしよう。洋子は大根を洗って切り、それから鍋に水を入れてプロパンのガスコンロに火をつけた。ご飯は炊いてあった。洋子が小さい頃にはご飯には麦が混じっていたが、最近では米だけを食べるようになっていた。醤油と砂糖とみりんで味つけをしながらイカ大根を仕上げた。これさえあれば、あとは味噌汁さえあればなんとかなるわ、そう声に出して言いながら洋子は味噌汁をつくった。

家の裏に回り、田んぼと井戸の脇を通り山すそのほうに入ってみると、思った通りわらびがたくさん生えていた。覚えたての「イエスタデイ」を英語で歌いながら、洋子はわらびを摘んだ。


しのぶはこの二年ほど、娘の洋子と意思疎通がうまくできないもどかしさを感じていた。なにか言うと、決まって素直に受け取らずに反発してくるのだった。反抗期の表れだと思ってしのぶは意に介していなかったが、最近はどうしても大学に行きたいと言い張るので困っていた。強情っぱりなところは多分自分に似たんだろうと思い、しのぶは苦笑するしかなかったのだが。

末っ子ということもあり、ちょっと甘やかしすぎたかなと反省もするのだが、高校に進学してからの娘はいっそう自己主張をするようになっていた。

洋子は洋子で、書物から得た知識が次々と蓄えられていて、母親とであれ友人とであれ、話をすればそれらのなかから気に入った思想を取り出して話すようになっていた。十六歳の洋子は自分が愛らしいことをよく知っており、同時に納得できないことには反抗しぬく少女になっていた。愛らしいという点では同級生の敏美とよく比較されたが、洋子はそれが嫌でたまらなかった。周りの大人たちは、敏美は可愛くて、女らしいと褒めるのであった。

同級生の女の子たちは、女らしいと言われると褒められているように受け止めているが、洋子はそうではなかった。洋子は、女らしいなんて言ってもらいたくないのだった。洋子のなかでは女らしいということは、出来の悪い、中身のない人間のように聞こえ、そんな評価はまっぴらごめんだと思うようになっていた。しかし、そういう考えはできるだけ外には出さないでいたが、母親と話すときにはついつい本音が出て感情的になるのであった。

洋子にあっては、女らしいとはまるで女を売り物にするような感じがして我慢ならなかった。だから、日に日に女としての特徴が出てくる自分の体つきも嫌で仕方なかった。だから敏美が褒め言葉として言ってくれる「洋ちゃんみたいにこんなかっこいい腰を持ってる女はどこにもおらんわ」という言い方も嫌いだった。

洋子は鏡の前に立って、前も後ろも隅々を映してじっと自分の体を観察する。十六歳の洋子の胸は大きいとはいえないのだが、それでも成長している乳房が嫌だったし、腰からお尻への膨らんだラインも嫌だった。特にお尻は男のようにもう少しスーっと細くならないものかと、いつも思うのであった。

兄は大学に進学するのが当然であるかのように、家中がみんなそう思っている。でも自分はどうか。母親は、洋子は女なんだから大学なんて行かなくてもいいって言うし、父もそんなことは尋ねてもくれない。周りはみんな分かってくれない。洋子は、どう考えていいのか分からなかった。

十六歳の洋子は誰ともそうした話をせずに、本を読んで答を探そうとしていた。その苦悶の時間を過ごすことで、実は、驚くようなエネルギーが自分のなかに蓄えられ、魅力的な魂が育っていることを、洋子はまだ知らなかった。洋子が青春時代を生きようとしている社会はまだ、女を人間として評価するまでには至っていなかった。それどころか、洋子の魂を暗黒の崖へと誘う数々の試練が待ち受けていることも、まだ洋子は知る由もなかった。

書棚が立ち並ぶ図書館のいちばん奥まったところで、洋子は床に腰を落としてさっきから一心不乱に本を読んでいる。放課後の校庭からはいろんなクラブ活動の声が重なり合って聞こえてくる。それを遠くに聞きながら本を読むこの時間が洋子は好きなのだ。だけど、さきほどから洋子はなにか違和感を感じていた。誰かが近くにいる、そんな気配がするのだった。向こうのテーブルには三人ほど女子が座って本を読んでいた。それ以外は、入り口の内側で男子が二人でなにかを話していた。目に見える範囲ではそれだけだった。洋子は立ち上がって、整理して並べられている書棚の上の隙間に目を移して視線を移動させてみた。

あっ、と声を上げそうになったがやっとの思いでそれを我慢した。誰とも分からない男子の目が洋子を見つめていたのだ。こんな場合には、こちらから声をかけるのも変だ。そう思って、洋子はまた元通りその場に座り込み、あれはいったい誰なんだろうと考えた。すると、相手の男子は通路を移動してこっちに向かっている気配がした。

洋子はもう読書どころではなかった。誰？　なんか用？　鼓動が速くなっていた。

「あの、萩原さん」

その男子は座っている洋子の前まで来てそう声をかけてきた。洋子は返事はせずに黙ってうなずいた。

制服のズボンは新しくはなかったが、洗濯しているのか清潔そうだった。白い長そでのＹシャツの袖を少し無造作に巻き上げている。細身の体、髪は長めだった。目も鼻もはっきりとしていて、どことなく異国人のような顔立ち。洋子は一目見て男前やなあと思った。

「おれ、北っていうんやけど、二年生の」

「はい」

と、洋子は緊張して返事をした。同級生ではなさそうだと思っていたが、やはり一つ上だった。

「これ、おれが書いた詩みたいなもんやけど、読んでくれへんかなあ」

そう言って北という男子はカバンからノートを取り出し、洋子に差し出した。洋子はそこで立ち上がり、それを受け取った。受けとろうかどうしようかと迷ったんだが、先にもう手が動いていたのだった。

「あの、これ……」

「ああ、深く考えんといて。萩原さんに読んでもらって、感想を聞きたかっただけやから。迷惑かなあ……」

「いえ、そんなことありません。読ませてもらいます」

なんて素直に返事してるんだろうと、洋子は自分がおかしかった。

「突然でびっくりしてるやろうけど、ちょっと前から考えててん。それを今日は実行したってことです」

「ありがとうございます」

と言ってから、なんでお礼なんか言ってるんなと、洋子はまたどうかしてるなあと思った。

「なかに手紙のようなものも入れてるから。おれも放課後は毎日ここに来てるから、見かけたらノート返してくれたらええわ。感想かなんか書いといてな」

「はい、分かりました」

渡されたノートを前において、洋子は頬杖をついて考えていた。

これは告白やろうなあ。詩そのものは恋心を書いたもんじゃなかったが、別に書かれていた手紙は、明らかに告白に近いものだった。詩は、短いものだった。

この大きな池のように
ただたゆたう水のように
人はどうして

この空のように
透きとおる風のように
人はどうして

こんなにも寂しくて
こんなにもほしいのに
人はどうして

通り過ぎてゆく十七歳
戻り来ない十七歳
ああ
おれはどうして
ここにいるのか

手紙も長いものではなかったが、洋子の気持ちをざわつかせるなにかがあった。

萩原洋子様

なんでこんなものを書いているんだろう？
書いている本人もよく分からないのに、それをもらって読まされる方はもっと意味不明かもな。
ひとつ言えることは、おれは萩原さんに興味があるってこと。これだけは確かなことです。別に派手な存在ではないんだけど、だけど、他の女子にはないなにかが、なんだろう、よくは分からないけど、なにか惹きつけるものがあります。それがなんなのか、おれは知りたい。

北均

洋子は、どう返事を書こうかとさっきから机の前で考えていた。詩で書かれている思想に洋子はとても惹かれるものがあった。特に、最後の二行は洋子の気持ちそのものだった。洋子は初めて自分に共通する精神をもった人がいることに驚いた。それをこんな素敵な詩にするなんて、この人はきっといい人だと感じていた。それに、わたしには他の女子にはないなにかがあるって言ってくれたのが、素直に嬉しいことだった。

それにしても、初めて会った男子からこんなノートを渡され、しかも詩や手紙までもらうって、いったいこれはなんなんだろうと洋子は不思議な気がして、自分がしていることに呆れていた。相手も変だし、それに付き合っている自分も変だと思うと、おかしくて笑みがこぼれてくる。

洋子はもう一時間も考えを巡らせていたが、いい文章が思いつかなかった。そこで意を決して書けるだけ書こうと、北から渡されたノートの新しいページを開いた。

北均さま

すごくいい詩ですね。

わたしもこんな詩が書きたいと思いました。ありがとうございました。

特に最後の二行は、最近の私の気持ちとまったく同じなのでびっくりしました。前に、この質問を叔父に尋ねると、それは人類の永遠の問いだと言い、自分で見つけなさいってことでした。

わたしは北さんのこと、入学してからいままでまったく知りませんでした（ごめんなさい）。手紙をいただいて、わたしも北さんと色んなことを話してみたいって思っています。

萩原洋子

次の日、洋子が図書館の奥にいると、ほどなくして北が現れた。洋子の胸は高鳴っていた。息苦しささえ覚えていた。入学以来、洋子は何人もの男子から告白されていたが、こんな気持ちになったことがなかった。これが恋。これが恋なんだ。そう思うだけで頬が紅潮するのを感じ、体中に熱が帯びるようだった。

「ノートを渡してから、あんなことをして嫌われへんかって心配だった」

北は書棚の木の枠にもたれ、洋子と並んで立っている。

「ううん、そんなことないです」

洋子はそう言うのがやっとだった。

「よかったあ。思いきって話しかけてよかったなあ。萩原、入学してから、もう何人にも誘われたん」

予期しない質問に、洋子は面食らった。どう返事をすればいいかと考えていた。

「だってな、二年でも三年でも、萩原は注目の的だったし、モーションかけた連中がみなフラれたって、こんな噂はすぐに広まるからなあ」

北の右の腕と洋子の左の腕とがくっついて、そこだけが熱を帯びていた。洋子はもう話をするどころではなかった。

「……」

「どうしたん、悪いこと言ったかなあ」

ああ、なんか言わないと。

「ううん、そんな噂があるんですか」

洋子はうつ向いたままでやっとそう言った。

「うん、おれみたいなそういうことと無縁な者にも聞こえてくるんやから、けっこう広まってるなあ。萩原はガードが固いって」

「別にそんなつもりやないけど、なんか自分に合う男子がおらんかったんです」

なにを言ってるんだろう、そんなことを言うつもりではなかったのに、つい口から出てしまった。

「そうかあ、おれもな、どうせ拒否されるやろなあって思ってたんやけど、当たって砕けろって気になったんや」

「ありがとうございます」

「えっ、お礼言うのは変やろ」

「それもそうですね」

と、二人はクスクスと小さな声を出して笑って、お互いを見つめあった。

「ところで、いつもなにを読んでるん」

北がそう尋ねた。

「主に小説です。いまは『チボー家の人々』です。ちょっと長いから時間がかかります」

「北さんはどんなものを読むんですか」

「そうやなあ、おれも小説が多いけど、その他のもんも読むよ」

「小説はどんなもんですか」

「いま読んでるのはロマン・ロランの『ジャン・クリストフ』。これも長い小説や」

「ふうん、面白いですか」

「面白いよ、そやけど難しい小説やわ」

「ジャック・チボーはどう」

「えっ、北さん、読んだんですか」

「読んだよ、有名な小説やからなあ。面白いやろ。ちゃんと最後まで読んでな。萩原さんの感想を聞きたいなあ」

「分かりました」

「ひとつ聞いてもええか」

北は洋子を見つめて言った。洋子はうなずいた。

「スポーツは好き、嫌い」

「スポーツですか、大好きですよ。なんでですか」

「ううん、いつも図書館にいてるやん。そやからスポーツは苦手なんかなあって」

「わたしはスポーツウーマンです。なんでもやりますが、一番好きなのはマラソンです。中学校ではいつもベストスリーに入ってました」

「へえ、こいつは驚いた。すごいなあ。じゃ、萩原さんのスタイルがいいのはスポーツで鍛えたんな」

「はい、その通りです」

と洋子が答えると、北は「ははは」と声を出して笑った。

「でもな、いまは陸上部にも入ってないんやろ、いつ運動してるん」

「スポーツってことやないけど、時間があったらジョンを、犬ですけど、ジョンを連れて家の裏山を駆け巡ってます」

「あはは、こいつはまた驚いた。十六歳のお嬢さんがすることやないなあ」

「そうかも。でも、小さい頃からの習慣で、それで足腰が鍛えられたんかも知れません」

「文武両道ってわけや」

「そうです、その通りです」

ふたりはまた、声を出して笑った。

次の日、北から渡されたノートにはこんなことが書かれていた。


スポーツやマラソンが得意という話を聞いて、いっそう萩原さんに興味がわきました。おれも小学校二年から野球ばかりをやってきた少年時代でした。だからスポーツは、柔道とか相撲とかレスリングとかの格闘技を除いて、ほとんどの種目が好きです。マラソンも萩原さんのように速くはないですが、好きです。一度、いっしょに走ってみたい。

　さて、話は変わります。

　思いきって書きますが、萩原さんに異論がなければおれと付き合ってくれませんか。


洋子は、異論がなければとの件に思わず笑ってしまった。洋子は、次のようにノートに書いた。


　北さんが野球少年だなんて、とても素敵です。偏見だとは分かっているんですが、わたしはスポーツをしない男性は好きになれません。きっと、自分がスポーツなしには生きていられない人間だからだと思います。

　そうですね、一度、マラソンを五キロくらいいっしょに走りませんか。野球少年なら鍛えられているでしょうから、きっとわたしといい競争ができるんじゃないかな。

　それから、話は変わります。

　わたしに「異論」はありません。ふつつかな人間ですが、よろしくお願いします。


　洋子はこうして十六歳で新しい世界へ、これまでの人生で味わったことのない喜びと苦しみに満ちた世界に、それとは知らずに足を踏み入れてゆくことになった。

（三十）

　ジョンは兄の良介がどこかで貰ってきたオスで、茶色と白が交ざった大きな犬だった。良介よりも洋子が可愛がっていたので洋子によくなついていた。萩原家の山は、洋子にはどれだけの広さなのか見当もつかなかったが、樫や松、楠、それに椎の木などが多く植わっていた。杉や檜の大木もあったが、それらは昔、萩原家の祖先が植えたものだった。背の高い樹木が多く広い林があった。

　よく晴れた日なのに、林のなかに入ると陽の光は広葉樹にさえぎられて所々に筋のように射し込んでいる。

　ジョンを放しておいて、洋子は素振り用の細い木剣をつくろうとよさそうな樫の木を探していた。木剣をつくろうと思い立ったのは数日前だった。高校の図書館は体育館の裏側にあり、体育館の横を通らないと行けなかった。先日、ふと体育館を覗くと女子の剣道部員が練習している姿が目に入った。指導の教員が大きな声で、「ええかあ、この素振りが大事なんや。素振りは二の腕も引き締まるからな。しっかり練習せえよ」と叫んでいた。

洋子は、そうかあ、素振りは二の腕も引き締めるんかあと、その指導教員の言葉が心に残ったのだった。適当な木がなかったので、一つ谷間を過ぎて向こう側の山に行こうと洋子は歩き出した。ジョンは少し遠くにいたが、「ジョン、行くよお」と洋子が叫ぶと勢いよく走ってついてきた。

洋子は昨日の午後、図書館で北と話したことを思い出していた。

土曜日の午後、外は小雨がぱらついていた。図書館のなかは静かで、カウンターの内側に係の女性が一人机に向かってなにかを書いている。

洋子と北は書棚の奥ではなくて、閲覧室の長椅子に腰かけていた。

「洋子はほんまにセーラー服が似合うなあ。見てて惚れ惚れする」

北はいつの頃からか洋子と名を呼ぶようになっていた。

「どうしたん急に。そんなん言ってくれてもなにも出んよ」

「ところでな、昨日、ノートに書いてた大学のことやけど、どうしても行きたいん」

大学に進学することについて、母親の抵抗にあっていることなどを洋子はノートに書いたのだった。

「いろんな本を読めば読むほど、大学に行きたくなってくる。お母ちゃんは、女やからもっと他のことを習ったほうがええって言うんや」

「他ってなに」

「例えば、料理とか。手に職をつけるのもいいって言う。北さんは、女は大学行かんでもいいって思う」

「勉強するんに男とか女とかは関係ないって思うけど、いまの世の中はすっごい学歴社会やろ、そやから一般的に言うたら男はあとあとのこと考えたら大学を出ておいたほうがええやろなあ。就職とか給料とか考えたら、高卒と大卒では違うもんなあ」

「やっぱりそうなんかなあ」

「おれらももうじき三年になるやろ、だからみんなもう理系にするか文系にするかほぼ決めてるもんなあ。だからというて、学問をしたいから進学するって奴はごくごく少数で、大方は大学は出ておこうって感じや」

「北さんは」

「おれもその一人やなあ。大学から先のことはまだ分からんしなあ」

「女の人はどうなん」

「女は進学半分、就職半分やなあ。進学もほとんど短大で四年制は一握りと違うかなあ」

「やっぱりそうなるんかなあ」

「女子と話してたら、やっぱり結婚のことが出てくるもんなあ。そやけど、男と将来のこと喋ってて結婚のことら出てこんもんなあ」

「結婚して、子どもを産んで、育てて、それが女の生きてゆく道なんやろか」

「どうなんやろ。子どもを産むのは女の役割であることは間違いないしなあ。おれもその辺のことは突き詰めて考えたことないなあ。それってやっぱり男やから考えへんのかなあ」

洋子は黙ってしまった。生きるってどういうことなのか、耕治はそれは一人ひとりが見つけることやって言うてたけど、難しいなあと思う。

「北さんは文系なんやろ」

「ああ、そうやけど迷ってるんや。文学部にするか経済学部にするかって」

「東京ですか、関西ですか」

「できれば東京に行ってみたい。やっぱり首都やもんなあ。三年になったら本格的に絞り込まなあかんやろなあ」

洋子はつくづく女に生まれて損だと思った。北も、兄も、どこの大学にするかは自分で決められるのに、わたしはそんなことさえ親との相談が必要だ。

「洋子はどうするん、関西か」

北は洋子の家の事情を察してそう聞いた。

「分からんなあ。でも、仮に大学に行ってもいいって許可がでても関西やろうなあ」

洋子は最近、文学の勉強をもっともっとしてみたいという思いが大きくなっていた。

「わたし、文学をもっと勉強してみたいんです」

「そうやと思った。ノート読んでたら、そういう気持ちがびんびん伝わってくるもんああ」

洋子は笑った。

「小説とか詩とか、書いてみたいんかあ。おれは洋子ならいいのが書けると思うわ」

「そうやろうか」

「ああ、独特の感性があるように思う」

この人は褒めるのが上手やなと、洋子はそんなことを思った。北と話をすると、なにかに挑戦してみようという気持ちにさせられるのだ。


ジョンが遊び疲れて洋子が樫の棒の皮を剝いでいる横で寝そべっていた。丁度一メートル位のまっすぐで程よい太さの樫があったのだ。この林を上って通り過ぎると畑が広がっている。そこにはいろんなものが植えられていた。梅、夏ミカン、温州ミカン、琵琶、栗、キンカン、孟宗竹の密集地では季節になると竹の子がよく採れたし、夏場には祖母が作っている甘いスイカがあった。

小さな頃から走り回って、洋子はこの林のなかを隅々まで知っていた。皮を剝いだ木剣はまだ水分を含んでいた重たかった。数回素振りをすると、ジョンが帰るのかと思ったんだろう、立ち上がって尻尾を激しく振っている。

林を出て家に戻ると、耕治がジュヴィと二人でやってきていた。

「こんにちは」

「ようこちゃん、こんにちは」

ジュヴィが言った。

「ようこちゃん、ますます美人になったねえ」

ジュヴィが褒めてくれた。

「ありがとうございます。でもジュヴィさんにはかないません」

洋子がそう言うと、ジュヴィが声を上げて笑った。

「洋ちゃん、洋ちゃんにちょっと頼みがあって寄ったんや」

耕治がジュヴィの横でそう言った。

「なんですか」

「うん、八月の盆の頃なんやけどね、忙しいんで一週間ほどバイトで旅館を手伝ってくれへんか」

「アルバイトで」

「うん、八月十五日までの一週間ほど。まあ、十五日を過ぎたらお客さんはがたっと減るからな。お母さんにはさっき頼んでOKもらってるし」

「アルバイトって、生まれて初めてやなあ。できるやろか、でも面白そうやなあ。それに一週間だったら頑張れそうやなあ。いいですよ、行きます」

ジュヴィもそばでにこにこしている。

「おっちゃんの旅館、流行ってるんやなあ」

「まあまあやなあ、白浜はいま関西からのお客が増えてるよ。うちでも盆まではもう予約でいっぱいやからなあ」

「なにをするんですか」

「他にも何人か雇うさかなあ、台所の洗い物とか、部屋の掃除とか、まあ来てもらうまでに考えとくわ」


夕方近くになって敏美が自転車でやってきた。敏美は、いつものように細場《ほそば》と家のものが呼んでいる本家と生け垣との間の狭い通路を通って、本家を通らずに直接洋子のいる部屋にやってきた。

「あん、来たん」

洋子は敏美の声を聞き、顔を見て言った。

「なあなあ、ミスはまゆうに出てみん」

敏美はもう部屋に上がってきて、チラシを洋子に差し出しながらそう言った。

「ええっ……これかあ」

そう言いながら洋子はチラシを見た。

「去年はな、四十人ほどの応募やったんやて。だいたい毎年それくらいらしいわ。選ばれたのは田辺市とか串本町とかでな、白浜にはべっぴんさんがおらんのかって大人は言うてるらしい」

「それ、誰の話なん」

「お母ちゃんが言うてたんや。ほんでな、洋子と二人で出たらどうかなあってお母ちゃんに言うたら、そらええわ、二人ともいけるかもやって」

「あはは、あんたのお母ちゃん、面白いなあ」

と、洋子は笑った。

「うちはこんなん好かんねけどなあ」

洋子はぼそぼそと言った。

「洋子は最近どうも内向的であかん。前はもっと前向きで活発やったのに。なんでもチャレンジせなあかんねでえ」

「あはは」

洋子は笑うしかなかった。

結局、敏美に押し切られて、応募することになった。

「そりゃええわ、お前ら二人とも絶対に当選するわ」

夕ご飯のときに洋子がその話をすると、良介が大きな声で笑いながらそう言った。

「兄、そう思うかあ」

「ああ、思うなあ。汽車のなかでも敏美とお前は人気あるもんなあ。審査員はどうせ男が多いんやろ、おれはそう思うで」

「洋子、あんたそれって盆のアルバイトのときと重なるんと違うん」

母親がそんなことを言った。

「入選したらの話で。そんときは、数時間はおっちゃんに言うて旅館を抜けさせてもらうつもり」

敏美が頻繁に洋子を訪ねてくるようになった。一次審査までの段取りなど細かなことを二人で相談する日が続いた。

「それはまた面白いことを考えたもんやなあ」

洋子は、北はきっと嫌がるだろうなと思って言うのを控えていたんだけど、ある日、思いきって言ってみた。

反応は逆だった。

「面白いって思うん、わたしは北さんが嫌がると思うたわ」

洋子は北の顔を覗き込んだ。

「うん、面白いって思う」

「大勢の人に見られるんやで」

「別にええやんか。その美しさを見せたったらええわだ」

「なんか、変な言い方やなあ」

「正直に言うで。俺はな、洋子の美しさはなかなかのもんやって思ってるんや。敏美ちゃんって子は会ったことないさか分からんけどな、洋子はなんていうか個性的な美しさで、これはなかなかないよ。そもそも、女は男と違ってもともと美しい生きもんやと思う。その美しい生きもんのなかでも、美人の部類に入る人はよけいに美しい。言うてる意味分かるか」

「よう分からん」

洋子はそう答えて笑った。北も笑った。

「要するにな、華や華。あの人には華があるとか華がないとか言うやろ。」

「わたしは華やね」

洋子はおどけてそう言った。北は声を出して笑った。


耕治の旅館はお客さんでいっぱいだった。洋子の仕事の受け持ちはB棟の部屋の掃除とお客さんの外湯などへの案内で、それをもう一人の、この人は旅館の近所のおばあちゃんだった。B棟というのは棟続きだがあとで建て増しした棟だった。そのB棟は、耕治が比較的若いお客さんを入れるようにしていた。大学生などの若いお客さんは夜遅くまで大きな声で騒ぐからであった。

「わあ、えらいべっぴんさんのお姉ちゃんやなあ。大将の娘さんかあ」

大阪からの団体客が旅館の玄関でカウンターに座っていた洋子を見て大きな声を上げた。

「おおきに、べっぴんでっしゃろう。わしの娘とちゃいまんねん、姪でんねん」

「ああ、そうかいな。そいにしてもごっつい美人でんなあ」

洋子を見てそのおっさんはまた言った。

「おおきに、いらっしゃいませ」

洋子はそう言って頭を下げながら団体客を迎えた。

それにしても、耕治の大阪弁は板についてるなあと感心した。

八月十日の夕暮れにはミスはまゆうに応募した四十四人のパレードが計画されていた。四十四人の応募のうち白浜町内からの応募は十五人で、あとは町外から、遠く和歌山市や海南市からの応募もあったらしい。夕暮れのパレードのために、観光協会が一人ひとりに浴衣を用意していた。それを着て、湯崎から浜通り、御幸通りをパレード用に仕立てたオープンカーでお披露目するのであった。その翌日には、いよいよ最終審査がおこなわれて入選者が発表されるのである。

パレード当日、あれほどはしゃいでいた敏美がえらく緊張している。

「どうしたんよ、緊張してるん」

洋子が声をかけた。

「なんかなあ、緊張してきたわ」

「なんやねん、あんだけ張り切ってたのに、敏美らしないわ」

「そうやけどよう、緊張しいへんの」

「せんことないけどな、なんか一番年下やでうちら二人。そいでも一番年下に見えへんなあ」

パレードは前もって知らされていたからか、沿道にはたくさんの地元住民や観光客、それに海水浴の客がいて盛大だった。洋子たちは浴衣姿で車の上から手をふって沿道の人たちに応えた。

ミスはまゆうには二十歳と十九歳の町外の二人が選ばれた。そして、異例のことであったが特別賞として洋子と敏美が選ばれ、審査会場となった白浜ホールが湧きかえった。

審査委員長の観光協会長があいさつした。「ことしも大変たくさんの女性が応募してくれました。ご自分で応募された方、お友達が応募して出場した方、あるいはご家族の方が応募した方と、いろいろな経過でこのミスはまゆうコンテストを盛り上げてくれました。

白浜温泉には毎年たくさんのみなさんがお出でになってくれます。みなさん方が、ああ白浜に行ってよかったと、喜んでいただけるようにわたしたち関係者一同は努力をしています。このコンテストも白浜温泉の名を広める一つの催しとして定着してきました。

ことしはまた、なんと十六歳の、しかも地元白浜町の娘さんお二人が出場してくれ、大いに盛り上げてくれました。お二人とも大変に美しい娘さんで、しかも地元ということもあって審査員が相談しまして、特別賞を贈呈することとしました」

ミスに入選した二人と並んで、洋子と敏美も壇上に立っていた。ミスに選ばれた二人が一言ずつお礼のあいさつをした。簡単なあいさつだった。突然、司会の女性が、特別賞のお二人にも感想を話していただこうとマイクを二人に差し出した。あまりの突然のことで、洋子は隣の敏美を見た。敏美は、わたしムリ、わたしムリとうつ向いてぶつぶつ言っているだけで顔も上げない。仕方ないので洋子はマイクを握った。

「なにを言ったらいいんか、急にマイク持たされて……」。どっと笑いが起きた。

「ほんまのこと言うと、隣にいてる敏美ちゃんが出ようって誘いにきたんです」。また笑いが起きた。

「ミスはまゆうはうちら二人のもんやてっていう敏美

ちゃんの言葉にのって、応募しました」。ここでまた大きな笑いと拍手と歓声が上がった。

「ミスには選ばれませんでしたが、特別賞をもらえて嬉しいです。ありがとうございました」

洋子のあいさつが面白かったと、数日間、温泉街のそこここで話題にのぼった。耕治もジュヴィも会場に来ていた。

「いやあ洋ちゃん、ものすごおええ挨拶やったわ。おっちゃん、感心したよ」

と、そんなことを言ってくれた。

特別賞として洋子と敏美にはパレードのために用意してくれた浴衣の他に、金一封として一万円が贈呈された。予期しないプレゼントだった。洋子はアルバイト代として耕治からもらった一万円と合わせ、この夏に二万円というかつてないお金を手にした。


からっとした夏の午後の風が居間を吹き抜けていった。洋子と敏美、それにしのぶとさよの四人が居間でスイカを食べていた。

「そやけどおばちゃん、洋ちゃんは大した度胸やわ。うちびっくりしたわ」

「あんたがな、うちはムリうちはムリって顔もあげんさか、こりゃもう喋るしかないなあって思うたんや。なに言うてええんか分からんさか思いつくままに必死で喋っただけや」

「あんたとこの孫娘は面白いって、わしの耳にも入ってきてるさかなあ、よっぽど面白いこと言うたんやなあ」

と、さよお祖母ちゃんが言った。

「そあなことないて、なに言うてええか分からんかったし、必死でなんか言うてたって感じやった」

「新聞にも名前出たし、二人ともいっぺんに有名になったなあ」

しのぶがそう言った。

夏の午後の乾いた風がときおり部屋を吹き抜けていった。洋子は、北にこの出来事をどう伝えようかと、そんなことを考えていた。


登校日。久しぶりに教室で同級生たちと顔を合わせた。

「洋ちゃん、新聞見たでえ、すっごいなあ」

洋子は矢継ぎ早にミスはまゆうコンテストについての

質問を受けた。いつもは図書館にこもって本ばかり読んでいて話題の中心にはいない洋子だった。その洋子がミスコンテストに出たというだけでも仰天なのに特別賞までもらってスピーチしたと、生徒はもちろん先生たちの間でもこの日一番の話題になった。

「わたしは最初出るつもりなんかまったくなかったんやけどな、幼なじみの友だちが出よう出ようって誘いにきたんやて」

「まあほいでもな、洋ちゃんだったら顔もいいしスタイルもいいし、出てもちっとも不思議と違うわ」

クラスのムードメーカーの女生徒がそう言った。

「みんな美人ばっかりやったん」

別の子が尋ねた。

「いや、そんなことなかったよ。でも、みんな十八歳から上の人らで、大人の女って感じで貫録あったわ。ほんでな、その美人っていう基準だけで選べへんみたいで、なんか白浜の明るいイメージっていうか、はまゆうのイメージが大事なんやって言うてたわ」

洋子はそんなことを言った。

「なあなあ、特別賞ってなにもろたん」

質問がそっちに移った。

「お金。一万円だった。それにパレードで着た浴衣もくれた」

「わあ、ええなあ。うちも来年出てみようかなあ」

「うちも出てみようかなあ」

洋子は同じクラスだけでなく、いろんな人から声をかけられた。

洋子が考えていた以上に、ミスコンテストに出たことが校内に衝撃を与えていた。

午後、洋子は北と二人で高校の裏の救馬谷観音に向けて歩いていた。

「出場した感想は」

自転車を押しながら北が尋ねた。

「一人だったら絶対出てないけど、敏美ちゃんに誘われたから。でも、面白かったわ。あんな風にして大勢のお客さんの前で注目されて、スピーチまでして、なんか歌手とか芸能人の気持ちちょっと分かった気がした。気持ちええもん」

「なるほどなあ、芸能界へ行きますか」

「ははは、そんな気はまったくありません」

「会場の片隅におったの分からんかったやろ」

「ええっ、うそやろ」

北はにこにこしている。

「なあ、うそやろ」

「ほんまやて。あいだけ人でごった返していたら分からんかったやろなあ。あいさつも堂々としてて、おれびっくりしたわ」

「うわあ、恥ずかしいなあ、もうどうしよう」

夏の太陽が道路にそそぎ陽炎が立っている。二人は観音様の裏の木立が茂っているほうに足を向けた。

「でも、おれは洋子はいい経験をしたなあって羨ましいわ」

「そうやろか」

「ああ、なかなかできることと違うもんなあ。敏美ちゃんに感謝せなあかんて思う」

「そやね、敏美ちゃんに感謝やね。あれからあの子もバイトやってるからゆっくり話できてないねん。彼氏ができたみたいで、その話も聞いてみたいし」

日陰では少し風もあって汗が引いてゆく。北は黙ったままだった。少し沈黙がつづいた。北がずっと洋子のほうに向き直っている。洋子も顔を向けると、ゆっくりと顔を近づけた北は唇を洋子の唇に合わせた。洋子にはそれがとても自然な流れのように感じて、じっと動かずに目を閉じていた。やがて北は唇を離した。

「ファーストキス」

洋子は目を閉じたまま、心の中でそうつぶやいた。北の口づけは柔らかく唇が触れあうだけのものだった。書物から多くの知識を得ていた洋子だったが、実際に体験したファーストキスは衝撃的ではあったが、目もくらむような熱いものではなかった。これがキスなのかと、洋子はそんなことを思った。真夏の午後の蝉しぐれが降りそそぐのを聞きながら、それでも洋子は顔中が紅潮するのを感じて顔を上げることができないでいた。

（三十一）

一九六八年に全国の大学で学園紛争が拡大し、七〇年安保闘争の前哨戦《ぜんしょう》戦の様相を呈した。

一九六九年一月に東大安田講堂を占拠していた過激派

の全共闘学生を排除するため機動隊が導入されたが、各大学でも学生による封鎖と機動隊による強行排除が繰り返された。

四月二十八日の沖縄デーでは、沖縄の即時無条件全面返還・安保条約廃棄をスローガンに社会党と共産党の統一行動が実現し、中央集会には十三万人が参加した。

沖縄はベトナム戦争で米軍の重要な役割を担っていたが、本土返還の国民的要求の高まりを背景に、アメリカ政府は一九七二年に沖縄を返還し、沖縄の核兵器も撤去するとの方針を決定した。

政府・自民党は一九六九年、日米安保条約を「相当長期に自動継続すること」を決定した。沖縄返還を実現し、安保条約を自動延長することで七〇年安保改定問題の乗り切りを図った。これに対して、社共、総評ほか二百数十団体は十月二十一日、沖縄返還・安保廃棄と佐藤訪米阻止をスローガンに統一行動を起こした。この統一行動には、中央八万人、全国六百ヶ所で八十六万人が参加し、六〇年安保闘争以来の最大規模の行動となった。

六〇年代後半、世界中でベトナム戦争反対の大衆運動が大きく盛り上がった。アメリカでは、若い世代を中心に泥沼化するベトナムに対する反戦運動が高まったし、フランスでは学生が主導する五月革命が起こった。

この時代は、ベトナムのテト攻勢、ワルシャワ条約機構軍によるチェコスロバキアへの軍事介入などがあり、大きな混乱と激動が世界中を覆っていた。

安保闘争もそうした流れに呼応するかたちで起きた国民の運動であり、国民世論に大きな影響を与えた。

「どうも息がしにくいていうか、最近、胸が変やなあ。病院に行ってみようかなあ」

夜、洋は蚊帳をつりながらしのぶに言った。

布団を敷いていたしのぶは洋に振り返った。

「いつからなん」

「いつからって、はっきりせんけどこのひと月くらいかなあ。深う息を吸い込んだら咳が出るんや」

「結核らやったらえらいことやさか、紀南病院か国立かどっちかに行かなあかんなあ。その前に診療所で診てもらいよしよ」

診療所の南先生は若くて気さくな先生で、地域の住民から人気があった。洋はまず南先生に診てもらってからと思った。

翌日、洋は診療所を訪ねた。南先生は症状を丁寧に聞いてから、聴診器を胸に当ててゆっくりと念入りに音を確かめているようだった。それから次に後ろを向かせて、背中にも聴診器を当ててゆっくりと場所を変えながら音を確かめた。それが済むと、こんどはベッドで横になった洋の胸に手を置いて指でこつこつと叩いたり、お腹のあちこちを触診した。

「はい、もういいですよ。萩原さん、タバコは吸いますか」

「若い頃は吸いました。もう十年以上吸ってません」

「石山は行ってますか」

「石山はずっと行きやんねよ」

「それやなあ。結核とは違いますわ。この辺りの人はみな石山に行ってるから、砕石の細かい粉を吸い込んでいるんですよ。知らず知らずにそれが肺に溜まって肺の機能が弱まっているんだと思います。別に一日二日を争うようなことはないですが、早めに国立病院に行って、レントゲン撮ってみましょうか。いま紹介状を書きますから、行ったときに先生に見せてください」

「大丈夫なんでしょうか」

「レントゲンを見てみないと詳しいことは言えませんね。でもまあ、いますぐどうこうってことはないと思いますが、肺に溜まった石の粉は取れにくいんでなあ。まあ、国立で詳しく診てもらってください」

洋は南先生の話をしのぶにした。

「そいだったら早よ行ったほうがええなあ。わたしも付いて行こか」

「ええよ、付いてこんでも。一人で大丈夫や」

考えてみると、石山に行きはじめたのが十五歳のときだった。戦争で八年ほどの空白があるとはいえ、復員してから農閑期にはずっと石山で仕事をしてきた。あの細かい石の粉が肺のなかに積もり積もっているんかあと、洋は暗い気分で汽車にゆられ田辺市の国立病院へ行った。

「萩原さん、内科の診察室にどうぞ」

と若い看護婦が診察室のドアを開け、半分身をローカに出すようにして案内した。

さっき撮ったレントゲンの結果が出たのだ。

「萩原さん、先に結論から言います」

医師のその言葉に洋は緊張した。

「じん肺です」

初めて聞く病名だった。

「じん肺、ですか」

洋はそうつぶやいた。

「知りませんか。言われる通り砕石のときに出る粉を吸い込まれています。富田のあの周辺には何人も同じ病気の人がいます。みなさん石の粉を吸い込まれるんですね。ただ、萩原さんの場合ですね、萩原さんはタバコを吸われないしね、タバコを吸う人は病気の進行が速いんですよ。萩原さんのじん肺は初期の症状だと思います」

「ああ、助かりました」

「いや、かと言って甘く考えてもらっては困るんですよ。この病気はなかなか治りませんので、これ以上悪くならないように気をつけてもらう必要があります」

「どんなことに気をつければいいんですか」

洋は丁寧に話をしてくれる若い医師に好感をもった。

「萩原さんは農家ですか。そうですか、じゃ、消毒で薬をまくと思いますが、その薬を吸い込まないように気をつけてください。それからですね、風邪などを引かないように健康管理に気をつけてください。風邪を引いてこじらせたりすると病気が進みます。日頃から手を洗ったり、うがいをしたり、そういう基本的なことがすごく大事です」

「はい、分かりました」

「萩原さんの場合はまだ初期です。初期にはあまり症状がないのがこの病気の特徴なんです。症状がないからといって油断しないでください。病気は病気ですからね。ちょっとした薬を出しますから、決められた通り飲んでください」

「なにか聞いておきたいことがありますか」

医師は丁寧な口調で言ってくれた。

「仕事は普通にしていいですか。それと酒は飲んでもいいですか」

「酒は深酒をしない限り飲んでもいいです。石山ではできるだけ粉を通さないような厚いマスクをしてください。田畑の消毒のときにも」

「分かりました。ありがとうございました」

若い医師は半年に一回くらいレントゲンを撮るので病院に来てくださいと言った。

詳しい話を聞き、洋の気分は少し晴れた。大変な病気だったらという不安は消えたが、治る見込みのない病気だということが心に重く残った。

夕方、洋が家に戻ると家族が集まってきた。良介だけがまだ帰っていなかった。

「お医者さんはなんて」

しのぶが洋に尋ねた。

洋は医師が説明した通りのことをみんなに話した。

「それなあ、死んだお父ちゃんからも聞いたことある。石山で肺が悪なった人がおったて話してたわ。だいたいお父ちゃん自身も死ぬ前にな、農作業のあと息苦しいていよう言うてたもんなあ」

と、さよが昔の話をした。

「やっぱりみんな細かな石の粉を吸い込むんやなあ」

しのぶがひとりごとのようにつぶやいた。

「そういうことで、半年に一回はレントゲン撮って、進行具合を確かめるみたいや」

と、洋が言った。

「いろんな大学で学生運動が起きてるけど、みんなどう思う」

担任が、珍しくホームルームでそんな話をはじめた。

「大学に進学しようとしてる人も多いと思うんで、ちょっと議論しとこか」

そう言われてもなあ、などというつぶやきが起きたが挙手をする生徒はいなかった。

「誰も意見ないんか、ないんならないでええんやけどな。遠慮せんとなんでも発言してええよ」

「よう分からんけど、ちょっと思てること言うわ」

と、みんなが注目するなかで席を立ったのは、数学が得意な前田だった。

「学生運動は賛成やなあ。というか、ベトナム戦争に反対するのは当たり前やし、日本の国がアメリカに手を貸してんのは許せんなあ。そやから気持ちはよう分かるなあ」

「なるほど。前田は学生運動に共感してるってことやな。他にはないかあ」

担任がまた促した。

「ぼくは、あんなことしてもなんにもならんと思う。ベトナム戦争には反対やで、そやけど大学を破壊するっていうのは、どうもよう分からん、理解できんなあ。まだ、勉強不足かも知らんけどよお」

「はい、小西君はベトナム戦争は反対やけど、大学を封鎖するやり方には賛成できんと、こういうことやな。はい、他には」

「わたしも小西君とだいたい同じ意見やわ。大学に立てこもって、あんなことしてもなんの意味もないって思う。ほいたらどうするんかって聞かれたら、分からんけど」

「なるほど、西浦さんはやり方はまだ分からんけど、ベトナム戦争には反対せなあかんってことやな。他の女子はどうかなあ」

洋子はなにか言おうと思ったが、考えがまとまっていなかった。

「どんな意見でもええでえ、ほとんど同じ世代の若者がどの大学でもああいう運動をやってるんやからなあ、感想みたいなでもええで」

「まとまってないけど……」

洋子はそう切り出して話した。

「わたしはああいうことをしてる学生が羨ましいです。というか、ああいうことを自由にできる境遇が羨ましいというか。わたしの母親は、女は大学に行かんでもええんと違うかって言うんです。大学に行って勉強するのに男とか女とか関係あるんでしょうか。学生運動より、この問題のほうがいまのわたしのテーマです」

「なるほどなあ、萩原さんの意見はなかなかいいテーマやなあ。女に学問は必要ないのかっていう、これはまた別の日に議論せなあかんことやなあ」

洋子のこの発言は思わぬ反響を呼んだ。クラスの日誌は毎日担当が変わってゆくのだった、その日の日誌の女子の担当者がホームルームでの洋子の発言に共感する内容を書いたのだった。それは山田という女子生徒が書いたものだった。

「萩原さんの、女は大学に行かなくてもいいのかっていう発言にとても共感を覚えた。先生は別の機会に議論しようと言いましたが、ぜひそうしてほしい」

そうすると、次の日のクラス日誌にも意見が書かれていた。

「女に学問はいらないのか、このテーマはとても大事だと思います」

という短い内容だった。

洋子はみんながどんなに考えているのかを知りたかっ

た。洋子がこれまで図書館で読んできた本では、この問題を本格的に取り上げているものはなかった。あるのかも知れなかったが、洋子はまだ出会っていなかったのだ。

担任がどう判断したのか知らないが、これが討論のテーマとされるホームルームがおこなわれた。

「何日か前のホームルームで萩原さんから出された、女は大学に行く必要がないのかっていう問題提起に関わって、何人もの人から同じような意見が日誌に書かれていたので、きょうはこれを討論してみたいと思います。女子だけでなく男子にも関係することやから、なんでもいいから意見を出してほしいと思う」

担任はそう切り出して発言を促した。教室のなかは最初のうちは落ち着きがなく、隣や前後の生徒とざわざわと私語が続いた。

はい、と言って手をあげたのはクラスではよくできる女子生徒だった。

「大学に行かんでもええとか、そういうこともあるけど、わたし、前々から納得できんなあって思ってることがあるんやな。なんかって言うたら、すぐに女のくせにって言われるんが腹立つ。逆に、男子も男のくせにって言われることあると思うんやけど、なんで女のくせにって言われなあかんのか分からん。先生、どう思いますか」

洋子はその発言に同感だった。女のくせにという言われ方は、それこそ数限りなく聞かされて育ってきたように感じるからだ。

「いまの意見に賛成です。わたしもそれよう言われることあるけど、なんか納得できんねけど、言われたらつい黙ってしまうわ」

別の女子が前の発言に同意を表明した。

「どうな、男子からの意見はないか」

担任が男子の発言を求めた。

「はい。ぼくの考えを言おうか」

そう言って、立ち上がったのは両親が教員をしているクラスのなかでもよくできる男子だった。

「男と女にはそれぞれ役割があるように思う。いちばん目に見えてはっきりと分かる役割は、女子は子どもを産むことやと思う。子どもを産んで子どもを育てる、これは女の役割で男にはできんことや。男は子どもを産むことはできんけど、奥さんや子どもを養ってゆく役割がある。ぼくは男やし仕事もせんと奥さんや子どもを養わんかったら、男のくせになに怠けてるんやって言われると思う。女のくせに、男のくせにって、そういうことと違うんかなあ」

この発言には、なるほどなあっていう私語が聞こえてきた。

「いまのはおかしいと思う」

そうはっきり言って席を立ったのは、洋子とはほとんど話をしたことがない、野球部に入っている活発な生徒で、男前で女の子には人気がある男子だった。

「いまの健ちゃんの男の役割、女の役割っていう話やけどな、それは役割と違うわ、性質やわ。生物学的な性質。数学の先生の役割は数学を教えることやし、音楽の先生の役割は音楽を教えること、これは男でも女でも関係ない。だいたい、ちょっと考えたら分かると思うけど、お母さんが亡くなったりして父親だけで子どもを育ててる人らいくらでもおるし、逆に母親だけで子どもを育ててる人もおるよ。そやから、女のくせに、男のくせにっていう話は、もっと別のところに問題があると思う」

この話はなかなか説得力があって、何人かの女子が拍手をした。

「はい、自分が言い出したことなんで、あれからまた考えてみたんです。わたしが聞きたかったのは、女は大学に行く必要がないっていう、このことやったんです。わたしは前に、ある人に、人はなんで生きてゆくのかって、そのわけを知りたかったから尋ねました。その人は、それは人類の永遠の問いやなあって言うて、一人ひとりが見つけることやって言われたん。自分なりにいろいろ勉強したりしてるけど、そやし、大学に行ってもっともっと勉強したいんやけど、母が女は大学ら行かんでもええって。これって、女はものを考えんでもええってことやと思うんです。言い換えたら、ものを考えるんは男の仕事やって言うてるんやと思うんです。先生、どう思いますか」

洋子のこの発言で、教室に少し緊張した空気が流れた。

「おお、先生に振ってきたか」

担任はそう言って、しばし間をおいて話し出した。

「そうやなあ、まず、萩原がそんなことを勉強していたとは知らなんだなあ。でもな、ひとつ思うんは、萩原のお母さんは女は物を考えんでもええとは言ってないと思う。それから、勉強は大学に行かなんだらできんのかっていうと、そんなことはない。だいたい大学生がみんな勉強をしっかりしてたら、世の中もっとよくなってる。って、これはまあともかくとして」

そこでみんなが笑った。

「勉強は、やろうと思えばどこでもできる。それと、もう一つは経済的な理由もある。実際、大学に行くには大きなお金が必要やからな。そういうこと全体として萩原のお母さんは言ってると思うんやけどな。そうは思うんやけど、女には学問は要らんっていう考え方がいまの世の中には確かにあるよな。そういう考え方がなんで世の中にあるのか、そこを掘り下げてみる必要があるんやないかなあ」

この担任のまとめに大方の生徒がうなずいた。

「男尊女卑の世の中やからなあ」

いつもおちょけてばかりの男子が座ったままで放言した。

「おお、いま男尊女卑って言葉が出たなあ。ちょっと問題の解決に踏み込んだんと違うやろか」

担任がそんなことを言った。

「男尊女卑って、その話、もうちょっと続けてくれよ」

それを言い放った男子がしぶしぶ立った。

「いやあ、ちゃんとは喋られへんけどな、世の中は男尊女卑ばっかりやろ。生まれたときからそうと違うか。生まれたややこが女より男のほうがみな喜ぶやん。男の子かあ、でかしたぞとか言うやん。最初から男が優先やろ。学校に来ても名前は男からやろ。それが当たり前になってるやん。なんで男が先なんよ、だあれも説明してくれへんわだ。萩原が女は大学に行かんでええって言われたってことやけど、それが当たり前の世の中になってるもんなあ。仕事してもよお、女は男より給料安いやん。この男がなんでも優先ってこと、これでええんかって話やと思うで」

日頃アホなことばっかり言うているこの男子の発言を、洋子は驚きと共感の思いで聞いた。

「いまの意見は、世の中は男中心に回っているけど、ほんまにそれでいいのかっていう、非常に深い話やと先生は思ったけど、みなどうかなあ」

担任はさらに意見を求めた。

「うちはいまの山本君の意見に大賛成やわ」

陸上が得意で、放課後にはいつも走って練習している女子が言った。

「この間、お姉ちゃんが男の子の赤ちゃん産んだんやけど、山本君の言う通りやったわ。みんな男や男やって喜んでた。うちはほんまにむかついたわ。女だったらアカンのかって。これってなあ、世界中どこでもそうなんやろか。うちはこれは差別やと思うねんな。なんでこんなに女が軽視されてるんか、そこの理由は分からんけど、なんとかせんかったらアカンって思うわ」

「男女差別やと、これはなんとかせな、つまりこの差別をなくさんとあかんという意見やな」

担任がまとめた。

「先生、教えてほしいんやけど」

と言いながら立ち上がったのは、クラスで一番成績のいい男子だった。

「大学紛争で講堂とか占拠してやってる人たちは、こういう社会を粉砕せなあかんって叫んでると思うんやけど、気持ちはよう分かるんやけど、あんなことして解決するって思えんね。機動隊が出てきてやられたらひとたまりもないやん。でも、主張してることはええこと言うてると思う。他にどういうやり方があるんかって聞かれたら、それは僕も分からんね。先生、分かってたら教えてほしい……」

「学生運動の話も出てきたなあ。先生も、正直に言うたら正解は持ってません。今日は色んな意見が出て、考えなあかんことも提起されたように思うなあ。答はまだ出てないけど、また時間とって議論したいと思います」

ホームルームでこんな議論をしたと、洋子は放課後の図書館で北に言った。

「ふうん、面白いことしてるなあ。そんな話し合いをしてるクラスはあんまりないで。洋子の担任はなかなかええやん」

北はそんな感想を言った。

「で、洋子はどうなん、なんか考えが深まったん」

そう言われて、どなんやろうと洋子は考えた。

「ううん、みんな似たようなことを考えているってことは分かったんやけど、どうしたらいいかってことが見えてこんね。北さん、なんかアドバイスある」

「アドバイスなあ……アドバイスにはならんけどな、その問題は洋子が突きつめて研究っていったら大袈裟やけど、考えてみるとええと思う。男尊女卑の考え方は世の中にしみついてるやろ。なんでそうなってるんかとか、どうしたら男女平等になるんかって、おれも考えてみるけど、洋子のこれからの大きなテーマやなあ」

「北さんも男尊女卑の考え方持ってるん」

「ええっ、俺かあ……、ないって言うたらウソになるなあ。生まれてからずっとそういう環境で育ってきてるんやもん、そんなん持ってないって言う奴がいたら、それはウソやな」

「そうなんやろか、なっとうしたらええんかなあ」

洋子の声はつぶやくように小さかった。


洋子と北均との交換ノートは続いていた。はじまった頃のように毎日ではなかったが、それでも週に二、三回はお互いに思いを書いて交換していた。

部屋の机でノートを開いて考えていたとき、外で物音がした。父だった。

「洋子、ちょっと話があるんや」

父がそんな風にして洋子の部屋に来るのは珍しいことだった。


「洋子、お前。大学に行きたいんか」

「ああ、その話。行きたいわ」

「短大と違うて普通の大学にか」

「うん、四年生の大学の文学部に行きたい」

父は本棚に並んである洋子の本を眺めながら、ようけあるなあとつぶやいた。

「おカネないん」

「ううん、カネかあ。あるとは言えんなあ。お前も知ってる通り、うちは田んぼや畑はようけあるけど、現金の収入はそんなにないからな。わしが石山で稼ぐカネとあとは農業での収入しかない。良介は男やし、大学は出してやりたいからその分のカネは用意してるけど、お前も大学に行きたいとなるとなあ、いまのところ当てがないんや」

「……」

「勘違いするなよ、大学を諦めえって言うてるんと違うんや。こいからの世の中は女でも学問をせなあかん。お前が大学に行きたいって言うんだったら、わしは行かせてやりたいって思うてる。しのぶからは聞いてたけど、いっぺんお前から直に考えを聞いておきたかったんや」

「お母ちゃんは、女は大学に行かんでもええって言うたわ」

父は笑った。

「それは、お前の考えを否定してるんと違うと思うで。余裕があったら行かせてやりたって、それは親心やからなあ。うちの事情を考えてそう言うたんやろう」

「そうやろか。本心みたいに聞こえたわ」

父はまた笑った。

「ついでやから聞くけど、文学って、大学でなにを勉強したいんや」

突然のことで、どう言えばいいか洋子は答えに戸惑った。

「なにって、いろいろやわ。一口ではなかなか言われへんわ」

そうか、と言って父はしばらく黙っていたが、やがてまた尋ねた。

「お前、源氏物語を読んだことあるか」

「ええっ、源氏物語。読みたいけど、まだ読んだことないよ。急になんでえ」

「いや、なかったらええんや」

父がなにを思ってそんなことをいきなり尋ねたのか、洋子には分からなかった。

(三十二)

学校からの帰り道、駅前で洋子はどうしてもほしかったビートルズのレコードを買った。ラジオからは毎日のように新たにデビューした歌手やグループの曲が紹介されていた。

当時、日本でのレコード生産枚数はアメリカに次いで世界第二位で、一億枚を優に超えていた。そのうちの八割近くが歌謡曲だった。高度経済成長の時代はテレビの進化とも相まって、こうした大衆芸能をも大きく発展させた。

歌謡曲の流行が多くの歌手を生み出した一方で、若い世代にはアメリカから入ってきたフォークソングが広がった。マイク真木が『バラが咲いた』を出し爆発的な人気が起きた。また、高石友也や岡林信康、吉田拓郎などが若者の心情を歌って人気を博した。さらに、ベトナム戦争に反対する運動が国際的に広がり、反戦を歌うグループなども名をあげた。

洋子は歌謡曲やフォークソングも聴いたが、一番好きなのはビートルズの旋律だった。だからといって、それにのめり込むほどの入れ込みはしなかったが、ほとんどの曲をLPレコードでチェックしていた。洋子は四人のメンバーのなかでもジョージ・ハリソンが好きだった。ポールやジョンよりもジョージの顔が好みだったのだ。ジョージは耕治のおっちゃんにどことなく似ていた。洋子はそれを北にも話した。北はそれを聞いて、なるほどと言って笑った。


校内マラソン大会は男子は十キロ、女子は五キロで、富田川の左岸から右岸を回るコースだった。一年生のとき、洋子は大会前日から風邪をこじらせて学校を休んだ。大好きなマラソンに出られなかった洋子は、来年こそはと思ったのだった。

男子も女子も、A組とB組とに分かれて時間差をつけてスタートした。洋子は女子B組に出場した。体育用の短パンをはいた身長百六十四センチの洋子はひときわ目立った。男子も女子も洋子のスタイルの良さに釘づけになった。

同じ中学校から来た生徒たちは洋子の長距離の実力を知っていたが、ほとんどの生徒はそうではなかった。わたしの健脚を見せつけてやるわと、洋子は勇んでいた。

洋子はスタートから先頭を走っていた。スタートから一キロほどは三年生の陸上部の女子の数人が洋子と先頭集団をつくっていたが、一キロを過ぎた辺りからは誰一人洋子のスピードについてくる者がなかった。二キロを過ぎると、遅い男子たちが視界に入ってきて、やがて男子たちを抜くことになった。これは洋子にとって気分のいい経験だった。

富田川の清流を見ながら洋子はひた走った。山歩きで鍛えた洋子の健脚は見事だった。走るそのスピード、走るその姿、洋子は全校生徒に強烈な印象を与えた。洋子のタイムは校内新記録をマークして、しばらくの間、教師もふくめ校内ではこの話でもちきりだった。

「いやあ、あの記録だったらおれが挑戦しても絶対に負けるわ」

北が自転車を押しながら言った。

「わたしの実力がやっと分かったかあ」

「速いって言うてたから、まあそこそこは走るんやろうと思うてたけど、三年の女子もついてこれんかったもんなあ。この高校はじまって以来のタイムってすっごいわ」

北にそう褒められて洋子は悪い気がしなかった。

陸上部を担当している教師は、ぜひ陸上部に入ってほしいと直々に誘いにやってきた。洋子がその気はありませんと断ると、じゃクラブ活動には参加しなくてもいいから、大会だけでも出てくれないかと説得された。洋子は考えてみますと言っておいた。

「県大会に出ても優勝できるって、先生言うてたわ」

「それだけすごいタイムってことやろなあ」

「そうみたい。でもな、正直、あんまり興味がないねん。走るのは昔から大好きやけど、大会にまで出てやろうとは思わんね」

結局、洋子は出場しないまま二年生を終えた。陸上部の先生は、来年は大会に出てほしいと再度頼みにきた。

北は東京の大学に合格し、三月の末に上京する予定になった。

洋子は初めて北の自宅に行った。自宅は田辺市新庄町で、父親は会社の役員とかで大きな家だった。

「うわさ通りで、すごく素敵なお嬢さんやねえ」

家には北の母親とお姉さんがいて、そんな言葉で迎えてくれた。

ほんのしばらく北の部屋でお茶を飲んでいたが、海岸にでも行こうかと北が言うので、数分歩いて近くの海辺に行った。

天気はよかったが、風はまだ冬のままで少し寒かった。二人は陽だまりを見つけて腰を降ろした。いつの間にかお互いの手を取り合っていた。

「もう逢えんようになるなあ」

北はしみじみとそんなことを言った。

「春の大型連休には帰ってくるん」

「そうしたいけどなあ、大学に入ってから色んなことがあるやろからなあ、まだ確定的なことは言えんわ」

「わたしら、どうなるんやろ」

洋子は気になっていたことを口にした。

「おれと洋子はずっと恋人同士やで」

北はそう即答した。

「そうならええんやけど」

「一年間の辛抱や、洋子が大学に来るまでのな」

「そあにうまいことといったらええんやけどなあ」

「やっぱり早稲田にするんか」

「うん、早稲田を受けてみる」

というか、受けたいと思っていたのだ。まだ父にはなんにも言ってなかった。東京の私大に行くとなると、かかる費用も半端なものではない。果たして赦してくれるかどうか、洋子はそれが気がかりで仕方なかった。

「洋子はすごいわ。おれなんか早稲田は絶対ムリやったもんなあ」

「落ちたら働こうかと思ってるんや」

「浪人せんとか」

「うん、家でぶらぶらするわけにいかんし、大阪の姉ちゃんにでも相談に乗ってもらおうかって考えてんね」

東京の大学に行って北と暮らせたらなあと、そんな淡い思いもないではなかったが、それはあまりに現実味がなかった。

「だから、あと一年の辛抱やって、そう簡単ではないってこと分かっててほしいねん」

「うん、おれもそれほど簡単には考えてないけどな」

「なあ、あそこの岬の端っこまで行ってみたいわ」

「ええけど、寒ないか。風あるで」

「ううん、気持ちいいわ」

岬の先端までは一キロほどだ。二人はゆっくりと歩いた。

「北さん、大学出たら先生になるん」

「はっきりと決めたわけやないけど、それもありかなあって思う。まだこれって決めたわけやないけどな」

「先生かあ……」

「洋子はどう、なんかあるん」

少し先に立って歩いてから、洋子は振り返って言った。

「わたしなあ、マルクス主義を勉強してみたいんや」

「マルクス主義っ」

北さんは驚いた声をあげた。

「驚いたん」

「うん、びっくりしたよ」

「お兄ちゃんの部屋に入ったら、その関係の本が置いてあったん。ちょっとだけ読んでみたんやけど、なんか面白そうやった」

「そうなんかあ、洋子、大学に行ったら学生運動に走ってゆきそうやなあ」

「そんなん分からんけど、人の意識とはなにかとか、なんか面白そうやった」

「お兄さんはそんなん勉強してるんやろか」

「分からん、こんど帰ってきたら聞いてみるわ」

洋子は、京都の大学に行ったまま、あまり帰ってこない兄のことをちらっと思った。

「勉強したいこといっぱいあるわ」

そう言って、洋子は北の手をとって歩いた。


北は東京へ旅立った。いつもそばに北がいるのが当たり前だった。心に思うことがあればノートに書いたり、話せることはいつも話した。手をつないだり、抱き合ってキスをすることも何度もあった。でもそれ以上には進まなかった。男の人は好きな女の体を求めるものと思っていたが、北がなぜ体を求めてこないのか、洋子には分からなかった。が、洋子はそれを北に尋ねようとは考えなかった。いまはこれでいいと、洋子はそう思っていた。


しかし、北がいない毎日は寂しく切なかった。洋子はその寂しさを読書とランニングで紛らわした。陸上部の先生に言われていた高校生陸上の県大会に、洋子は出場しますと返事をした。

受験勉強とランニングとで日々が過ぎていった。洋子に交際を申し込んでくる人もいたが、洋子はそのたびに丁寧に断りを言った。

夏休みに帰ってきた良介のバッグには、マルクスやヘーゲルの本が数冊あったし、『祖国と学問のために』という新聞もあった。

「兄、学生運動やってるん」

「しっ、大きな声で言うな。知られたら心配するからな」

「ちゅうことはやってるんや」

「ええか洋子、その類の話はするな。親に知られては困るんや。分かったな、絶対そんな話はするなよ」

良介は小さな声で言った。

「わたしもマルクス勉強したい」

「ええっ、アホ言うな。やめとけ。お前には向いてないわ。分かったな、近づくなよ」

兄妹とはいえ、洋子はこれまで良介と深い内心の話などしたことがない。歳の離れた節乃や和一とはなおさらだ。ただ、節乃は同性ということもあり、会えば男兄弟よりは親しく話をする。四人の兄弟もいまはもう家にいるのは洋子一人だけでになっていた。しばらくぶりに会ったこともあり、この日、洋子と良介は少し話し込んだ。

「なあ兄、大学に行ったらみんな学生運動に参加するん」

ギターを触っていた良介は、洋子のほうを見てはいない。

「そんなことはないわ。やってないほうが多いんと違うかなあ」

「それはなんで」

洋子はまた質問した。

「なんでてかあ……そうやなあ、ノンポリがなんで多いかっていうと、ものを政治的に考えない人間が多いってことやろなあ」

「政治的にものを考えない人間って、どういうことなん」

「学生運動に限れへんと思うけどな、なにか政治的な行動をする連中は、世の中の矛盾を解決しようと思ってやってるわけやけど、そういう矛盾を感じてない、だから運動する必要性を感じてない、まあ、そういうことと違うか」

洋子は北のことを考えた。

「たとえばお前の彼氏なあ」

「北さん」

「うん、北君。彼なんかはノンポリやろ。まだ大学に入ったばっかりでこれからのことは知らんけどな、あんまり運動の必要性を感じてないんと違うか」

洋子は良介の言う通りだと思った。

「うん、そあなんこと言うてた」

「そやろ、ノンポリの典型やなあ」

「それって、ノンポリってアホってことなん」

「あはは、彼氏やのにはっきり言うなあ。まだ付き合ってるんやろ」

「うん、わたしも早稲田に受かって東京に来いって言うてる」

「早稲田って、洋子、自信あるんか」

「ないよ。ないけど、チャレンジしてみる」

「お前も大胆やなあ。まあ、昔からなにかにつけて大胆やけどなあ。そやけど、早稲田とはなあ、なかなか難しいぞ」

「うん、分かってる。それよりなあ、マルクス主義ってどんな勉強したらええん」

「どんなって。そらまあ一番は『資本論』やろけど、それはまだ洋子にはムリやから、なんか入門書みたいなのでええやろ。そやけど、どっちにせえ。大学に入ってからの話やろが。受験生がほかのことやってる時間なんかないぞ」

「そやろか」

「当たり前やないか。マルクス主義って、そんなん先の話や」

良介は高校時代の友人に会ったり、藤島に泳ぎに行ったりしていたが、バイトや学習会があるとかで一週間ほどで京都に戻っていった。

大学受験までは一年を切っている。洋子は、この先はいままでのようにのんびりはしておられないなと腹をくくった。

北からは月に二、三回のペースで手紙が来た。東京での生活のことや、何人か友だちができたこと、あちこちに出かけて遊んだことなどに交じって、大学内での学生運動の様子なども書かれていたが、自分は参加しないことなどが書かれていた。

庭の涼み台に寝ころび、うちわを持って洋子は夜の空を見上げていた。天の川やいくつもの流れ星を眺めていると、受験勉強に明け暮れしている自分がちっぽけな存在だと思い知らされる。

「洋子、ええ加減、部屋に入りよし」

母の声が家のなかから聞こえてきた。

目を転じると、谷から流れる水路の辺りにたくさんの蛍が飛び交っている。洋子は小さな光がゆれる軌道をしばらく眺めていた。子どもの頃、この蛍をうちわでそっと落とし、それを笹の葉と水を入れた小さな瓶のなかに入れ、蚊帳のなかに持っていって布団の横において眠りについたものだった。初夏になると、そんなことを毎日のようにしていたなと思い笑みがふっと浮かんできた。

洋子は、これからどうなってゆくんだろうと、自分の将来に思いを馳せた。が、それは漠としていてなにも思い浮かべられなかった。人はなんのために生きるのか……大学に行って勉強すれば、それは見えてくるのだろうか。洋子は、この疑問を耕治にぶつけて以来、誰とも話し込んだことはなかった。北にもそれらしいことを言ってはみたが、議論は進まなかった。耕治が言うように、それは自分自身が考え答えを見つける以外にないのだろうか。

「洋子、涼しいやろ」

父の声だった。地域の寄り合いから戻ったのだ。

「うん、流れ星見てたら飽きへんわ」

「流れ星なあ……、シベリアで見た流れ星はなあ、この辺とは違うスケールでなあ、それはすごいで」

父はふいにそんなことを言った。洋子は思わず上半身を起こした。

「へえー、あの広大な大地の夜空ってすごいやろうなあ。でも、ほんまによう生きて帰ってこれたんやなあ。まあ、そやから兄もわたしも生まれたんやし」

「中国とシベリアと合わせて八年ほど向こうにおったことになるけどな、あそこでの出来事は一生忘れられんなあ」

「なあお父ちゃん、それって書いて残しとくわけにいかんの。詳しい話、知りたいわ」

「そやなあ、そのうちにまた話したるわ」

そう言って、父は家のなかに入った。

洋子はまた涼み台に寝そべった。父は確か十八歳で戦争に行ったはずだ。それから八年間も中国とシベリアで過ごしたのだ。どんな生活だったんだろうか。戦争という極限のなかでの生活、洋子には予想もできないものだった。

流れ星がいくつもいくつも飛んでは消えてゆく。洋子は飽きもせずに天の川の星々を眺めていた。

夏休みになり北が帰省した。大阪で買ったというビキニの水着を洋子にプレゼントしてくれた。洋子は早速それを着て、二人で藤島の入り江で泳いだ。遠浅の白い浜辺には誰もいなくて、プライベートビーチやなあと北は言った。

「こあな浜があるって知らなんだなあ」

藤島には表と裏と二つの浜があったが、洋子は小さなときから人の少ない裏のほうで泳いでいた。

「ここはほぼ地元の人しか来いへんもんなあ。観光客はみな白良浜とか臨海の浜とかやもん」

「遠浅やし水もきれいやし、ええとこやなあ」

北は気に入ったみたいだった。

「どう、そのビキニ」

波打ちぎわに座って、打ち寄せる水に下半身を浸していた洋子に北が尋ねた。

「ぴったり。見て、ぷりぷりやろ」

洋子は立ち上がって、ヒップを北のほうに向けた。

「うん、すごくいい。洋子の体形はツイッギーよりずっといい」

「やろやろ、あんな人と比べんといてよ」

と言って、洋子は笑った。

二人は首まで浸かる深さまで行き、首から上を水から出して時間を忘れて抱き合っていた。

「来年も一緒にここに来れるやろうか」

「洋子が受験にパスして大学生になってたら、夏休みやから来れるやろ」

北はそう言った。

「落ちてたらどうなるやろ」

「ほんまや、洋子、大学落ちたらどうするんや」

「落ちることら考えてないなあ。落ちたらどうしよ」

「呑気やなあ、ちゃんと考えなあかんで」

真夏の太陽が降りそそぐ海辺で、二人は久しぶりに自分たちだけの時間を過ごした。


中間試験と期末試験の結果はよかった。洋子は少し成績が上がったのを実感した。集中して受験勉強をしている効果が出た。

陸上の県大会では五千メートルに出た。夏休みが終わった頃から、勉強の合間をみて県大会に備えて短距離を走って体を馴染ませてきていたが、大会の二週間ほど前から本格的に五キロを走り込んだ。結果は洋子の予想通りだった。洋子のタイムは大会新記録で一位だった。校内で洋子の人気はまた高くなった。が、浮かれているわけにはいかなかった。受験が日一日と迫ってくる。

高校三年の冬はあっという間にやってきた。洋子は早稲田大学に加えすべり止めに大阪のある大学を受験した。しかし、結果はどちらも不合格だった。ある程度、落ちるのを予想はしていたとはいえ、それでも洋子にはショックだった。勉強したいという意欲がこんなにあるのに、なんで受験などという制度があるのかと思ったりした。

洋子は、大阪に出て働きながら進学の準備をすること、節乃に話して、適当な働き口がないかどうか相談してみると両親に告げた。

（三十二）

一九七二年の春、洋子は京阪電車が近くを走るとある街の安アパートを借りて、そこからアルバイト先の書店に通いはじめた。なにもかも姉の節乃の計らいだった。書店は節乃の友だちがご主人と二人でやっていて、妹だからということで雇ってくれたのだった。安アパートもその節乃の友だちが書店の比較的近くで探してくれたのである。

洋子のアパートは京阪電車の最寄り駅から徒歩で五分ほどで、小さな坂を上ったところにあった。駅前には商店街があり、書店は商店街のすぐ近くの通りにあった。仕事は朝の九時から夕方の五時までと決まっていたが、受験のために夜の予備校に通うのならと四時半に終わってもいいからと、店のご夫婦が言ってくれた。

仕事はそれほど難しいものではなかった。レジ係、新刊書の整理、近くの固定読者宅への週刊誌などの配達などで、洋子は数週間で仕事に慣れた。

休日、洋子は姉の家を訪ねた。京橋駅まで行き、そこで片町線に乗り換えるとすぐだった。姉は、自宅で洋裁の仕事をしていた。

「みっちゃんがさあ、あんたが店に来てくれてから、近所の若い男の子が出入りするようになったたて、電話で言うてたわ」

「看板娘になったたってことやな」

「美人や美人やって。あんたとちっとも似てないいって言われたわ」

「あはは……みっちゃんって、友だちになって長いん」

「長いってなあ、料理学校で一緒になって、それで意気投合してからやからなあ。みっちゃん、出身は三重県の南牟婁郡やから新宮のことはけっこう知ってるで」

「うん、それは言うてた。高校のときはよう遊びに出かけたって」

「姉ちゃん、ほんまにええとこ紹介してくれたわ」

「洋子、あんたなあ、予備校どうするんな。お母ちゃん、心配してたわ」

「うん、落ち着いたら考えようって思ってたんやけど、受験勉強は自分でもできるからなあ。どうしても行かなあかんってことないもん」

「そうか。ならええんやけどな、目が届かんから、あんたがちゃんと面倒見たってて言われてるんや」

「それはそれは、ありがとうございます。それにしても、田舎の家も三人になって寂しなったやろなあ。子どもたちがみいんな出ていってしもうてから」

「ほんまや、和一はもう東京の人になってしもうたし、良介も卒業までまだ間があるしなあ。あんたは女やから結婚したらもう戻らんもんなあ」

「大きい兄が戻らんかったら、小さい兄ちゃんが萩原家を継ぐんやろか」

「まあそうなるんやろうけど、本人がどう思てるんか。あの子、ちょくちょく来るんや。ご飯食べさせてとか、小遣いくれへんかとか言うてな」

「へえ、そうなん。知らんかったなあ。姉ちゃんから言うたってよ、田舎に帰って農業を継ぎなさいって。でなかったら、萩原家はゆくゆく解散せなあかんやん」

「解散って、あんた、ははは」

頼りになる姉だと、洋子は思った。高校には行かず就職で大阪に出た姉は、女一人で生きて、伴侶を見つけて、裕福ではないにせよ堂々と生きているように見える。洋子にはそんな姉の姿が眩しかった。

姉は戦前の生まれで、洋子とはひと世代も違う。父が復員するのが遅かったせいで、終戦後の萩原家は貧しかったといつか母から聞いた。姉はそれも分かっていたから高校を断念したらしい。中学を出てすぐに大阪に就職した。姉は青春をどう過ごしてきたのか、そんな話を姉と一度もしたことがなかった。

「洋ちゃんのお姉さんはええ人やで。子どものときから苦労してるし、人の気持ちの分かる人でなあ、うちはいっつも教えられてばっかりやねん」

と、書店のみっちゃんは姉をそういう風に言う。

書店での仕事で一番面白いことは、新しい本が次々に来るし、読んでみたい本がたくさん並んでいることだった。洋子の読書癖はいまでも衰えていない。受験勉強をする時間と読書の時間をくらべると圧倒的に読書時間のほうが長かった。洋子は北への手紙に気に入った本のことをいつも書き送っていた。

田辺に帰省するついでに、洋子のアパートに寄りたいと北から電話が入った。一晩泊まってから田辺に帰ると言う。洋子は、いつかこういう日が来ると思っていた。北はこれまで洋子に唇を合わせることは度々あったが、体を抱こうとはしなかった。洋子は内心ちょっと思足りないと思ったが、自分から要求はしなかった。

久しぶりの北は大人になっていた。高校時代は学生服の姿を見慣れていたので、流行りの服を着た北は大人の香りがした。

「わあ、やっぱ高校生とは違うなあ」

開口一番、北は洋子を見てそう言った。

「そのミニスカート、よく似合ってるなあ」

「やろう、値段は高くないけど、着る人が着たらや高級に見えるやろ」

そう言って洋子は北の手を握った。

日曜日の午後の京橋駅は人であふれ返っていた。

「どっか茶店に入ろうか」

京阪モールのなかにある茶店は若いカップルなどで混雑していた。

「どう、勉強は進んでる」

北は時候の挨拶でもするかのような口ぶりで尋ねた。

「ぼちぼち」

「本ばっかり読んでるんやろ」

「当たりい」

「どうするん、また早稲田を受けるん」

「どうしようかなあ、まだ決めてないんや」

注文したコーヒーとレスカがテーブルに来た。

「なあ、わたしは文学を勉強したいんやけど、どう思う」

「哲学と文学をやりたいんやろ」

「まあ、そうなんやけどね。北さん、東京での学生生活はどうなん」

「そうやなあ、これといって変わったことがないなあ」

「面白いの」

「面白いかって聞かれたら、面白いといえば面白いし、そうでないといえばそうでないしなあ」

「なんや、よう分からんなあ」

「いやな洋子、大学ってさあ、ただ通ってるだけではアカンわ。当たり前なんやけど、最近それが分かってきたんや」

「どういうことなん」

「教師になろうって思ってたんやけど、最近どうもそれがよう分からんね。なんのために教師になろうとしてるんか、そこらへんがさあ、なんか曖昧になってるんやなあ」

　愚痴なんかあまりこぼしたことがない人なのにと、洋子はコーヒーを飲みタバコをふかしている北を見た。無精ひげがかすかに男の色気を出している。

「最近さあ、全共闘系の連中と話す機会があってな、あいつらの考えを聞いてたらな、とにかく革命なんやな。革命を起こさなあかんってわけや」

「革命かあ」

「うん、革命闘争を発展させることが重要って」

「言うてる意味がよう分からんねけど」

「そうやろなあ、ごめんごめん、話題を変えよう」

　革命の話はそれっきりになってしまったが、北が色んなことで悩んでいそうなのは分かった。

「夕ご飯どうする、どっかで美味しいもん食べる」

「いや、なんか買ってさあ、アパートで作って食べようや」

　北はそう言って、すき焼きでもしようと言った。東京で身についたんだろう、北は語尾に、さあ、をつけるようになっていた。

「かんぱーい」

　そう言いながら二人はビールグラスを鳴らした。四畳半の部屋だった。高校時代には考えられなかったことが起きようとしている。二人で夜を共にするなど、出会ってから一度もなかった。洋子の胸の鼓動は音を立てているようだった。

「こんな夜、初めてやなあ」

　北は嬉しそうにそう言った。

「ほんまに。なんか大人になった気分」

　今晩、二人に起きるであろうことを洋子は十分自覚していた。北とのセックスを、洋子はこれまでなんども想像はした。想像はしたが、それは想像に過ぎずどこか他人事のような味気ないものだった。

「さっきの全共闘の話やけど、もうちょっと話してよ」

洋子は、北とのセックス想像を頭からそらそうとした。

「ああ、その話な。詳しく知りたいわけか」

「その学生たちの考えていることを知りたいわ。その革命とかも……」

「要はさあ、いまの日本社会がかかえている矛盾を解決するためには、政治や社会の仕組みを根本的に改革しないとどうにもならないって、あいつらと話してておれが感じたのはそういうことや。根本的な改革、つまり革命を起こさないとどうにもならない、そんなことを言うてたなあ」

「よくゲバをやってるけど、あのゲバも社会を根本的に変えるための行動なん」

「ゲバルトなあ、よくは分からんけど、そういうことと違うんかなあ。最近は内ゲバが多いけどなあ」

「内ゲバって、仲間同士の抗争やろ、なんかなあ、ヤクザの抗争と似てるわ」

「あはは、そう言えばそうやなあ。ただなあ、あいつらの言うてることも分からんわけやないんや。矛盾、多いしな」

「どんな矛盾？」

「例えば、最近の公害問題とか、沖縄の返還とか、ベトナム戦争の問題とか、誰が考えても理不尽なことがいっぱいあるからなあ」

「それって、その矛盾ってことやけど、いつの時代にもあったけど、それなりに克服して進んできてるんと違うん」

「そうやけど、いつの時代も自覚した若者が起ち上がって解決してきたってことも言えるしな」

「ああね、たしかにそれはそうやね」

「そんな風に突きつめていくとさあ、じゃ、なんでお前は行動しないんだって、自分で自分を詰めることになってくるんやなあ、これが。ノンポリのおれとしては、そっから進まんのよ」

北は行動には参加しないだろうと、洋子は感覚的にそんなに思っていた。ビールがまわったのか、二人とも顔が少し赤くなっていた。

洋子は北の口数が減ったのを感じ、そばに来そうだなと思った。やはり北はそばに来て洋子を抱きながらキスをした。

「一緒に夜を過ごすの初めてやなあ」

そんなことをささやきながら、熱いキスを交わした。

翌朝八時過ぎに北はアパートを出ていった。

昨夜、洋子はこの京阪電車の沿線にある小さなアパートの部屋で、生まれて初めて男と肌を重ねた。それは想像していたのとはまるで違った。痛みがあり、出血で布団を汚した。想像していた快感はなかった。

わたしはこれで娘から女になったんだろうか。洋子はふとそんなことを思った。こんなことが、女になるっていうことなんだろうか。違う。なんか違う。洋子は釈然としないものをまた新たにかかえた気がした。

北は夏休みの帰省のときにもアパートに寄った。このときにも一夜泊まってから田辺の実家に戻った。北からは新しい話題はなかった。

どの大学を受験するかを洋子はずっと考えていたが、結局、学費が一番安い立命館大学に的をしぼろうかと考えた。それに、京都なら兄の良介にも逢えると思った。

洋子は立命館大学の資料を集め、入試問題の傾向などを調べはじめた。

九月に入っているとはいえ、まだまだ残暑が続いていた。そんなある日、久しく会っていない敏美から電話があり、京橋に居るからいまから会いに行くとのことだった。幼なじみの敏美、気心の知れた数少ない友だちの一人だが、卒業してからはずっとお互いに音信不通だった。洋子の勤める書店にやってきた敏美は、あの頃の敏美とは別人のようにきれいに化粧し、垢ぬけした都会の女性に変身していた。

「洋子、久しぶりっ」

敏美の態度は昔のままの軽い乗りだった。

「敏美ちゃん、見違えたわ。なにい、無茶苦茶きれいになってるやん」

「すれ違っても分からんてか」

そう言って敏美は笑った。

「たった半年でこんだけ変わるん」

洋子は敏美の顔を覗き込みながら言った。

「五時で上がるんやろ、あとちょっとやからここで立ち読みでもして待つわ」

「うん、もうじきやから待っといて」

と言っているところに、書店の旦那さんが通りかかった。

「友だちなんか」

と洋子に尋ねた。

「田舎の幼なじみで、神戸で働いているんです」

「そうかあ、じゃあ洋ちゃん、もう上がっていいよ。積もる話もあるやろから、今日はもうええで」

「ほんまですか、おおきに。じゃ、遠慮なくそうさせてもらいます」

「なかなかええご主人やなあ」

店を出てから敏美が言った。

「うん、なかなかええご主人やで」

「夕ご飯まではまだ時間あるさか、お茶でもするかあ」

敏美はそう言った。

「ええけど、今日はこれからどんな予定なん」

「うん、ちょっと相談あんね。そやさか泊めてくれる」

「ええけど、なんの相談なん」

「まあ、ゆっくり話すから」

二人が並んで歩くと、道行く男たちが視線を向けるし、なかには声をかけてくる男もいた。タイプの違う二人の美人が、並んで通りを歩く姿は絵になった。

二人は京阪の駅前近くの大きな喫茶店に入った。そこは洋子が休みの日などにときどき来る茶店で、ウエイトレスたちとも顔なじみになっていた。

「あれっ、今日は早いんやねえ。珍しいねえ」

二十代後半のウエイトレスが洋子に言った。

「洋ちゃん、もう馴染みやなあ」

敏美はそう言いながら、適当な席を見つけて座った。

「そいで、話って何なん」

洋子は敏美を催促した。

「あんな、いまから言うから、びっくりしてな」

「分かった。あーあ、びっくりしたっ」

「あはは、実は、結婚します」

「ええっ……」

と、洋子は思わず大きな声を上げてしまった。

「びっくりしたやろ」

「びっくりしたどころの話やないわ。心臓が止まったわ。いったいどうしたん、誰とするんよお」

敏美は神戸にある大きなデパートに就職した。就職してひと月もしないうちに彼氏ができたらしい。その彼氏は職場の上司で、七歳年上の二十五歳とのこと。敏美のお腹には赤ちゃんがいるとのことで、彼氏も希望したし結婚することに決めたのだという。

「そいでもよお、あんたまだ十八やで。そんでええんまだまだ遊びたいんと違うん」

「そうやけど、失敗したから仕方ないわだ。あの人も産んでくれって言うし、結婚しようて言うんやもん。親に言うたら無茶苦茶怒られたけどな、相手が結婚しようって言うんだったらそうしたらええって」

「そうなんかあ、それにしてももう結婚てなあ、敏美ちゃんが同級生で一番乗りやなあ」

「こあなことになるらて、自分でもびっくりやわ。あの白浜きってのべっぴんの敏美ちゃんが結婚とは、これは地元ではセンセーショナルになるなあ」

敏美は笑いながらそんなことを言った。

「ほんまやわ、みんなまだ知らんのやろ、知ったら仰天するでえほんまに」

こんな風にして敏美はお母さんになって、あと何人も子どもを産んで暮らしてゆくのかと、洋子はこの幼なじみをまるで別世界に住む人のように思えてきた。が、洋子はこのとき、自分にも同じことが降りかかってくるなどとは思ってもいなかった。

大阪での夏が足早に過ぎていった。洋子は生まれて初めて蛍を見ない、蛙の合唱が聞こえない、天然うなぎを食べない、天の川を見ない夏を経験した。風が吹き抜けていかない都会のアパートの部屋で、洋子は白浜の夏が懐かしかった。

いつまでも生理がやってこないのが気になっていたが、洋子はある日、もしやと思って産婦人科に足を運んだ。そして、洋子は妊娠の事実を告げられた。

どうしよう、どうしたらいいのかと、洋子の胸は千々に乱れた。なんということか、敏美の身に起きたことが自分にも起きてしまった。避妊はしたつもりだったのに、洋子は夜になるのを待ち、北に電話をした。アパートに一台ある電話に出た北の声は明るかった。だが、洋子が妊娠したことを告げたとき、北はええっといったまま次の言葉を失っていた。

「どうしたん、なんか言ってよ」

「なんかってなあ、あんまり突然なんでさあ、なにを言っていいんか分からんわ」

「そうやろうなあ、わたしもびっくりしたんやからムリないね」

北の口数が少なくなった。少しの沈黙があったあと、口を開いた。

「洋子、おれ、まだ学生やし、育てられへん。洋子は産みたいかも知れへんけど、いまはムリや」

この北の言葉に、こんどは洋子が言葉を失った。

産みたいとか産みたくないとか、洋子の気持ちは、そんなところにはまだ至っていなかった。予期せぬ事態に直面して、ただただどうしていいかが分からなかった。

相談できる人は北しかいなかった。他の誰かに話せることではなかった。だから、北にこの重大事態を共有してもらいたかったのだ。そして、いっしょに考えてもらいたかった。愛する男と肌を重ねればこうした事態が起きるかも知れないことは分かっていた。でも、自分にはそんなことは起きないとばかり思っていた。洋子は自分が女なんだということを痛いほど思い知らされた。敏美の彼は大人で、結婚しようと言ってくれたという。しかし、北の思いのなかにはそんな選択肢はかけらもなかった。

洋子は両親に話そうとは思わなかった。耕治に相談しようかと考えた。でも、それもできなかった。話したところでいい知恵が出てきそうにもなかったからである。

自分の過失だ、そう洋子は考えた。避妊をしたとしても、妊娠してしまうこともある。望まないことだったけど、予期せぬ妊娠は男の人と交際している以上、女には誰にだってあり得ることだ、洋子はそう考えた。でも、北にも半分の責任がある。なのに、北はまともに考えてくれている感じではない。男と女とではこんなにも受け止め方が違うのかと、洋子は愕然としていた。

どんなに思いあぐねても、洋子にはいまの自分に赤ちゃんのいる人生は考えられない。いまは赤ちゃんを産み、育てる余裕はない、洋子のその考えは動かなかった。しかし、中絶となれば、新しい命を奪ってしまう、その罪悪感から逃れることができなかった。セックスに絶対安全なんかないんだと、洋子は思い知らされた。そして、いまの北から適切なアドバイスを貰えないこともはっきりとした。女が男を愛し、生きるとは、これほど葛藤の多いことなのか。手術の費用はおれが出すと北は言ったが、なぜかそれ以外は多くのことを語らなかったし、洋子も話がしにくくなった。この話題を持ち出すと、北は急に口数が減り暗くなった。洋子は、女と男とはこれほどまでに違うのかと思い知らされた。北は手術の日にはいっしょに行くからと言ったが、洋子は一人で行くから大丈夫と断った。

洋子が行った医院の先生は男性で、歳は五十歳になるかどうかで、信頼できそうな人だった。洋子は、人生で初めての手術ですと言った。その先生は、「初めてで不安だと思うけど、心配いらないから。ひと眠りしたら終わっているから」と優しく言ってくれた。その優しい言葉に、張り詰めていた洋子の気持ちが緩んだ。

「先生、わたし、取り返しのつかないひどいことをしようとしています。赤ちゃんの命を奪ってしまうなんて、わたし、どうしたらいいのか分からなくって……」

洋子は溢れる涙をポロポロこぼしながら、うなだれて先生に言った。

先生は洋子の肩に手を置いていった。

「萩原さん、辛い気持ちはよく分かります。でもね、赤ちゃんは君を恨んだりしていないよ。君がそんなに苦しんでいるのを赤ちゃんはちゃんと知っています。そしてね、そんなに苦しまないでって言ってくれているからね」

「ほんとにそうなんでしょうか」

「あのね、赤ちゃんはね、どんな赤ちゃんでもみんな天国にいくんですよ。そして、天国からお母さんのことを見守ってくれるんです」

先生は、相変わらず洋子の肩に手を置いて話をしてくれた。

「赤ちゃんは、君が幸せになってくれることだけを思ってくれています。そうでないと、赤ちゃんも安心できないからね。いつだって、赤ちゃんは天国から君を見ていますよ。だから、君は元気になって、幸せにならないといけません」

先生のゆっくりした話は、洋子の心に沁み込むように入ってきた。

「わたし、幸せになれるんでしょうか」

「君が幸せになることが赤ちゃんのたった一つの願いで

す。それだけを願っています。赤ちゃんは、その勇気を君にくれました。日がたてば、必ずその勇気が君のなかに現れてきます」

「そうでしょうか……」

「赤ちゃんをずっと忘れないであげてください。そうすれば、赤ちゃんはいつも君のそばで君を守ってくれるからね」

そうなんだ、ずっと忘れないでいることが大事なんだ、洋子はそう思った。

「先生、ありがとうございます。ほんとにありがとうございます」

「大丈夫ですよ、萩原さんならきっと勇気を持って生きてゆけます。赤ちゃんがその力を与えてくれるからね」

そう言って、先生は肩から手を離した。

洋子は、この先生の優しい話で随分と気分が楽になった。麻酔を入れますと言われてから、数十秒で眠り、次に目を開いたときにはすべてが終わっていた。不思議な感覚。眠りから覚めたような感覚で少しフラフラしたが、少し横になっていたらば歩けるようになった。手術後の帰りに、洋子は商店街の喫茶店に入った。なぜか食欲があり、ホットケーキとココアを注文した。その晩、洋子はビートルズを聴きながらベッドに入った。そしてすぐに深い眠りに落ち、朝まで一度も目を覚まさなかった。

（三十四）

広小路キャンパスを出て、荒神口を左折すると鴨川がすぐ目の前にある。洋子は橋の上で足を止め、水の流れを見た。遠くに目をやれば四方の山々が小さな犬ころの毛のようにもこもこしていた。

「これが鴨の流れ」、そう洋子は小さくつぶやいた。水面が陽の光を浴びて銀色に光っていた。川岸には柳の木が風に揺れているし、その遥か向こうには比叡山から連続する峰々が街を囲んでいた。かつて高校の図書館で読んだ京の都にいま立っているんだという実感が湧いてくる。

広小路キャンパスとはさほど離れてはいないが、ここに来て鴨川の流れを眺めていると、洋子のこころは少し落ち着きを取り戻してきた。大学の正門付近では様々なクラブやサークルの勧誘でごった返していたし、さらには民青同盟の活動家がハンドマイクでなにやら訴えていた。立命館大学広小路キャンパスはさほど広くない。寺町通りを隔てて京都御所がすぐ隣にあった。洋子は様々なサークルのなかに唯物論研究会を探そうとしたが見当たらなかった。受験に合格すれば本格的にマルクス主義を勉強しようと考えていたので、洋子は真っ先に唯物論研究会に入ろうとしていた。

合格が決まったとき、書店の夫妻が合格祝いだと二万円をくれた。洋子は一年間ほんとにお世話になりましたと、心からのお礼を言った。それからしばらくの間、洋子は西富田の実家に帰った。ほぼ一年ぶりに見る田舎の風景に身を置くと、大阪に出てからの数々の出来事がウソのように思われた。

一年会わない間に、父は痩せていて元気がないように思われた。肺の病気はそれほど進んでないと母が言っていたが、洋子にはそんな風には見えなかった。立ち居振る舞いには変わりはなかったが、どこななくかつての勢いが感じられなかったのだ。

北とはあれから疎遠になったままだった。まったく連絡が途絶えてしまったわけではなかったが、電話がかかってくる回数はうんと減ってしまった。洋子のほうから電話をかけることはなかった。田舎に戻り自分の部屋に落ち着くと、ここで過ごした高校生の頃が蘇ってくる。北との恋に胸をときめかしていた頃の思い出が浮かんできたが、それを思うとなぜか胸が痛くなり涙があふれてきた。

多分、このまま時間が過ぎてもっと疎遠になっていくんだろうと洋子は思った。妊娠を告げ、中絶をして、北は変わった。妊娠を告げると言葉を失った北。自分たちの行為の結果なのに、なぜなにも言ってくれないのか、洋子には北の気持ちが理解できなかった。男っていったいなんだろうと、そんなことを考えたが、考えれば考えるほど迷路に入っていった。

「わあ、洋子さん、垢ぬけしてとっても素敵な女性に変身したねえ」

耕治の旅館に行くと、ロビーにいたジュヴィが洋子を一目見てそう言った。

「洋子さんが来たよお」

とジュヴィは大きな声で奥に向かって言った。

「洋ちゃんが来たてえ」

耕治がなかから小走りでやってきた。

「お久しぶりです」

洋子はあいさつして頭を下げた。

「おおっ、まるでモデルみたいにきれいになったなあ。いまならミスはまゆう、どころかミスユニバースでも優勝するわ」

そう耕治が言った。

「ほんまにそうやわ」

こんどはジュヴィが相槌を打った。

「ほめ過ぎやわ」

洋子は笑いながら言った。

「竹内まりやよりもきれい」

洋子はもう笑うしかなかった。

「洋ちゃん、身長どれくらいあるん」

耕治がそう尋ねた。

「百六十七くらい。この一年でまたちょっと伸びました」

「わたしといっしょやねえ」

ジュヴィが言った。

「旅館はどうですか」

少し広いロビーのソファで三人が話している間にも、崎の湯温泉から戻ってきたお客さんたちが出入りしている。

「うん、いまはシーズン外れてるけど、そいでもけっこうお客さんは入ってる」

「儲かってるんやね」

と洋子が言うと、

「そやな、まあまあやな」

と耕治は言った。

この夫婦には子どもがいない。だからかどうかは分からないが、いつまでも仲がいい。高校時代の夏休みに洋子が旅館でアルバイトをしているとき、洋のお兄さんには四人も子どもがいるんやから、一人うちにほしい、洋子さんうちの子になってくれへんと、ジュヴィは冗談とも本気とも分からなかったが、何度もそんなことを言っていた。それほど洋子はこの夫婦に気に入られていた。

「洋ちゃんなあ、旅館を広げようかと思ってるんや。裏の空き地はもう買ってあるんやけどな、これを新しく壊して新しく建てかえるか、それとも裏に建て増しするか、いま思案してるとこや」

「わあ、すごいなあ」

「洋ちゃん、どう思う、どっちがええと思う」

「新しいのを建てるの、すっごいおカネかかるやろし、それにわたしはこの歴史の匂いのなかにもセンスのあるこの建物が好きやわ。壊してほしくないなあ」

「分かった、そうするわ」

耕治は言い切った。

「いや、おっちゃん、ちょっと待って、単なるわたしの意見を言うただけなんやで」

「ううん、洋ちゃんの意見を聞きたいなあって、この人ずっと言ってたの」

ジュヴィがそんなことを言った。

「そうなんですか」

「うん、おれは洋ちゃんがミスはまゆうに挑戦した頃から洋ちゃんのセンスを信じてるから」

「わあ、すごいなあ、わたし、ここの家の子どもになろうかなあ」

「なって、なって、洋子さん、なってよ」

ジュヴィがはしゃいだ。

洋子は白良浜に降りたり、千畳敷まで歩いたりして、旅館でご飯を食べさせてもらい、耕治の車で家まで送ってもらった。両親には言うなと、耕治は進学祝いだと十万円の入った封筒を洋子に渡した。こんなにたくさん貰えないと洋子が言うと、いいからおれとジュヴィの気持ちやから取っておけ、親には内緒やでと耕治は言った。そして、なにかおカネに困ったときは、おれに連絡してくるんやでと念を押した。


次の日、洋子はジーンズをはきジョンを連れて山に入った。懐かしい林の匂いだった。洋子が帰った日のジョンの興奮は異常で、これほど自分との再会を喜ぶジョンの姿を洋子はかつて見たことがなかった。つないである鉄のクサリが切れるのではないかと思うほどジョンは跳びはねた。あまりの興奮に小便を垂らしながら跳びはねた。洋子は着がえをしてすぐにつないだジョンを放ち、裏の田んぼに連れていきそこで思う存分遊んでやった。五体のすべてを使って再会の喜びを表現するジョンに、洋子もありったけの喜びをジョンに与えたのだった。

洋子は深呼吸をした。林は静寂に包まれている。そのなかでひときわ透明なうぐいすの鳴き声がこだまする。だが、姿は現さない。その鳴き声につづいてジョンが一声二声吠える。幼い頃から遊び慣れたこの林は、まるで洋子のエネルギーの源であるかのように十九歳の洋子の躰を包んでくれる。

子どもの頃は、秋ともなると毎日のように父や母、それに兄とこの林に入り薪づくりのために生木を倒した。だから洋子はノコギリや斧の使い方をよく知っていた。切り倒したあと斧で枝を取り払い、さらに幹をノコギリで二から三メートルほどに切って、それを家の庭まで肩で担いでゆくのだった。庭にそれらを山積みにして五十センチほどに切り揃える。こんどは薪割りだ。薪割りは洋子も手伝ったが、大抵は男の仕事だった。

「ジョン、平《ひら》ったまで行くか」と洋子は言った。「平った」という言葉の響きをジョンはいつの頃からか覚えていて、それを聞くともう駆け出していた。林のなかを駆け、洋子も「平った」と呼んでいる林を抜けたところにある山の頂をめざした。その頂は平地になっていて、人の膝ほどの背丈の小木が生えていた。その小木が繁るなかを人が通う幅五十センチほどの小径があり、そこだけは土がむき出しになっている。その頂からは西富田の風景を見下ろせ、洋子は故郷に帰ってきたことを実感した。

ふと、洋子は去年は松茸を食べそこなったことを思い出した。そこは周辺にアカマツの樹があちこちにあり、毎年、秋ともなれば萩原家の松茸場でもあった。去年の秋は、妊娠の騒ぎで洋子は一人アパートで辛い日々を送っていたのだった。頭をよぎったそんな思いを吹き切るように、洋子はしゃがんで傍らにいるジョンを抱きしめた。ジョンは嬉しそうに洋子の口といわず鼻先といわず舐めまわしてきた。


下宿先は大学が紹介してくれた山科区にある古びた家に決めた。家賃が安いのがなによりの魅力だったが、家主は八十歳を過ぎた髙瀬《たかせ》という老夫婦であまり話が合いそうな感じではなかった。

六畳一部屋だけで、電灯は裸電球がぽつりと天井から下がっていた。大阪のアパートで使っていた日用雑貨を使う台所もなく、布団などの必要なものが入った荷物だけをほどいた。

兄の良介に山科に下宿したことを電話で伝えると、兄は一度そこを見に行くという。

良介は一週間後の日曜日にやってきた。近くの茶店に二人は入った。

「まだ京都に慣れんやろ。それにしても、お前また背が伸びたなあ」

「もう一声、ええ女になったなあって思うやろ」

笑いながら良介はタバコを吸っている。一本ほしいと言って洋子はタバコに火をつけて吸ってみた。一息吸って咳き込んでしまった。良介はそれを見て笑った。

「で、これからどうするんな」

「うん、まずは三時間くらいのバイトの口を探さなあかん」

「バイトなあ、茶店とかか」

「そうやなあ、それくらいの時間でも雇ってくれて、わたしにでもできることだったらなんでもええよ。学生課で探してみるつもりやけどな」

「俺も誰かに聞いてみたるわ」

「この間、キャンパスにサークルの勧誘がいっぱい出てたんやけど、唯物論研究会ってなかったわ」

「いや、立命には唯研あるよ。よう探さんかったんやろ」

「かもね、また聞いてみるつもり」

良介は黒っぽいショルダーバッグに本やタオルや雑多なものを詰めていた。

「なに入ってるん」

「なにって、必要なものすべてや」

「あのなあ、立命に入ったから言うとくけどな、そのうちい民青から誘いがあると思うけど、すぐに返事するなよ。おれに言えよ」

良介はそんなことを言った。

「民青なあ」

「民青知らんのか」

「名前は知ってるよ」

「共産党の青年学生部や」

「共産党って、あの共産党のこと」

「そうや。立命は大きな民青がある」

「兄は反対派なんやね。京大にはその民青はないん」

「いやある。けっこう人数も多い」

「なんていうんか、学生運動の派閥って、いっぱいあるん」

「まあ、そうやけど、その話はまたお前が落ち着いたらするわ」

良介はそんなことを言った。

「親父とお袋は元気だったか」

良介は田舎のことを尋ねた。

「この間な、和一の兄が出張で大阪に来たついでに京都に寄ったんや。結婚相手がおるんやて。まだ時期は決まってないらしいけど、その人と一緒になるらしいわ」

「大きい兄と長いこと会ってないわ。そうかあ、彼女がちゃんとおるんやなあ。お父ちゃんとお母ちゃんとそれ知ってるんやろか」

「いや、まだ言うてないらしい。時期が来たら自分で言うて。そやさか黙っといてくれって」

「分かった。そいで、小さい兄は彼女おるん」

「俺か、おるような、おらんような」

そう言って良介は笑った。

「お前、まだ北と続いてるんか」

「ううん、でも、もうアカンと思う」

「そうか、俺もそれ賛成や。せっかく大学に来たんやからなあ、もっと色んな男と恋をしたほうがええ。兄弟の俺が言うのもおかしいけど、お前はモテるやろうからな、そやから変な男をつかまんようにせえよ」

「へー、そんなこと言うんや」

「なんでや、おかしいか」

「小さい兄、けっこう開けたこと言うんやなあ」

良介は笑った。

「なあ、兄。お父ちゃんの胸なあ、気になるわ。じん肺て治らん病気みたいやわ」

「らしいなあ、俺も医学部の奴に聞いたらそあなこと言うてた。病気の進行をできるだけ遅くすることしかないって」

「お父ちゃんが仕事できんようになったら、お母ちゃんとお祖母ちゃんだけで、大きい兄か小さい兄かどっちか帰らんと萩原の家やってゆけんようになるわ」

「……」

「そやけど大きい兄はもう東京の人になってるし、小さい兄しかないで」

「まあ、いますぐってこともないやろうけど、なにか手を打たなあかんときが来るなあ……洋子、お前が戻ってもええんやど。普通は男が戸主やけど、女がなって悪いことないもんなあ」

「あはは、さては逃げようって魂胆やな」

二人は笑った。

「大学卒業したらどうするん」

洋子は良介の将来への思いを尋ねた。

「それなんや、まだ決めてない。研究者になる道か、高校の教員か、企業なんかには就職しとうないしなあ。考えてる最中や。考えてみたらなあ、進路のことら考えても仕方なかったたもんなあ、親父らの若いときは戦争しかなかったみたいや。徴兵制で男はすべて引っ張られたさかなあ。無茶苦茶な時代やったもんなあ」

「なあ兄、お父ちゃんが戦争に行ったときの話って聞いたことあるん」

「そやなあ、太ももと肩を銃で撃たれた痕は知ってるけどなあ。あとはシベリヤに抑留されていたことと、それ以外はあんまり知らんなあ」

「わたしも同じやわ。絶対に色んなこと体験してるはずやねん。いっかいちゃんと聞きたいなあって」

喫茶店に入ってくる客は、一度は店内をひとあたり見回すのだが、洋子の姿にほとんどの者が必ず釘付けになった。洋子はそんなことにはもう慣れっこになっている。だからといって、気軽に声をかけて誘ってくる男は少なかった。

数日して、母からの荷物が届いた。短い手紙が添えられていた。

京の都はどうですか。

生ものは腐るので、日持ちのするものを入れておきます。良介の分も入れるので、あんたが持っていってやりなさい。

お父ちゃんの病気はいま特にどうこうないようやけど、きつい仕事はだんだんできんようになっています。仕送りもあんたにはちょっとしかできへんさかね。あんたはこの一年で少し蓄えているけど、良介はおカネないさかな。ちゃんとバイトするようにあんたからもよう言うといてな。

体に気をつけて。はよ京の水に慣れるんやで。

洋子は、アジの干物とイカの一夜干しを数枚ずつ良介に渡そうと分けた。

いつものことだが三条京阪の駅は人でごった返している。洋子は駅で降りて、三条橋を渡り河原町から市電に乗った。

新学期がはじまって間もないキャンパスは活気に満ちている。昼休みともなれば思い思いの服装をした男女が狭いキャンパスを行き交い、ベンチに座って歓談している。洋子は地下の学食で昼食を済まし、研心館前のベンチに腰をかけた。この場所は研心館や地下から出てくる学生や、左側の清心館や正門正面の存心館から出てくる学生の姿もよく見えた。

一息ついて洋子は学生課に足を向けた。唯物論研究会がどこにあるのかを尋ねるためだった。

「ああ、それなら大学院の建物の三階です。部屋の前に看板がかかってますので、そこへ行ってください」

「分かりました。その、大学院ってどこにあるんですか」

「あ、あなた一回生やったね。大学院はね、存心館の向こう、河原町通り寄りの建物です」

女性の職員に教えられた通り、洋子は中川会館と存心館の間を抜け大学院の建物に入った。唯物論研究会と筆で書かれたプレートがドアの横にかけられている部屋はすぐに見つかった。重たそうな木製のドアをノックすると、なかから「はい」という返事がしたので洋子はドアを開け首だけをなかに入れた。

小柄でショートヘアーの女性が一人テーブルに座っていた。書きものをしていたようだ。

「はい、なんでしょうか」

と、その女子学生は洋子を見て言った。

「萩原と申します。あのお、唯研に入りたいのですが……」

女子学生は一瞬ポカンとしていたが、

「それはそれは、まあ入ってかけてください」

と、部屋に入るように言った。

洋子は古びたパイプ椅子に腰をかけた。

部屋は正方形の十畳ほどの広さだろうか、古い書籍やビラなどが壁際に積まれているし、書棚も整理されててはなく乱雑なままだった。

「汚い部屋でごめんね。整理してもすぐこんなに乱れてしまうん」

そんなことを言いながら、女性はテーブルを挟んで正面に腰かけた。

「わたしは経済学部の三回生の林友子です。友だちの友って漢字。萩原さんって、一回生ですか」

「はい、文学部の一回生です。萩原洋子です」

「ようこ、さん」

「太平洋の洋です」

「うん、分かった。とりあえず、これに記入してくれますか」

そう言いながら、林という三回生は入会申し込みの紙を洋子の前に置いた。

「それにしても珍しいなあ、萩原さんが今年度の第一号の入会希望者なん。それにめちゃくちゃ美人やし、あなたのような人が唯研を訪ねてくるとはねえ」

「はい、これでいいでしょうか」

洋子は記入した申込用紙を渡した。受け取ったものに目を通しながら林という女性は、「ええっ、白浜の出身なんやあ。わたしも紀伊半島やで、反対側やけど。伊勢市なんよ」

「わあ、同じ紀州藩ですねえ」

と言いながら、洋子も笑顔になった。

「白浜って、いいとこやねえ。三年前に行ったんやで」

「どこに泊まったんですか。ホテルですか、旅館ですか」

「えっとねえ、名前は忘れたけど坂の途中の古い旅館やった。女将さんがフランス人だった。また行きたいなあ」

「ええっ」

洋子は驚いて大きな声を上げた。

「そこ、わたしの父の弟がやってる旅館です。奥さんはジュヴィさんて、正確にはジュヌヴィエーブっていうんです。白浜に行くことがあったら言ってください。安くしてもらえますから」

「へえー、そうなんかあ。ジュヌヴィエーブって、素敵な名前やねえ。ということは、萩原さんってフランス人の血が混じってるからそんなに美人なん」

「いえ、わたしは純和風です。ジュヴィさんはわたしのおっちゃんと中国で知り合って、それでこっちについてきたんです」

「なんかロマンチックな話やねえ。ところでね、うちの唯研は週に一回の例会があるん。明後日が例会で、わたしはその準備をしてたんよ。例会のない日は誰でもこの部屋に来て勉強できるん。明後日の夕方の四時やけど来れますか」

洋子はうなずいた。

「そのときにみんなに紹介するわ。唯研に籍があるのは八人やけどさあ、いつも来るのは五、六人やね。うち女はわたし一人。男どもの喜ぶ顔が目に浮かぶわ。唯研の責任者は西島さんて四回生の人です」


唯研ではどんな勉強をしているのかと、そんな四方山話を先輩の林と喋ったあと、洋子は午後の講義を受けた。

田舎からの荷物があるからと良介に電話したとき、「じゃ、四時に河原町今出川のプランタンで会おう」ということになった。

プランタンという喫茶店は明るく広い店内で、人気があるのかけっこう人が入っていて、空いた席はひとテーブルしかなかった。四時にはあと十五分ほどあり、良介はまだ来ていなかった。洋子が店内に入ると、お客がいっせいに洋子のほうを見た。

洋子はオレンジスカッシュを注文し、バッグから文庫本を取り出して読んでいた。

「洋子」

良介の声に洋子は顔を上げた。良介は一人ではなかった。

「紹介するわ」

そう言いながら、良介とその男性は向い側に並んで座った。

「ちゃん・はおゆ（張浩宇）くん。医学部の研究生。唯研もやってる」

「ええっ、もう一回言って、なんて言ったん」

「漢字で言うたら、張、浩、宇って書いて、ちゃん・はおゆって名前」

「張です、こんにちは」

「あ、はじめまして、妹の洋子です」

「張くんは日本語うまいから、普通に話したらええから」

「中国の方ですか」

「はい、そうです。京大に留学に来ています」

「ということは、張さんはすっごい優秀なんですね」

「はい、そうです」

と言う張の返事に、三人がどっと笑った。

「唯研に入るんですか」

張浩宇は洋子を見て言った。澄んだ瞳で、まっすぐに人を見て話す。その眼差しに洋子は少し熱っぽいものを感じた。

「入りました。まだほやほやですけど」

「ほやほやって」

「あ、まだ申し込みを書いたばかりで、なにもしていないんです」

「そうですか、大学、はじまったばかりですね」

「はい、そうです」

「張さんは中国のどこですか」

「北京です。洋子さんはどうして唯研に入るのですか」

「マルクス主義を勉強したいんです」

「それはいいことです」

「わたしもマルクスを勉強しています」

「へえ、でも医学部でしょう」

「はいそうです、二つとも勉強しています」

「兄、どこで張さんと知り合ったん」

洋子は良介に尋ねた。

「デモや。国際反戦デーやったかな、たまたまや。それからちょくちょくな」

張はずっと洋子から視線を離さない。洋子もこの初対面の男性に、普段はあまり感じたことのない興味を覚えていた。張もわたしに興味がありそうだ、そう洋子は確信した。遠慮のないこんなに熱い眼差しを向けるって、日本人ではなかなかできないと思った。日本人ならもう少し控えめに見るのに、やはり外国人は違うなあと洋子はそんなことを考えていた。

「張さん、ゆくゆくは北京に戻ってお医者さんになるんですか」

「多分そうなると思います。北京かどうかはまだ分かりません。党の指示によって地方に行くかもしれません」

「とうの指示って」

「張くんはな、中国共産党に入ってるんや」

そう良介が口を挟んだ。

「へえ、共産党員なんですか」

「そうです。人民が医者を必要としているところで仕事をすることになります」

洋子は意味がよく分からずに兄の顔を見た。

「要するに共産党員やから、どこで医者として活動するのかは党が決めるってことやろう」

「ふうん」

洋子にはよく分からないことだった。

「共産党にいつ入ったんですか」

自分を見つめている張を、洋子も見つめ返して尋ねた。

「数年前です。父も共産党員なのでぼくも党員になりました」

「お父さんに勧められたんですね」

「いえ違います。父はなにも言いません。勧めたのは母です」

「お母さんも党員なんですね」

「違います。母は党員ではないです」

「洋子、その辺にしとけよ。いろいろな事情があるやろう」

良介の言葉に洋子はうなずいた。

「そうやね、ちょっと聞き過ぎたかな。興味あったんで、張さん、ごめんなさい」

洋子がそう言うと、「なんでも聞いてください。構いませんから」

と張は笑いながら言った。


プランタンを出て二人と別れ、洋子は河原町通りを歩いて下ろうと思った。頬が火照っていた。兄が連れてきた張浩宇という医者になるという青年に、洋子は胸のときめきを感じた。彼の髪は流行りの長髪ではなかった。片方の眉に前髪がかかっていて、見るからにインテリを感じさせた。背丈は洋子より少し高かったから百七十センチくらいか。「ちゃん・はおゆ」、「ちゃん・はおゆ」、洋子はそう小さくつぶやきながら石畳の歩道をゆっくり歩いていた。兄の友人なら、これからいつだって会う機会があるだろう。兄が連れてきた張という学生は共産党員だという。これまで考えたこともなかった中国共産党。張はいったい、どんな目的で共産党員になったんだろうか。同じ世代なのに、海を隔てた隣の国の青年がとんでもなく前を歩いているような気がして、焦りを感じた。

　夕暮れの三条の橋の上は風が強く吹いていた。家路を急ぐ人々の群れが流れるように通り過ぎてゆく。嵐のときのなかで、もがき、葛藤しながら過ぎてきた一年を思い、洋子は胸のうちにある暗いものを吹っ切って前に進もうと思った。そして、突然に現れたほとんど未知の青年のまっすぐな眼差しが脳裏から離れなかった。まるで嵐でも来るかのように雲が飛ぶような速さで流れていた。洋子は、胸苦しさから逃れようと思わず深呼吸をした。

（第三部・嵐のとき　終）

第四部・めぐり逢い

（三十五）

鮮やかな濃い緑が長く延びた道を包み込むように茂っていた。森閑としたたたずまいで、その長い道は天智天皇陵までつづいている。

洋子は下宿近くの街をなんどか歩くなかで陵の入り口に気づいた。天智天皇とは誰のことか分からなかったが、「大化の改新」の中大兄皇子のことだと知ってから、一度ここに入ってみようと思った。古い時代に、日本の歴史を前に推し進めた立役者として興味があった。入口はさほどでもないのに、なかに入ると長い道が延びていた。やがて、お墓には近づけないことが分かった。白い砂を敷きつめた庭があり、その手前までしか行けなかった。濃い緑に囲まれ、静けさのなかに中大兄皇子の墓は眠っていた。人を寄せつけない、そんな静けさだ。さすが京都だなあと、洋子はこの都で流れてきた数々の歴史の重みを感じ、京都の魅力を知らされた思いだった。

荒神口の近くにある小料理屋の二階で、唯物論研究会の例会兼歓迎会が開かれた。林友子という、先日、研究会の部屋で洋子を迎えてくれた女子学生が進行役だった。

「ええ、ではではわたし、林が進行役になりましたので、いまからはじめたいと思います。今日は萩原さんという一回生を研究会に迎えての歓迎会です。唯研に入りたいと研究会に来てくれたときは、わたしは内心ほんとにびっくりしました。まるでモデルさんみたいな女性で、とてもあの汚い唯研の部屋には似つかわしくない、そう思いました。あとでご本人から挨拶をしてもらいますが、まずは最初に責任者の西島さんのお話です」

林はそう言ってから座った。

「西島です。さて、さっき萩原さんと会って、ぼくも驚きました。なんていうか、唯物論の研究なんて、ほんまに理屈好きっていうか、理論ばっかりこねくり回している奴らって感じで見られているんですよ。ですから萩原さんもですね、いつまで唯研にいてくれるんだろうかって、そんなことを考えたほど、別世界の女性に見えます。萩原さんに続いて、新入生があと数人でも唯研に来てくれたらいいんですが、もうちょっとみんなで勧誘に頑張りたいと思っています。これで終わります」

四回生の西島は大人びた風貌、といえば聞こえはいいが少し年寄りくさい顔をしていると、洋子は思った。

「では、萩原さんに挨拶してもらいますが、その前にですね、みなさん手短に自己紹介を、ええっと名前と学部、回生、出身地、それくらいで自己紹介をお願いします」

林がそう促した。

それぞれが自己紹介をした。真面目な人、冗談の多い人、斜めに構えてる人、お茶目な人と多彩な顔触れだった。二回生は一人しかいなくて、あとは三回生と四回生だった。洋子のあいさつの番になった。

「はじめまして。文学部一回生の萩原洋子です。大学に入ったばかりで、なにを言ったらいいのか分かりませんので、自己紹介だけします。生まれも育ちも和歌山県の白浜町というところです。ビートルズが大好きで、マルクス主義を勉強したくて唯研に入りました。いろいろ教えてください。ええっと……、あ、それから兄も京都にいて京大に通っています。これくらいでいいでしょうか」

そう言って、洋子は頭を下げた。

「はい、質問いいですか」

三回生の男子が手をあげて言った。

「はい」

と、洋子は笑顔で返事をした。

「恋人はいますか」

洋子は笑った。笑いながら北を思い浮かべた。

「いるような、いないような、です」

「ええ、どういうことですか」

「言った通りですよ。いるような、いないようなです」

「はい、弁証法的な答えでしたね。他に質問ありますか」

と、林が促した。

「萩原さん、マルクス主義を勉強したいってことですけど、もう少し詳しく聞かせてよ」

そう質問したのは、責任者の西島だった。

「ああ、それは話せば長くなるんで簡単に言います。兄が持っていたマルクス主義の本に、人間とはなにか、人間の意識とはなにか、そういうことが書いてあったんですよ。生命とはたんぱく質の存在の形態だとか、意識とは、人間でもチンパンジーでも、発達した脳髄の働きであるとか、そのときはペラペラと読んだだけですが、いままでに見たことも聞いたこともない内容でほんとに面白かったんです。それでもっと深く知りたいって思ったんです」

高校時代からの問題意識などについて話せば長くなると思い、洋子は手短に説明した。

「なるほど、そういうことね。分かりました」

「はい、他には」

林は進行が速い。

「勉強以外でしたいことはなんですか」

別の三回生の男子が聞いた。

「そうですね、せっかく京都に来たし、知らない場所ばかりで、そんなところを歩いてみたいです。それから、田舎では山のなかを走ったりするのが好きだったんですが、そんな場所を見つけたいです。いいところがありませんか」

「いいところがあれば、また萩原さんに教えてあげてね。はい、こんどは萩原さんから先輩に質問してください。なんでもいいですよ」

林は洋子を促した。

「質問ですか、そうですねえ……、あそうだ、学食より安くて美味しい食堂はどこですか」

これに、みんながあそこがいいだの、ここがいいだのと、ひとしきり話が弾んだ。

「他の質問はどうですか」

林がまた催促した。

その後、歓迎会は一時間半ほどで終わり、河原町通りを隔てて向いにある喫茶グリーンに場所を移した。林が、萩原さんここにかけてと椅子を指さした。隣に林が座り、洋子の前には責任者の西島が座った。

「萩原さん、さっきの話のつづきやけど、新年度の唯研の学習のテーマがまだ決まってないねん。新会員の萩原さんの希望にそってやりたいて思ってるんやけど、この本をテキストにしてほしいって希望あるかなあ」

西島が洋子にそう切り出した。

「えっ、希望ですか」

「萩原さん、いままでなにか古典を読んだことあるん」

林が洋子に聞いた。

「古典って……」

洋子はなんのことか分からなかったので口ごもった。

「マルクスとかエンゲルス、レーニンなんかの本のことです。そういうのを一般に古典の文献っていうんですよ」

そう言って、西島が解説してくれた。

「わたし、まったく読んだことありません。すみません」

「ええてええて、みんな初めはそうやもん」

と、林がそう言ってさらに続けた。

「さっき言うてたなあ、人間とはなにかとか知識とはなにかとか、そこらへんに興味があるって」

「はい、そうなんです」

「それってな、唯物論研究会の中心テーマなん。ここにいるみんなは、多かれ少なかれそこを勉強してるんや」

西島がそう言った。

「西島さん、『空想から科学』がいいかなと思ったんやけど、思いきって『経験批判論』にチャレンジするのもええかなあって」

林が言った。

少ししか歳は違わないのに、この人たちの知識はすごいと、洋子は自分の不勉強を思い知らされた。


「経験批判論って、正確には『唯物論と経験批判論』っていうタイトルで、ロシア革命の指導者レーニンが書いた本です。聞いたことあるかなあ」

「ありません」

「そやろなあ、難しい本やしなあ……難しいけど、みんなで挑戦してみるのもええなあ」

西島はそう言って、隣のテーブルで談笑しているメンバーに向かって言った。

「今年のテキストやけど、萩原さんが勉強したい内容を取り入れて、『唯物論と経験批判論』にしたいんやけど、いいかなあ」

そりゃまた難しいなあという声があがったが、それをテキストにして一年間の予定が組まれることになった。

その夜、洋子は兄に電話をした。

「そんなわけで『経験批判論』を勉強することになってん」

「立命の唯研もやるなあ。お前に分かるかなあ」

「やってみんと分からんけど、兄《にい》、生協でその本売ってるわなあ」

「買わんでええわ、俺んとこに二冊あるさか一つやるわ」

「えっ、持ってるん」

「当たり前やろ、マルクス主義には不可欠の本や」

「兄、もう読んだん」

「だから、当たり前やて。ほんじゃまた、この前のプランタンで渡すわ。その代わり、お前ちょっとカネ貸してくれよ、五千円でええわ」」

「貸してくれって、返すつもりあるん。まだバイトしてないんやろ。姉ちゃんに言われてるのに」

「いま探してるとこや」

「じゃ、わたしも頼みある。張さんも連れてきてよ」

「なんてえ、張って……、ははあん……そういうことかあ」

良介はそう言って笑った。

「分かった、言うてみるわ」

数日後、しかしプランタンで待っていたのは張浩宇一人だった。

「あのお、兄は……」

洋子が張に尋ねた。

「用ができたから、妹に渡してくれって。これ、お兄さんから預かってきました。『経験批判論』です」

「ええっ、あいつ……」

洋子は文庫本を受け取りながら、良介が気を利かしたなと思った。

「すみません、こんなことでわざわざここまで来てもらって」

洋子は頭を下げた。

「いいですよ。ここまでって、大学から近いです。それに、お兄さんが、妹は君に話があるようだって」

「ええっ、そんなこと言ったんですか。あいつ、なにをまた……」

張浩宇は、きょうもまっすぐに洋子を見ながら話をする。

「あのう、この前も尋ねようと思ったんですが、張さんはなんでそんなに日本語がお上手なんですか」

洋子は内心どきどきしながらそんなことを尋ねた。

「母から習ったんですよ。母は日本文学の研究者で、子どものときから日本語を教えられたんですよ」

「じゃ、お母さんも日本語がペラペラなんですか」

「いまは少し忘れたと思いますが、それでもまあペラペラだと思います。若い頃、東大に留学していたのです」

「へえ、すごいですねえ」

「それで、小さい頃から、大きくなったら日本に留学しなさいって言われて、ずっと日本語を勉強させられました」

「なるほど、そういうことだったんですか。それで日本語が上手なのが分かりました」

「洋子さんは、唯研でなにを学びたいのですか。そこにぼくは興味があります」

「ああ、それはですね」

洋子はオレンジスカッシュを一口飲んでから、話をはじめた。

「わたし、高校の頃から人間ってなんだろうとか、人はなんのために生きているのだろうとか、そういうことに関心があって随分いろいろな本を読んだりしたんです。でも、なかなかピンとくる、あ、ピンとくるって分かりますか」

「分かります」

「あ、すみません。ピンとくる説明が見つかりませんでした。あるとき、兄が休みで帰ってきたときに、兄のマルクス主義の本を見たんです。そこに、人間とはなにか、人間の意識とはなにかって、そんな目次があって、それをちょっと読んだんです。それがもう、自分の悩みにズバッと答えてくれていて、それで、大学に入ったらマルクス主義をゆっくり勉強したいって思ったんです」

「なるほど、それなら『経験批判論』は最適ですねえ」

「張さんは読まれたんですか」

「はい、読みました。レーニンはすごい人だと思いました」

「もう一つ尋ねてもいいですか」

「はい、なんですか」

洋子は、さっきから張の眼差しが眩しいくらいに自分に向けられているので、なにか照れくささを感じてときどき目を伏せた。

「張さんはどうして共産党に入っているんですか」

洋子は率直に聞いた。

「ああ、それはですね、父が共産党員なんです。毛主席の思想に導かれて、新しい中国が誕生したんだと教えられました。大人になったら、その思想を受け継いで国のために頑張るんだぞって、いまの中国の若い世代はみんなそんな風に教えられました」

「毛沢東の思想って、つまりマルクス主義ですか」

「マルクス、レーニンの思想を中国に当てはめたのが毛沢東思想です」

「ふうん、そうなんですか、わたしには難しいです」

「そうですね、洋子さんにはまだ難しいかも知れませんね」

「兄ともこんな話をするんですか」

「お兄さんとはよくします。でも、お兄さんはぼくにいっぱい反論してきます」

「反論、ですか。どういう風にですか」

「つまりですね、お兄さんは僕に、君は毛沢東思想を鵜呑みにしている、科学的に考えなさいって言うんです」

「張さん、鵜呑みって言葉分かるんですか」

「分かります」

「すみません、つい」

「いいんですよ。それでお兄さんとの議論は白熱します。お兄さんは、毛沢東の思想のすべてを正しいとするのはよくないと言います。僕は毛主席の思想を丸ごと正しいとは思っていませんが、お兄さんにはそう見えるようです」

「兄はマルクス主義を勉強しているんですか」

「もちろんです。お兄さんはよく勉強していると思います。ぼくは医学部ですから仲間はみんな医者になろうとしています。だから医学の勉強はみんなやってますが、マルクス主義を深く勉強している人は少ないので、お兄さんとは深い話ができて、ぼくもありがたいです」

「じゃ、兄とはいい友だちですか」

「そうです、いい友だちです。気が合います」

「張さんはいつまで日本にいるんですか」

「あと一年間は京大で勉強します。この夏には一度北京の実家に戻ります。そこから先はまだ分かりません」

洋子は北京という響きに異国を感じ、旅情をそそられた。

「北京かあ、いつか行ってみたいなあ」

「行ってみたいですか、じゃ、一緒に行きますか」

洋子は驚いた。

「ええっ、夏にですか。いいんですか」

「洋子さんさえよければいいですよ、国交も回復しました。もう行きやすくなりましたよ」

「ええっ、北京なんて夢みたいな話です。行ってみたいなあ」

「ぼくの家に泊まればいいし、行き帰りの飛行機代さえあれば行けますよ。行きましょう。両親もきっと歓迎してくれます」

洋子は、こんな話に発展するとは夢にも思っていなかった。でも、行ってみたいという気持ちが大きくなってどうしようもない自分に気づいていた。

下宿に戻り、洋子は『経験批判論』のページをめくってみた。聞いたことのない言葉で埋めつくされている。なんじゃこりゃあ、と洋子は思わずそんなことを口走った。そうではあったが、洋子は持ち前の好奇心に導かれて最初の第一版への序文をじっくりと読んだ。

「ひざまずきながらの反抗」かあ。洋子は読み終えて文中に出てくるレーニンの言葉を繰り返した。一つひとつの専門用語はまったく意味が分からなかったが、そこに書かれている大筋、そしてこのレーニンという人の人柄や学問への向き合い方など、洋子は強く印象に残った。それにしても、と洋子は思った。それにしても、なんとか主義、なんとか主義って、主義が多いなあと。兄もこれを読んでいると当たり前のように言ったし、それから唯研の人たちも読んでいそうだし、自分はほんとに遅れていると痛感した。

そんなことを考えているところに、階下からお婆さんの声がした。電話がかかってきたようだ。洋子は兄からだと思って玄関の近くへ降りた。

「はい」

「おれ」

北からだった。

「ああ、しばらくやね」

「もう落ち着いた」

「うん、慣れてきた。唯研にも入ったし、あとは二、三時間のバイトを探すだけやわ」

「そっちはどう」

「相変わらずやなあ。授業を受けて、たまに友だちと遊んで、ぼちぼち就職試験のことも考えんとな」

「教員の」

「そうなるかなあ、まだはっきりと決めたわけやないけどな」

「まだ時間あるもんね」

「なあ洋子、夏休みにでもゆっくりする時間ないかなあ。話し合いたいこともあるし」

わたしにはないよ、そう洋子は思った。

「まだ詳しくは分からへんねけど、夏休みは唯研の企画が入ってるし、他にもすることあるから、時間があるかどうかいまはまだ……」

そう言うと、北は洋子の気持ちを察したようだった。

「そうかあ。じゃ、また夏が近づいたら連絡する。話は手紙でも書いて送るから」

去年の秋のことは苦い思い出で、洋子はもう忘れたかったのだが、忘れられないことだった。どんなに考えを巡らせても、苦しみから逃れられない。この苦しみをこれからずっと持ち続けて生きていかなければならない。これは自分が背負った宿命なんだと、洋子はそう思って京都に来たのだった。そのとき、ふいに田舎のジョンの吠える声を聞いたような気がした。ジョンに逢いたかった。北の声を聞いて洋子のこころは過敏になっていた。わけもなく涙が頰をつたった。

（三十六）

林の紹介で、学生食堂での夕方のバイトが決まった。夕方の学食は二部の学生でごった返す。洋子は月曜日から金曜日、但し唯研がある木曜日を除く週四日、夕刻の二時間の契約をした。内容は食器洗いが主だった。二部の学生は一目で分かった。多くは定職についているし、定職ではないにしてもそれに近い仕事をしていて、仕事の身なりで正門を入ってくる者も多い。まるでというか、文字通り社会人なのだ。高校を出て数年して入学してくる人も多く、一目見て年齢的にもだいぶ上だと分かる学生もけっこういた。食器洗いの仕事はそれほど重労働ではなかったが、短時間に集中した。

「どう、バイトは」

唯研の部屋に入ると林が話しかけてきた。

「ほんまにありがとうございました。集中するのは一時間余りで、あとの一時間はそんなにバタバタしません」

「続けられそうかな」

「おおきに、やれると思います。木曜は行かなくていいって融通が利くのでありがたいです」

「学生の事情を考慮してくれるから、生協はその辺はありがたいのよね」

林は笑いながら言った。

「ところで、『経験批判論』は読んでる」

「それなんですよ。読みはじめてはいるんですが、一つひとつの言葉が難しすぎて進まないんです」

「社会科学辞典は持ってる」

「持ってないです」

「これやけどね、これは学習には絶対要るから買った方がいいわ。生協の書籍にあると思うから、いま行っといでよ」

林に教えられて、洋子は研心館地下にある生協の書籍部に走った。社会科学辞典はあった。難しいと思っていた言葉がほとんど解説されていた。洋子は走って研究会の部屋に戻った。

「ありました、ありました」

「よかった。この辞典なかったら『経験批判論』は大変よ。辞典で調べても難しい論文やもん」

そんなことを話しているところに、数人の会員が部屋に入ってきた。西島も混じっていた。

「じゃ、時間やし、はじめるか」

西島がそう言ったので、それぞれテーブルを囲んで席に着いた。

「大まかに計算してみたけど、年間でこのテキストをやっつけようと思ったら、一回当たり十五ページ平均で進めなあかんことになるねん。夏休みには合宿も入れるから、まあそのときにはまとめてやれると思う。そんな調子で進めてはどうかと思うけど、どうかな」

「西島さん、俺も考えたんやけど、一章から三章の認識論が一つ、四章と五章の観念論が一つ、で最後の六章が一つと、そういうくくりがええように思うんやけど」

と、三回生の男子が言った。

「うん、そんな感じで進めたら年間計画が立てやすいなあ」

林が相槌をうって言った。

「主役は一回生の萩原さんやから、どうかな、なんか要望とかあるかな」

そう言って西島は洋子を見た。

「いまのところ要望はありませんが、難しい言葉はやさしく説明してほしいです」

「萩原さん、さっき生協で社会科学辞典を買ってきたんよ」

林が言った。

「そうそう、それ言おうと思ってたんや」

と、西島も言った。

「西島、夏休みの合宿は今年もお寺でやる予定なんか」

四回生の男子が西島に向かって聞いた。

「まあ、それが一番手っ取り早いかなあ」

「それなんやけどねえ」

林が一同を見回して言った。

「今年は白浜に行くって、どう。萩原さんの叔父さんが旅館やってるみたいで、少しは安くしてもらえるようやし、思いきって、みんなどう思う」

「白浜かあ、異議なしやわ」

「俺も異議なし」

「俺も賛成」

そんな調子で、夏の合宿はすぐに計画が決まった。

「夏はですね、お盆までは多分もう予約で埋まっているんです。お盆が過ぎたらお客さんが減るので、今晩電話で聞いてみます。お盆過ぎでもいいですか」

洋子は西島を見てそう言った。

「それでいいです。盆はさあ、みんなも郷里に戻ってるからね。ところで萩原さん、旅館って一泊いくらくらいなん」

「値段は料理の内容でピンキリですけど、それはわたしが言えば格安にできます。五千円位に落とせると思います。ちょっと高級感はなくなりますが」

「わあ、それって最高やなあ。海で泳げるしなあ」

そこからはみんなが思い思いに喋って騒がしくなった。

「はいはい、それはそれとして、テキストの進め方を具体的に決めようか。大体やけど、チューター当たり二十ページくらいで進めようか。最初は俺、次は林さん、その次は西田……」

西島がそんな風に分担を提案し了承された。

「なあ兄、唯研は夏に合宿あるんやけどな、耕治のおっちゃんとこに行くことになったわ」

「あはは、客引きもやってるんか。安うしてもらえるからみな喜ぶやろなあ」

良介はそんなことを言って受話器の向こうで笑った。

「兄、この間はなによ。張さん、一人だけ来させて。あれ、陰謀やろ」

「まあまあ、よかったやないか。夏に北京に行くんやてなあ。うらやましいよ」

良介はそう言って洋子をからかった。

「なんなよ、兄も一緒に来たらええやん」

「あほ、俺はそんな無粋な男と違うわ。それにお前と違ってそんなカネないし」

「そやさかバイトしよし。ちょっとでも稼いで親の負担を減らさなあかんわ」

「母親みたいなこと言うな」

「そやけどお母ちゃんからも言われてるもん」

「まあな。そのうちなにか探すわ」

「お父ちゃんも病気やし、ムリさいたらあがらのどっちかが帰らんならんようになるでえ」

「分かった分かった」

そう言って良介は電話を切った。

あいつはいったいなにを考えてるんやろうなあと、洋子は良介の考えを測りかねた。大体うちの兄弟はみな変だ。洋子はそう思うのだった。節乃と和一は戦争中の生まれで、戦前の空気をわずかだが吸っているにもかかわらず、戦前の古い気質がまったく感じられない。和一は何百年と続く萩原家の長男なのに、家を継ぐという観念がこっから先もない。それを考えてなくもないだろうが、重要視していないことは確かだ。これは和一の自由な個性にもよるのだが、両親がそういう育て方をしなかったことが大きな原因だろう。大体が、いまだかつて洋子たち四人の兄弟は、両親からなにかを強制されたということがない。事にあたってなにか口を挟むことはあっても、それはちょっと意見を言う程度で、最後は自分で考えて好きにしなさいという風だった。なかでも小さい兄は、次男ということもあって自由気ままに育ってきたと洋子は思っていた。自由気ままという点では、洋子も良介に負けていないので、ひとの事はあまり言えないがと、洋子はそれを自覚していた。

萩原の家は世間的にはこれまで厳格な家として知られていた。少なくとも洋子の祖父の良作の代まではそうであったようだ。まだ中学生だった頃、洋子は母親からそんな話をよく聞かされた。父と結婚するときには親せき筋から、あんな厳格な家に嫁に行って大丈夫かとか、姑との間で苦労するぞとか、その種の話をだいぶ言われたと言っていた。しかし、母は姑のさよと仲たがいをしたことがないそうだ。姑のさよは母にきつく当たるときがないではなかったが、生来気のやさしい女であったし、母もまた我を通さずに姑にはできるだけやさしく接してきたようだ。舅の良作は昔気質の男だったが、無理を通すようなところはなかったらしい。

戦後、父の洋の代になってからは、萩原家も変化したと洋子はうすうすそう感じていた。それは戦争を前後して時代の流れが激変したことが原因だろうと、洋子は思った。保守的な家柄で育ったにも拘わらず、父の洋はそういう枠にとらわれない考え方を持っていることを、洋子はこれまで折りにふれて見てきた。やはりそれは、戦争中の中国やシベリヤでの体験がそうさせているのではないかと洋子は考えていた。

次の日、洋子が学食で昼食をとっていると、見知らぬ男女二人がそばにやってきた。

「あの、お名前は知らないんですが、一回生の人ですよね」

女子のほうが声をかけてきた。

「はい、そうです」

二人は写真クラブのメンバーだと自己紹介した。

「突然すみませんが、いま写真クラブで夏の作品展に向けた取り組みをやってるんですが、そのう、あなたに写真のモデルになってもらえないかと、そのお願いに来ました」

男子がそう言った。洋子は驚いた。

「ええっ、モデルですか。やったことないですよ」

「未経験のほうがいいんですよ」

女子のほうがそう言った。

「そうなんですか。面白そうですね。でもわたしにできるんでしょうか」

「それはもう大丈夫です。あなたを何度もお見かけして、それで頼んでみようということになったんですよ。身長、スタイル、身のこなし、で美人やし、もう最適なんです」

これだけ褒め言葉を並べられると、洋子も悪い気がしなかった。

「はあ。で、いつ、どこでするんですか」

「できたら次の日曜日にでも、場所は三千院でと考えてます」

と、女子が言った。

「三千院……あの有名な、京都大原三千院って唄の……」

「そうそう、知ってますか」

「いえ、行ったことありません。日曜日ですか」

「あの、もちろんただでってことじゃありません。謝礼は出しますから。空けてもらえませんか」

男子がお願いしますって感じで言った。

「そうですね、他にもしたいことあるので半日ならいいですよ」

「ありがとうございます。みんな喜ぶと思います」

二人は嬉しそうにそう言った。

「じゃ、朝九時にここの正門に来てくれますか。ここから車に乗って行きますから」

「分かりました。あの、服装はどんな……」

「いま穿いてはるスカートと、あとジーンズ一本持ってきてください」

「ジーンズの色は」

「何色でもいいです」

「了解です」

モデルとして写真を撮られるなど、数年前のミスはまゆうコンテストのとき以来だった。

大原の里は、洋子の予想に反して田舎の風景そのものだった。三千院という寺は、もっと観光地として開発された風景のなかにあるものとばかり思い込んでいた。田んぼや畑があり、トマトやナスも植えられているし、三千院への道も狭い。

撮影は一時間半ほどで終わった。最初は慣れずに表情も動きもぎこちなかったが、やっているうちにカメラマンの要求に応えられるようになった。

「萩原さん、すごく素質あるわあ」

サークルの先輩格の女性が終了してから洋子の言った。

「お世辞でも嬉しいです」

「お世辞と違います、ほんまです。またお願いするかも知りまへん。そのときはよろしゅうお願いします」

京都の人なんだろう、山田とかいうその女性は地元訛りの言葉でそんなことを言い、謝礼が入った封筒を洋子に手渡した。洋子はなかを見ずにそれをバッグにしまった。

広小路の正門前まで送ってもらい、洋子はそこで車を降りた。午後二時から張とプランタンで会う約束になっていた。まだ昼過ぎで、洋子はどこかでご飯を食べようと思い、荒神口のそば・うどん屋に入った。三千院で山田からもらった封筒を開けると五千円が入っていた。一時間半で五千円かあ、すごい金額だと洋子は思った。初めての撮影だからご祝儀の意味も含まれているのだろうかとも考え、それを財布に入れた。

広小路に戻り、木陰のベンチで『経験批判論』を開いた。日曜日だというのに、学生たちの行き来がけっこうある。見ていると、どうも学生自治会や民青の活動家のようだ。

洋子はこうした活動家の学生とはまだ話したことがない。彼らはいつもキャンパスでハンドマイクを持って演説をしていたし、教室にビラを持ち込んで配っていた。入学してからずっとそんな光景を見ていて、洋子の目には彼らが別世界の生きもののように思えてくるのであった。彼らは、常に政治のことばかりを取り上げて演説していた。洋子は、生きることを模索し、人間とはなにかに悩み、バイトでおカネを稼ぐことを考えている。たしかに政治のことも知りたかったが、それは自分にとって身近なことではなかった。

研心館の地下からギターを持った男子に続いて女子が上がってきて、階段の横のベンチに座って、そして「戦争を知らない子供たち」を歌い出した。ギターの伴奏で数人が唄を歌っている光景は珍しくなかった。流行りの反戦歌、フォークソングは広小路のキャンパスに似合っている、洋子はそう思った。日曜日の昼にこんな場所で唄を歌っているってことは、多分歌声のサークルかなにかだろうと洋子は思った。

洋子は『経験批判論』を閉じて、その軽快な歌声を聴くともなく聞いていた。ふと見ると、女子のほうがちらちらと洋子を見ているような気がした。高校生の頃からだろうか、洋子は他人からの視線を受けるのには慣れていた。しかし、それらはほんの一時のもので、長く視線を受け続けることはあまりなかった。先ほどからの視線はそんな一時的なものとは明らかに違っていた。ときに微笑みかけてくるかのようでもあった。しかし、洋子にはその女子学生にまったく心当たりがなかった。洋子がさてプランタンに行こうかと立ち上がったとき、女子学生は歌いながらわずかだが会釈した、ように見えた。一瞬迷ったのだが、洋子も軽く会釈をして正門を出た。歌を聴いてくれたことへの単なるお礼の会釈だったんだろうと、洋子はそれをすぐに忘れた。

市電が走る河原町通りは、日曜日のせいかいつもより車が少ないような気がする。兄の紹介で知り合いになった張だが、洋子は友だち以上の親しみを覚えていた。それが好意といえるのかどうかは洋子自身分からなかった。分からなかったが、もっと親しくなりたいという気持ちがあるからこそ、夏休みに張の実家のある北京に一緒に行こうと考えているのだった。

張はもうプランタンのなかのテーブルに座っていた。

「こんにちは」

洋子は笑顔で挨拶した。

「こんにちは」

張も洋子を見て言った。

テーブルに向かい合って座り、洋子が注文をしたあとで張は言った。

「洋子さん、『経験批判論』は進んでいますか」

「はじまったばかりですよ。自分では読んでるんですけど、言葉が難しいから社会科学辞典を買いました」

「ああ、あれね、共産党が編集したの。あれはいい辞典ですね」

「えっ、あれは共産党がつくったんですか」

「知らなかったんですか。社会科学に関する詳しい辞典はあれしかありません。日本共産党の人たちがつくったものですよ」

「まったく知りませんでした。政党があんな辞典をつくるってすごいですね」

「はい、日本の共産党はね、ぼくは個人的にすごいって思ってます」

「そうなんですか。でも、あれは助かります。なんとか主義、なんとか主義とかって、主義のつく言葉なんかちゃんと解説してるから役に立ちます」

「そうだ、一度、京大の唯研と立命の唯研と懇談会でもしませんか。こんなに近くに大学があるんだから。ね、洋子さん、責任者に言っといてくださいよ。僕も京大の唯研に言ってみますよ」

「はい、言ってみます」

張はバッグから折りたたんだ紙を取り出し、テーブルの上に広げて見せた。

「北京市内の地図です。ここが有名な天安門広場、ぼくの実家はこの辺りです。この地図では端っこですが、北京は大きな街ですよ」

「わたしが行って、ほんまにご迷惑じゃないんですか」

「あはは、ちっとも迷惑じゃないです。母も歓迎しますって、彼女に伝えておいてって」

「えっ、もう知らせたんですか」

「はい。それでね、洋子さんの夏休みの予定はどうですか」

「八月の十八日までは自由な日程です。それ以降は唯研の合宿があります」

「じゃ、月の最初の頃がいいですね。ゆっくり北京を見ようと思ったら、最低五日から一週間はあったほうがいいですね。往復で二日間をみて、向こうに四日間、全部で六日間でどうですか」

「オーケーです。楽しみやなあ。ほんまに夢みたいな話です」

洋子は笑いながら答えた。

「ぼくも洋子さんの日程に合わせます。行きも帰りも一緒に行動します」

「えっ、いいんですか。行きは一緒にと思ってましたが、向こうでもっとゆっくりしなくていいんですか」

「いいんです。それに八月後半はぼくも大学でいろいろと日程が詰まってるんです」

「そうなんですか。それと、あのおカネはいつ渡せばいいんですか」

「そうですね、手続きの前に、また下宿に電話します」

「分かりました。じゃ、わたしもいろいろと準備します。向こうも真夏だから、軽装でいいですよね」

「ああ、そんなことは気にしなくていいですよ。古いものですが、洋子さんが嫌でなければ母のものもあるんで」

その後、二人はプランタンを出て今出川通りを西に行き、そして御所のなかを歩いた。

こうして並んで歩いていると、人目には恋人同士にみえるだろうかと、洋子はそんなことを考えた。

砂利を敷き詰めてはいるが、自転車が通るところは砂利が脇に飛び、土だけの細い路《みち》のようになっている。ふと、後ろから自転車が近づく音がして、洋子はなにげなく振り返った。

ああ、と洋子は思わず声をあげた。

自転車は少し通り過ぎてブレーキをかけて止まった。昼にキャンパスで唄を歌っていた女子学生だった。笑っている。

「萩原さんでしょう」

突然、名前を言われてびっくりした。

「わたし、田高から来た池畑です」

彼女はそう名乗った。

「ええっ、田高っ」

洋子も声が上ずった。

「でも、なんでわたしを知ってるんですか」

洋子は聞き返した。

「なんでって、県大会でけた外れの記録を出した萩原選手を知らないはずないやん」

「ああ、あれね。写真も出たもんなあ」

「あのう池畑さん、学部は」

「法学部。わたしも一浪です。食堂でバイトやってるでしょう、初めて見かけたときはびっくりしたわ。ええっ、萩原洋子さんと違うんって。美人やし、すぐ分かったで。萩原選手のことは田高でも話題になってたもん」

そう言って、池畑はいまちょっと急いでるからと言って、それから張をちら見して自転車を走らせて去った。

「なんか、面白い出会いでしたね」

そばでずっと見ていた張が言った。

「いやあ、びっくりです。田辺高校、隣町の高校の出身でした。まさか、こんなところで田舎の人と会うとは思いませんでした」

「県大会のけた外れの記録とか、それに萩原選手って、なんのことですか」

張が興味深げに尋ねた。

「ああ、わたし三千メートルとか五千メートルのランナーだったんです。ランナーというより、小さい頃から山を走り回っていたので健脚なんです」

「へえー」

張は驚いている様子だ。

「それで県大会の記録保持者ですか」

「はい、早いんです、こう見えて」

張は驚いたと言って、笑った。

「じゃ、僕なんか完全に負けますね。洋子さんってすごいなあ」

「でも、最近はまったく走ってないんです。そんな時間もないし、場所もないし」

二人はしばらく無言で砂利の上を歩いた。張はなにかを考えている風だった。

「洋子さん、僕と二人で北京に行くこと、不安はないのですか」

ふいに張がそんなことを聞いてきたので、洋子は少しおかしかった。

「不安ですか、ちっとも」

張は気を遣っているのかと思い、真面目な人だなと感じた。

「それならいいんです。恋人でもない、知り合ったばかりの男と国外に行くこと、不安に思っていないかなと心配したんです」

「おおきに。わたし、張さんを信頼していますので」

「おおきに」

張は洋子の真似をしてそう言った。

「それにしても、父も母も驚くと思います」

「なにがですか」

「洋子さんの美貌にですよ」

「おおきに。ほんまに楽しみです」

（三十七）

洋子は、徐々にマルクスとエンゲルス、レーニンのとりこになっていった。『唯物論と経験批判論』というこのとても難解な本は、しかし、大学でのどの先生の授業よりも洋子を惹きつけた。

レーニンが説くところの物質とはなにか、人間がものを考える脳とはなにか、これらの記述に、高校時代この方、手あたり次第に読んだ書物からは得られなかった解明を与えられた。さらに、自由とはなにかについて、それは物事の必然性を認識することだというエンゲルスの解明に驚かされた。

洋子は、これまでどんなに考えても分からなかった難問を解く道すじが見えたと、渇望していたものを手に入れたときの喜びを感じていた。そして、ますますマルクス主義を勉強するんだという欲求が大きくなってゆくのだった。大学生協の書籍部にはマルクス主義の古典や最新の研究書が数多く置かれていた。洋子は、それらの本を買っては読み、買っては読みと一つひとつノートをとりながら読破していった。どうしても意味が分からないところは唯研に持ち込んで先輩たちに教えてもらった。

洋子の関心は、マルクス主義の理論だけでなく、世界の文学にも広がっていった。高校時代には読む機会がなかった革命文学も、洋の東西を問わず片っ端から読んでいった。入学してから夏までの洋子の読書量はかつてない数に上った。

梅雨が明けたある日、洋子は唯研の例会のあと近くの喫茶「青山」で西島と林に会っていた。前夜、西島から電話があり、相談したいことがあるというのだった。

「というわけで、そろそろ実践活動にも足を出してはどうかなと、民青に入ってほしいんやけど、どうかなあ」

西島はそう言った。

「日本民主青年同盟……」

洋子は差し出された民青のパンフレットの青い表紙を眺めながらつぶやいた。

「民青に入ることになにか抵抗あるかなあ」

林が尋ねた。

「抵抗って、どうなんでしょう。民青に入るとか、そんなこと考えたこともなかったから」

「なるほどね、でも考えてほしいなあ」

洋子は最近、日本共産党の存在を急速に意識しはじめていた。マルクス主義を学び、唯物弁証法を知り、世界と日本の革命文学に触れるなかで、日本共産党という存在を意識せざるを得なかった。しかし、それはまだ漠然としたもので、どこか遠いところにあるものだった。

洋子は張のことを考えた。彼は中国共産党に入っている。彼は留学にやってくるまでどんな青春を送ってきたんだろうか。

中国は社会主義の国だと言われていたが、洋子にはそれがどんなものなのか、さっぱり見当がつかなかった。新聞などでは毛沢東が進める文化大革命がときどき取り上げられていたが、それとて一体どういうことなのか、洋子には雲を摑むようなことで、こんどの北京旅行でそれをしっかり見てみたいと思っていた。

「実は、もうすぐ中国に行くんですよ」

「ええっ、中国」

西島も林もびっくりしたという風で、顔を見合わせた。

「また、なんで」

林が聞いた。

「兄の友だちで、京大の医学部に留学に来てる中国人がいるんです。北京の実家に帰るんで、わたしもついていくんですよ」

張と二人で行くとは言えなかった。

「へえー、北京へなあ。羨ましいというか、でも北京はいま文革で大変やで」

そんなことを西島が言った。

「先輩、文革ってどう思いますか」

洋子は尋ねた。

「僕も詳しく知ってるわけやないけど、中国共産党の内部での権力争いらしいけど、毛沢東が青年を組織して起こしたらしいな。まあ、一種のクーデターみたいなもんやろ」

西島はそう説明した。

「クーデターですか。共産党でもそんな野蛮なことがあるんですか」

「現に中国で起きてることやからなあ、そういうことになるなあ。ソ連でも似たようなことがあったしなあ」

「ちょっと待ってください。マルクスやエンゲルス、レーニンの立場でいうとそんなことって真逆やないですか。どういうことですか」

「本来の立場とはまったく正反対のことが起きてる。世界の共産主義の運動がまだまだ未熟で、よちよち歩きのレベルってことと違うかなあ」

西島はそんなことを言った。傍でじっと聞いていた林が付け加えるように口を挟んできた。

「でもね、日本の共産党はそんななかでも特別な存在みたい。そういう野蛮なやり方は本来の共産主義の立場ではないと、事あるたびに彼らを批判しているけど、それって世界の共産党のなかでは例外でね、ほとんどの党はソ連に従ってるらしいよ」

洋子は林の説明に驚いた。

「わたしは、まだ少しずつですがマルクスやエンゲルスの書いたものを読みながら、自分がマルクス主義の道へ進んでいってる感じがしているんです。でも、いまの話ではいちばん団結しないといけないところがバラバラって感じで寂しい話ですね。なんとかならないんですか」

西島も林もしばらく黙っていたが、林が言った。

「すぐにどうこうなる話ではないわ。世界の共産党がマルクスやエンゲルスの本来の道に立ち返るのには、まだまだ長いたたかいが必要やと思う」

「長い闘いですか」

「うん、道を反れてゆくにはやっぱり原因があると思う。その原因をなくさなあかんし、運動のなかで色んな間違った流れも起きてくるやろしね。わたし思うけど、そういうなかでも日本共産党みたいなマルクスの示した道を守っていこうって党があるのは救いやわ」

「どう、萩原さん、そんな世界の現状も含めてさあ、民青に入って一緒に勉強していかへんか。唯研での勉強はいわば理論的っていうか、学問的なことだけやから限界があると思う。その点、民青はどういうか、現実の日本や世界をどう捉えればいいのかを勉強するところやし」

西島がそんなことを言った。

洋子は二人と話をしながら、唯研だけで勉強するには足りないなと思えてきた。民青に入ってもいいとは思ったが、洋子は兄の良介のことを思い出した。良介は自分なんかより何倍もマルクス主義を知っている。しかし、その良介から民青に入った話など聞いたことがない。それに張。中国共産党の党員ということだが、どんな考えを持っているんだろうか。二人と話をしてから、それから民青のことをじっくり考えてみようと思った。


洋子は久しぶりに良介をプランタンに呼び出し、向かい合っていた。

「『二十歳の原点』って、あれは読んだか」

良介は洋子に尋ねた。

「一応は読んでみたよ。書店にようけ積んでたもん」

「立命の先輩やけど、どうな」

「高野悦子なあ、もちろん共感できるとこもあるけどな、なんて言うたらええか、ちょっと粘着過ぎてな、わたしには合わんって思ったわ」

「粘着なあ、そうか粘着なあ」

と言って良介は笑った。

「なに、わたしの言い方、おかしいか」

「いや、たしかにお前にはそうかも知れんなあて。で、民青に入るのは断ったんか」

「ううん、断ってはないよ。いろいろ考えてみるて言うといた。兄《にい》はどう思う」

「そやなあ、結論としては、お前の好きなようにしたらええと思う。ただ、民青は共産党とは別の組織やけど、共産党が指導してるさかな、すぐに共産党にも入ってくれて言うてくるで」

「そうなん。共産党らて別の世界の話やなあ。お父ちゃんの友だちの公ちゃんのおっちゃんは共産党やろ。党員らて、知ってるのあのおっちゃんくらいやわ」

「そやなあ、他にもおるんやろうけど、白浜で知ってるのは公ちゃんだけやなあ。議員さんの名前は知ってるけどなあ」

「兄、公ちゃんのおっちゃんと話したことあんの」

「ないわ」

「京大で民青に誘われへんかったん」

「民青からも中核からも誘われたなあ」

「そうなんやあ、で、どうしたん」

良介はコーヒーカップを手に持ったまま、窓越しに河原町通りを眺めていたが、やがて口を開いた。

「俺はなあ、民青にも共産党にも入ってたんや」

「ええっ、そうなん。入ってたって、いまは」

「俺はなあ、どう言うたら分かるかなあ、休憩してるつもりやけど、組織のほうはどうしたやろなあ、まだ切られてはないかもな」

初めて聞く兄の話だった。

「どういうこと、ちゃんと言うてだ」

「この話はなあ、いまのお前に説明しても理解できんと思う。まあ、もうちょっと時間が経ってから話した方がええかも知れん。でもまあ、なにかの参考になるかも知れんから、あらましだけ言うとくわ」

良介はそう前置きしてから、事のあらましを話した。

「去年、共産党の内部で新日和見主義ていう分派活動が発覚したんや」

「分派活動ってなに」

「共産党の方針が気に入らんから、そういう反対意見のある連中だけ集まって一つのグループをつくることって言うたら分かるか」

「なんとなく分かる。それは団結を乱すなあ」

「うん、まあそうや。その中心人物が民青の中央委員会にいた奴やったんや。それが発覚して、それに関わった連中が処分されたし、自己批判させられた。俺はその分派とは直接関わってないんやけど、俺の友だちが関わっていた。それで、俺にも疑いがかかってな。まあ、なにもなかったことは証明されたんやけど、それにまつわることがいろいろとあって、ちょっと疲れてな、いま休んでるとこや」

「ふうん、なんかややこしい話やなあ」

洋子は、兄の立場が複雑だったらしいことが分かり、詳しく尋ねるのを避けた。

「お前がマルクス主義を勉強したいって言うたときから、いつか民青と共産党の話をせなあかんときが来るやろうなあと思うてたんやけど、入る入らんはお前が考えて決めることやさかな」

「うん。それでその日和見主義の人たちはどうなったん」

「中心的な活動家は処分されたし、自己批判して党にとどまった連中が多いようや」

「民青を勧めに来た唯研の人、西島さんっていうんやけどな、その日和見主義の話はしてなかったけど、中国の文革の話を聞いたわ。共産主義の運動って世界でも日本でもいろいろなことがあるんやなあ、兄」

「あるなあ。中国もソ連もまあ大変な党や。政権は握ってるけど、先々はまだまだ不透明や。このまま順調に進むってことは考えにくいなあ」

「マルクスもエンゲルスも嘆いてるんと違うやろか」

「嘆いてるやろなあ。もっとも二人が生きてたら、そう簡単に社会主義の事業が成功するって考えてないやろけどな」

「そいでもなあ、ソ連も中国ももうちょっとちゃんとしてくれなあかんわ」

洋子が言うと、良介は笑った。

「ところで、もうすぐなんやろ、北京行き」

「そやな、近づいてきたわ」

「しかし、お前も大胆やなあ。恋人でもない男といっしょに行くんやから」

「そやろか、張さんはええ人やん」

「それは分かってるけど、まあ、気をつけて行ってこいよ。それにしてもなあ、時代の流れやなあ、俺もお前も共産党に近づくらて、あの二人の親が知ったら腰ぬかすぞ。いまの俺の話は親には内緒やぞ」

良介はそんなことを言った。

「ほんまやなあ、地元では萩原家は保守も保守、みんな自民党やて思てるもんなあ。」

「お前がこんな道に進んで来るとはなあ、まったくそんな気配は感じられなんだけどなあ」

「ノンポリやて思てたん」

「思てたんって、実際ノンポリやったやろ。ミスはまゆうコンテストに出たり、あいつはミーハーな奴やって感じやったもんなあ」

「ああ、あれは敏美ちゃんが誘いに来たさかや。いくらなんでも一人だったらよう出らんわ。そやけどな、一回出てみたら、なんか度胸がついたっていうか、面白かったわ」

「敏美ちゃんはどうしてるんな」

「去年、妊娠して結婚したわ」

「妊娠して結婚てか。そらまたすごいなあ」

「敏美ちゃんもあの美貌やもん、もてるもん」

「敏美ちゃん、も、ってか。わたしもそうやてか」

良介は大きな声で笑った。洋子もつられて笑った。

「そらそうとお前、北君とはどうなったんな」

良介の突然の問いだった。

「うん……ほとんど別れたに等しいなあ。話も合わんようになってきたし」

洋子自身は中絶のことはもう過去の事と割り切っていた。しかし、その事はやはり兄には言えない。

「そうかあ、仕方ないなあ。求めてるもんが違ってきたか」

「求めてるもん、って」

「そうや、人生に求めている内容が、お前と北君とでは違うってことや」

そうなんだろうかと、洋子は考えた。わたしは北になにを求めたんだろう、そして北はわたしになにを求めていたんだろう。高校に入学して、たった一人だけ波長が合ってスタートした恋だった。なにかを求めていたのだろうか。お互いがお互いを求めたとしか言いようがないではないか。洋子の妊娠がそれまでの二人の流れを変えたのだ。男と女の性愛の結果である妊娠という事実。それをどう捉えるのか、この点で二人の考えはあまりにも遠く隔たっていた。青春の激流に二人ともが飲み込まれ、その激流が二人を遠ざけたとしか言いようがなかった。

「そういう兄はどうなんよ」

洋子は話を良介に向けた。

「俺か、俺もまあこいだけの男ぶりやからなあ、いろいろあるよ」

洋子は笑った。

「大きい兄はどうなんやろね」

「あいは社交的やし、適当にやってるはずやで」

「もうだいぶ会ってないなあ。姉《ねえ》の結婚式からやなあ」

「兄弟っていうてもなあ、あの二人は戦争中で、俺らは戦後の生まれやからなあ、ちょっとの差やけど、なんか違うなあ」

良介はそんなことを言った。洋子はふと、ジョンと林のなかを駆けている光景を思い出した。

「ちょっと白浜に帰ってみたなったよ」

「合宿するんやろ、そんときにゆっくりしたらええわ」

「兄も盆には帰るんやろ」

「そのつもりやけどな」

良介と洋子がこんなに長い時間にわたり話をすることは、高校時代にはなかったことだった。大学に進み、家を離れて京都で二人が暮らすようになってからだが、なにより二人がマルクス主義の学徒だということが、兄弟であること以上のなにかを感じさせると、洋子は思うのだった。

下宿に戻って、洋子は北京行きの準備にとりかかった。張といっしょに北京に行き、張の実家に滞在することを良介は大胆だと言った。張は単なる友だちだろうかと、洋子は自問した。それ以上の気持ちが洋子のなかにないわけではなかった。が、それは恋、というものではなかった。数年前、高校の図書館で北と初めて出会ったときに芽生えたときのような感情はなかった。かと言って、兄に紹介された単なる友だちというのでもなく、そこには信頼関係のようなものが生まれていた。その信頼ってなんなんだろうかと洋子は考えた。ふと、洋子は良介が口にした「求めるもの」、それが似ているような気がした。北京、その未知の国で待っているものはなんなんだろう。

（三十八）

「ここからバスに乗ります」

張はそう言って先に立って歩いた。洋子には目に入るものすべてが珍しかった。空港は人民服を着た人々でごった返していた。人民服姿の人々はよくテレビのニュースなどで見かけたが、実物をみると、中国に来たという実感が湧いた。

出発までまだ少し間があり、バスには空席があった。張は洋子を窓側に座らせた。

世界でも有数の歴史を持っていて、同時に社会主義を建設しようとしている巨大な国。中国の首都・北京はたくさんの人々が行き交う活気に満ちた街だった。洋子はこんなにたくさんの人々が自転車で行き交う光景を見たことがなかった。

「洋子さん、どうですか」

窓の外を食い入るように眺める洋子に、張は笑みを浮かべて言った。

「なにもかも珍しいです。生まれて初めての外国やもん。日本とはまったく違いますねえ」

「そうですよね。ぼくも初めて羽田空港に降りたときはびっくりしましたから。北京の第一印象はどうですか」

「とにかく、人と自転車が多いってことですね」

「人口は日本の十倍以上あります」

「北京の人口はどれだけですか」

「詳しくは知りませんが、いまはどんどん増えているようです。おおよそですが、九百万人に近づいていると思います。このままだとあと数年で一千万人になると思います」

「すごい発展ですね」

「ぼくは経済のことは分かりませんが、発展はしていますが、まだまだ中国は遅れた国です」

「わあ、すごい広いところ。毛沢東の写真」

洋子は感嘆の声をあげた。

「これが有名な天安門広場です。この辺りはまたゆっくりと案内します」

「洋子さん、中華料理ではなにが好きですか。食べたいものがありますか」

「中華料理って言っても、京都の店で食べるくらいで、あとはほとんど知りません。餃子とかシュウマイは好きです。あとモヤシ炒めとか……」

「ははは、モヤシ炒めねえ、あれも中華料理ですか。分かりました、美味しいものをご馳走しますから、楽しみにしてください」

「ありがとうございます。ほんまに楽しみです」

「洋子さん、北京で絶対に行ってみたいところとか、そういうのなにかありますか」

「まったくなにも知らないので、分からないんですよ。万里の長城は教科書で見たので知ってます」

「じゃ、それも僕に任せてください」

バスはいつしか開発の遅れている、小さな家が建ち並んでいる下町を通っていた。

「ここがダウンタウンですか」

「胡同《フートン》です。北京の昔ながらの街です。市民の四分の一がこの胡同に住んでいるんです。ぼくの家もこのなかにあるんです。もう少し先ですけどね」

「すごい活気ですね」

「そうなんです、ちょっとごみごみし過ぎてる気もしますが、おっちゃんやおばちゃん、兄ちゃんや姉ちゃん、それに子どもたち。なんというか、ここはある意味、北京そのものですね」

「へえー、なんでもあるんですか」

「そう、なんでもありますね。あと少しで降ります」

「なんか、お父さんとお母さんに会うのドキドキしてきました」

「大丈夫、難しい人じゃないですから」

バスを降り、胡同と呼ばれる家々の密集したところに入ると、色んな匂いが入り混じった空気が鼻をついた。人々の息遣い、様々な食べ物の混じった、なんとも言えない匂いだ。

「匂うでしょう。ここが僕が育った故郷なんです。懐かしい匂いです」

路地の道幅は広いところでも三メートルあるかないかだった。

顔見知りのおばさんなのか、大きな声で張に話しかけてきた。笑いながら張も大きな声でなにかを言っている。中国語だから洋子にはさっぱり分からないが、表情からして楽しそうな内容なんだろう。

「きれいな娘を連れてきたねえと言ってます」

「ええっ、他にはどんなことを」

「恋人かって」

こんどはお年寄りのおじさんが張に頭を下げて挨拶した。

「なんて言ったんですか」

「浩宇ぼっちゃん、お帰りなさいって」

細い路地に曲がって少し歩いた。喧騒が少しおさまり、二階建ての古い建物の前で張は立ち止った。

「さあ着きました。ここです」

そう言って張は木製のドアを開いた。入ると、八畳ほどの石畳の庭があり、小さな鉢植えの花がいくつか置かれていた。ガラスがはまったドアがあり、それを押して張はなかに入った。

「お母さん、ただいま」

日本語で張は帰省したことを告げた。

「おかえり」

きれいな澄んだ声が中からあり、そしてお母さんが現れた。洋子は一目見て、美しい人だと思った。

「浩宇の母です。よくお出でくださいました」

流暢な日本語でお母さんは言い、笑顔で頭を下げた。

「萩原洋子と申します。この度はお邪魔してすみません。よろしくお願いします」

「挨拶はもういいでしょう。洋子さん、とりあえずくつろぎましょう」

張はそう言って、居間に洋子を案内した。置かれている家具はどれも古いものだったが、感じのいいものだった。

お母さんが冷えたお茶を盆に乗せて運んできた。洋子は一口飲み、渋いが美味しいと感じた。

「美味しいお茶です」

と言う洋子の言葉に、お母さんは微笑んだ。

「中国は初めてですよね」

「はい、そうです。だからわくわくしています」

「疲れていませんか。東京からだと約三時間くらいでしたか」

「はい。大丈夫です、疲れていません」

「洋子さんはね、陸上競技、長距離の記録保持者です」

「まあ、そうなんですか。そんな過激なスポーツをする人には見えませんよ。それにしても浩宇、洋子さんはきれいな娘さんですねえ。わたし、こんなにきれいな日本の女性、初めてです」

「ありがとうございます」

「洋子さんはどこへ行っても男性から熱い視線を受けています」

「そうでしょうねえ」

「あの、お母さんも日本の大学にいたことがあるとお聞きしました」

「昔ね、もう三十年も前のことですよ。あれから東京もうんと変わったでしょうね」

「そうだと思います。といっても、わたしは関西ですから東京方面はよく知らないんです。それにしても、お母さんの日本語、ほんとに上手ですね、びっくりしました」

「あはは、まあこれでも一応大学で日本語の先生ですから」

「あ、そうでしたね、でも、ほんまに上手です」

「洋子さん、洋子さんの上の名前、先ほど萩原さんって。萩原という名前はそんなに多くないでしょう」

「そうですね、そんなに多い名前ではありません」

「関西って、何県の出身ですか」

「和歌山県です。ご存じですか」

「和歌山県は新宮市に行ったことがありますよ」

「ええっ、ほんまですか」

と、洋子はびっくりして大きな声を上げた。

「むかしね、大学の先生のお供で行きました。それで、和歌山県のどちらですか」

「わたしはその新宮からは離れていますが、白浜というところです」

「白浜……」

張のお母さんは、一瞬目を見開いて、そしてしばらくして黙っていたが、やがて口を開いた。

「あの、洋子さん。お父さんのお名前はなんといいますか」

「洋《ひろし》っていいます」

「太平洋の洋ですか」

「そうです」

「お歳は」

「歳ですか、ええっと、四十七歳かな」

「それで、白浜にお父さんと同じ名前の人が他にいますか」

「いません」

「お母さん、どうしたの」

傍で二人のやりとりを聞いていた張が割って入ってきた。お母さんは息子の声を無視した。

「洋子さん、洋子さんは萩原洋さんの娘さんなんですね」

お母さんはそう言いながら涙をこぼしている。洋子の手を両手で握った。洋子は面食らった。いったい、どうしたというのか。

ややしばらくして、お母さんは言った。

「洋子さん、お父さんはこの家の二階に泊まったことがあるんですよ」

「ええっ……」

洋子は仰天した。意味が分からなかった。

「それは、それは戦争中のことですか」

洋子の問いに、お母さんは涙を拭きながら答えた。

「戦争中というか、正確には終戦のあとです」

「お母さん、それ、初めて聞きました。ほんとなんですか」

と、張も驚いた様子だ。

それから、お母さんはゆっくりと語りはじめた。


父がこの家に泊まった。洋子はその実感がまったく湧かなかった。が、同時に人間の巡り合いの不思議を思った。遠く離れた中国に来て、そして星の数ほど人々がいる北京で、まさか父親の知り合いに会うなんて想像もできないことだった。

張のお母さんの驚きようも普通ではなかった。ただ単に復員する日本兵に宿を提供しただけなら、さっきのように涙を流すだろうか。そのときに、父と張のお母さんとに男女のなにかがあったんだろうか、洋子はそんなことを考えた。なにかがあったとしても不思議ではないと、洋子はそう思った。しかし、それは父に聞くことも、このお母さんに聞くことも、どちらもしてはならないことだとも思った。洋子は、戦地での父の青春を垣間見たように思った。

「洋子さん、ほんとに驚きました」

張が洋子に話しかけた。

「それにしても不思議ですね。その息子と娘がまた知り合いになったんですもん」

洋子もそう言った。

「あのう、お母さん、父はそのあとにソ連の捕虜になってシベリヤに送られたんです。詳しくは知らないんですが、シベリヤの奥地で四年ほど捕虜になっていたんです。ですから、敗戦のあとすぐには日本に戻れなかったって聞きました」

「ほんとうですか。じゃ、あのあとも苦労をされたんですね……それで、洋さんは、いえお父さんはいまお元気ですか」

「それが、胸を病んでいます。日本に戻ってきてから、父は農業をしながら砕石場、山の石を砕いて製品をつくるんですが、その砕石のときに、細かい石の粉を吸い込んでしまうんです。それが長い間に肺に溜まってなる病気ですが、それで苦しんでいます。まだ症状は重くはないんですが」

「そうですか、心配ですね。ここに泊まった頃はまだ若くてお元気でしたのに。そうですか、胸の病気ですか……」

「あのうお母さん、尋ねてもいいですか。父は、どうしてここに泊めてもらったんでしょうか」

「あの頃はねえ、大変な時代でした。いまの若い方には分かりにくいかも知れませんけどね。お父さんとは汽車のなかで知り合ったんです。お父さんは八路軍の捕虜に、あ、八路軍って分かりますか」

洋子は首をふった。

「そうでしょうね。八路軍っていうのは中国共産党の軍隊なんです、そこの捕虜になっていたんですよ。ところが、たまたまその八路軍に白浜から来た友だちが入っていたんです。名前も覚えています、公ちゃんって言ってました。その公ちゃんと偶然にも収容所でばったり出会ってね、それで日本に帰れるように助けてもらったとわたしに言ってました」

「公ちゃんのおっちゃんや」

洋子はそんなことがあったのかと驚いた。

「公ちゃんは家が近所なんですよ。いまも元気で共産党の活動をしています」

「そう……じゃ、戦後、国に帰って再会できたんですね、よかった」

「父は戦争中のことはほとんど話しませんから、わたしはなんにも知らないんです」

「それはね、なかなか話せないんだと思います。悲惨なことばかりでしたからね。それでね、お父さんが北京に向かう列車に乗っていたときに偶然知り合ったの。わたしが源氏物語を読んでいたので、日本人と間違えて声をかけてきたんです。わたしが留学中に新宮に行ったときの話とかしてね、それで親しくなったの」

洋子は、自分が生まれる前の、まだ若かった頃の父親の姿を描きながら話を聞いた。

「張さん、北京に連れてきてもらってよかったです。それにしても親子二代にわたって泊めてもらえるなんて、夢みたいな話です」

「そうと分かったなら、今夜は盛大にご馳走しますね。主人は仕事で四川省のほうに行ってます。二週間の予定ですから洋子さんには会えないけど、よろしくって言ってました」

「そうなんですか。四川省って遠いんじゃないですか」

「どうかなあ、北京から東京に行くのと同じくらいかなあ」

張が答えた。

夕食はお母さんの心づくしの手料理が出され、洋子は日頃は飲まないお酒もいただいた。本場で食べる中国の料理はどれも美味しくて、洋子は少し食べ過ぎてしまった。

あと片づけを手伝っているときに、お母さんは洋子にこんなことを言った。

「初めは分からなかったけど、洋さんの娘さんと分かってから、あらためて面立ちが似ているって気づきましたよ。ほら、眉とかこの鼻のラインとか、よく似ています」

「そうですか、わたしはよく分かりません」

と、洋子はそんな返事をしたが、父とこのお母さんとの間には、単なる知り合いという以上のなにかがあったんだろうと、そんな直感のようなものがあった。眉や鼻や、そんな微妙なところまでお母さんは覚えている。それは二人が愛し合った仲だったからじゃないのかと、洋子は思った。

「お父さんはね、この二階に泊まったんです。当時、わたしは母と暮らしていてね。洋子さんの北京での宿は、お父さんと同じ部屋ですよ。古いけど我慢してね」

「いえ、本当にありがとうございます。しかし、ほんとに不思議な巡り合わせで、まだ信じられません」

「わたしもそうですよ、ほんとにこんなことがあるなんてねえ」

お茶でも飲みましょう、とお母さんは言って居間に洋子を誘った。張は近所の同級生の顔を見に行くと、夕食後に出かけていた。

「あの子、明日は洋子さんをあっちこっちと連れてゆくって言ってましたよ」

「はい、連れていってもらいます。あのう、お母さん、戦争中のことを話してもらえませんか、話せることでいいですから」

「戦争中のこと。そうですねえ、なにを話せばいいんですかねえ。わたしはね、北京では裕福ではないですが、かといって貧乏というわけでもありませんでした。それで東京大学にもなんとか留学できたんです。いまもそうだけど、日本は進んだ資本主義の国でしたから、たくさんの中国人が留学していました。でも、戦争がどんどん進んで、わたしも東京におられなくなって戻ってきたんです。当時は、日本の軍隊がわがもの顔でふるまっていました。ひどいことがいっぱいおこなわれました。殺人、強盗、強姦、ほんとに日本軍はなんでもありでね、怖かったですよ。一人ひとりの日本人はいい人だと思います。でも、戦争になったらみんな人でなしになり果てるんです。中国の国民のなかから日本軍の侵略に抵抗する人たちが現れてきました。いちばん勇敢に戦ったのが毛沢東主席の中国共産党でした。そのなかでも八路軍は勇敢でした。貧しい国民はみんな共産党に望みを託しましたね。結局、日本は戦争に負けて引き揚げていきました」

「じゃ、中国の人たちは日本を恨んでいるんですね」

「そうねえ、親や兄弟を殺され、娘や妻が乱暴されて、家を焼かれたり田畑を壊されたり、ありとあらゆる悪事を働きましたから、被害にあった当事者や家族の傷はいつまでも消えません。消えていませんけど、去年、田中首相が北京に来て、戦争中はひどいことをした、深く反省していると言いました。国交が回復され、前に向かって進もうという機運が生まれています。でも、わたしはね、日本が、というより日本の政府が心の底から反省しているようには思えませんけどね」

「はい、わたしもそう思います」

「でもね、これからはあの子や洋子さんのような世代が世の中の中心になっていくんですから、わたしは悲観はしていないの」

「張さんは共産党に入っていると言ってました」

「ああね、北京の学生の多くは共産党に入っています。知識層の青年は政府からも期待されているし、中国を豊かな進んだ国にするんだという気持ちを持っていると思います」

「こんなことを聞いてはいけないんですが……」

「いけないことなんかないですよ。なんでも言ってね」

「文革は共産党内の権力争いだって、日本では言われています」

「そうね、大きな声では言えないけどね、その通りだとわたしも思います。毛主席は偉大な指導者です。これは否定できません。でも、なにも知らない若者を組織して横暴なことをするのは間違ったやり方だと思っています。いまおこなわれている文革は、長くは続かないとわたしは思っています。これは洋子さんだから言うんですよ」

「よく分かっています。誰にも言いません」

「わたしはね、実は当時パートナーがいたんです。彼は八路軍に入り日本帝国主義とたたかいました。それで戦死したんです。洋さんと出会ったのは、それからしばらくしてからでした。いまの夫とはそのあとに知り合ったんですよ。そしてあの子、浩宇が生まれました」

「そうなんですか。お母さんにも色んなことがあったんですね。わたしは大学に入ってからマルクス主義を勉強しはじめました。ですから、まだかけ出しなんですが、マルクス主義者になろうって思っています。でも、色んな人から話を聞いていると、混乱してくるんです。人々を解放するのがマルクス主義なのに、色んな対立があるし、世界では敵対関係もあるようです。ですから、わけが分からなくなるときがあります。日本共産党の関係者からも誘われていますが、まだよく分からなくて決めかねています」

「そうですか。日本の学生運動もバラバラですもんね。色んな派閥に分かれていて、内ゲバっていうの、そんなことも聞こえてきます」

「はい、わたしには難しいことばかりです」

「洋さんとわたしが出会った頃は、もっと簡単でしたね。戦争ですからね、侵略した側と侵略された側と、分かりやすかったと思います。これからはどうなんでしょうか、複雑な世の中だと思いますね」

この部屋にお父ちゃんも寝たことがあるんだと、そんな感慨にふけりながらも洋子は旅の疲れからかすぐに眠りに落ちた。

(三十九)

毛沢東《もうたくとう》と権力争いをしていた林彪《りんぴょう》が一九七一年の飛行機墜落事件で死んでから、文化大革命(文革)は路線転換を迫られていた。毛沢東は文革に反対する解放軍の幹部を次々に追放し、妻の江青など身内を軍の幹部にすえた。しかし、軍事の素人であることは誰の目にも明らかで、軍は江青などに従わなかった。軍部を統率していた林彪が死に、毛沢東は、一度は失脚させたが軍に影響力を持っているかつてのほとんどの幹部を呼び戻さざるを得なくなった。こうして復権してきた幹部の中心に鄧《とう》小平《しょうへい》がいた。

一九七三年の春、その鄧小平が副首相の地位に就いた。周恩来《しゅうおんらい》首相が病気だったため、事実上、彼は中国国務院のトップになった。鄧小平は、「壊すよりも建設しよう」と言って、文革路線に変化を与えようとした。こう言えば、毛沢東の影がうすくなったかのように聞こえるが、そうではない。毛沢東は鄧小平の行政手腕を見抜いており、文革の間はトラクターをつくる工場で働かせておいたのだ。もし周恩来が死ねば、呼び寄せようと鄧小平を残しておいたのであった。


洋子と張は天安門広場前の通りを歩いていた。

「ねえ張さん、張さんはどんな気持ちで共産党に入党したんですか」

洋子は率直に尋ねた。

「そうですね、それはいい質問ですね」

そうは答えたが、しばらく張は沈黙していた。やがて、

「入党のとき、ぼくはこんな風に書きました。中国共産党は偉大であり正当である。わたしはその中国共産党に入党し、万国のプロレタリアートを解放するもっとも偉大な人類の事業に命を捧げます、って。洋子さんだから正直に言うけどね、先輩からこんな風に書くんだと言われて書いたんです。でもね、この決意はウソではないん

です。僕の正直な気持ちなんです。ただね、それはそうなんだけど、党員になれば色んな優遇もあるんです。僕は医者をめざしていますが、日本の医学を学ぶために留学を許可されたのも共産党員だったからだと思います。党員でなければ、国からの援助は受けられません」

そう言って、洋子の顔を見た。そしてまた続けた。

「中国で共産党に入党するのは、ある意味やさしいことです。共産党が実権を握っている国ですからね。でも、洋子さんが日本で共産党に入党するのは、僕なんかより何十倍も勇気のいることだと思います。僕は日本に留学して、生の、現実の日本を知りました。日本共産党は去年の衆議院選挙で大躍進をしました。しましたが、まだ衆議院で四十人ほどです。五百人のうちの四十人です。先は長いと思いました。日本の共産党は議会で多数者になって、議会を通じて政治と社会を変えてゆく路線です。これはほんとうに根気のいる事業だと思います。中国は国民党との戦争で政権を握りました。たくさんの犠牲者が出ましたが、このやり方はある意味で日本などと比べたら簡単です。力が大きければ勝てるんですから」

洋子は通りを歩きながら黙って張の言うことを聞いていた。なるほどなあと思わせる、説得的な話だった。

「わたし、張さんのこんな話初めて聞きました」

「僕もこんなこと話すのは初めてですよ。洋子さんだから話してるんです。二人だけの秘密ですよ」

「それにしても、張さんは色んなことを知っているんですね、驚きました。わたしなんかまったく勉強できていないなあ」

「そんなことないですよ。僕の話が飲み込めるんですから」

洋子は苦笑した。

「話は変わりますが、張さんは知っていたんですか。萩原洋という日本人が戦争中にあの家に泊まったこと。わたしはほんとにびっくりしました」

「いえ、初耳でした。なにもかも驚きでしたよ。でも、いちばん驚いたのは母だったんじゃないかなあ。僕にはそんな感じがしました」

二人はしばらく黙ったままで歩いていた。

「張さん、なにを考えているんですか」

洋子はそう聞いた。

張は黙っていたが、ややあって笑みを浮かべながら言った。

「多分、洋子さんと同じことを考えています。洋子さんのお父さんと母との間になにがあったかは分かりませんが、なにがあってもいいと僕は思います。洋子さんはどうですか」

張はそう言って洋子を見つめた。

「わたしも同じ気持ちです」

二人は微笑みながら見つめ合った。

「さあ、万里の長城へ行きましょう」

張は大きな声で言った。

「張さん、万里ってどういう意味ですか」

「言葉通りにいうと、一里は約五百メートルです。ですから、これは五千キロの城壁という意味ですが、まあ、とっても長いってことでしょうね」

「ああ、そういうことなんかあ」

「秦の始皇帝がつくりはじめたんです。周辺の遊牧民の侵略を防ぐためにね。これを築くのに大勢の囚人が駆り出されたとかいう話が残っているんですよ。それで十数年かけてつくられたって。重労働で死ぬからね、囚人を次々に補充したらしい」

「秦の時代っていうと、いまから……」

「二千年以上前ですよ」

「気が遠くなるような話やわ」

「万里の長城といってもね、ほとんどが壊れてきています。もう長い間修復されていないし、ダムを建設するのに長城のレンガを取って使ったりしているからね」

しかし、実際に登ってみて、洋子は感嘆の声をあげた。緑の山々の頂をつないで、石畳の城壁が見渡すかぎり延々と伸びている様は日本では絶対に見ることのできない景色だった。それが五千キロに渡ってつづいている。日本では想像もできないことだ。

「ここを走ったら足腰が鍛えられて、マラソン選手にはいい練習になるわ」

洋子がそんなことを言うと、ははは……と張は大声を上げて笑った。

「そんなことを言う観光客は洋子さんが初めてじゃないかなあ。さすがランナーですね、目の付けどころが違うよね」

「そうでしょうか。田舎の山のなかも起伏があるけど、距離が短いですから。ここは最高ですよ、どこまでも走れるんだから」

「洋子さん、どうでしたか」

張の家に戻ると、お母さんが尋ねた。

「素晴らしい眺めでした。中国五千年の歴史を感じました」

「それはよかったです。でもね、戦争で相当壊れたんですよ。観光のためにきれいに直している場所はありますが、全体では壊れている所が多いです」

「らしいですね、ダム建設の材料にレンガを取ったりしてるんですね。張さんから聞きました」

「それにしても洋子さん、お父さんに似ていますね。顔ってほんとに似るもんですね」

洋子は笑った。

「浩宇、明日はどこに行きますか」

「洋子さんは盧溝橋に行ってみたいと言うんです」

「盧溝橋ですか、なるほどね」

「ついでにあの近くのいくつかを回ろうと思っています。抗日記念館も洋子さんに見せてあげます」

洋子はできるだけ色んなところを見て回りたかった。


こんどまた、いつ中国に来れるのか、いや、もう来る機会なんかないかも知れないのだ。父がどんなところで戦争を経験したのか、その現場に立ってみたかった。

「あのうお母さん、戦争の頃の話を聞かせてくれませんか」

「あの頃の話ねえ。そうね、当時を知っている中国人の話を聞いておくのもいいことね」

「ぜひ、お願いします」

「日本軍は北東部に満州国をつくったんです。愛新覚羅《あいしんかくら》溥儀《ふぎ》が皇帝になったけど、それはお飾りでね、実権は日本軍、当時は関東軍っていうのね、それが握ってたんです。満州国では、日本語が強制されたんですよ。学校の授業もね、高学年になったら日本語でした。先生も日本人でね。なにもかもが日本式になりました」

お母さんはそう言って、一口お茶を飲みほした。

「中国では、昔から主人の言うことが絶対で、妻は従わないといけない。満州国では皇帝がいちばん偉い人で、あとはみんな皇帝の臣民だった。でもね、日本人の子どもは中国人とは別の、設備の整った学校に通ったんです。教室は窓も床もピカピカでね、暖房も完備されてました。

中国人の子どもが街で日本人と出会ったら、相手が年下でも頭を下げて道を譲らないといけなかった。大人もそうだった。日本人に出会うとお辞儀をしなければなりませんでした」

張もお母さんの話に耳を傾けている。

「日本軍はね、満州北部の村々を焼き払いました。五百万人が家を失ったと言われています。男たちは強制労働に従事させられたんです。学校ではね、日本の兵士が中国人を真っ二つに切り裂くシーンの映画を見せたり、囚人を柱に縛っておいて野犬の餌食にされているシーンを見せたりして、恐怖心を植えつけようとしたんです」

洋子は黙って聞いていたが、父もそういうことをしたんだろうかと考えた。

「日本軍はほんとに野蛮でした。でも、戦争が終わってから、わたしは偶然に洋子さんのお父さんと出会い友だちになりました。洋さんはいい人でした。みんながみんな悪人ではないし、洋さんは戦争が人を変えてしまうんだと言ってました。わたしもそう思います。中国にやってきた日本の兵隊はほとんどが日本の農家の出身です。ほとんどの兵隊は素朴な人々だと思うんです。でもね、戦争は殺すか殺されるかということになります。その恐怖が人を変えてしまうんですね。あんな時代は二度と嫌です」

言い終えて、お母さんはしばらく黙っていたが、やがてまた口を開いた。

「洋子さんたちの力で、戦争なんかしない日本にしてくださいね」

お母さんが言った、戦争なんかしない日本にしてねという言葉が、夜、横になってからも洋子の耳からしばらく消えなかった。

マルコ・ポーロが「こんなに美しい橋は世界のどこを探しても見つからない」と書いた盧溝橋は、暑い夏の陽ざしはあったが、心地よい風が吹いていた。一一九二年に完成した橋だと書かれていた。

「ここが有名な盧溝橋ですね。教科書の写真はモノクロで実感がなかったけど、きれいなところですね」

あんな事件さえなければ、ここは北京郊外の田舎の美しいところだったはずなのにと、洋子はそんなことを思った。

「特に夏はね、周りの緑と、川の水の色、それに空の青さ。ぼくもいい所だと思います」

「一九三七年だから、ええっと、三十七年前のことですね。日本軍が中国からの攻撃が起きたとウソをついたんですね」

「たなばたの日、七月七日でした」

張はそう言って、遠くを見つめていた。

「日本はね、柳条湖というところで鉄道を爆破して侵略をはじめました。そのあと満州国をつくりました。こんどは、盧溝橋事件をきっかけにして、中国全体に侵略をしかけてきたんですよ」

「はい」

「中国の人々はもう我慢の限界に来ていました。ここから三百メートル離れた所、あの辺りです、あそこには中国軍がいたんです。日本は五千八百人の部隊で攻め込んできたっていうことです」

川面がときおり吹く強い風に揺れ、波立っている。

張は続けて言った。

「日本は、その後も本国から軍隊を増強して中国をこらしめると言いました。僕たちは学校の授業で当時のことを習います。日本は、中華民国に反省をさせて、東亜の平和を確立すると言いました。他国に攻め込んで来て、人々を殺して、なにが平和の確立でしょうか」

洋子は張の言葉を黙って聞いていた。

長い前髪がときどき風に吹き上げられ、張はそれを指でなおしている。張は男前ではないが、中国人によくある平ったい面立ちではなかった。洋子は、張の長い眉が美しいと思った。

「中国の人たちはいまでも日本を恨んでいるんでしょうか」

洋子はそう聞いた。

「そういう人は多いと思います。でも、僕のように戦後になって生まれて育った人々が増えていますから、見方も変わってはきていますよ。でも、日本政府はいまでも軍国主義を肯定するような言動が多いです。それに対してはみんな敏感ですよ」

そんな張の話を聞きながら、洋子はふと妙な感覚にとらわれた。

中国大陸の真っ青な夏の空。その所どころで白い雲が流れてゆく。盧溝橋の静かなたたずまい。躰を包み込むやさしい風のそよぎ。自分は考えもしなかった中国大陸に来て、いったいここでなにをしているんだろうか。洋子は隣にいる張を見た。すると、張も洋子の様子になにかを感じたのか、じっと洋子を見つめていた。その真っすぐな瞳に見つめられ、洋子ははにかんだ笑みを浮かべた。張は洋子の手首を握り、引き寄せた。生温かい唇が洋子の唇に当てられた。洋子は拒まなかった。張は洋子の躰を抱き、さらに熱く唇を重ねてきた。

洋子は眠れず、階下に降りた。お母さんがソファに座り新聞を読んでいた。

「洋子さん、暑くて眠れませんか」

「なんとなく眠れなくて。お邪魔をしてすみません」

「ううん、いいんですよ。わたしも同じです。お茶でも飲みましょうか」

そう言って、お母さんは台所に行き、すぐに戻ってきた。

「盧溝橋の辺りはなにも特別なものはなかったでしょう」

お茶を入れながらお母さんが言った。

「静かで、きれいな所でした。あんな事件さえなければ、ほんとにいいところだったと思います」

「マルコ・ポーロが東方見聞録で書いたから、美しいところだったんでしょうね」

「はい、そうですね」

洋子は勧められたお茶を一口飲んだ。

「洋子さん、中国はどうですか。どんな印象ですか」

「一番の印象は、みんな似たような服を着ているってことでしょうか。それからなんといっても人の数が多いです。北京は大都会だからでしょうけど。それと、お母さんの料理はとても美味しいです」

「あはは、ありがとう。あの人民服ねえ、日本では考えられないことですね。洋子さんには信じられないことかも知れませんが、みんな同じ服なんですけど、みんなが服を着られるようになったんです。それまでは着る服もない人々がたくさんいました。あの人民服は文化大革命ではじまったんです。でもね、経済が発展すればそれは変わってくると思います。もう少しの辛抱だとわたしは思っています」

「そういえば、母が戦争中は着るものが手に入らなかったと言ってました」

「日本のように資本主義が発達した国でもそうなんですから、中国のように経済が遅れたところはなおさらですよ」

「わたし、どう考えても不思議なんです。昔、父が戦争で苦しんだ土地を、いまこうして観光に来ているって、なんか信じられなくて」

「ほんとにそうですね。あの洋さんの娘さんとこうして出逢って、ここでお茶を飲んで話をしているなんて、わたしも夢を見ているような気分です。まるでね、洋さんと向かい合って話しているような錯覚になります」

「もっと戦争中のことを父に聞いてくればよかったんですが、そんな機会もなかったですし。それから、父の弟なんですが、耕治っていう名前ですが、この耕治のおっちゃんは兵士ではなく、匪賊っていうんですか馬賊っていうんですか、そこに入って中国を駆けまわっていたんですよ。いまは地元で旅館をしていますけど」

「ええっ、馬賊だったの、それは驚きました。そう、洋さんの弟さんはそんなことをしていたんですか」

「馬賊って、だいぶ悪いことをしたんでしょうか」

「そうねえ、はっきり言うとそうだと思います。でもね、馬賊といってもいろいろあるんですよ。主に中国の東北部でね、大きいのも小さいのもありますし、日本軍と組んで悪いことをしていた馬賊もあるし、村々を襲って悪の限りを尽くしていたのもあるしね」

「耕治のおっちゃんは漢口のフランス租界というところで、フランスから商売で来ていた人の娘さんと出逢って、それで恋をして、結婚したんです」

「そうなんですか。租界でねえ。そんなこともあるんですねえ。ほんとに人間の運命というかめぐり逢いって不思議ですね」

「父がここでお世話になったとき、父はどんな様子でしたか」

洋子はそう尋ねた。

「洋さんは痩せてましたよ。あの頃はみんなそうでしたね。太った人なんかいませんでした。あのとき、列車のなかで洋さんが話しかけてこなかったら、お互いに知らないままに過ぎたんですから、人の出逢いは不思議です。わたしが源氏物語を持っていたのは、ほんとにたまたまですからね」

洋子は、このお母さんと父との間に、それ以上のなにかがあったのかどうか、喉元までそれを尋ねたいものが込み上がってきていたのだが、思いとどまった。

盧溝橋で張と唇を合わせたときのことを思うと、洋子は躰が熱くなるのを感じた。男も、女と唇を合わせるとこんな感覚になるんだろうか。洋子には分からなかった。ただ、唇を合わせていると躰の力が抜けてゆく、こころの力までもが抜けてゆく感覚になった。洋子は、北との初めての口づけを思い出していた。すべてのときが止まってしまったかのような瞬間だった。それは紛れもない洋子の初恋だったが、その華が香しい薫りを放っていたのは高校の卒業までだった気がする。北にも、そして洋子にも、誰にも避けられない大人へのときがはじまったんだと、いま振り返って洋子は思った。子を身ごもり堕胎した嵐のようなときをくぐり抜け、洋子はなお月々にやってくる生理は、自分を生まれ変わらせるものだと信じていた。こうして女は新しくなってゆくのだと。

だから張の口づけを受け入れた。涼やかな風がそよぐ盧溝橋の橋のたもとで、熱い唇を重ねられて、自分は張とこれからどうなってゆくんだろうかという、そんな考えさえもが遠ざかってゆく陶酔を洋子は感じていた。

（四十）

特急くろしおから眺める紀伊水道は、真夏の熱のような陽を受け水平線には蜃気楼が立ち昇っていた。自由席ではあったが天王寺が始発で、洋子はゆったりと座席に座ることができた。

北京で過ごした数日間は、大学での日常から離れての緊張した時間ではあったが、実に収穫の多い貴重な体験となった。洋子は、帰国してからも旅の余韻に浸っていた。

張と二人で前海の湖畔を歩いた夕は、洋子にはとりわけ記憶に残る時間となった。北京にもこんなロマンティックなところがあったのかと思うほど、旅情をそそられる美しいところだった。そこは胡同《フートン》の古い街並みと、今風の店舗が並んでいた。前海と後海の境には橋があり、いくつかのレストラン、カフェがあった。

「ここは冬になるとスケートができるんだ。でも、たまに氷が薄い場所があって、破れて水に落ちることもあるよ。実は、僕も小さいときに一度落ちたんだ。ものすごく寒くって家に飛んで帰った」

　そんな話をしながら、二人はカフェに入り、散歩をしたりした。建物の陰で人通りの途絶えたところで、張は洋子を抱きしめた。戸外で唇を合わせることが増え、洋子はその度に誰かに見られてはいないかと緊張した。

「洋ちゃん」

　という大きな声で、洋子はわれに返った。声の主は中学校の同級生、雅美だった。

「雅美ちゃんっ、久しぶりっ」

　言いながら、洋子は座席に置いていたバッグを膝の上に置き、雅美に空けた。

「いやあ、ご無沙汰やねえ」

　そう言いながら雅美は隣に座った。

「大学はどう」

「うん、面白いよ。雅美ちゃん、いまどこにいてるん」

「和歌山市。近鉄のなかで働いてる」

「へー、近鉄百貨店なん。でも、和歌山って行く折りがないなあ。いっつも素通りで天王寺まで行くもんなあ」

「うん、だいたいみんなそうみたい。洋ちゃん知ってるやろ、敏美ちゃん結婚したの」

「うん、知ってるよ」

「この間な、ばったり会ってん。近鉄に買いもんの来たんや。でな、洋ちゃんの話になってな、大学へ行って男にもてもてやろなあって言うてたんやで」

「その通りやでえ、もうな、もてもてで仕方ないんやて、鬱陶しいてかなわんわ」

　二人は大きな声を出して笑った。

　雅美は、百貨店で働いているからか垢ぬけした化粧と、着ている服も流行のものできれいに着飾っている。洋子といえば、色落ちした黒っぽいジーンズとピンクのTシャツだけだった。

「雅美ちゃん、おしゃれしてるなあ。ええなあ百貨店勤務は」

「ううん、決められてるもん。制服は当たり前やけど、髪はこう、化粧はこう、アクセサリーはこうって、そらもう細かいことといっぱいいやで」

「そうなん」

「そうやで。洋ちゃんはええわ。なんちゅったってそのスタイルやもん。そいだけで男の目を引くもんなあ」

そう言って、雅美は羨ましそうに洋子を見た。

「そうやろかなあ」

と、洋子は雅美の顔を見た。

「なんでなにもかも揃ってるん、ほんまに羨ましいわ。高校時分からそうやったけどよ。んで、また背伸びたん違うん」

「でも、もう止まったわ。百六十七センチ」

「雅美ちゃんは」

「わたし百五十九。洋ちゃんには敵いません。まあ、中学校では敏美ちゃんと洋ちゃんがダントツできれいやったもんなあ。そやけど、敏美ちゃんはさっさと結婚して子ども産んだもんなあ、びっくりしたわ」

雅美は、用があるからと田辺駅で降りた。紀勢線に乗っていると、いつも誰か知り合いに出くわす。大阪との行き来にはこの国鉄しかないから、乗ればよく知り合いと出会うのだ。

久しぶりに白浜駅に降り立った。駅を出ると、土産物屋の娘さんが店先にいたので。洋子は挨拶をして頭を下げた。

「洋ちゃん、夏休みで帰ってきたん」

「はい、そうです」

「また寄ってな。お母ちゃんによろしゅうな」

酒屋のお兄ちゃんも笑顔で会釈をしてくれたので、洋子は「こんにちは」と頭を下げた。

実家を囲むように植えられているウバメガシの生け垣の外を洋子が通るだけで、庭のジョンがワンワンと吠えて騒いでいる。洋子の姿を見ると、ジョンはつながれているロープが切れそうになるほど飛び上がったり、その場で体を回転させ走り回って喜んでいる。洋子は荷物を石畳に上に置き、ジョンを抱きしめ好きなだけ自分の口や顔をジョンに舐めさせた。

「誰かと思うたら洋子か」

家のなかから出てきたのは父だった。痩せてはいたが、それほど悪いようには見えなかったので洋子は内心ほっとした。

「北京はどうやった、面白かったか」

父が聞いた。

「無茶苦茶面白かったわ。積もる話があるんやけど、またゆっくりするわ」

李海云《リハイユン》さんの家に泊まったんやでと言うと、父はどんな反応をしめすだろうか。父と二人になる時間をどうつくろうかと考えていた。その場に母はいないほうがいい。

母と祖母も家にいた。お茶を飲み、ひとしきりくつろいだあと、洋子は着がえをし、ジョンを連れて奥の山に駆け出した。林のなかへは熱した陽ざしがさほど入らない。ジョンは、洋子に逢えた突然の喜びを体中で表現するかのように駆け回っていた。林のなかほどの少し広くなっているところで、洋子は屈伸運動をした。

樹々が夏の匂いを発散させている。子どもの頃からこの空気を吸って、洋子はエネルギーを貰ってきた気がする。陽ざしが所々から射し込んで、そこだけが光の白い筋になっている。ときおり、どこからか辺りを風が吹き抜ける。いましがたまで走り回っていたジョンは、地べたに腹ばいになって屈伸運動をしている洋子を見つめている。

「ジョン、どっちに行きたい」

洋子が声をかけると、ワンと吠えた。

「じゃ、平ったまで登るでえ」

そう言って洋子が駆け出すと、ジョンもすぐに身を起こして走った。近くの樹の上から山鳩が羽音を立てて飛び立った。

盆の迎え火を庭の門口で焚きながら、洋子は仏壇から小さな鐘を持ち出して叩いた。物心ついた頃から、洋子は毎年のように盆にこの鐘を鳴らしている。洋子が生まれる前には節乃や和一が叩いていたのだろうが、小さい兄が叩いているのはあまり見たことがなかった。十五日の送り火は細野の畑崎まで行って、そこの岩場で送り火を焚くのが古くからの村の行事だった。

夕食が済んで、涼み台の脚にジョンをつなぎ、洋子は台の上に寝転がって空を眺めていた。ジョンの顔の位置が涼み台の高さなので、寝ころんでいる洋子の耳や頬にジョンは鼻をくっつけてきてクンクンしたりペロペロと舐めたりしてきた。まだ完全に日は落ちてなく薄明かりが残っている。昨日、京都から戻った小さい兄は誰か同級生のところに出かけていったままだ。家から父が出てきた。

「また流れ星か」

父がそう言った。

それには答えず、洋子は起き上がって父に言った。

「お父ちゃん、話あんね。北京でお父ちゃんを知ってる人に会うたよ」

父は、黙ったままで一瞬が過ぎた。

「わしを知ってる人……」

そう問い返して洋子を見つめた。

「うん。中国のきれいな女の人」

「……」

父は黙っていたが、ややあって言った。

「北京で知ってる女の人は一人だけやけど、まさか……どんな人だった」

「李海云さん」

「ああ……」

と、父は唸るような声をあげた。しかし、父はそれ以上はなにも言わず、黙ったままでゆっくりと涼み台に腰を降ろした。

「洋子、どういうことか説明してくれ」

父は名前を聞き返さなかった。洋子はそれだけで、父と張のお母さんとの関係が理解できたと思った。三十年のときを隔てているのに、その名前を聞いただけで、父は黙ったのだった
「一緒に行った張さんていう京大の人のお母さんだった。向こうでは、お父ちゃんが泊まった二階の部屋に泊めてもらった」

「……李さんは元気だったか」

父がつぶやくような声で聞いた。

「元気だった。お父ちゃんに元気だと伝えてほしいって」

「そうかあ、元気だったか……」

「わたしが萩原洋の娘やて分かったときはものすごうびっくりしてたわ」

「そりゃそうやろ。で、旦那さんはなにをしてる人な」

「なんか地方のほうにも出かけていって、色んな仕事をしてるみたいで、国の公務員やって。行ったときは四川省に出張に出ててずっと留守だったわ」

「それにしても、あの広い北京でなあ、世間は狭いってほんまに狭いなあ」

「わたしもほんまに驚いたわ。お父ちゃんが泊まったって言うんやもん。でな、シベリヤで捕虜になって日本に

帰ってくるのが遅なった話したら、えらいびっくりしてはったわ」

「……そうか、あのときはほんまに世話になったなあ」

「何日もおったん」

「いや、ふた晩泊めてもろた」

父はそれ以上語ろうとしなかった。

洋子は話を変えた。

「お父ちゃん、盧溝橋ってええとこやなあ」

「ん、盧溝橋、行ったんか」

「うん。他にもあちこち見てきた」

「そうか、もうすっかり変わってるやろなあ。それにしてもあの二階に泊まったとはなあ……」

二人はしばらく黙ったままだった。洋子は空を眺めていた。

「あんまり躰を冷やすなよ」

と言って父は家に戻ろうと立った。

「お父ちゃん、わたし、いまの話誰にも言わんさか。そのつもりでいてな」

洋子は遠ざかる父の背中にそう言った。父はそれを背中で聞いて、うなずいただけでなにも言わず家のなかに入った。他の誰も知らない、父と二人だけの秘密を持ったような気がして、なぜか洋子は嬉しかった。洋子はひとつ大きく深呼吸をして、また涼み台に横たわった。満天の天の川がふりそそいで落ちてくるような夜だった。

翌日、耕治の旅館に行くと、お客さんでごった返していた。洋子はちょっと泳いできますと言って、旅館を出て湯崎の坂を下りた。白良浜までは歩いて七、八分だが、下の浜通りに出ると水着姿のたくさんの若い男女がサンダルを履いて行き交っていた。白良浜は人でいっぱいだった。洋子は麦わら帽子をとり、短パンとTシャツをぬいで水着になった。洋子が持っていた水着は、かつて北から貰ったビキニの水着しかない。洋子の水着姿を見て、

「かっこええなあ」

という男たちの声が近くから聞こえてきたが、洋子は知らない素振りで水辺に向かった。

白良浜は遠浅だ。背の立つところに海水浴の客は集中している。そこを抜けて、洋子は背が立たない少し沖に出た。真昼の陽ざしが海の底まで明るく照らしている。

洋子は腕に通していたワッパ（大きな水中メガネ）を顔につけた。水深は三メートルほどだった。潜って湯崎の岩場のほうに進むと、お目当てのバイ貝がところどころにあった。洋子の好物だ。手首に巻いていたミカン用の赤いビニール製のネットに、洋子は潜っては採り、潜っては採りと、入れられるだけ入れた。バイ貝でいっぱいになったネットを岩場にあげておいて、洋子はまた海に戻り仰向けになり躰を海水に浮かせた。波がときおり躰を揺らす。その度に洋子は両手、両足を使ってバランスをとった。顔やお腹に降りそそぐ陽ざしが心地よい。洋子はしばらくそうしてゆらゆらとしていたが、こんどは腹ばいになってクロールで沖に向かった。しばらく沖に泳ぐと海水がぐっと冷たくなった。水深が一段と深くなったからで、洋子はそれ以上は沖に行かず、元の水温のところまで戻った。そこで海底まで潜ってみた。五、六メートルの深さだろうか。海底は所々に小さな海藻が生えている程度で、ほとんどが砂地だった。大小の魚が泳いでいた。ウミウシ、ウニなどの生物もいる。洋子はしばらく水を楽しんだあと、岩場に戻りバイ貝の入ったネットを持って浜に上がった。大阪辺りから来ている客だろうか、洋子がバイ貝を採って上がってきたので驚いて声をかけてきた。

「それ潜って採ってきはったん」

「はい」

「どこにあるんですか」

洋子はバイ貝がある岩場を指さした。

「あの岩の向こう側ですけど、まだまだありますよ」

「でも、そうとう深いんでっしゃろ」

「いや、五メートルほどです」

「深いなあ。それにしてもお嬢さん、モデルみたいやのに、そんなぎょうさん採るってすごおまんなあ」

どこかのおっちゃんがそんなことを言った。

「おおきに、地元なんで慣れてます」

浜通りは水着姿の観光客が大勢歩いている。洋子もビキニのままで歩いて旅館まで戻った。戻ると、ジュヴィがいた。

「わあ、洋子さん水着がかっこいい。それに、いっぱい採ってきたなあ。わたしそこまでよう潜らんわ」

「ははは、これ、お父ちゃんもお母ちゃんも好物やし、持って帰って食べます」

「お父さん、身体はどう」

「ぼちぼちみたいです。そんなに悪いようには見えへんねけど、ときどき咳をしてます」

洋子はシャワーを浴び、髪を乾かし、着替えて旅館ロビーの横にある受付カウンターに入った。海水浴から戻るお客さんに声をかけたりした。

和歌山県といえば、京阪神の人々からは自然が豊かで遊びにゆくところというイメージが定着している。実際、海産物は新鮮なものだったし、海水浴、温泉、海釣りや川釣りなどは紀伊半島のどこでも楽しめる。

「わあ、えらいべっぴんさんがいてはるなあ」

海から戻ってきた家族連れのお父さんが、洋子を一目見るなりそんなことを言いながら入ってきた。

「わあ、ほんまやわ。えらい奇麗やなあ」

「お帰りなさい。海はどうでしたか」

洋子はそんな挨拶をしながら帰ってきたお客を迎えた。

「お風呂でも、シャワーでも、ご自由に使ってくださいね」

洋子は高校の頃のアルバイトを思い出しながら、お客さんを迎えている自分がおかしかった。

奥から戻り玄関先でお客さんを迎えていたジュヴィが、

「洋子さん、そのなかにいたらほんまに絵になるなあ」

と言った。

「なんでえよ、ジュヴィさんには敵わんわ」

「洋ちゃん、すまんなあフロントまでやってもろて」

耕治がそう言いながら奥から出てきた。

「あ、おっちゃん、今年はバイがようさんあるなあ。ちょっと潜っただけでだいぶ採ったわ」

「アワビもナガレコも出来がええて漁師らが言うてるわ。ありがたいこっちゃ。そらそうと洋ちゃん、夕ご飯食べてくか」

「ううん、バイ持って帰って夕飯に出したいさかい、今日はもうじき帰ります」

「そか、ほいたら車で送ったるわ」

「ええよ、おっちゃん忙しいのに。バスで帰るよ」

「ええてええて、もう段取りはできてるし、あとはもう厨房の連中に任せといたらええんやさかい」

「ほんまにええん。ほいたらおおきに」

洋子は最近買ったという最新の大きな乗用車の助手席に乗った。

「乗り心地むちゃくちゃええなあ」

「そうやろ、高かったさかなあ」

「景気ええんやなあ」

「お客さんが増えてるからなあ。稼げるときに稼ぐがななあ。そらそうと洋ちゃん、この間も兄貴に言うたんやけどな、先々のことを良介君と相談しとかなあかんで」

「おっちゃん、おおきに。それなあ、小さい兄にも言うたんや。お父ちゃんが元気なうちはええけど、病気が進んだら小さい兄かわたしかどっちかが帰らんと萩原の家がもたんでえって」

「良介君はなんて」

「まだ具体的な話にはなってないんやけど、小さい兄も分かってると思うんやけど」

「そか、そいならええんやけどな。ちょっと気になったもんやさかな。前にも言うたけど、困ったら言うておいでよ」

「おっちゃんがおるさか心丈夫やわあ」

わはは と二人で笑ってから、耕治が言った。

「そらそうと、北京に行ってきたんやて。どうやったら。紅衛兵で大変やったやろ」

「でもな、おったけど、無茶苦茶ようけはおらんかった。向こうの人の話では、内緒の話やけどね、文革ももう長くは続かんって言うてたわ」

「そうか。北京かあ、懐かしいなあ。だいぶ変わったやろなあ。また一回行ってみたいなあ」

「万里の長城とか盧溝橋とか、あちこちに行ってきたよ」

「盧溝橋らて田舎やろ。そやけど春から夏はきれいなところや」

「うん、ええとこやったわ」

そう言いながら、洋子は張に口づけされたことを思い出していた。

「その彼氏はどんな人な」

その一言で洋子は我に返った。

「彼氏なあ、ええ人やで。真面目な人。ま、いい友だちやわ」

「京大の学生かあ」

「医者の卵、北京の大学から留学してきてる人」

「医者ていうたらエリートやあ。中国に帰ったらええ給料とれるなあ」

「彼は共産党員」

「パルタイか、ならなおさら待遇ええやろなあ」

「おっちゃん、パルタイてなに」

「共産党員のことや。元々はドイツ語やけどな、英語のパーティや」

「ふうん、初めて聞いたよ」

耕治は、台所にいた母と祖母と少し話してから帰っていった。

「お前、このバイ、どこで採ったんな、湯崎か」

いっしょに食卓についた良介が聞いた。

「白良浜から湯崎のほうへ行く辺り」

「中学の頃、藤島でもようけ採れたなあ。採ってからすぐに焼いて食ったなあ」

「今年はアワビもナガレコもええらしいさか、藤島にもあるんと違う」

洋子の話を聞いて、良介は「行ってみよかなあ」と言った。

「洋子、どれくらい潜ったんな」

父がバイ貝を手にとって言った。

「ちょっと沖に出たさかけっこうな深さやったわ、五、六メートルあったわ」

「お前、どれくらい潜れるんな」

良介が聞いた。

「まあ、それくらいが限度やなあ。頑張って七メートルくらいまでやわ」

「素潜りでそいだけ潜れたらええわ」

良介は半ば感心した風であった。

「お父ちゃん、バイ好きやろ。そやさか大きいのをよって採ったんや」

「久しぶりや、おおきによ。酒がうまいわ」

父はそう言って、うまそうに貝から肉を出して口に入れた。

「大きいし、うまいなあ。それにしてもようけ採ってきたなあ」

父は食べながらそんなことを言った。

「わし、こいよう嚙み切らんわ。ひとつで十分やわ」

入れ歯の祖母がそう言いながら、くちゅくちゅと嚙んでいた。

「洋子は泳ぎが達者やなあ、わたしに似たんやなあ」

母がそう言った。

「ええとこはみな母親に似てて、アカンとこはみな父親似てか」

父がそう言うと、

「よう分かってますやん」

と母が応えた。みながどっと笑った。

久しぶりの一家団欒だと洋子は思った。でも、父は夕方になると躰がしんどい日があるらしく、そんな日は夕食で好きな酒も一、二合ほどで、すぐに横になっていると母が言っていた。

母は丈夫だった。いまは農作業の主体が母になり、父がいろいろと指図をしながら母を手伝うという風に変わっている。今年の田植えは親せきの人も手伝ってくれたし、山城の公も来てくれたとのことだった。畑の仕事は、山の上までの上り下りが父には苦で、祖母もやってはいるが、それも母の負担が増えていた。

盆の十五日の晩、洋子は良介と細野の畑崎の海辺で送り火を焚き、鐘を打った。暗くなった岩場ではそこここでチンチンチンという鐘の音が鳴っている。盆の十五日のこの時間帯は毎年満潮時で、水が足元ちかくまでたゆたっている。送り火を焚き、線香をくゆらし、お供え物を海に流す。いつからはじめられた風習なのかは知らないが、洋子はロマンティックな行事だと思った。

「ぼちぼち往《い》ぬか」

良介が暗い水面を見つめていた洋子に言った。

「兄《にい》、往ぬて、古い言い方やなあ」

洋子はそう言って笑った。

良介と洋子の兄妹は、畑崎からの海沿いの道を自転車で並んで走った。躰に当たる夜風が気持ちよかった。洋子はふと、張はいまどうしているのだろうかと思った。

（四十一）

盆が過ぎ、唯物論研究会の白浜での合宿がはじまった。場所が南紀白浜の旅館だということで、例会にはあまり参加しない人もいて十一人になっていた。みんな学習より観光気分が勝っていた。耕治は破格の値段にしてくれた。洋子は、食事は質を落として量を増やしてくれればいいからと言ったが、耕治は笑いながら、「洋ちゃん、万事任しといて」と言ってくれた。

研究会は、午前は昼まで旅館の大広間で学習会、昼食から四時までは自由行動、四時から七時まで学習会、夕食後は自由行動。これが三日間の毎日の日程だった。

耕治が用意してくれた食事は、海の幸をふんだんに使った通常のお客さんに出すものと同じだった。

「おっちゃん、あの料理では赤字になるわ。もっと質落とさな」

洋子はそう言った。

「かまんねかまんね、洋ちゃんは気にせんでええさか」

と、耕治は取り合わなかった。

「萩原さん、刺身とか海藻とか、やっぱり美味しいなあ。さすが白浜やわ」

林が夕食を食べながらそんなことを洋子に言った。

「でしょう。魚だけは新鮮やから刺身でも煮つけでも美味しいよ」

洋子はそう答えた。

「でもなあ萩原さん、あの料金にしては豪華過ぎへん」

「うん、おっちゃんが通常の料金の料理を出してくれてるから」

洋子は正直に言った。

「萩原さんに感謝せなあかんなあ。ほんま、ええ人が研究会に入ってくれたわ。来年も、合宿はここやなあ」

林はそう言って笑った。

「白浜は前にも来たことあるけど、こんなええ旅館あるて知らんかった。親にも言うとくわ」

林の隣の男子がそんなことを言った。

「洋ちゃん」

という声がして、耕治が食堂の間に入ってきた。

「あのな、ここの主人としてひとこと挨拶するわ」

「うん、分かりました」

洋子はそう答えて、数回手を叩いて食べているみんなを集中させた。

「いまから旅館のご主人、わたしの叔父さんから一言あるそうですので聞いてください」

全員が耕治のほうを向いた。

「立命館の唯物論研究会のみなさん、ここの主の萩原です。この度は当旅館を利用していただき、本当にありがとうございます。それから、姪の洋子がいつもお世話になっています。お礼を申します。

洋ちゃんの紹介で、こうしたご縁ができて主としても嬉しい限りです。いまは泳ぐのも、釣りも、温泉も、朝、昼、晩と、それぞれ楽しんでいただけると思います。みなさんが充実した時間を過ごせたなら、旅館としても嬉しい限りです。どうもありがとうございました」

耕治の挨拶にみんなから大きな拍手が起こった。耕治が部屋を出ようとしたとき、

「あのう萩原さん、僕からもみんなを代表してひとことだけ言わせてください」

そう言って、西島が起ち上がった。予定外の行動だった。

「あの、今回はほんとにありがとうございます。なんといっても、洋子さんが唯研に入ってくれてなかったら、白浜なんて、こんな有名な観光地の旅館に来れませんでした。しかも、こんなにいい食べ物を出していただいて、研究会として、なんと言ってお礼を言えばいいのか分かりません。帰ってから親にこの旅館を宣伝するだけじゃなくて、友だちにも白浜に行くなら絶対にここへ行けって宣伝しまくります。ほんとに、みんなを代弁してお礼を申します。ありがとうございます」

これまた、みんなが大きな拍手をした。耕治も笑顔で手を叩いていた。

唯研の夏の合宿は、三日間の日程を消化して終わり散会した。洋子はなお数日を実家で過ごした。洋子はもう少し海に入って夏を満喫したかったが、盆を一週間も過ぎれば、海はクラゲやイラなど躰に触れると腫れあがるような毒をもった生物が多くなる。さらに台風が南の海上に発生して、波が高くなっていた。

京都に戻る前日、洋子に一本の電話が入った。夏休みで帰省していた北からだった。一度、会って話をしたいという。しかし、洋子は会っても仕方がないと思い、やんわりと断った。高校時代にあれほどときめいていた気持ちは不思議ともうなかった。確かな避妊の知識もなく北と交わったがために、洋子が背負った心の傷は小さくなかった。でも、わたしはもう新しい道を歩きはじめているんだ、過去を振り返りたくない、洋子はそう思っていた。北が洋子にまだ執着を抱いていることは、電話での話ぶりから察せられた。しかし、その声を聞いても洋子の気持ちは動かなかった。

吹く風にときおり秋の気配が混じっている。涼しく

なった夕刻、洋子はジョンを連れて裏山の林に入った。会えなくなることを知っているのか、ジョンはいつも以上に走り回り、洋子をてこずらせた。平ったまで登り、そこで思いきりジョンと遊んだ。山頂から望む西富田は、大きく伸びた稲穂が水田一面に広がり、夕暮れのかすれた陽の光をあびては悲しいほどに美しかった。

そばに座っているジョンを抱きかかえながら、洋子は父の病気のこと、これから大学でのこと、張とのことを考えていた。

山科の下宿に戻ると、ハガキが一つ来ていた。張からだったが、文章はすべて中国語で書かれていた。洋子は中国語を勉強していなかったが、漢字の意味をつなぎ合わせるとおおよその意味は理解できた。それは次のような文面だった。

お元気ですか。

君の初めての北京行きをサポートできてよかったです。

盧溝橋でのあの日のことは、決して不真面目な気持ちからではありません。君に対する僕の真面目な気持ちの表れです。

上洛したら僕に電話をしてください。

そんなことが書かれてあった。張は張であの日のことを気にしていたのだ。真面目な人やなあと、分かってはいたが洋子はおかしかった。あの美しい景色のなかで、男ならそばにいる好きな女性に触れてみたくなるのは当然だろうと、洋子はそう思っていた。夜、洋子は張に電話を入れ、会う日を決めた。

電気スタンドの蛍光灯の明かりの前で、洋子は机に向かってレポート用紙を広げた。唯研の夏合宿のまとめを各自が提出することになっていた。

『唯物論と経験批判論』と夏合宿

文学部一回生　萩原洋子

哲学者ソクラテスは、神を信じなかったという理由で死刑判決を受けたといわれている。彼には恩赦の話があったようで、「これまでのように若者を迷わすような哲学を教えなければ刑を停止してもいい」、ともちかけられたがソクラテスはそれを断ったとか。ソクラテスは法廷で、「自分の息が続く限り哲学することをやめない」と宣言した。

彼は、どうして「哲学することを死ぬまでやめない」と言ったのか。この答えには、ソクラテスが哲学という学問をどんなに捉えていたかが込められている。

ソクラテスは、「ただ多くの金銭を自分のものにしたいと、そんなことに気を遣っていて恥ずかしくはないのか。世間の評判や地位のことは気にしても、真実には気を遣わず、魂を優れたよいものにするために心をくだくこともしない、というのは如何なものか」、と言っている。哲学とは、真理、真実を探究すると同時に、よりよく生きるための学問であると、そう主張している。

わたしが『唯物論と経験批判論』で学んでいることは、弁証法的唯物論の哲学である。では、弁証法的唯物論の哲学は、このソクラテスのいう哲学とどんな関連にあるのだろうか。

レーニンは、科学的社会主義の哲学は人類知識の総和として生まれた哲学だと言う。三千年の哲学の歴史のなかで、真理、真実はどのように探究されてきたのか、よりよく生きるとはどういうことなのかについても、諸々の観点から様々に探求されてきた、そうした人類の探求の総括として誕生した哲学だと、レーニンは言うのである。

弁証法的唯物論（科学的社会主義の哲学）というのは、これまでの三千年に及ぶ哲学の流れを総括することを通じて生まれた哲学であり、真理、真実を探究し、よりよく生きるうえで、最も完成された哲学だと言っている。

この科学的社会主義の哲学は、一言でどう言い現わせばいいのか。レーニンはこの哲学を「全一的な世界観」と呼んだ。「全一的」というのは、全てのものを一つのまとまりあるものに、すなわち、統一した世界観と理解していいと思う。世界全体を統一的にとらえうる世界観であることを「全一的世界観」と表現している。

そもそも世界観というのは自然や社会、人間あるいは人間の生きかたを含め、世界の全体についての哲学だと言える。なぜ、レーニンはわざわざ世界観のうえに「全一的」という言葉を使ったのだろうか。

古今東西にさまざまな哲学があるが、世界全体を統一的にとらえる世界観は他にはない。

自然科学は、自然が「いかにあるか」を探求する学問であって、そこには「自然はいかにあるべきか」、という人間の価値観の入る余地はないという立場がある。

つまり、自然科学は自然がいかにあるのかという事実を探求するのに対して、人間の生き方にはさまざまな価値観があるのであって、自然のあり方と人間のあり方とを同一レベルで議論することはできないという、一見もっともに思える考え方が世の中には定着しているようである。

人間の生き方、価値観にかかわる問題になると、「それは価値観の違いの問題であり、どれが正しいとは言えない。考え方の違いに過ぎない」といって、問題を終わらせてしまう。客観的なあり方と生き方の問題、価値観の問題を切り離して考える傾向がある。

「全一的な世界観」というとらえ方は、こういう二元論的なあり方に対して、そういうとらえ方でいいのかと問題を提起しているのである。つまり、世界や自然のあり方と、人間の生き方、行為のあり方を別々な問題として切り離してとらえること自体が間違っているのではないか。自然や社会を認識することと、そのなかでどう生きるのかということは、決して切り離すことのできない問題だ。そしてこの両者を結びつけるものが、人間の実践なのだということである。この実践を媒介にして、世界を統一されたものとして理解する。ここに科学的社会主義の世界観の特徴があり、レーニンが「全一的」と強調した理由がある。

科学的社会主義の哲学

レーニンの有名な論文「マルクス主義の三つの源泉と三つの構成部分」は、その構成部分として哲学、経済学、階級闘争の理論をあげている。科学的社会主義の理論は、なぜ哲学を不可欠の構成要素としているのか。いいかえれば、政治と哲学はどういう関係にあるのか、ということだ。

一般的には、政治と哲学はまったく別のものだと考えられている。哲学は真理、真実を追究するのに対して、政治は真理などというものとは無縁と思われている。政治は、策略をはかり、いかにして権力の座を獲得するかということばかり考えている。およそそこには真実らしいものは欠片も見られないということで、政治と哲学は対極に位置するものであるかのように思われている。

しかし、政治と哲学は分かちがたく結びついており、統一されるべきもので、このことも「全一的世界観」の内容のひとつである、と科学的社会主義の哲学は主張する。実は、この哲学と政治の統一という問題を最初に提起したのは、ソクラテスの弟子のプラトンだと言われている。

プラトンはソクラテスのもとで勉強して、自分の哲学を『国家』という論文にまとめた。つまり国家はどうあるべきか、ということを哲学者の立場から議論し、政治は哲学者が担わなくてはならないと結論づけた。

プラトンは、「政治というのは、真理、真実を追究すべきものであり、そういう真理、真実を追究する目をもった哲学者こそ政治に携わるべきだ」と言う。この考え方は、単にプラトンだけの考え方ではなく、マルクス、エンゲルス、そしてレーニンにも引き継がれている。

マルクスは若い頃から哲学を勉強してきたが、とくに、ヘーゲルの哲学を一生懸命勉強して、自分は偉大なヘーゲルの弟子だ、とまで言った。科学的社会主義の不可欠の構成部分として哲学があるのは、真理や真実がどこにあるかを知り、社会の変革をめざすためだ。社会を合法則的に発展させるということは、簡単なことではない。

社会を合法則的に発展させるということは、いわば真理を手繰り寄せながら前進していくという、大変に複雑な難しい過程だ。従って、哲学は一部の人が学習すればいいというものではなく、社会発展の前進を願う全ての人が学ぶ必要がある。

さて、レーニンとはどんな人物だったのだろうか。

マルクス以前には、未来社会の構想を科学的な裏づけを持って語った人はいない。人間の歴史を過去へ遡ることはしても、未来を予見することはできなかった。あれこれ夢想する人はいたが、歴史の発展法則を過去の歴史からつかみだし、未来社会の発展方向と、その推進力を明らかにしたのはマルクスとエンゲルスだけだ。彼らは、民衆が歴史の流れに押し流されるのではなく、自分たち自身の手で社会をつくりかえることができることを明らかにし、本当の意味で人間が動物レベルの世界から離脱し、自然と社会の主人公になることができるという展望をさし示した。

レーニンは一八七〇年生まれで、一九二四年に亡くなったので、主として活躍したのは二十世紀の初めだ。

二十世紀の初めはどんな時代だったか。列強といわれた当時の先進資本主義国が、世界を支配し、世界の植民地分割が完了した時代である。つまり、帝国主義的な支配が全世界をおおい尽くし、帝国主義の支配の届かないところは地球上どこもなくなった時代だ。

その時代にレーニンは、帝国主義戦争と植民地の支配に反対して、科学的社会主義の理論を導きの糸にしながらロシア革命を成功させ、ソヴィエト社会主義共和国連邦をつくり、社会主義建設への道を切り開いた。

ソ連が誕生したとき、労働者や農民の生まれであっても国の主人公になることができるという大きな展望を全世界に与えた。ジャーナリスト、ジョン・リードが『世界をゆるがした十日間』というルポを書いて、ロシア革命は世界中を仰天させた。働くものが団結してたたかえば、新しい時代を切り開くことができるという展望を世界の民衆にあたえた。資本家たちは自分たちの支配が崩れる可能性があることを思い知った。二十世紀の進歩と発展の方向に多大な影響を与えた。二十世紀の最大の変化は、植民地支配から民族自決への流れが世界中に広がったことだ。

二十世紀の初めまでは、戦争をし、勝った国が相手の国の領土を植民地として獲得し、支配するのは当然の論理とされた。領土を奪うだけではなく、負けた国から賠償金をとることも当然のこととされた。

レーニンはそれに対して、民族の運命は民族が自らの手で決める権利、民族自決権を持っていると主張し、植民地支配からの脱却を訴えた。訴えるだけではなくて、生まれたばかりのソ連自らが率先して帝政ロシア時代の植民地であった国をつぎつぎ手放した。そして対等・平等の国交を結んだのである。

これが世界の流れになり、いまや植民地はほとんどない。もっとも半植民地的な国はまだある。日本もアメリカの半植民地といえる。しかし、すくなくとも形式上は独立している国が圧倒的に多くなってきたというのが二十世紀の大きな特徴だろう。

最後に。

人間とはなにか、人間の意識とはなにかという私の問いに、レーニンは明確な回答を与えてくれている。『経験批判論』の夏合宿はわたしの学習に大きな刺激を与え、これからの課題をも示してくれた。ありがとうございました。

（レポート・終）

（四十二）

バイトの時間の前に、洋子は河原町今出川のプランタンで張と会った。試験が迫っているとかで、張は忙しい様子だったが、こんな風にしてゆっくりとした時間を持って気分転換するのは、そのあとに集中して勉強するためにも必要だと、そう言って笑った。それから、張は白い封筒をカバンから取り出して洋子に差し出した。張は、母から君への手紙だと言った。表には、萩原洋子様とあり、裏には李海云と書かれていた封書は厚みがあり長い手紙だと分かった。

「ありがとう。帰ってからゆっくり読ませてもらいます」

そう言って、洋子はバッグに仕舞った。

「それで、合宿はどうだったの」

「ああいうの初めてでしたから面白かったです。でもやっぱり、田舎の海で泳げたのが一番楽しかった。去年の今頃は大阪で働いてましたし、受験の準備もいろいろあったしね」

「そういう去年の夏と今年の夏を比べると、洋子さん、ほんまに大きな変化ですね。北京にも行ったしね」

「そう、最大の変化はそれです。張さんにはどれだけお礼を言っても足りないくらいです。張さんが誘ってくれなかったら、北京行きなんか絶対にあり得ないことですもん。それにしても、運命のいたずらってあるもんですね」

「母もまったく同じことを言ってました」

張はそう言ってしばらく黙ったままだった。

「わたしもそのことをずっと考えていました。偶然にしてもでき過ぎているって」

三十数年前に、萩原洋と李海云が出逢って束の間の恋に落ちた。それから三十数年たってそれぞれの息子と娘が出逢った。日本国内でならともかく、あの広い北京でこんなことがあるなんてと、洋子は思った。

「洋子さん、母と洋子さんのお父さんと、二人をどう思いますか」

「どうって……」

「いや、その恋人同士だったんじゃないかと、僕はそんな想像をしました。父と結婚する前のことだし、もしそうでも不思議ではないなって。母にはそんなこと一言も話していませんけど」

「それはわたしも考えました。たった二日間、たった四十八時間だけど、若い二人は恋をした。そういうことってあり得るんだろうなと、それならそれでいいって思いました」

張はうなずいて、そしてまたしばらく黙っていた。

「洋子さん」

そう言って、張は黙った。

「はいっ」

「あの、僕は洋子さんが好きです」

まっすぐに洋子の目を見つめて、張はそう言った。

「はい、知っています」

洋子も見つめ返して返事をした。

「あの、僕の恋人になってくれますか」

洋子は、真面目にそんなことを打ち明けている張がおかしかった。

「どうして笑っているんですか」

「だって、そんなことわざわざ言わなくても、もう盧溝橋ではじまっているとわたしは思っていました」

張は苦笑いを浮かべた。

「あ、それはそうなんですけどね。言葉にしてなにも言わないであんなことをしてしまったので、正式に言わないといけないって思ったんです」

そんなことを真面目くさって言う張に、洋子は思わず声を出して笑ってしまった。

「だから、ここは笑うところではないと思うんですが」

と張は真顔で言うので、洋子は「すみません」と小さな声で言った。

バイトを終え、洋子は市電に乗ってから、張のお母さんからの手紙を開けた。

萩原洋子様
ある日、浩宇は大学で友人になった人の妹さんを北京の自宅に招待したと、それだけ書いた手紙をよこしました。そして、初めて洋子さんを見たときの驚き、なんて美しいお嬢さんだろうと思いました。しかし、もっと驚いたのは、いえ、驚いたという言葉では表せません。洋子さんが洋さんの娘さんだと分かったときの衝撃は、それはもう言葉にはできないものでした。

それは、あの戦争が終わったばかりの、混乱した時代、いまの若い方には想像もできないほどの暗く殺伐とした時代でしたが、そんな毎日のなかの、わずか二日間という短い時間の出来事でした。それは、私の胸の奥深くにしまった、生涯、決して表には出てこない、歳月とともに少しずつ色あせてゆく思い出でした。

若い日の一時期、私は東京帝国大学で日本の文学を勉強していました。そこでたくさんの日本人と知り合いました。みんないい方ばかりでした。日本軍は戦争では本当に野蛮な軍隊でしたが、わたしは東京の大学で親しくなった友人たちのことを思うにつけ、軍隊と一般の日本人とは別だと、そう考えるようにしていました。

あの日、列車のなかで洋さんから話しかけられたとき、日本軍の兵士だとすぐに分かりました。分かりましたが、何故だかこの人はいい人だと直感しました。洋さんは八路軍から解放されたばかりでした。最初、私は少しでも体力がつくようにと思い、食事とゆっくり眠れる場所を与えてあげようと考えました。日本で勉強した頃に親切にしてもらったお返しという気持ちもありました。それもありましたが、それ以外の気持ちがあったことも事実でした。深く考えたうえでのことではなかったのですが、久しぶりに日本の方と話ができると思って、私は洋さんを自宅に招待しました。

洋さんとはさまざまな事を話しました。なにぶんにも昔の事なので、忘れてしまったことが多いのですが、洋さんは私に強い印象を与えて日本に帰っていきました。当時の混乱した状況ですから、少し日数がかかっても日本に帰ったとばかり思っていました。まさか、ソ連兵に捕まってシベリヤに送られたとは。あの酷寒の地で、命をん落とした兵隊さんがたくさんいるのに、よく生きて日本に帰れたものだと思います。

洋さんは、手紙を書くからと言ってましたが、結局、手紙はありませんでした。私のほうからも手紙は出しませんでした。なぜか、書かない方がいいと思ったからでした。洋子さんが現れるまでは、あの日の出来事は戦争中の遠い日の思い出として、私の胸に埋もれていました。

洋子さん、どうか、お父さんを見守ってあげてください。私は、洋子さん、あなたに逢えてほんとうによかったです。洋子さんと浩宇がこの先どうなるかは知りませんが、それがどうであれ、私はあなたを自分の娘のように感じているという事を、どうか忘れないでいてください。いつか、機会があれば、もしそんな日が巡ってくれれば、是非また逢ってお話をしましょう。

どうかお元気で。

李海云

戦時下の束の間のめぐり逢いかあ、と洋子は映画のシーンを観るかのような気持ちで手紙を読みおえた。北京で李海云に逢ったことを話したとき、父は多くは語らなかった。どんな思いで父はわたしの話を聞いたのだろうか。そんなことを、父はいつかは話してくれるのだろうか。電車を降りて下宿に向かう御陵の周辺には、もう秋の気配が漂っていた。

夏休みが終わり、学生生活の日常が戻ってきた。授業、バイト、週一の唯研の例会を洋子はすべてこなしていた。『経験批判論』を学習する傍らで、洋子はマルクス主義にかかわる本は乱読といえるほど次々と読んでいた。それらの本を読めば読むほど、洋子の胸に「社会変革の実践」という課題が生まれてきていた。その思いは洋子をプロレタリア文学へと向かわせもした。生協の書籍部に置いてある安価な文庫本は買って読んだし、三条から四条にかけての古本屋にも足を運び、世界の革命文学の古本を求めては読み漁った。こうして、洋子のなかには共産主義の党である日本共産党の存在が無視できないものとして、大きな位置を占めるようになっていた。

西島と林からの民青への誘いは、夏の合宿の間もなかった。ゆっくり考えてもらおうという、それが彼らの意図なんだと洋子は思っていた。理論の学習と同時に、実践が重要だと洋子は考えるようになっていた。それを考えれば考えるほど、自分はまだ多喜二のような信念の強い人間にはなれていない、自分のような不出来な人間は共産党員にはなれない、あんなに優れた人々の集団である共産党の一員にはなれないという思いが強くなっていった。

この思いはプロレタリア小説を読めば読むほど、洋子の脳裏に大きく膨らんできていた。

多喜二が描く世界には多くの労働者が登場している。それら労働者の描き方は一様ではなく多様な特質をもつ人間が描かれていた。しかし、在るべき共産党員は弱点を持ちつつも、どんな困難にも耐え抜く存在として描かれている。洋子には、それが重く感じられた。自分は迫害に耐えて頑張れるのかと、洋子はいつもそれを自問するようになっていた。自分は命を賭して共産主義者の魂を貫けるのかと洋子は自問し、そして答えはいつも「自信がない」と思うのであった。

学食のバイトを終え、ロッカーで白の作業着から私服に着がえをして洋子は通路に出た。

「萩原さん、お久しぶりです。その節はモデルありがとうございました」

「あっ、いえいえ、こちらこそ」

キャンパスへの出口で洋子を待っていたのは、写真部の山田という女子だった。山田はもう一人、洋子の知らない社会人に見える女性を連れていた。

「萩原さん、いま少し時間ありますか」

そう山田は尋ねた。

「いいですよ」

「こちらは、雑誌『ｃｏｍｅｏｎ』（カモン）の橘さんです」

山田は連れの女性をそう紹介した。洋子もその女性雑誌の名前は知っていた。

「はじめまして、『ｃｏｍｅｏｎ』の橘と申します」

そう言いながら、橘は名刺を差し出した。名刺には横書きで漢字とローマ字で橘薫と書かれていた。

「ありがとうございます。わたし、あの名刺ありません。萩原です」

「あ、いえいえ、突然ですみません」

橘はそう言って頭を下げた。

山田は立ち話では落ち着かないからと、キャンパスを出て、寺町通の「喫茶・青山」に入った。

「萩原さんの三千院での作品をたまたまうちの社で目にしまして、それでですね、編集長がうちのモデルになって頂けないか、話をご本人にお願いしようと、そんなわけでお伺いしました」

橘はそう説明した。

洋子は話を聞きながら、これはとんでもないことになったと思った。

「カモンに写真部の先輩がいてね、彼女が立命の夏の作品集を会社で見せたらしいの。そしたら、この人はいいってなったらしいの」

「ああ、なるほど。わたしがカモンのモデルですかあ……すごいことになってきたなあ」

雑誌『ｃｏｍｅｏｎ』というと、若い女性ならみんなが知っている。そんなところでモデルをするなんて、一体どんな風の吹き回しなんだろう。洋子はもう笑うしかなかった。

「どうでしょうか萩原さん、学生さんですから専門のモデルのように仕事はできないと思いますが、一度ですね、うちの大阪の事務所にお出でいただけませんか。詳しいことをご相談したいのですが」

「ああ、大阪ですか。そうですね、行けるのは土曜か日曜なんですけど、それでもいいですか」

「平日はご無理でしょうか」

橘は手帳を繰りながら尋ねた。

「授業と、夕方はバイトがあるので、難しいです」

「分かりました。では、上の者と相談して、またこちらから電話を入れさせていただきます」

あとは、雑談のようになり、『カモン』のモデルの仕事などを橘があれこれと説明してくれた。

夜、洋子は良介に電話をした。

「ええっ、『カモン』のモデルてか」

良介は驚いていた。

「どう思う、兄は」

「どうてなあ、面白そうに思うけどなあ」

「うん、わたしも思うけど、ちょっと忙しそうやしなあ」

「稼ぎにはなるんやろ」

「そら食堂のバイトとは違うもん」

「まあ、学生という条件での契約でやる分にはええんと違うんか」

「そうやなあ、一回くらい経験してみるんもええかもなあ。

「それにしても、お前は得やなあ。産んでくれた親に感謝せなあかんなあ」

洋子は、良介との話のあとで張に電話をした。

「ぼくはそういう仕事はあまり好きじゃないけど、洋子さんがやってみたいなら反対しないよ」

張はそう言った。

「どうして好きじゃないんですか」

「僕の考え方が古いのかなあ、なんとなく資本主義的で嫌な感じがする」

国民みんなが人民服を着ている中国では、ファッションやモードなんてそもそも考えられないことだ。張がそう言うのも無理はないと洋子は思った。思ったが、それは口にはしなかった。

「あはは、資本主義そのものやもんなあ。でもね、結構なおカネになるんですよ。そうすれば親の負担も少なくできるんです」

張はしぶしぶだが、洋子のチャレンジを認めてくれた。張が絶対に反対だと言えば考え直してもいいかと思っていたが、そこまでの反対はなかった。

『ｃｏｍｅｏｎ』の事務所は御堂筋に面したビルの三階にあった。いいところに事務所があるなあと洋子は思った。ドアをノックして入ると、受付の女性が笑顔で応対してくれた。

「萩原さんですね、お待ちしていました。こちらへどうぞ」

そう言って通された応接室の部屋に、橘薫とスーツ姿の中年男性がすぐにやってきた。

「萩原さん、お疲れさまです。うちの編集長の永井です」

そう言って橘は永井という編集長を紹介した。永井は挨拶をしながら名刺を差し出した。それを受け取って、洋子は促されるままソファに腰を降ろした。

「立命の写真部の特集で萩原さんの姿を拝見しました。しかし、実物はやはり素敵ですね。若い女性の憧れにピッタリですよ」

洋子は、初対面なのに物言いが少しぶしつけだなと思ったが、永井という編集長の笑顔には少しも嫌味がなく、好ましい男性だと洋子は感じた。

「ありがとうございます」

「萩原さん、こちらにお出でくださったということは、モデルをやってくださるというお気持ちが……」

そう、橘が言った。

「はい、学業に差し障りのない範囲でチャレンジしてみようかなと思いました」

「萩原さん、大丈夫です。あなたなら十分やってゆけますよ」

「だといいんですけど、まったく未知の世界ですから不安です」

概略の説明は喫茶「青山」で橘から聞いてはいたが、永井編集長は説明のあと、いくつか質問に答えてほしいと言った。

「特技はなんですか。なんでもいいですから、好きなものがあれば教えてください」

洋子は、そんなことを聞かれるとは思ってもいなかった。

「特技ですか……、ええっと、なんでもいいですか。そうですね、陸上は、五千メートルですけど和歌山県の記録保持者です。多分、まだ破られてないと思います」

「ええっ、五千メートルって、ほんまですか」

永井編集長はびっくりしたという感じで聞き返した。

「ええ、海での素潜りは六メートルから七メートルはいけます」

「素潜りするんですか」

こんどは橘が驚いた。

「萩原さん、生まれ育ちはどこなんですか」

永井編集長が尋ねた。

「白浜です」

「白浜ですか、ええとこやなあ」

永井も橘も、そう同時に声を上げた。

「田舎もんですから、わたし。農家の出身で、ほんとに山のなかを駆けまわって大きくなったんですよ。というか、いまでも帰ったら山に入ってますけど」

「驚いたなあ、いいところのお嬢さんやとばっかり思ってましたよ。いやあ、これはいいなあ」

永井編集長はすっかり洋子を気に入った様子だった。

「モデルもいいけど、女優にしたいくらいやなあ。いやあ、萩原さん、ぜひうちのモデルになってください。萩原さんは学生さんなんで、まあ専属は難しいと思いますが、可能な限りお願いします」

「わたし、週に四回、学食の皿洗いのバイトをしていますから、開けられるのは土日くらいなんです」

「そのバイトって、失礼ですけど、時間給でしょう。ま、こっちの仕事はそれよりも割はいいと思うので、それはまあ、先々また相談するとしましょう」

永井編集長はビルの出口まで洋子を見送りに降りてきて、すぐまた引き返した。

「萩原さん、編集長、よっぽど萩原さんを気に入ったみたいですよ。こんな下まで降りてきて見送るなんてあり得ないことですよ」

橘はそう言って洋子を見送った。

「ええっ、『カモン』のモデルにっ」

研究会の部屋で林に先日のスカウトのことを話すと、腰を抜かすほど驚かれた。

「うそお、すっごいなあ。わたしそんな話、初めて聞いたわ」

「この間ね、御堂筋の事務所まで行って詳しく話聞いてきました」

「すごいなあ、萩原さん。専属モデルやもんなあ」

「専属と違うんやで。学生バイトのモデルやもん。職業とは違うから、まあ、時間のあるときに仕事を入れてもらうんです」

「そうなんやあ。でも、すごいなあ。立命館は大きな大学やけど、『カモン』のモデルになるって、萩原さんくらいのもんやわ。いやあ、これはビッグニュースやわ」

そんなことを喋っているところに、西島ら数人が同時に部屋に入ってきた。

「なあなあ、みんな聞いて。重大ニュース、重大ニュース。萩原さんが雑誌カモンのモデルにスカウトされました」

「ええっ、『カモン』のモデルってえ」

と、男子たちが騒ぎ出した。

「モデルの横顔みたいな書くとこあったら、唯研に入ってるって宣伝しといてな。絶対に会員増えるって」

「あ、それええなあ」

「アホやなあ、そんなことまで書いてくれるもんか」

「一回出たらどんだけの稼ぎになるんやろ」

などと、わいわいと賑やかなことになった。

「ちょっとちょっと、まだ撮影もしてないのに、みな気が早いわ」

と、林がたしなめるように言った。

初めてのモデル撮影は、写真部の三千院での撮影とはまるで違っていた。大阪での本格的なスタジオ撮影に、洋子は緊張の連続だった。それでもカメラマンやアシスタントが言葉をかけてくれて、一時間もすると表情も自然なものになってきた。カメラマンによると、初日は緊張で使いものにならないモデルもいるなかで、素人としては場なれの速さに驚いたとのこと。高校のときのミスはまゆうコンテストや三千院での経験が過去にあったからだと、洋子はそう思った。

「あんたがなあ」

撮影帰りに寄った節乃の家で、姉も驚いた様子だった。

「それ、だいぶ貰えるんかいな」

と、節乃は報酬の額を聞いた。

「いくらやと思う」

「さあなあ、モデルの世界らいままで縁ないさかなあ、さっぱり分からんわ」

節乃は笑いながら言った。

「五千円入ってた」

「五千円てかあ、ええ値やなあ」

「うん、食堂のバイト代五日分やわ。でもな、モデルによっても違うらしいわ。売れっ子の人にはもっと出してるみたい。すごい業界やわ」

橘は封筒に入ったモデル料を洋子に手渡すとき、

「編集長がよろしく言っといてって、そんなに言うてはりましたよ」

と言った。

「はい、ありがとうございます」

「編集長、ほんまに萩原さんがお気に入りでね、萩原さん、得やで」

洋子はどう答えていいか分からず、ありがとうございます、としか言えなかった。

「普通なら次は来月になるんですが、もしかしたら、編集長の指示でそれまでに日程が入るかも知れません」

洋子は橘からそう言われたのだった。

「ほんで、人気が出たら本格的なモデルになれるんかいな」

節乃はそんなことを聞いた。

「そこまでは聞いてないけど、人気が出たらそうなれるみたいやわ」

「ふうん、そやかてモデルっていうたら、体形やら肌艶やら、いろいろとうるさいんと違うんかいな。カネかかるんやろ」

「まあそうやろなあ。本格的に一流のモデルになろ思うたらそうなるやろなあ」

「女に生まれたんやから、やってみても面白いかもなあ」

「そやろか。姉《ねえ》はそうかも知れんけど、わたしはそんな気ないわ」

「あんた、贅沢やなあ。モデルらて選ばれた人しかなれんねで」

「そうかも知れんけどなあ、バイトでやるんだったらええけど、仕事でやるのは性に合わんわ」

「あんたは変わってんなあ」

と節乃は笑った。

「そやそや洋子、あんた中国に行ってきたんやて。お母ちゃんから聞いてびっくりしたわ」

「そやねん、行く前に姉《ねえ》に言う折りがなかってん」

「あんたしかし、大胆やなあ。一人で中国に行くらて。うちには考えられんわ」

「張さんって、小さい兄《にい》の友だちが連れてってくれたんや」

張のお母さんとお父ちゃんのことを姉に言うべきか、黙っておくべきか、洋子は迷ったが、言わないでおいた。これという考えがあって黙っていたのではないが、なんとなく誰にも言うべきではないという、洋子の本能的な判断が働いたのであった。

「やっぱりあれか、あの人民服て、みんなあの服ばっかり着てるんか」

「うん、みな同じやったわ」

「食べもんはどうやったん」

「食べるもんはばっちりやわ。やっぱり美味しいわ。生活環境はまだ悪いけどな。それに街は自転車ばっかりやし。まだまだ経済は遅れてるから、ほんまにこいからの国って感じやった」

「そやけど、あんたおカネあったん」

「往復の飛行機代だけやから。それくらいは貯めてるもん。泊まるのは張さんの家に泊めてもろたし、食事もお母さんが作ってくれたし、おカネてほとんど要らなんだわ」

「お母ちゃんが、洋子は四人の兄妹のなかで一番やり手やて言うてたわ」

「ふうん、そうやろか」

「誰に似たんかなあて」

「誰て、あがの子やのに」

と、洋子はそう言って笑った。

夕方、節乃は早目に洋子に夕飯を作ってくれた。洋子はそれを食べて、京橋から京阪電車に乗った。

(四十三)

洋子は二日がかりで日本共産党の二つの長い論文を読んだ。一つは『極左日和見主義者の中傷と挑発』(四・二九論文)、もう一つが『今日の毛沢東路線』(一〇・一〇論文)。前者は、六〇年代の学生運動に持ち込まれた極左冒険主義の誤りを、マルクスやレーニンの著作を引用して多角的に分析したものだった。後者は、中国で猛威をふるう毛沢東の「文化大革命」がいかに科学的社会主義の原則から逸脱した有害なものかを深く論じたものだった。そして洋子は、暴力による変革ではなく、複数政党制や政権交代制による政治の転換という路線、発達した資本主義国での革命をめざす日本の共産党の姿勢にも確信をもった。洋子はしかし、自分がその一員となる資格があるのかどうか、それらの論文を読めば読むほど悩み悶々とするのであった。

「兄《にい》、こい、二つとも読んだよ」

洋子はそう言いながら、良介に二つの論文を返そうとした。プランタンは空《す》いていた。

「ええわ、二つともやるわ」

良介は、そう言って洋子に戻した。

「ええん、おおきに。難しいけど、なかなか面白かったわ」

「お前もしかし変な奴やなあ。モデルやりもて、四・二九論文や一〇・一〇論文を読みたいて」

「なにが変よ」

洋子は良介の言う意味が分からなかった。

「モデルらて、あまりにも資本主義的で、政治とはほど遠いやろが」

良介はそう言った。

「そうかも知れんけど、女の人が着るもんにこだわるのは古今東西のことやわ」

「まあ、そうやろけど」

「それに共産党もファッションは自由やて言うてるで」

「まあ、そうなんやけどな」

そう言って良介は笑った。

「なあ兄、張さんもこれ読んだんやろか」

二つの論文を指さして洋子は聞いた。

「ああ、張くんは読んでるよ」

良介は答えた。

「どんな感想なんやろなあ、自分の党が真っ向から批判されてるし、どうなんかなあ」

「これは内緒のはなしやけどな、あいつは日本の党が好きなんや」

良介はそう言った。

「ええっ、そうなん。なんで」

「うん、腹のなかでは文革に否定的なんや。この論文読む前からそうみたいや。知っている党員が何人も批判されて、毛沢東派から迫害を受けてるようやわ。けどあいつはそういうことはいっさい口にせえへんけどな」

「ふうん、そうなんや」

「考えてみぃよ。京大に来て、日本みたいな資本主義の発達した国で自由や民主主義を毎日のように大学で体感してたら、どう考えても中国は異常やて思えてくるんと違うか。それにあいつはインテリやで。マルクスもレーニンもそこそこ読んでるしな。そやけど一番あいつに影響与えたんは母親やろなあ。母親は日本をよう知ってるらしいわ」

「そうなん、お母さんの影響が大きいんかあ。でも、中国に帰ったら、いうたら反体制やろ、大丈夫なんやろか」

「どうやろなあ。そやけどあいつの話ではな、いまの毛沢東の路線に腹のなかで不満を持ってる党員がけっこうおるみたいや。特に古い党員とか、知識人の党員には批判的な連中がけっこうおるみたいや。前に言うてたわ」

「なんか、心配やなあ」

「まあ、大変やと思うけども、それがあいつの宿命や。中国人なんやから、中国共産党のなかでたたかう以外にないやろ」

「前途多難やなあ、張さんも」

洋子はしみじみと言った。

「洋子、前途多難なんは張君だけと違うぞ。日本もまだまだ先は長いし、行ったり来たりするやろなあ」

「でも、いま革新がどんどん伸びてきてるやん」

「うん、そらそうなんやけど、こっちの側が伸びたらな、必ず相手側も反撃に出てくるやろ。あのな洋子、ほんまに単純化して言うたらな、発達した国と遅れた国と比べたらな、日本みたいな発達した国は、なかなか革命は難しいんや。遅れた国は、いうてみたら武力で勝ってたら天下とれるけど、日本ではそんなわけにいかんやろ。あくまでも人々の気持ちというか意識を変えんと前へ進まん。そやから、革新が伸びてもな、ことはそう単純やないんや」

「どうしたらええん」

洋子は真剣に良介の意見に耳を傾けた。

「一言でいうと二本足の活動って党は言うてる」

「二本足って、そいなに」

「労働運動とか農民運動とか、色んな住民の運動とか、そういう国民の運動、たたかいを大きくして政治や社会の改革を前進させるて、こいが一本。もう一本は、そういうことをやりつつ党そのものを大きくする。つまり党の建設や。党を増やしてゆく、これが二本目や」

洋子は黙って聞いていたが、内容は難しく、よく呑み込めなかった。

「夏休みに帰ったときに、俺ちょっと富田の小山富造さんに会いに行ってきたんや」

「誰、それ」

「知らんのか。小山さんて白浜町の共産党の町会議員の一人や」

「ああ、公ちゃんおっちゃんの仲間な、はいはい」

「初対面やったんやけどな、自己紹介したら歓迎してくれてな、いっぱい話をしてくれた」

「大阪に出て働いてたときに共産党に入ったらしいわ。そのときの党員証をまだ持っててな、見せてくれた。一九二九年の入党で、推薦人の名前も書いてた。中ノ島辺りで活動してたらしい」

「いまなにしてるん」

「百姓やりもて議員してる。でな、びっくりしたんやけど、宮本百合子の直筆の色紙があったわ。こい、直筆ですかて聞いたら、直筆やよって」

「へー、値うちもんやなあ」

「特高警察に捕まったときの拷問の話がリアルでな、多喜二の小説といっしょやなあって思たよ。いまでも梅雨とかになったらやられたとこが痛むて言うてた」

「小山さんていくつなん」

「六十過ぎやろ。ほんでな、あんたとこのお祖父ちゃんはこの辺りでも名前が知られてたって言うんや。なんでって聞いたら、昔の砥石争議のときに、資本家の側で頑張った一人やったって。そあなん話、全然知らんし面白かった」

「なにそれ、どういうこと」

洋子は良介の説明がよく分からず、身を乗り出して聞いた。

「戦前のことやけど、昭和の初めや。だから親父が十代の頃やなあ。いまの石山で大きな労働争議が起きたらしいわ。そのときに、資本側と労働者側とが激しく対立して争う事件があったんやて。萩原良作、つまりお祖父ちゃんは資本の側で、労働者に敵対して頑張ったらしい。

労働者側は西富田小学校と富田中学校の児童や生徒を同盟休校までさせて、村を二分した争いだったらしい。お前も覚えてるやろ、ほら小さいときに大坪の里田さんとこの向こうに倶楽部の大きな集会所があったやろ、あそこで労働者側も村民集会を開くし、会社側も集会を開いて気勢をあげて、そらすごいたたかいになったみたいや」

「そんなことあったん、なんにも知らんなあ」

洋子は驚いた。そんな話は父親の洋からはもちろん、母や祖母からも聞いたことがなかった。

「俺もそんなこと知らんしびっくりしたんやけど、小山さんは、あの萩原家の息子が共産党とはなあ、時代も変わったもんやってびっくりしてたわ。戦前は、あんたとこは地主やったしな、百姓からしたらまあ敵やったんやでって」

「ほいたらなに、うちは右も右、保守本流の家柄だったんやなあ」

「まあ、そういうことになるなあ。そやさか、なにかと差しさわりがあるんで、僕のことは誰にも言わんといてくださいって、小山さんに頼んどいた」

「なんて言うてた」

「分かった分かった、誰にも言えへんから心配すんなって」

「なんか面白そうな話やなあ、それ。お祖母ちゃんなら詳しいこと知ってるやろなあ」

「そうやけど、親父も知ってるはずやで」

「ほんまやなあ、色んなことあったんやなあ。そういう争議なんかの記録って残ってないんやろか」

「分からんなあ。ひょっとしたら小山さんだったら持ってるかも知れんなあ。こんどまた教えてもらうわ」

洋子は、自分が生まれる前の西富田で起きた出来事に興味がわいた。石山で働く村人が争議に起ちあがったなんて、自分が育ってきた西富田からは想像もできなかった。確かに、父親をはじめあちこちのおいやん達が、バイクや自転車で石山に通っている光景を小さな頃からよく見かけてきた。しかし、そこからは労使の激しい対立がかつてあったなどとは思いも及ばないことだった。

その頃は、お祖父ちゃんも元気だったやろうし、お父ちゃんはまだ十代の半ばやった。お母ちゃんはまだお父ちゃんと結婚してなくて奉公に出てた頃やと、洋子はそんなことに思いを馳せていた。

「洋子」

と言う良介の声に洋子はわれに返った。

「うん」

「お前、張君と付き合う気ないんか」

良介は突然そんなことを言った。

「ええっ、なんてえ」

「あいつと付き合えへんのかて」

「なによお急に」

「まあ、言いとうなかったらええけどよ」

良介は突き放すように言った。

「別に言いたくないんと違うけど……好きやで、張さんは」

「そら分かってるよ。嫌いなら北京まで一緒には行かんやろ」

「でもな、どう言うたらええかなあ、好きな人やけどな、兄やさか言うけど、張さんに言わんといてな、真面目すぎる感じがするん。もうちょっと遊びの部分があってもええのにって。そこが欠点かなあ」

「お前、贅沢な女やなあ。男としての魅力に欠けるってか」

「ううん、男としても魅力ってことやないんや。人間としての幅っていうか、奥行きっていうか、そういう魅力がもっとほしい」

「なるほど、張君は生真面目なとこがあるもんなあ。もうちょっとやんちゃだったらええってことやな」

「やんちゃ過ぎても困るんやけどな」

「あいつと喋ってたら、話の端々にお前の名前が出てきて、ああ、気に入ってるんやなって分かる。そやし、お前はどう思ってるんか気になってな。しかし、お前の話を聞いてたら、惚れてるってこともなさそうやな」

「惚れてるってかあ。惚れるって言葉は意味が深いなあ。そやけど、好きやで」

「まだ恋焦がれるって感じやないやろ」

「どうなんやろなあ、まだそこまではいってないかも」

洋子は、男というと北を思い出す。というか、北しか知らないのだ。意図したものではなかったが、恋人の子を身ごもり堕胎した過去は消すに消せないものだ。洋子のこの初恋は、肉体の結びつきというよりは心の結びつきのほうが勝っていた。交換日記に書いた時々のお互いの思いは、まだ幼い無垢な心情の吐露で、その日記の一枚一枚が二人の結びつきを強めたのだった。

北も、そして張も、洋子に唇を合わせてきた。男とはそういうものなのかと、洋子はそう思った。そして、女はいつもそうされるのを待っている身なのか。だとしたら、張もやがて洋子の躰を求めてくるに違いないのであった。洋子はしかし、その行為はすなわち妊娠と隣り合わせだということを経験した。張が躰を求めてきても、洋子はまだそれを受け入れられないと思っていた。以前の北との交わりは、洋子の幼さから起きたことだった。そして、妊娠、堕胎という取り返しのつかないことになった。あの失敗だけは繰り返したくなかった。

「なあ兄、彼女いてるん」

「なんなよ急に」

「急ってことないけど、わたしのことばっかりで、あがはどうなん」

「おったけど別れた」

「ふられたんやろ」

洋子はそう言って笑った。

「やかましいわ」

そう言って良介は笑った。

「ほな、いまおらんねな」

「まあそうや」

「可哀そうに」

兄はどんな恋をしたんだろう。洋子は興味があったが、聞いても妹のわたしにはなにも言わないだろうと思った。

洋子は日中は授業に出ていたが、講義が面白くないときは自分が読みたい本を読んでいた。日本のプロレタリア文学や世界の革命文学はどれも面白く、いくら読んでも飽きることがなかったし、マルクス主義の古典やその解説本はノートを取りながら勉強していた。

生協の食堂でのバイト収入にいまはモデルの収入もあるので、仕送りは減らしていいと、洋子は母に手紙を送った。大学に来るまでの大阪での貯金があり、そこから北京行きの飛行機代も出したのだが、まだ貯金は残っている。アルバイトで得ている収入で書籍や食費は賄うことができた。

『ｃｏｍｅｏｎ』からの連絡が来て、二度目の撮影は、冬物のコートを着るモデルだった。今回のカメラマンは三十代の半ばだろうか、動くたびに少し長めの髪が揺れる、姿のいい男だった。白っぽいジーンズが脚にフィットしていて、なかなか締まった体形だと洋子は思った。ハンサムではなかったが、目鼻立ちは整っていた。身長は洋子より少し高い感じだから百七十センチくらいだろうか。黒沢拓という名前だった。

「よろしくお願いします」

洋子からそう挨拶をして頭を下げた。黒沢は笑顔になった。

「こちらこそ。黒沢です、今日はよろしくお願いします」

と、黒沢は言った。なんという人を惹きつける笑顔なんだろうと洋子は思った。どうしてだか分からなかったが、頬が熱くなる感覚を覚えた。

「じゃ、いきます。そこで自由にポーズをとってくれればいいです。はい、はい、そうです。いい感じです。自然な笑顔が素敵ですね。誰かに話しかけるように笑ってみて、そうそう、とってもいいですね。遠くを見つめるように、そうそう。ポケットに手を入れてみて、はい、次は片手だけ入れて。こんどは空を見上げるような感じで、はいはい、そうそう、髪に触ってみてください、すごく自然でいいですねえ。……はい、小休止します。萩原さん、いまのは体の動きなんか、様子をみたんです。すごくいいので、いまの調子で自然に動いてください。次からが本番です。」

黒沢が言うように洋子はポーズをとっただけだった。自然な動きがいいと言う黒沢の褒め言葉が嬉しかった。

撮影は順調に進んで、予定よりも早く終了した。

「萩原さんのようなモデルさん、珍しいです。変な例えですが、動物が跳びはねるような自由でのびのびとした動きで、いいのが撮れたと思います」

黒沢カメラマンから褒められ、洋子は素直に嬉しかった。

「ありがとうございました。またお願いします」

そう言って洋子は黒沢に頭を下げた。黒沢はまた屈託のない笑顔を返してきた。

「萩原さん、京都に帰るんですか」

黒沢はいきなり聞いてきた。

「そうです……」

「俺もそっち方向なんです。一緒に帰りませんか」

「京都ですか」

「いや、枚方なんですよ」

「じゃ、同じ京阪ですね」

黒沢はジュラルミン製だろうか、銀色の少し大きめのケースにカメラなどを入れ、それを肩からかけていた。乗り換えの京橋駅でアーケードを歩きながら、洋子は黒沢を喫茶店に誘った。

「黒沢さん、喉が渇きませんか」

「ああ、そうやなあ、モールの茶店にでも入ろうか」

黒沢は肩にかけていたケースを降ろし、それを手に持って茶店に入っていった。黒沢はコーヒーを、洋子はオレンジスカッシュを注文した。

「枚方にお住まいですか」

洋子はそう尋ねた。黒沢はハイライトをポケットから取り出し、それを口にくわえてマッチで火をつけた。

「ふうー。枚方で生まれて育ったんです。萩原さんはどこですか」

「和歌山県の白浜です」

「うわあ、いいとこやなあ。学生の頃に何度も行ったなあ」

「彼女とですか」

洋子は笑いながらそう言った。

「あはは、白良浜で泳ぎました。きれいな浜でした」

「ああ、あれね、砂が白いでしょう。オーストラリアから砂を運んできてるんです」

「ええっ、そうなん」

「はい、元は白い砂や松林があったんですが、宅地造成なんかで自然が壊された結果、白い砂が海に流出してしまって、それで補充しないといけなくなって。でも、あれだけの白い砂はなかなかなくて、で、オーストラリアから」

黒沢は洋子を見つめながら聞いていた。その瞳の奥に、洋子はなにかを刺すような刺激を感じていた。

「萩原さんのお家は、旅館かなにかですか」

「違いますよ。叔父が旅館をやっていますが、わたしは百姓の娘です」

「農家の出身なんですか。まったくそうは見えないなあ」

「垢ぬけしてるでしょう」

　そう洋子が返すと、またあの惹きつけるような笑顔で笑った。

「垢ぬけしてるっていうより、なんかこう洗練されてるっていうか、都会っぽい感じがあります。また撮影したいなあ」

「わあ、すっごい褒め言葉ですねえ、そんなこと言われたの初めてです。もしかしてナンパしてるんですか」

　笑いながらそう言ったが、あまりに黒沢から見つめられるので洋子は目を伏せた。

「そんなに見ないでください。恥ずかしいです」

「はは、ごめんごめん。誰かに似てるなあって思ったんで」

「竹内まりあでしょっ。よく言われるんです」

「そうそう、似てるなあ。最初から、誰かに似てるなあって思ってたんですが、誰だか思い出せなくて」

「あの、黒沢さん、失礼ですがお幾つですか」

「歳かあ、三十二です」

「若く見えます。まだ二十代後半かと思いました」

「顔がほら、こんなハンサムだから若く見えるんです」

　洋子は思わず笑った。黒沢も笑った。

「あのね、他のカメラマンにも言われたかも知れんけど、萩原さんの足首」

「足首ですか」

「うん、その足首の細さ、男からしたらすっごく魅力的ですね」

　洋子は驚いた。実は自分でもそれは気に入っていたのだが、男から面と向かって言われたのは初めてだった。

「言われたことないですか」

「ありません」

「撮影しながら見てたんですが、足首の細さとそこから上のふくらはぎから膝辺りまでのラインがいいんです。職業柄、そういうところによく目がいくんです」

「なんかスポーツしてたでしょう」

　黒沢はそれもお見通しだった。

「はい、スポーツ少女です」

「やっぱりね。なにをしてたんですか」

「三千メートルとか五千メートルです」

「三千、五千ですか。いいですねえ」

「速かったの」

「自分で言うのもおかしいですけど、わたし速いです」

「ますますいいなあ」

黒沢は枚方で降りた。並んでシートに座っていて、電車が揺れると太ももや肩がときどき触れあい、洋子は鼓動が大きくなるのを感じた。黒沢の日焼けしている長い指を眺めていると、時間が止まってしまったかのような錯覚を覚えた。

「萩原さん」

黒沢がなにかを言おうとしていた。洋子は顔を黒沢に向けた。間近に黒沢の横顔があった。

「仕事じゃなく、個人的に写真を撮らせてくれませんか」

「ええっ、どういうことですか」

真意を測りかねて洋子は尋ねた。

「個人的にです。俺、萩原さんを撮ってみたいんです」

嬉しいっ。洋子はそう感じた。黒沢が洋子のほうに向き直って見つめた瞳に、洋子のその嬉しい瞳が重なった。

「時間ができたら電話していいですか」

「はい、お願いします」

言ってから、お願いしますって変だ。洋子はそう思ったが、もう口から出てしまっていた。笑顔を残して黒沢は電車を降りた。洋子はホームを歩いていく黒沢の後ろ姿を目で追っていた。

（四十四）

例会のない研究会の部屋は静かなものだった。昨夜、林から連絡があり、バイトのあと唯研の部屋で会えないかとのことだった。約束の時間に十分ほど早く来た。テーブルの上には、夏の合宿レポート集が製本され積まれていた。製本といっても手づくりの冊子で、三回生と四回生が手分けをして鉄筆でガリ切をしてつくったものだった。次の例会で手渡す段取りになっているのだろう。洋子は手に取ってパラパラとめくって眺めていた。

「ごめん、ごめん」

そう言いながら、西島と林が一緒に入ってきた。林はポットで湯を沸かし、インスタントコーヒーを淹《い》れた。

「萩原さん、以前の話の続きをしたくって来てもらいました」

西島がそう切り出した。

「はい」

「時間が経ったから、いろいろと考えてくれましたぁ」

こんどは林が弾むように聞いた。

「いろいろっていうか、わたしなりに考えていますが、不安があって、どうしてもその不安が消えないんです」

「不安って、なに」

西島が聞いた。

「順序立てて言うと、わたしはマルクス主義者になりたいんですよ。マルクス主義者って、わたしのなかではそれは日本共産党の党員ということなんですが、京都に来てからわたしはかつてないほど色んな本を読んで、自分なりに考えを進めてきました。行き着いたのが日本共産党です」

「萩原さん、ちょっと待って。それって、党に入るってこと」

林が聞いた。

「入るっていうより、入らないといけないって思うようになったんです。けど、そこからが不安で、自分には党員になる素質というか資格があるのかって、それが分からないんです。日本共産党は日本社会の中でやっぱり知性というか理性っていうか、それに勇気を持っている人々の集団です。多喜二なんかを読んでいると、それが分かってきました。だから、わたしにとっては党は最高に尊敬できる人々なんです。どんな迫害の嵐が吹いても屈せずにたたかう、崇高な人々です。正直、わたしにはその一員になれる素質があるんだろうかって。正直に言いますが、まだ、革命に自分の命を捧げるという自信がないんです」

そう言って、洋子は黙った。

西島と林はしばらく無言だった。

「萩原さん、そんなことを考えていたん」

林は驚いたとでも言いたげな風だった。

「何度も何度も、考えても考えても、わたしの勇気はそこまでいかないんですよ。弾圧が来て、拷問をされれば、きっと屈してしまうやろうなって。そこで止まってしまうんです」

「萩原さん、なんていったらええんやろう、もう充分に入党する資格があると思う」

西島が真面目な顔をしてそう言った。

「俺は入党して一年余り過ぎたけど、萩原さんみたいなことで悩んだことないわ。党に入るときも、先に民青やってたし、先輩に勧められて、断る理由もなかったし、そいで入党したんやけどなあ」

「うん、わたしもそうやで。そこまで深刻に考えたことないよ」

林も西島と同じようなことを言った。

「そんなもんなんですか。わたし、共産主義者のたたかいには必ず迫害や弾圧が付きもんだと思ってますし、多喜二やその他の作品を読んでいても、それとのたたかいに耐えられるかどうか、そこが決定的な問題だと考えていたんですけど」

「それはそうやろうけど、でもそれって戦前の日本の話でさ、戦後の日本社会ではそういう弾圧はゆるされないことやし、ちょっと現実的やないよ、萩原さん。そこまで深刻に考える必要はまったくないんと違うかなあ」

西島はそう言ったが、洋子はそれは甘いのではないかと一瞬思った。洋子は良介の言ったことを思い出した。発達した資本主義の国での階級闘争は激烈をきわめている。反動勢力の共産党攻撃は、陰に陽に、手を変え品を変え、巧妙にやられていると兄は言っていた。洋子はもちろんそんなことを体験しているわけではなかったが、これまで読んできたものを総合すると、兄の言う通りだと思うのだった。

「そうなんでしょうか。治安維持法はなくなったし、言葉の上では自由と民主主義が謳われているけど、実際には日本共産党は抹殺すべきものとして狙われていると思います。昔のような露骨な弾圧はあまりできないと思うけど、ある意味、戦後のいまのほうが特高警察は形を変えて隠れていて、攻撃は陰湿で激烈だとわたしは思うんです。それに立ち向かってゆけるだけの自分にならないと党員の資格はないと思って、だからずっと悩んでいるんです」

西島と林は口数が少なくなった。

「でもね」

と林が言った。

「仮に、萩原さんの言う通りだとしたら、だからこそ余計に党を大きく強くせんとあかんってことやろ。萩原さんがいつまでもそこに立ち止まっていたらあかんって思うわ」

この林の指摘は、それはそうだと洋子も思った。

「そうなんです、いつまでもここで足踏みしている場合ではないって、それは自分でも分かってるんですけど……」

革命運動に命を捨てられるのか、どうすればこの難関を突破できるのか、洋子は苦悶していた。洋子は二人に言った。

「でも、わたしは時間がかかっても突破してみせます。解決の条件とともに問題は提起されているってマルクスも言ってるし、お二人のお誘いはわたしに対する歴史の要請なんだろうなって思ってますので」

西島と林は顔を見合わせていた。

「萩原さんにはオルグ必要ないなあ。早くあと一歩、踏み出してくださいよ」

西島はそう言って笑った。

黒沢から誘いの電話があったのは、唯研の例会があり下宿に戻ったときだった。洋子が玄関に入り靴を脱いでいるとき、入り口のピンクの電話が鳴った。洋子は受話器を取った。

「はい……高瀬です」

「すみません、下宿してはる萩原さんをお願いします」

声で黒沢だと分かった。

「黒沢さん、萩原です」

「ああ、萩原さん。明日の午後、急なんやけど空いてますか」

黒沢はそう言った。

「はい、午後は空いてます」

「急な予定変更で時間ができたから、萩原さんが空いていればと思ってかけてみました」

「一時半ならいいですよ」

「じゃ、一時半に四条京阪の入口辺りでどうですか」

「四条京阪、分かりました」

そう言って電話を切った。

しかし、洋子はしまったと思った。どんな服装で行けばいいのか、それを尋ねずに電話を切ってしまったのだ。かけ直そうにも黒沢の電話を知らなかった。

翌日の午後、洋子は一時二十五分に京阪の四条駅に行った。黒沢がもう待っていた。あれこれと迷ったあげく、結局、洋子は白いジーンズと丸首の秋のニットセーターを着た。

「空けてくれてありがとう」

「どういたしまして」

そんな挨拶を交わしたあと、黒沢が言った。

「なあ、萩原さんは知恩院は行ったことある」

「知恩院ですか、ありません」

名前は知っていたが、洋子はこの界隈を歩いたことがなかった。

「じゃ、散歩がてら行きますか」

黒沢はそう言った。肩からカメラボックスをかけていたが、そのなかから小さな、洋子には分からないカメラを取り出して、それも肩にかけた。

八坂神社は、土曜日の午後ということもあり賑わっていた。黒沢は、ときどき洋子から離れて勝手にシャッターを向け撮影した。そして戻っては少し喋り、また離れてはシャッターを切った。御神水を通り、円山公園まで歩いた。

「歩くのは平気ですか、疲れませんか」

「平気ですよ。むしろ走りたいくらいです」

「そうやった、そうやった。長距離ランナーやもんなあ」

洋子は円山公園の音楽堂にも行ってみたかったが、黒沢は道を左にとり知恩院へと歩いた。

「スカートのほうがよかったなあ」

黒沢が急にそんなことをつぶやいた。

「なにを着ればいいか聞こうと思ったのに、電話を切ったから聞けなかったんです」

「うん、もう一回かけようかと思ったけど、二回もかけるの悪いかなって思ってやめたんや」

「足首も写ってた方がいいかなって」

「ああ、足首ですか。恥ずかしいですよ」

「いやいや、恥ずかしくはないやろう。モデルなんやから」

「でも、これはプライベートやから、なんか恥ずかしいです」

黒沢は微笑みながらまた洋子から離れた。

知恩院は想像していた以上に広く、一度来ただけではすべてを覚えられなかった。

友禅苑を歩いていたとき、カメラを構えた黒沢は石につまづいた。洋子が駆け寄って黒沢の躰を抱くように支えたとき、カメラボックスが肩から外れて地に落ちそうになり、そうさせまいと洋子は思わずボックスの紐ごと黒沢の躰をきつく抱きしめた。それはまるで一組の男女が抱擁でもしているかのような構図だった。黒沢はカメラを手にした左の腕だけが自由で、洋子にしがみついた。そのとき、黒沢の唇が洋子の首筋に触れた。二人は、楽な姿勢に戻ってからもしばらく抱き合ったままで、洋子は首筋に熱い唇が触れているのを感じていた。それは、ほんの数秒のことだったのか、数十秒のことだったのか、洋子にも黒沢にも分からなかった。やがて、洋子は躰を離そうとして大丈夫ですかと声をかけた。黒沢は大丈夫、大丈夫と言って、ボックスを肩に掛け直した。ほんのわずかな時間だったが、黒沢と抱き合って、洋子は胸の鼓動が速まっていた。誰かの足音がして、二人は離れた。洋子は目を伏せたままだった。

近くの石のベンチに腰を降ろした二人は、しばらく無言だった。洋子はなにか言いたかったが、言葉が見つからないまま黒沢の言葉を待っていた。少し前から雲が広がって陽ざしがさえぎられて風がそよぎ出していた。そよぐ風が洋子の火照った頬に気持ちよかった。黒沢はカメラを触っている。

「黒沢さんはなんでカメラマンになったんですか」

洋子は聞きたかったことを口にした。

「まあ話せば長いけど、やっぱり直接のきっかけはベトナム戦争やなあ。現場で撮った写真なんかを見て、こんな仕事をしてみたいなあって思って、それで足を踏み入れたんやけど、いまのところ雑誌のモデルを写したりそんな仕事ばっかりでな、最初の志はなかなか実現せんわ。カネが溜まったら、ベトナム方面に行きたいんやけどな」

「じゃ、ベトナム反戦の活動もされてたんですか」

「うん、ベトナム戦争が激しくなってきた頃でね、デモにもよく行ったなあ」

「そうなんですか、いまはあまりやってないんですか」

「まあ、こんな仕事をしてるからさあ、あんまり時間もないしなあ……萩原さんは、やっぱり政治には興味がないのかな」

「なんでですか」

「モデルさんにはそんな人が多いから」

「わたしは政治に関心ありますよ」

「へー、そうなん、驚いたなあ。あ、そうか、立命やもんなあ」

「そうです、立命なんですよ」

「立命はね、僕らの時代から激しかったからなあ」

「黒沢さんはやはり左翼ですか。どっかに所属してるんですか」

「左翼やなあ。どこにも入ってないけど考え方は左翼」

「左翼っていってもいっぱいセクトがあるやないですか」

「萩原さん、よう知ってるなあ。ぼくはいまはノンセクトやけど、共産党のシンパ」

「へえ、共産党なんですか」

洋子は黒沢のこの返事に驚き、興味がわいた。

「うん、これは親父の代からの流れでね、子どもの頃から共産党の話を聞かされて育ったし、高校の頃からたまに党の新聞も読んでたよ。そんなんで、選挙はずっと共産党に投票してる」

「そうなんですか、実はわたしも共産党なんですよ」

「やっぱりなあ、なんとなくそうじゃないかなあって」

「えっ、なんでですか。分かるんですか」

「立命やし、それにどことなく、そんな感じがした」

どんな感じなんだろうか。洋子にはさっぱり分からなかった。

「共産党には共産党の、その感じみたいなものがあるんですか」

「それなあ、むかし親父ともよく議論したことあるんですよ。親父には親父の理屈があって、なかなか議論がかみ合わんかったなあ」

「お父さんはどう言われたんですか」

「親父はね、日本の共産党には歴史がある。お前の意見は分からんわけやないけど、戦前から権力による弾圧があり、組織を守らないといけないという点で、なかなか自由な気風は馴染まないって言ってたよ。それはそれで分かるんやけど、野蛮な国家権力やったからなあ、戦前の日本は。けど、だからといって小さな党の殻に入ったままでは国民の誤解や偏見はなくならんって、僕は思ってる」

「ふうん、じゃ、わたしもそんな感じでしたか」

「いや、萩原さんはそういうことじゃなく、うまく言えんけど、なんかこう、知性っていうと大袈裟やけど、そんなような空気があるよ」

「さっぱり分かりません」

「うん、ぼくは君より十年ほど長く生きているからね」

「わたしには知性があるってえ。見直しましたか」

二人は顔を見合わせて笑った。

「ぼくは、なんて言うか、共産党の殻みないなもんはなんとかしないとあかんと思うけど、日本の党は世界のどこに出しても尊敬される党だと思う。それから、いつも弱い人々っていうか、そういう人々に救いの手を差しのべる姿やなあ。これはほんまにたくさん見てきた。困った人を放っておけんという根性があるもんなあ」

「黒沢さんって、色んなことを知ってるんですねえ、驚きました。でも、なんで党員にならんのですか」

洋子の質問は自然で直截だった。

「うん、元は党員だったんやけどね、いろいろあってやめた」

「そうなんですか、立ち入ったこと聞いてすみません」

「別にええよ」

「萩原さんは入ってるん」

「いえ、どうしようか考えています」

「そうなん、なんか問題があるんやね」

「わたしには難問なんですよ」

黒沢は洋子の顔を見た。

「難問って、よかったら聞かせてよ」

洋子は一瞬迷ったが、黒沢は信頼できそうだし、この人に話してみようと思い、ずっと悩んでいる内心、自分に党員としての素質があるんだろうかという、その思いを素直に吐露した。

「そうかあ、それはすごく真面目な悩みやなあ。真剣で、真面目な悩みやけど、それって観念的やなあ」

「ええっ、それ、どういうことですか」

「うん、萩原さんの頭のなかでさ、多分その悩みがぐるぐる回ってるんやろなあって思った。自分に党員の素質があるやろうかとか、自分は迫害に耐えられるだろうかとか、それって頭で考えてるだけの話で、ちっとも実践的やないって思うなあ。つまり観念論やな」

「観念論……」

「うん、観念論。マルクスが言うてるやろ、哲学者たちは世界を解釈をしている、だが肝心なのは世界を変革することやって。萩原さんが変革の立場に立ったとき、その悩みはうそのように解決するわ」

洋子はこの黒沢の言葉にハッとした。お前は解釈をしているだけだ、観念の世界でグルグル回っているところから、一歩踏み出して入党しろと言われているような気がした。自分はいったい唯研でなにを学んできたのか、こんなことも分からないのかと、洋子はこの黒沢の指摘に愕然とする思いだった。洋子は言葉が出てこなかった。

「党に入って、実践するなかで解決すると思うよ。ていうか、それ以外にないんと違う。思い悩んでいても堂々巡りするだけだと思うよ」

黒沢はやさしい声で洋子にそうささやいた。洋子は、いくつものプロレタリア文学を読み、不屈にたたかう共産主義者の姿は、自分のように弱い精神の者にとって党は畏敬や尊敬の対象ではあっても、その人々に自分を重ねることができないでいた。しかし、黒沢は、観念論から抜け出せと言う。洋子の目に涙が滲んだ。洋子にも涙のわけが分からなかった。なぜ涙がこぼれるんだろう。分からないが、涙がこぼれ落ちた。ふと、洋子はジョンと登った故郷の平ったから見る西富田の風景を思い浮かべた。西富田の農村の風景、富田川の流れが見えた。十九歳の洋子は、初めてなにかが肩から外れて軽くなったような気がした。

(四十五)

一九七四年の春に洋子は大学二回生になった。正月に帰省した洋子は、耕治の嘆きを聞いた。ガソリンはそれまでの約二倍になり、リッター当たり四十円から八十円にはね上がったらしい。旅館で使用するボイラーの燃料も値上がりし大変だということだった。新聞は連日のように、買い占めや売り惜しみ事件が紙面を賑わせていた。世をあげて「石油ショック」と「狂乱物価」の話でもちきりだった。

「ところで洋ちゃん、大学生活はどう」

耕治はジュヴィが淹れたコーヒーを飲みながら聞いた。

「去年はほんまに色んなことを経験したし、まあ、充実してるほうかなあ」

「授業はどうよ」

「まあ、ちゃんと出てるんやけど、あんまり面白くない授業は別の本を読んでるなあ。バイトが二つ、それに研究会、それぞれ面白いで」

「洋子さん、恋は」

と、ジュヴィが聞いた。

「ふふ、それなりにやってます」

それを聞いて耕治が言った。

「洋ちゃんならそれこそ引く手あまたやろうけど、ええ男つかまえなあかんで」

「はい、分かってます」

ジュヴィが台所からの呼び出しでロビーを離れた。すかさず耕治が聞いたてきた。

「どんな男や」

「誰にも言わんといてよ」

「分かってる分かってる」

「実は二人いてる。北京に連れていってくれた人と、最近知り合ったカメラマンの人」

洋子は正直に言った。

「ほほう、それはそれは」

と、耕治はニコニコしながら言った。

「そうやろなあ、洋ちゃんなら何人でも言い寄ってくるやろからなあ。好きな男が二人いても不思議ではないなあ」

「歳はいくつや」

「カメラマンは三十二、医者は二十二」

「なるほどなあ。青春してるなあ、洋ちゃん」

「ほら、高校のときに付き合ってた奴、あれはどうなったん」

「ああ、ほぼ別れたって感じかな」

「そうかあ。で、そのカメラマンってどんな男や」

「業界誌の写真を撮ってる人やけど、ほんまは外国とか行って紛争の現場とか、そういう写真を撮りたいみたい。金持ちやないけど、なんかポリシーがええ感じな人」

「ふうん、一回会ってみたいなあ」

「そうやなあ、そのうちに機会があったら連れてくる」

「おっちゃん、おっちゃんやさか聞くんやけど、男を見るときな、どんなところを見たらええん」

「こりゃまた難しい質問やなあ。女を見るときのことなら分かるんやけどなあ。そうやなあ、男のどこを見たらええかってか」

耕治は腕組みをして少し考えてから言った。

「まあ、大事なんは三つやなあ。まずはその人の目やなあ」

「目」

「目は口ほどにものを言いってな。澄んだ目をしているか、濁っているか、これは大事やで。その見分け、洋ちゃん、分かるか」

「澄んでるか、濁ってるか、かあ」

「次は楽天的な男。すぐ悲観してウジウジする奴はやめときな。最後は、探求心のある男かなあ」

「探求心があるって、どういうこと」

「別の言い方をしたら、ちゃんと理想を持っていて、そこに向かって進む奴ってことやなあ」

「その人の目を見よ、楽天的な人、探求する心を持っている人……」

洋子はそう反芻した。

「おっちゃんはなかなか面白いことを言うなあ。参考にするわ」

「萩原の家は昔から保守的な家柄やったけど、それも死んだ親父の代までやなあ。兄貴も姉さんも厳格な躾をする人らと違うやろ。どっちかいうたら、あの年代では割に開けたほうやで。そやさか四人の子どもにも難しいことは言うてきてないやろ。特に洋ちゃんは末っ子やし、一番自由に育ったはずや。違うか」

「一番かどうか分からんけど、あんまり干渉されたことないわ」

「洋ちゃんの、自由でのびのびした性格はそうやってつくられてきたんや。小さいときから洋ちゃんを見てて、この子はまっすぐに育ってるなあって思うたもんや」

「まっすぐ育ってるって」

「いまの世の中は、つまりどの家でもな、男が偉くって、女は男に従うもんやって、そういう風に躾けるやろ。学校に行ってもそうやろ、男らしくせえとか、女らしくせえとか、とにかくどこでもそういう風に言われるわけや。そやからほとんどの、男も女もな、そういうもんやって思い込んでしまう。そやけど、洋ちゃんはそういうことに反発するやろ。その反発が大事やと思う。当たり前のように通っていることを鵜呑みにしない。世の中の進歩ってな洋ちゃん、科学の進歩でも、歴史の進歩でも、そういう立場から動き出すんと違うやろか」

洋子は、耕治の話を聞きながら、耕治はマルクス主義を知っているなあと思った。

「おっちゃんはただの旅館の主人やないなあ。思想家やなあ」

「ははは、そんなことはないけど、若いときに無茶したけど、無茶をしたなかで摑んだことがいま生きてるわなあ」

耕治はそんなことを言った。

帰り際に、耕治はいつものようにお年玉をくれた。例によって、「みんなには言うなよ」とこっそり手渡してくれた。

きょうは、耕治の旅館まで自転車に乗ってきていた。距離は少しあるのだが、南白浜の海岸線を旅館まで走ってみたかったのだ。

洋子は、帰りに敏美の家に寄ってみた。正月で帰ってきてるに違いないと思ってのことだった。

「洋ちゃん、久しぶりやねえ。新年おめでとうさん」

玄関にいたのはお母さんだった。

「おめでとうございます。ご無沙汰しています」

「洋ちゃん、あんたほんまにべっぴんさんになったなあ。キラキラしてるでえ」

「おおきに、恥ずかしいです」

言ってるところへ、奥から敏美がやってきた。

「わあ、ひっさしぶりい」

明るい敏美の声だ。子育てに追われているのかと思っていたが、敏美は見るからに大人の女という感じだった。

「あんた、またきれいになったなあ」

敏美はそう言って洋子をしげしげと眺めた。

「なに言やんの、敏美ちゃんこそ見違えるように色っぽくなったやん。やっぱり子ども産んだら大人の色気やなあ」

洋子も思った通りのことを言った。

「なあなあ、こっち、部屋へ行こう。ちびちゃんは寝てるさか」

敏美は幸せそうだった。

「洋ちゃん、あんたなあ、びっくりしたわ。『カモン』に写真出てたやん」

「見たん」

「見たよ、あれ、なに」

「頼まれてな、ときどきモデルやってるんや」

「ちょっと待ってよ、あんたモデルなん」

「うん、バイトやけどな」

「それって、いくら稼いでるん」

「まちまちやで。だいたい一回五千円から一万円くらいかなあ」

「わあ、ええなあ。まあ、あんたなら声がかかって不思議やないけどな。『カモン』見てたらあんたが載ってたんで、思わず大きな声だしてもたわ。これ、うちの友だちやってまわりに言うたら、みな、きれいな人やなあって言うてたで」

「おおきに。誰にも言うてないんやで。言われたの、敏美ちゃんが最初やわ」

「ええなあ、うちも結婚してなかったらやれたかもなあ」

「間違いなくやれたわ」

「そやけど、あの人が許してくれんわ。女が外で働くの嫌がるもん。男ってほんま勝手なとこあるわ」

「働くのあかんの」

「女は子どもを育てて、家で家事をするもんやろって、そういう考えやもん」

「それって、男尊女卑もええとこやなあ」

「そやろ。そやけど反抗したら、女は男の言うことに口出しするなって怒るしな。無茶苦茶やもん」

「敏美ちゃん、あんたそれでよう我慢してるなあ」

「しゃーないやん、好きになった人やもん」

敏美も、結局は、反抗して波風を立てるより、従ったほうが得策やと考えている風であった。そんなことを喋り合って童心に戻って敏美の家で過ごした。しかし、洋子は敏美はこれで本当に幸せなんだろうかと、ふと考えた。そして、自分はこんな耐え忍ぶ結婚はしたくないと思うのだった。


三月になり、洋子は黒沢の泊りがけの撮影に同行することになった。

雲があちらこちらにかかり、夕暮れの陽ざしが当たる部分だけをほんのりと赤く染めていた。海からの風だろう、潮の香をふくんだ風がゆるやかに吹いている。ポンポンポンポンと規則正しく響いてくる音は漁船のエンジンだった。「おわせ」という名の民宿は港の近くにあった。尾鷲の街は、日本で一番雨の量が多いと習ったことがあるが、街のたたずまいからはそんなことは想像できなかった。

この辺りで降る雨は、雨が違うと前に誰かに聞いたことがあった。息ができないほど多量の雨が降るというのだ。熊野灘に面した東紀州の風景は、これが同じ紀伊半島かと思うほど紀伊水道側の西牟婁とは違っている。

駅を降りて、どこかのおばさんたちの会話を聞いていても、まるで外国語を聞いているようで意味が分からなかった。それは白浜の方言などとはまったく違う種類の方言で、洋子は紀伊半島の広さをあらためて知らされる思いがした。南牟婁の山々は切り立ったような形をしている。なだらかな西牟婁の山々を見慣れている洋子には、それがすごく新鮮に感じられ、ずっと見ていても飽きない風景だった。その切り立った山々が続く海岸線は、熊野灘の海から突然、突き出してきたかのようで、無秩序に入り込んだリアス海岸を作っていた。

黒沢は、その海岸線を海から撮影する仕事を受けたのだ。この夕焼けなら明日は雨にはならないと、さっき旅館の女将さんが言っていた。洋子は、この尾鷲行きを誰にも知らせていなかった。それは黒沢との秘密の旅行だった。列車も、いつ顔見知りに会うかも知れない紀伊水道側にせず、大阪から伊勢へ、そして三重県を南下するルートにしたのだった。

洋子はさり気ないオシャレはしていたが、目立ってはいけないと思い、着飾ってはいなかった。それでも、洋子はどこへ行っても視線を向けられる。それは洋子にとってはよくあることではあったが、とりわけこの紀伊半島の田舎町では、そこに立っているだけで洋子は人目を引いた。

黒沢は別々の部屋を予約してくれていたが、和室は一つしか空いてなく、洋子の部屋は洋室だった。部屋の電話が鳴った。

「洋子さん、風呂どうする、もうすぐ夕食みたいだけど、風呂は先、あと」

そう、黒沢が聞いた。

「わたしはお腹がすいたから食事にします」

「分かった」

黒沢はそう言って電話を切ったが、すぐまたかかってきた。

「食事やけど、一階の食堂でもこの部屋でもどっちでもいいって言うから、僕の部屋で一緒に食べますって言ったけど、いい」

「わあ、いいですねえ、映画みたい」

洋子はそう言って笑った。

配膳を済ました年配の女将さんは、浴衣姿の洋子をちらりと見て言った。

「こちら、ほんまにお奇麗なおなごはんですねえ」

洋子は微笑んで答えた。

「おおきにぃ」

それを聞いて、黒沢が笑った。

夕食は特別に豪華ということではないが、さまざまな海産物で見た目に鮮やかだった。日頃は生協の食堂の夕食だから、旅館での夕食は別世界の料理が並んでいた。黒沢はビールを注文した。洋子にも黒沢はグラスいっぱいにビールをついだ。

「尾鷲の思い出に乾杯」

黒沢はグラスを持ちそう言ってから、洋子のグラスにカチンと当てた。

「かんぱーい」

洋子も明るく言った。

黒沢はアルコールに強い方ではなかったが、洋子は飲めるほうである。

洋子は、尾鷲での仕事に付き合ってほしいと黒沢から言われたとき、断らなかった。洋子のなかで、黒沢のことをもっと知りたいという気持ちが勝っていたのだ。黒沢に、北にも張にもない大人の男の魅力を洋子は感じていた。

「やっぱり刺身の本場やなあ、うまいなあ」

黒沢はそんなことを言い、さもうまいように口を動かした。

「黒沢さんは美味しそうに食べるなあ」

「そやろか」

ガツガツと食べているのではないが、口を大きく動かしながら食べるのは見ていて気持ちがよかった。

「もう飲まないんですか」

洋子はビールの瓶を持って黒沢のグラスに注ごうとした。

「うん、じゃ、このいっぱいだけでいいわ。あとは洋子さんが空にしてな」

そう言って、黒沢はビールを飲んだ。瓶は二本頼んだが、黒沢はグラスに三杯ほど飲んだだけで、あとは洋子が飲み干した。気持ちが軽くなるのを洋子は感じていた。

そうなると、笑みが顔に出るのが洋子のクセだった。

「洋子さん、楽しそうやなあ」

「うん、楽しいです。美味しい料理、美味しいビール」

そう言いながら、洋子はビールを飲んだ。

いまわたしはどんな目で黒沢をみているんだろうと、それが気になった。洋子の無防備で楽しそうな眼差しが黒沢に分からないはずがない。一階の食堂から賑やかな男たちの声が聞こえてくる。さっき、釣り道具を持った四、五人の男性客が到着したから、その釣り客だろう。

黒沢が先に風呂に行った。洋子は、窓側の小さなスペースに置かれたラタンの椅子にすわり、暗い港の海をながめながらお茶を飲んだ。少し酔ったかなと思ったが、お茶を飲みながらときを過ごすと、ビールの酔いは覚めるのが早かった。

しばらくして、洋子は黒沢と入れ代わりに風呂に立ち、一階の奥のほうにあった木製の湯船に浸かった。洋子の身長は百六十八センチで止まった。黒沢が言うように、足首は細く締まっている。「まるでカモシカのようやなあ」と、洋子は自分でそんなことを口にして微笑んだ。乳房を軽く揉んでみた。柔らかく弾力があり、白い乳房が湯で揺れている。細いお腹から腰への線を洋子はいつからか好きになっていた。中学生の頃、丸みを帯びて大きくなってくるお尻が嫌で嫌で仕方なかったのだが、いまではそれが気に入っていた。

今夜、もしかすると黒沢はこの躰を求めてくるかも知れないと、洋子はそんなことを考えた。それを考えると、洋子は動悸が高まった。同時に、まさか黒沢はそこまではしないだろう、とも思うのだった。洋子は湯から出て、鏡の前の座椅子に腰かけて深呼吸をした。もし、黒沢がそうしてきても、洋子は唇を合わせたとしても、躰は断るつもりでいた。以前の失敗を繰り返すことだけは避けたかった。

黒沢の部屋に戻ると、彼はさきほど洋子が座っていたラタンの椅子に腰かけて地図を広げていた。

「この辺りのリアス式海岸はすごいなあ」

と、黒沢は言った。

「こんなに入り組んでいて、国道から海岸に出る道路がないところも多いなあ。まだまだ開発されてなくて、昔ながらの自然が残ってるんやなあ」

洋子はそばに行き、広げた地図を覗き込んだ。

「明日の船はそんなに大きなもんやないから、船酔いが心配やなあ」

黒沢は、地図から目を上げ、洋子を見てそう言った。

「多分、わたしは大丈夫です」

「いいなあ、田舎の子は」

と黒沢が言ったので、洋子はピシャリと黒沢の手の甲を叩いた。

「痛っ」

と、声をあげて言ったかと思うと、黒沢は洋子の手首を取って引き寄せた。洋子は平衡感覚を失い、ラタンの椅子に座る黒沢の両膝の上にお尻ごと座った。黒沢は洋子を抱き、唇を重ねてきた。洋子も唇を合わせ、黒沢の首に腕を巻いた。黒沢は、やがて手を洋子の太股に差し入れてきた。咄嗟に、洋子はそこから飛び退いた。

「ごめんなさい。そういうことはまだしないでください」

洋子は、ほとんど反射的にそう言った。

黒沢は、一瞬、呆気にとられたような顔をした。そして苦笑いをして言った。

「洋子さん、ごめん。つい、躰が反応して手が出てしまった」

「すみません、まだそこまでは……」

「ははは」

黒沢は、屈託なく笑った。

黒沢のその笑い声は、その場の気まずい空気を消してしまった。


熊野灘から見る海岸線は、まるで別世界だった。そこは山また山、山々だけが連なっていた。青い空がその上に一面に広がっていた。そこにあるのは大自然だけで、洋子は不思議な感覚に陥った。この半島に人類がまだ渡来していなかった頃、この大地にはきっとこんな風景しかなかったんだろうと思ったのだ。それがどれほどの昔なのかは知らないが、植物と動物のみが生きている世界だったのだろうと考えた。紀伊半島西側の枯木灘の海と比べると、ここの海岸線は実に神秘的なたたずまいだった。太古の昔からこの熊野灘を幾多の船と人々が行き交ったことだろう、洋子はそんなことを考えながら飽きもせずに陸地と山々を眺めていた。

黒沢は思った通り船酔いになったが、一時間ほどはしっかりとシャッターを切っていたので仕事の大半は終了していた。

チャーターしていた船が尾鷲の港に入り陸に上がったときには黒沢の気分は最悪で、しばらく旅館で横になるように洋子は勧めた。黒沢を残して洋子は尾鷲の街に出た。港添いの道をしばらく行くと小さな喫茶店があったので、ドアを開けた。オレンジスカッシュを注文して洋子はバッグからノートを取り出し書きはじめた。

三月十三日
尾鷲に来た。撮影の手伝いだったが、手伝うことにそれほど興味があったからではない。一緒に旅行がしたいと、彼もわたしも思ったからだ。黒沢さんへのこんな思いは初めてのことで、高校のときのKにも、その後のTにも起きなかったというか、持たなかったものだ。なんなんだろう。歳がうんと離れてて、大人だなと感じることがたくさんある。Kも好きだったし、Tも好きだが、黒沢さんにはわたしを惹きつける魅力があるのだ。それがなんなのかを分析してみても仕方ない。
洋子、あんたはこれからどうするつもりなん。思想が同じっていうのは、黒沢さんに惹かれる大きな要素だ。なにがあって党から離れたのか、彼はそれをまだ言ってくれない。聞けば言ってくれるかも知れないけど、話してくれるときがいつかくるように思う。カメラの奥深い魅力はわたしには分からないが、闘っている民衆の現場に行きたいという気持ちは分かる気がする。食べるためにモデルを撮ったり、業界のＣＭを撮ったり、きっと面白くないだろうな。
黒沢さんはわたしを求めたが、わたしは断った。もちろん、嫌だから断ったわけではない。それどころか、昔のKのとき以上にわたしも黒沢さんを求めているけど、あの過ちは繰り返したくない。黒沢さんなら分かってくれるはず。

喫茶店で勘定を済ませたとき、マスターが話しかけてきた。

「ご旅行ですか。遠くからですか」

「あ、はい。京都から来ました」

「道理で、垢ぬけしてきれいなんなあ」

「ありがとうございます」

とは言ったものの、洋子は内心おかしかった。わたしは同じ紀伊半島の農家の娘ですよって言いたかったが、口にはしなかった。

十分ほど歩くと、国道に出た。紀伊半島をまわる道路は国道四十二号線しかない。県都である和歌山市から三重県津市までどれほどの距離があるのか、車でどれくらいかかるのか、洋子にはそんな知識が少しもなかった。車の往来はけっこうあった。熊野市へ、そして新宮市へとこの道は続き、串本へ、白浜へと続く。洋子は国道を行き交う車を眺めながら、いつかこの道を車で走ってみたくなった。そのときに、黒沢が一緒ならいいなと思うのだった。

（四十六）

父が入院した。大学から戻ると、部屋の入口に「お母さんから電話がありました。自宅に電話してほしいとのことです」との貼り紙があった。こんなことはいままでにないことで、なにかあったんだろうか、もしかしてお祖母ちゃんがどうかしたんだろうかと、そんなことを考えながら実家に電話を入れた。

「あ、洋子。お父ちゃんが入院したからな、知らせとこうと思って」

「どうしたん、だいぶ悪いん」

「うん、まあ悪いいさか入院したんやけど、無茶苦茶に悪いわけでもないわ。先生が言うのには、結局、呼吸する肺の機能が低下してるんやて。家でいてて苦しなっても酸素ボンベとかすぐに対応できんしな、入院した方がええって言われたんや」

「そうかあ、息すんのしんどそうかあ」

「ぜえぜえて、そんな感じやわ」

「まあ、次はいつ帰れるかまだ分からんけど、こいから田植えやろ、お母ちゃんえらいなあ」

「まあ、田植えは親せきの人にも手伝いを頼むけどな。洋子、良介にはあんたから言うといてくれるか」

「分かった。お母ちゃんも無理せんようにな」

気にはなっていたのだが、入院が必要なところまで悪化しているとは思わなかったので、洋子はショックだった。洋子はすぐに良介に電話をした。

「お母ちゃんから電話あって、お父ちゃんが入院したんやて」

「そうかあ、そこまできたんか。それは厄介やなあ」

「うん、特別どうこうないけど、悪なっても家では対応できんやろから入院した方がええって、先生に言われたらしい」

「そうかあ、いやな、張も言うてたけど、いつかは入院せなあかんなあって。ほんで、入院はいつまでするんなよ」

「いつまでとは言うてなかったけど、そう簡単には出られんのと違うんかなあ、あの病気はようならんのやろ」

「そうみたいやなあ。分かった、なにかあったらまた連絡くれよ」

父にもしものことがあれば、良介かわたしかどちらかが白浜に戻らないといけないだろうと、前々から洋子は考えている。父の入院という事態を前にすると、それがいよいよ現実になるのかという気分になった。いますぐに容態が悪化するということではなさそうだが、不安な要素が生まれたことには変わりはなかった。良介はいったいどう考えているんだろうか。節乃姉さんにしても和一兄さんにしても、実家に戻るというわけにはいかないだろうし、難問が現実となりつつあるのを洋子は感じないわけにはいかなかった。

張から電話があり、少し時間が空いたから、明日会おうとの誘いだった。翌日、午後のプランタンは空いていた。授業をひとつサボって洋子はやってきた。

「大丈夫なん、忙しいんでしょう」

洋子がそう言うと、張はうなずいた。

「まあ忙しいんだけどね。洋子さん、実はね、北京に戻るのが早くなったんだ。ほんとは秋に、十月頃でいいかなって思ってたけど、北京の都合でね、夏に戻ってきてほしいって言ってきたんだよ」

「そうなんですか。あとちょっとやないですか」

「はい、逆らうわけにはいきません」

「ですよね、国のおカネで来てるんだもんねえ」

「でね、北京に戻っても、いつでも会いに来てほしいなって思って」

「分かりました。また、お母さんにも会いたいしね。大学生の間に行きたいなあ。卒業したらなかなか海外へは難しいもんね」

「きっとですよ、父も母も喜ぶしね」

「でもいま、政治が大変みたいやし、張さんも向こうではなにかとやりにくそう」

「まあ、その話はここではシーです」

そう言って、張は口を閉じて、その前に人差し指を立てた。こんな京都の片隅の喫茶店にいても、張は政治の話はしたがらない。張は毛沢東の文革路線に批判的で日本共産党に親近感を持っていると、前に良介が言っていたが、北京に戻ってからは自分の良心を表に出さず、面従腹背で仕事をしてゆく覚悟でいるのだろうか。中国のような国が社会主義だなんて、どうしてそんなことが起きてしまうのか、洋子には理解できない現実だった。

「洋子さん」

と、あらたまった口調で張が言った。

「はい」

「洋子さん、恋人はいますか」

「ええっ」

予期してなかった問いかけだった。知り合ってから、張は洋子に関わるその種の質問はほとんどしたことがなかった。それを面と向かってしたということは、きっと真面目に尋ねているのだと洋子は直感した。どう答えようかと、洋子は思案した。

「いるんですね」

張は、黙っている洋子に言った。

「やはりね。だと思いました」

「張さんにウソはつけません」

洋子は、かろうじてそう言った。

「うん、ありがとう。でも、ショックです。ウソをつかれるのは嫌いですが、ショックです」

「はい」

「でも洋子さん、洋子さんはぼくの大切な人です。お兄さんも親友ですが、洋子さんはもっと大切な人です」

「ありがとう。それはわたしもそう思ってます」

「ほんとうですか、ほんとうにそうですか」「はい、当たり前です。張さんを好きです。その気持ちは変わってません。大事な人だと思ってます」

「恋人は最近できたんですか」

「はい。でも、どうして分かるんですか」

「前々からいるのなら、北京には来なかったんじゃないですか」

「そうですね」

張は黙ってなにかを考えている風だった。

洋子はその沈黙がたまらなくて聞いた。

「どんな人か聞かないんですか」

「ええ、聞きません。洋子さんが選ぶ人だから、きっと素晴らしい人だと思います」

洋子はなにを言えばいいのか、言葉が見つからなかった。張はカバンのなかからネイビーがかった万年筆を取り出して、洋子に差し出した。

「洋子さんに差し上げます。ぼくが使っているもので、ブルーのインクが入っています。これ、ずっと使ってください」

「ええっ、高そうな万年筆。いいんですか、こんな大事なものをもらって」

「いいんです。万が一壊れたら、専門店に行けば修理してくれますから。しっかりした万年筆なのでそうそう壊れはしないと思いますが」

「ありがとうございます。嬉しいです」

張の気持ちだと思って、洋子はそのプレゼントを受け取った。滑らかな書き味だったが、心は後ろめたい気持ちでいっぱいだった。


張と会った数日後、洋子はモデルの仕事で梅田に来ていた。今回は和服姿だということで、専門のスタッフがスタジオに来ていた。カメラマンは黒沢だった。黒沢からは前もって電話があり、撮影後また京橋辺りで会おうと約束していた。

和服の撮影は初めてだった。専門のスタッフが用意した着物は新作で、和服にうとい洋子は言われるままに振舞った。着物は地味だったが、その割に、長襦袢、腰紐、伊達締め、帯揚げなどの小物は浅葱色などが入ったもの、帯もシックな色と柄だった。

スタッフの責任者だろう少し年配の女性が、洋子の姿をべた褒めした。

「『カモン』の写真でモデルさんの姿を見さしてもろてましたが、まあ、実物のいいこと。素人さんはたいがい着物に着られるもんやけど、まあお若いのに色気がありますわ、なあカメラさん」

女性はそう言ってカメラマンの同意を求めるように黒沢を見た。

「ほんまにそう思います。撮ってても撮りがいがありますす」

黒沢が洋子を見ながら微笑んで答えた。

「恥ずかしいです」

と、洋子はそれだけ女性に言った。

「恥ずかしいことありますかいな。自信もちなはれ。わたしらプロですよって、見分けつくんですよ。なかなかのもんです」

「ありがとうございます」

としか洋子には言いようがなかった。撮影は一時間半ほどで終わった。

黒沢は京橋駅近くの広い喫茶店に洋子を誘った。

「ここ、よく来るんですか」

洋子はそう聞いた。

「昔はね、ほんとによくきたよ。随分と久しぶりやわ」

「いい感じの喫茶店ですねえ」

それには応えず、黒沢は言った。

「洋子さん、おれ、インドシナに行こうかと思ってるんやけど……」

洋子は驚いた。

「ベトナムですか」

洋子は即座に聞いた。

「ベトナムにも行きたいけど、カンボジアなんや。知ってるかなあ、アメリカのあと押しでやっていたロン・ノル政権っていうのが事実上倒れてね、カンボジアはいま大混乱なんや。その現場を撮りたいんや。洋子さん、どう思う」

「どうって、カンボジアなんてまったく知らんし……」

「ベトナムにはすでにけっこうな数のジャーナリストが入ってる。それにくらべるとカンボジアはまだ国際的に知られてないし、歴史が変わる大激動の渦中なんや。その生の現場が撮りたくてね」

「でも、どうやったら現場に行けるんですか。ものすごく危険でしょう」

「まあ、危険じゃないとは言えんけどね。南ベトナムから入るか、タイかラオスのほうから入るか、そこまで詳しい計画はまだできてないけどね」

現場に行って生の現実を撮りたいという黒沢の気持ち

は洋子にも理解できた。こんな場合、恋人としてなんて言えばいいんだろうか。

「撮影して、ちゃんと日本に帰ってくるって約束してくれるのなら反対しません」

洋子がそう言うと、黒沢は笑った。

「ちゃんと帰ってきますよ。約束する」

黒沢は枚方で降りた。カンボジアには知り合いのジャーナリストと二人で行くのだとも言った。計画や準備が整えば、できるだけ早く日本を発ちたいと言った。


母のしのぶからの電話がたびたびかかってくるようになった。容体が急に悪化したわけでもないのだが、今日はこうだったとかの話でもかけてくるようになった。夜、母は洋子が下宿に戻ってくる頃を見計らってかけてくるのだが、何度か話をしているうちに、母は不安なんだと、ふとそう気づいた。良介にはそうそう電話をかけないのに、自分にはよくかけてくるのは、やはり同性で話しやすいということがあるのだろうかと、洋子は思った。

天王寺の駅はいつも通り人々でごった返していた。洋子は学生食堂のバイト、それにモデルの撮影の日程がひと区切りついたのを見て、夏休みに入った。夕方の天王寺始発の特急くろしおに乗った。白浜まで約三時間近くかかるので、家に帰るのは夜になるだろう。母によると、盆は父も外泊が許可されているとかで家に帰れると言っていた。

白浜駅前の商店街は、二、三の店がもう閉めていたが、特急から降りてくる客のために食堂や喫茶店は空いている。温泉街行きのバスやタクシーも停まっていた。洋子は駅舎を出て左に折れた。

家の生け垣の外まで来ると、姿は見えていないのに、もうジョンが洋子の帰りを察知して激しく吠えて喜んでいる。

「ジョン」

呼ぶと、嬉しがって綱につながれたままその場で飛んだりはねたり、ちびったりして喜んでいる。洋子はいつも、再会をこんな風にあらん限りのエネルギーを使って喜ぶ動物は他にないと思うのだった。もう、これだけどこちらの心も熱くなってくるのだった。ひとしきり口や顔をジョンの好きなように舐めさせておいてそれから家に入った。

「ただいまあ」

「お帰り」

と、最初に声をかけてきたのはお祖母ちゃんだった。

「お帰り、洋子。あんたが帰ったらジョンの吠え方が違うからすぐ分かるよ」

そう言いながら、母も出てきた。

「主人って分かってるんやわ」

「主人って、毎日毎日食べさせてるのはわたしやのになあ。わたしに尻尾ふるのは食べ物もらうときだけやで」

母がそう言い、三人は笑った。

「お父ちゃんはいつ戻るん」

「十二日の昼からや。耕治さんが車を出してくれるさか」

「おっちゃん、忙しいときやのに悪いなあ。でも助かるわ」

「じゃ、わたしも乗って行こうか」

「そうして。わたしは家で待ってるわ」

「兄は、あいたかあさってかに来るって言うてたわ」

「そうか。節乃は来いへんけどな、和一が盆に帰るさかて言うてきた。大阪の出張のついでに足延ばすって」

「へえ、久しぶりに揃うなあ。姉ちゃんも来れたらええのになあ」

「なんか急ぎの仕立てが入ってるらしいわ」

「ふうん、そうなんか。お祖母ちゃん、これお土産。好きやろ、この水羊羹」

と言いながら、洋子はバッグから取り出した。

「わあ、こい好物やわ。京都のお菓子はひと味もふた味も違うさかなあ。洋子、おおきよ」

「ようけあるさかな、いっぱい食べよしよ」

おおき、おおきと言いながら、お祖母ちゃんはお土産を離れの部屋に持っていった。それから洋子は買ってきたお菓子を仏壇に供えた。

夜、洋子は涼み台に寝ころんで一時間ほど流れ星が次々と飛ぶのを眺めていた。自宅でしかできない夏の風物詩である。その夜、洋子は早い時間に寝て、早朝、陽が上る前にジョンを連れ出した。

「ジョン、行くよ」

ジョンも分かっているようで、早く早くと急かした。

朝露が乾ききらない早朝だった。道ばたの草が濡れている。早朝の林のなかは気持ちがよかった。ジョンは小さな谷川の流れが溜まったところで水を飲んだ。それを眺めながら、洋子はふとジョンは幾つになるんだろうと考えた。七歳くらいだから、人間にするとおおよそ五十歳ってとこだろうか。成犬の盛りは過ぎているが、見たところはまだまだ元気だ。洋子が家を出たあと、ジョンが運動不足になるからと言って、父は道路に出られないような柵をつくり、裏山と家の庭を自由に行き来できるようにした。そうして、ときおり綱を外してやるのだった。ジョンはまっしぐらに奥の林に入り、二時間もすれば戻ってきて犬小屋の前に寝そべっているらしい。

やや時間が経つと蟬がいっせいに鳴きはじめた。林のなかにいったいどれだけの蟬がいるのだろうか。大変な鳴き声である。この林で、洋子はこれまでに数々の鳥や動物と出合った。数多くいるのが山鳩だ。山鳥はなかなか出会わない鳥だが何度か見かけたし、梟《ふくろう》もごくたまに高い枝にとまっていることがある。林を抜けると野ウサギやイタチをよく見かける。ジョンは決してそれらを捕獲しないが、よく吠えて遊んでいた。いつの頃からか、この林や林を抜けた頂にある平ったは洋子の安らぎの場所となっていた。

「ジョン、平ったへ行くよっ」

と言って、洋子は駆け出した。ジョンはすぐに洋子を追い抜いて坂になった山道の向こうに見えなくなった。するとすぐにまた駆け下りてきて、そうしてまた洋子の先を走っていき姿が見えなくなるのであった。

大きな山桃の樹があり、横に張り出した枝に登りそこに腰かけた。ジョンの姿は見えない。少し離れたところまで足を延ばしたんだろう。

洋子は黒沢のことを考えた。月末には日本を発つと言う。向こうには二、三ヶ月から長ければもう少しいることになると黒沢は言った。それが黒沢の願いとはいえ、洋子は心配だった。インドシナの状況を洋子とて知らないわけではなかった。侵略者のアメリカが各国で劣勢に立とうとしていた。ベトナムでも、南ベトナム解放民族戦線が攻勢を強めていた。それだけに追いつめられている勢力が必死の抵抗をしているようだ。そんな国にわざわざ行かなくても、と洋子は思うが、それを言ってはいけないとも思うのだった。とにかく無事で戻ってほしいと、それのみを願った。

良介が戻った日の夜、和一も戻ってきた。玄関に黒い男ものの和一の革靴があり、良介の汚れたスニーカーがあり、洋子のスニーカーがありと、話し声が聞こえなくても萩原家の久しぶりの水入らずの団欒の図が想像できた。祖母も嬉しそうだし、ジョンも誰かれとなく尻尾をふってじゃれにいくのであった。

和一は帰省したときはいつもそうなのだが、同級生などに日頃の無沙汰を埋め合わせするかのように会いに出歩いていた。洋子がジョンに朝ごはんをやっていると、出かけようとした和一が近づいてきた。

「洋子、大学はどう」

アクセントに地元なまりはなくまるで東京の言葉だった。

「大きい兄はすっかり東京言葉やなあ」

「でもないよ。ときどきこっちの言葉が出ちゃってさあ、困っちゃうんだよ」

と言った。

「あはは」

と洋子は笑った。

「そうなん、わたしにはそうは聞こえんけどなあ」

「大学は面白いの」

「うん、面白いわ。家の人には内緒やけどな、ずっとマルクス主義を勉強してるん」

「ほほう、共産主義をねえ。お祖父ちゃんが生きてたら腰抜かすんじゃないの。一度さあ、ゆっくり話をしようね」

和一はそう言いながら自転車で出かけていったが、東京弁はどうもしっくりこないと洋子は思った。

昼過ぎに耕治がやってきた。

「洋ちゃん、病院へ行こか」

「おっちゃん、忙しいのにすみません」

「なに他人行儀なこと言うてんね。ほんじゃ姉さん、迎えに行ってくるわな」

耕治が大きな声で奥にいた母に言った。奥の別棟のお祖母ちゃんの部屋にいた母が小走りでやってきた。

「耕治さん、おおきにやで。お願いします」

「いやいや、そいじゃ行ってきます」

洋子はもう助手席に座っていた。

「おっちゃん、今年はお客さんどう」

「ああ、まあまあ賑わっているわ。稼ぎどきやからなあ」

「そらよかったなあ」

細野から新庄への有料道路に乗った。料金を払ってから耕治が言った。

「兄貴はどうなんやろなあ。進行を遅らせるしか方法がないて、難儀な病気やなあ」

「先生は病院に入ってたほうがなにかと便利やからって言うたらしいけど、それって悪なってなかったら言えへんと思うし、心配やわ」

洋子が病室に入ると、父・洋はベッドの上に起き上がっていた。洋子と目を合わすとかすかに笑った。耕治が車いすを押してきた。

「車まで歩けるで」

と父は言ったが、耕治が「こっちのほうが楽やから」と言って、車椅子に座らせた。洋子は荷物を持ち、ベッドを整えて病室を出た。

家に着き、父は車を降りて庭を見ながら玄関のほうにゆっくり歩いた。ジョンが尻尾をふって嬉しそうにその姿を見ていたが、一声ワンと吠えた。母はお客さんが来たときに寝てもらう畳の間に布団を敷いていた。が、父はそこには足を運ばず、いまのソファにゆっくり腰をおろした。

「どうなお父ちゃん、やっぱり家は落ち着くやろ」

洋子は父のそばに座った。

「うん。洋子、冷やこいお茶ないか」

そう言って、父はゆっくりと後ろにもたれかけた。

家族六人が夕食のテーブルを囲むのは何年ぶりだろうかと、洋子はそんなことを考えていた。テーブルには、イカとカツオの刺身、高野豆腐の煮物、インゲンの天ぷら、白菜と卵の煮物、ナンキンの煮物、それにアユの塩焼きが出ていた。

「わあ、懐かしいねえ」

和一がそれらの品々を見て大きな声で言った。

「和一、あんた東京ではこあなもんなかなか食べられんねさか、ようけあるさか腹いっぱい食べよし」

母がそう言った。

「こりゃ、ご馳走やわ」

お祖母ちゃんも嬉しそうに言うのであった。

「親父、一口飲んでみる」

和一がそう言って小さな猪口《ちょこ》に酒を注いだ。父はそれをぐっと飲んだが、すぐに咳き込んだ。
「久しぶりやわ、うまい」
それでも父はそう言って笑顔を見せた。

（四十七）

十六日の朝、洋子は再び耕治の車で父を病院に運んだ。盆の間、父は家でゆっくりとした時間を過ごすことができた。このまま家にいたいと父が言ったが、そんなわけにはいかないよと洋子が言うと素直に従った。和一は十五日に東京に戻った。良介はまだ家にいた。洋子は唯研の合宿があるので、明日京都に戻る予定だ。

洋子は、病院からおっちゃんと一緒に旅館へ行った。ジュヴィの顔も見たかったし、少し海に入りたかったのだ。白良浜の人出を見ておこうと思い、洋子は耕治に役場の横から浜通りに降りてもらった。浜にはまだたくさんの人たちがいた。盆が過ぎたとはいえ、観光客はまだまだ白浜の夏を楽しんでいた。

旅館にあった足ヒレを借りて洋子は浜辺に出た。ビキニの水着は着ないで、古いジーンズを自分で裁断してつくった短パンとTシャツ姿だった。去年、潜ってバイ貝を採った辺りに行ってみたが、形も小さく、ほんのわずかしか見つけられなかった。バイを採るのは諦めて、少し沖に出てみた。沖に出ると水の透明度があり、岩礁近くでは大小の魚が泳いでいるのが鮮明に見えたし、砂地では白っぽい海ヘビが細長い姿でクネクネと泳いでいた。疲れれば上向きになって水に躰を横たえ、また潜ったりした。洋子は足ヒレを初めて付けたのだが、こんなに早く泳げるのかと面白かった。深さを測ってみようと底まで潜ってみた。七メートルくらいだろうか、ここまで来ると周りに泳いでいる人は誰もいない。ときおりモーターバイクに乗った若者が遠くのほうで騒ぐのが見えた。潜ったり、泳いだり、休んだりと、そんなことを半時間ほど繰り返して故郷の海を堪能した。

浜に上がるとどこかでピーピーと指笛が鳴った。振り返ると高校生だろう一群が洋子に手をふってまたピーピーと指笛を鳴らしてみせた。洋子は笑顔を送り、手をふってその場を離れた。夏の白良浜はナンパ天国だ。解放的な空間が広がり、都会から来た若い男女がたわむれている姿をよく見かけたし、洋子自身が声をかけられたことも一度や二度ではなかった。

「洋子さん、『カモン』の写真見たよ」

旅館に戻ると、ジュヴィがそんなことを言いながら寄ってきた。手に雑誌『ｃｏｍｅｏｎ』を持っていた。

「ありがとうございます」

「これこれ、とってもいいわ。さすが洋子さんね。これっていつ撮ってるの」

「これね、毎月二回くらい。大阪まで行ってスタジオで撮るの」

「こんなことあれだけど、いいおカネになるの」

「けっこういいんです。一回やれば食堂の皿洗いの五回分です。バイトとしてはいいんやわ」

「そうだ、洋子さん。わたしね、一度パリに戻ろうと思ってるの。長い間行ってないからね。まだいつとは決めてないのね。でね、洋子さん、よかったら一緒にパリに行かない」

「ええっ、パリ。行きたいです。絶対に行きたいです。いつ頃になるか決まったら教えてください。調整しますので。わあ、嬉しいなあ」

洋子はその話を聞いただけで気分が高揚した。パリなんて、憧れの対象でしかなかったのに、急に身近に思えてくるのであった。

翌日、「ジョン、行ってくるわ」と言って、頭を撫でてから洋子は家を出て駅に向かった。盆が過ぎても真夏の陽射しは強烈だった。だが、道路にも、辺り一面の稲穂の上にもトンボが飛び散らっている。山すそまで一面に稲穂が敷き詰められたように広がり、ときおり吹く風に揺れている。音もない、静かな故郷の田園は美しい、悲しいほどに美しい。洋子は秋の気配が漂う道を駅に向かって歩きながら、黒沢のことを考えていた。カンボジアにほんとうに行ってしまうんだろうか。内戦のような地に行くなんてと考えると、洋子の胸には不安が込み上げてくるのだった。黒沢は実践という言葉をよく口にした。入党をいまだに躊躇している洋子にも、黒沢は繰り返し、思い煩うよりも行動してみたら道は開けるよと諭すのだった。人類はこれまでそうして進歩してきたんだし、これからもそうだと言うのであった。黒沢からなんどもそんなことを言われて、洋子は『経験批判論』の学習ノートを開いてみた。いつぞや、洋子自身が書きぬいた一節をそのなかに見つけた。

『生活、実践の観点が、認識論の第一の根本的な観点でなければならない。そしてそれは、教授的なスコラ学のかぎりない思いつきを掃きすてて、不可避的に唯物論に到達する。もちろん、そのさいに、実践の規準は実際のところ決して人間のなんらかの観念を完全には確証も論破もすることができない、ということを忘れてはならない。この規準もまた、人間の知識が「絶対者」に転化するのをゆるさないほどに「不確定的」であり、同時に、観念論や不可知論のあらゆる変種との無慈悲な闘争をおこなうほどに確定的である。もしわれわれの実践が確証するところのものが唯一の、最後の、客観的な真理であるならば、ここからして、唯物論の観点に立つ科学の道がこの真理への唯一の道である、ということの承認が結論される』(国民文庫・一八一頁)

『マルクスの理論は客観的真理である、というマルクス主義者が共通に持っている意見からの唯一の結論は、次の点にある。すなわち、マルクスの理論の道にそってすすめば、われわれはますます客観的真理に接近するであろう(決してそれを汲みつくすことはできないが)、ところがあらゆる他の道にそってすすめば、われわれは混乱と虚偽以外のなにものにも到達することができない、という点にある』(同・一八二頁)

断乎としてこの道を進むべし! と洋子の決意が書き添えられていた。
「自分が党を離れているのにこんなことを言うのは変だけど、僕は君に入党してもらいたいなあ」と、笑いながら黒沢は言っていた。黒沢が党を離れた理由について、洋子には詳しくは話さなかった。ただ、人間関係に嫌気がさしたと言っていた。崇高な理想を持っているはずの人々の集団にもそんなことがあるのかと思う反面、人間臭い悩みをかかえている黒沢に親しみを覚えもする洋子であった。

「洋子ちゃんやろ」

突然、そんな声をかけられ、声の主に振り向くと小学校からの幼なじみの真二だった。

「真二君、久しぶり」

「わあ、ほんまに久しぶりやなあ。こいから大学に戻るんか。そやけど、まだ大学は休み中やろ」

相変わらず元気な声だ。

「クラブの合宿があるから。真二君、ネクタイなんか絞めて、一人前やなあ」

「役所勤めやもん、仕方ないわ。ほやけど洋子ちゃん、ほんまにべっぴんになったなあ。子どもの頃は敏美ちゃんのほうがべっぴんやて思うたけど、大人になったら洋子ちゃんのほうがべっぴんやわ」

「真二君もそう思う。それ、よう言われるんやて。もう辛いわあ」

そう言って二人は大声で笑った。

「今日は出張」

と、洋子は聞いた。真二は町役場に勤めていた。

「うん、御坊までな。そらそうと、お父やんの具合はどう」

真二も父の病気については知っているのだった。

「おおきに、ぼちぼちやわ。お盆の間だけ外泊してきてたんやけどな、昨日また病院に戻ったわ」

「じん肺やろ、難儀な病気らしいなあ。親父が言うてたわ。ひろっさんは戦争中はソ連の捕虜で苦労して、やっと帰ってきたら、こんどはあがな病気になって辛いやろなあって」

「親父さんそんなこと言うてたあ」

「大事にしたれよ、洋子ちゃん」

子どもの頃の思い出話に笑ったりしながら、真二は御坊駅で降りた。

唯研の夏合宿は宿坊に一泊するだけの短いもので、去年の白浜合宿の楽しさとは比べものにならなかった。新入生の入部は男子が二人いたが、どちらも、去年、洋子が入部したときのようなインパクトはなかった。

八月の末には張が中国に帰り、その後、黒沢が旅立った。洋子はなにか拍子抜けするような、寂しさを感じていた。

九月に入り広小路キャンパスに活気が戻ってきた。林から再度の民青と党への誘いがあったが、洋子はもう少し考えさせてほしいと、返事を延ばしていた。民青と党の活動の違いはよく分からなかったが、それよりも、洋子のなかでは入党ということがもつ重い意味が分かってくるにつれ、葛藤が激しくなるのだった。

良介とはその後、この種の話はしていなかった。というより、もう誰とも話す必要がなかった。あとは自分のなかでの結論だった。入党とは、生涯を党と革命に捧げることだと洋子は思っていた。結婚をして、子どもを産んで育てるという、普通の社会人の生活を望んではだめだ。もし、情勢の動乱的な変化が起き大きな弾圧がやってきたら、自分は家族を捨てて党と革命の事業に献身しなければならないのだろうか。洋子は、その一点で決意ができないでいた。

洋子の頭のなかは、マルクス主義の書物や世界の革命文学から得た知識で満たされていた。日本の階級闘争の到達点やそこからの展望などについては、ほとんどまったく知らないでいた。唯研の先輩から勧められて党の機関紙である『赤旗日曜版』は読んではいたが、そこには洋子のこの根本的な悩みへの回答はなかった。

黒沢がインドシナに発つ四日前、洋子は初めて枚方の黒沢の実家に行った。黒沢のお父さんはすでに故人で、家にはお母さんと弟さんとがいる三人家族だった。その日は、弟さんは不在だった。

「はじめまして、萩原洋子です」

洋子はお母さんに頭を下げた。

「いつも、拓がお世話になっています。あの写真できれいなお嬢さんだとは分かっていましたが、まあ、目の覚めるような美しい娘さんですね」

知恩院での洋子のポートレートが大きくプリントされ、壁に掛けられていた。

「とんでもありません、ありがとうございます」

黒沢のお母さんは、大阪のおばちゃんという感じではなく、教養のありそうな白髪が少しまじる物静かな女性だった。

「すごい本の数」

書斎が応接間になっていた。

「親父のと僕のと入り混じってる」

黒沢はそう言いながら、分厚い本をいくつか取り出してテーブルの上に置いた。

「これ、資本論の全巻。ちょっと重いけど、袋に入れるから持って帰って、あげるから」

「ええっ、いいんですか、こんな高いもん」

「もちろん。ちゃんと勉強する人にもらわれたらこの本も本望やろ」

「ええっ、いつかは買わなあかんて思うてたけど……わあ、嬉しいなあ」

「資本論をやらないと、やっぱりマルクスは語れないもんなあ。ぼくは何度も挫折してる」

でも、ほんまにいいんですか」

「くどいなあ、ええて。これで勉強して、ぼくに教えてよ」

「ほんまにありがとうございます」

「洋子さんは白浜なんやてねえ」

そう言いながら、お母さんが冷たい飲み物を持ってきた。

「そうなんです」

「むかし行きましたよ。海に突き出た岩場の温泉に浸かりました」

「ああ、崎の湯ですね。あの湯は肌がすべすべになるんですよ」

「また、行ってみたいねえ」

「あの岩場の温泉から歩いて四、五分のところでわたしの叔父が旅館をしてるんです。こんど、いっしょに行きませんか」

「そうなんですか、それはそれは、行きたいですねえ」

「ぜひぜひ」

その夜、洋子は黒沢の家に泊まり、遅くまで黒沢と書斎で語り合った。

洋子はこれまでずっと胸にあった疑問、黒沢が三十を過ぎてまだ結婚していないわけを聞いてみた。

「する予定だったんやけどな……」

「うん」

「まあ、有り体にいうと、ふられた。なんか、それからずっとその気が起らずに時間が過ぎてきたって感じやなあ」

「痛手が大きかったってことですか」

黒沢は苦笑いをした。

「そうやなあ、大きかったんやなあ。思想も同じやったし、うまくいくって思ってたけど、あかんかった」

「ふうん、なんでふられたんですか」

「新しい男ができた」

「わあ、悲しいなあ」

「十九や二十歳で失恋するんと三十も近くなっての失恋とは違うもんな。ふられたから次を探そうって気にならんかった」

「なるほどね」

「それで、なんとなく仕事だけをこなしてきてたわけ」

「その彼女が相当好きだったんですね」

「そうやなあ、好きだったなあ。同志でもあったしなあ」

「彼女も党員」

「そう、優秀な党員。いまもバリバリの活動家やわ」

洋子はもう聞くのはやめようと思った。黒沢はまだ過去を引きずっていると感じたからだ。

「でもな、洋子さんに出会ってからなんや、もう一回ほんまに写真をやってみようって思った」

「もう一回って」

「写真で人々に影響を与えたいっていう、なんていうか自分の原点、そこの原点に帰ってやってみようって。まあ、それがぼくの党員としての出発点でもあったから」

洋子は黒沢を見つめた。

「大袈裟に言うたらね、洋子さんが目の前に現れてから、なんか目が覚めたような感じがしてる」

「わたし、なんにもしてませんよ」

「うん、洋子さんが意図的にぼくになにかをしかけてきたって、そういうことやなくて、ぼくが洋子さんの生き方から刺激を受けたんやなあ」

自分のなにが黒沢に刺激を与えたんだろうかと、洋子は考えた。

「よく分からないんですけど」

「うまく説明できんけどな、洋子さんは紀伊半島のあの南の大地の匂いがする。いっつも潮の香が混じった匂い。なんか懐かしいんやなあ、それを乗せた風が吹いてくる。前に尾鷲に行ったときな、海から陸地を眺めながら思ったんや、こういう大自然いっぱいの紀伊半島で洋子さんは生まれて育ってきたんやなあって」

「はあ。なんですか、それ」

「うまく説明できんねけど、大阪で生まれて育った僕らにはないもんやなあ、樹の緑とか山からの透明な水とか、そういう大地のなかで育ってきた人間っていうか、つまり、こう自然の生命力みたいな、洋子さんと出逢って、まあ、そういうものを感じたのは確かやなあ」

「よう分からんけど、嬉しいです」

「マルクスの言い方でいうと、人類はまだ前史を生きているわけやろ」

「前史ね、あれを読んだときはほんまに度肝を抜かれるっていうか、スケールの大きさにびっくりしたわ。ほんまにすごいこと言うてはる」

「壮大な展望やろ。けど、われわれはその本史を生きることはできんねけどな。われわれの数世代あとの人類がそれを担うんやろうけど、われわれの時代は丁度その転換点というか、前史から本史へ飛躍する大激動の時代やって、まあ、そういうことなんやけど、洋子さんを見てたら、そこへ向かってゆこうとしている」

洋子は黒沢の話に耳を傾けていた。そんな壮大な未来への展望を示しているのが資本論という本なら、これは絶対にものにせなあかんと、そんなことを考えていたのである。黒沢はわたしに刺激を受けたと言うが、わたしこそ黒沢から大きな刺激を受けている、洋子はそう思うのであった。

数日後、新幹線の京都駅のホームで洋子は黒沢を見送った。東京で友人と落ち合ってカンボジアに発つということだった。黒沢は、「ぼくが戻ってくるまで資本論をしっかり読んでおいてな」と、そんなことを言い残して京都駅を離れていった。

何故かしら寂しさが込み上げてきて、涙が洋子の頬をつたった。

（四十八）

父の容体が急変したと母から連絡があったのは、十月下旬のことだった。兄の良介にも急いで連絡をとり、洋子は田辺の国立病院に駆けつけた。祖母、母、節乃、それに耕治とジュヴィもいた。病室には看護婦たちが頻繁に出入りしていた。夕刻には良介もやってきた。担当の医師が父に馬乗りになって最後まで心臓マッサージを施していたが、夜、父は息を引きとった。最終的には肺気腫になり、進行の度合いからすればまだ死に至る状態ではなかったらしいが、風邪から肺炎を発症して肺機能は一気に低下してしまったということであった。

深夜、節乃と良介を病院に残し、母とお祖母ちゃんと一緒に洋子は耕治の車で自宅に戻った。洋子が戻るといつも嬉しそうに吠えるジョンが、一声も上げず、飛び上がることもせず、ただ座って尻尾を振るだけだった。洋子はそばに寄り、ジョンの躰を抱きしめていた。溢れ出る涙をどうすることもできず、洋子は声をあげて泣きながらジョンを抱きしめていた。

翌朝、父の遺体は病院が用意した車で自宅に戻った。真っ先に駆けつけたのは父の終生の親友だった公だった。横たわる父のそばで、公はなにも言わず肩を震わせて泣いていた。少年時代からこれまで、父と公とは戦時中の大陸での苦闘を挟んで、ほとんど無二の親友として生きてきた仲だった。

「おっちゃん、おおきに」

洋子がそう声をかけると、公はちょっと振り返り、涙が落ちるのもかまわず声にならない声で、なにかをつぶやいていた。

葬儀が終わった翌日、家族だけの昼食をとった。

萩原家は、祖母、母、節乃、和一、良介、洋子と六人の家族になった。しかし、節乃姉さんは大阪だし、大きい兄は東京で暮らしている。小さい兄とわたしのどちらかが家に戻ったとしても、もう家族は三人しかいない。

多分、みんなそれを考えていると思うが、誰もそれを口にはしなかった。だが、母とお祖母ちゃんとで、田んぼや畑をどうするのか、萩原家にとってそれは差し迫った問題だった。愛する恋人が遠くに行き、いままた父を失ってしまった洋子は、この先どうすればいいんだろうかと悩ましかった。

大きい兄は仕事があるからと最初に東京に戻っていった。小さい兄も、洋子がもうちょっと家に居てくれと言って大学に戻った。節乃は初七日の法要までいたが、その翌日大阪に帰っていった。

その夜、洋子は机に向かって日記を書いた。


とうとうお父ちゃんが逝ってしまった。

この部屋にいると、生きるってなんなんだろうと、高校生の頃毎日のように自問自答していたことを思い出す。人間って、人間のいるこの世界って、いったいなんなんだろうと、来る日も来る日も、わたしは答えのない問いを発し続けていた。

マルクス主義に出逢って、わたしは少しずつ変わっていった。マルクスとエンゲルスがわたしに光を与えてくれた。だからといって、自問自答は続いたけど、少なくとも、人間という存在がどんなものなのか、長く悩んできたことが少しは理解できるようになった。

マルクスは、人類はいまその前史の段階にあるという。人類の本史、すなわち資本主義を乗り越えた社会主義・共産主義の社会はまだ先のことで、いまはその社会をめざしている転換期にあるということだ。まだまだほんとうの意味での自由を人類は手にしていない。このたたかいは、わたしはまだよくは分からないのだが、人類の死滅のときまで続くのかも知れない。

お父ちゃんの人生を考えざるをえない。お父ちゃんの青春、戦争と捕虜の生活、そして李海云さんとのこと、すべてもう聞けなくなった。お父ちゃんは、どんな思いで人生の最後を迎えたんだろう。もっと生きたかっただろう。耕治のおっちゃんと違い、農家の長男に生まれた父。家を出たいという希望もあったろうに、それは最初から諦めて生きないといけない現実を、お父ちゃんはどう自分のなかで折り合いをつけたんだろう。戦争に動員され、戦地で苦しみ、復員してからは子育てのために働き続けた父。病気で生きることを断念せざるをえないって、どれほど無念だったことだろう。

この家を放っておくわけにはいかない。母とお祖母ちゃん。お祖母ちゃんはもう九十歳に近づいている。わたしが戻ってくることになるんだろうか。小さい兄はなにも言わないけど、もういい加減話し合わないといけない。母はなにも言わないけど、おカネに困ってくるはずだ。わたしも仕送りがないと、食堂とモデルのバイト料だけではすべてを賄えない。いっそここに戻ってきて、塾でもやって稼ぐことにしようかと、いま、ふとそんなことが頭をよぎったりするが、こうすればいいというういい考えが浮かんでこない。黒沢さんや張さんなら、どんな知恵を授けてくれるだろうか。

河原町通りに吹く風はもう秋だった。いつもなら市電に乗るところだが、洋子はこの通りを歩いてみたくなった。今出川通り角のプランタンで良介と会う約束だった。通りを走る車からときおりクラクションが洋子に鳴らされる。人通りの少ない河原町を洋子がたった一人であるくと目立った。いつもなら、そうした男たちの反応に笑みもこぼれる洋子だったが、さすがにいまの洋子の心境はそんなことに付き合ってはいられないのだった。この街は、わたしの青春そのものだなあと思いながら、洋子はゆっくりと北に向かって歩いた。

「もう来てたん」

そう言いながら、すでに座っていた良介の前に洋子も座った。オレンジスカッシュを注文した。

「お前はいつもオスカやなあ」

と良介が言った。

「オスカかレスカ、どっちかや」

「初七日、無事終わったか」

「うん、親せきも来たさか、賑やかだったわ」

「もっと長生きするて思うてたけど、意外に早かったなあ。考えてみたら、親父とはほとんど話をせんままに終わったなあ」

「わたしも戦争のこととか、向こうでの捕虜の生活とか、聞きたいこと山ほどあったのに、なんにも聞けんままやったわ。なあ兄、このあとどうするつもりなん」

「そうやなあ……」

「兄《にい》がしっかり考えてくれなあかんでえ」

そう言いながら、洋子は兄の心中を考えてみた。長男の和一はもう東京の人になってしまっている。和一本人も、自分は萩原の家を出た人間と思っているし、そこに相談をかけても仕方がないと、良介はきっとそう思っているはずだった。次男の自分が白浜に帰るのが筋だと、そう考えているだろう。でも、そうはしたくない、妹が帰ってくれたらいいのにと思っているんだろうと、洋子は想像した。

自分が帰ればいいと良介がおもっているのなら、とっくに洋子にそう言っている筈だ。でも、兄としてそれを口にしにくいんだろうと、洋子は考えた。

「兄、帰りたあないんやろ」

洋子はそう言って、兄の反応を探った。良介は少し苦笑いをして言った。

「まあ、そうやなあ」

「やっぱりな」

やれやれだ、洋子はそう思った。

「洋子、俺なあ、院へ行こうと思たあるんや」

「大学院」

「うん」

「そらええけど兄、そんなおカネどこにあるん」

「まだ先のことやさか、そこまで考えてない」

「あのなあ兄、院どころか、お母ちゃんだけになって、いままで通りの仕送りらとても無理やで。なに考えてんのよ」

「だから、それも分かってるさか、これからどうするか考えてるんやないか」

「甘いわ。お母ちゃん一人であれだけの百姓するのらムリやで。お父ちゃんとお母ちゃんがどう考えてたんか知らんけどな、普通に考えたら、もう仕送りはできへんって思う。わたしはバイトを二つ持ってるし、貯金もちょっとあるさか、なんとかキリキリでやっていけるけど、兄はムリやろ。なにか一つくらいバイトやったとしても、それくらいでは生活費と授業料と、絶対ムリやん」

良介と話しながら、洋子の気持ちも固まってきた。自分が大学をやめ、白浜に戻る以外にないと考えはじめていた。

初七日の翌日、洋子は二十歳の誕生日を迎えた。父の葬儀で誕生日どころではなかった。ただ、母だけが二十歳になった洋子の姿も見んままにお父ちゃんは死んでしもうたなあと言ってくれた。

「兄、わたし、大学やめて白浜に帰るわ」

洋子が突然そう言うと、良介は驚いた様子だった。

「ええっ」

と言って良介が洋子を見た。

「帰ってなにするんな」

「そんなん決めてないけど、いまやってるマルクス主義の勉強は一人でもできるしな。それに京都にいつまでも居られへんやん。帰るわ」

「……お前が帰るって言うんなら止めはせんけど、そやけどな、お前は女や。いづれ結婚して出てゆくやろ。そこまで考えてるんか」

良介のその言い分に洋子はカチンときた。

「結婚して出てゆくか、相手の人がわたしのとこへ来るか、そんなんいまはまだ分からんやろ。大体から、その女やって言い方が気に入らんわ。女やからどうやっていうんよ」

「大きな声出すな。世間の常識を言ったまでや、そう怒るな。普通は結婚したら女が男のとこへ行くんやからな、そうなったら家はまたお母ちゃんとお祖母ちゃんだけになるやろ。それにお祖母ちゃんもいつまでも居らんしな」

「そんなこと分かってるわ。お前は女やって言うんだったら、兄は男なんやからな、しっかりせなあかんやろ」

「痛いとこ突いてくるなあ……」

と言っただけで、良介は笑いながら沈黙した。


平日の午後にも拘わらず、秋の知恩院は観光客でいっぱいだった。以前、黒沢と歩いた同じ道を洋子は辿っていた。ベンチに腰かけて休んでいると、どこかのお婆さんが隣に座ってきた。

「こんにちは」

そう、お婆さんは洋子に声をかけ、隣に座った。

「まあ、ほんにきれいなお嬢さんどすなあ」

お婆さんは、どうも身なりからして観光客ではなさそうだった。

「おおきに」

洋子はお礼を言ってほほ笑んだ。

「学生さんですか」

お婆さんは聞いた。

「はい、そうです。お婆さんはご近所にお住まいですか」

洋子はそう聞いた。

「そうどす。この向こうどす。お嬢さんはどちらですか」

「山科に下宿しています」

「そう、山科も最近は開けてきたしなあ。お嬢さんはお幾つどす」

「二十歳です」

洋子は答えた。

「まあ、ほんとにお若いどすな。わたしは丁度八十やさかいに四倍の長さやわ」

「八十ですか。気が遠くなるほどわたしには長い時間です」

「過ぎてしもうたら、ほんまに短いもんどす」

「そうでしょうけど、戦争もあったし、色んなことがあったんでしょうね」

「そうやねえ、いろいろとありました。二十歳のお嬢さんにとっては、未来はほんまに長ごうおます。これから楽しいことも、それから苦しいこともいっぱいありますよってに、しっかり頑張っておくれやす。お嬢さんがどんなお方か、ちょっと話しただけですけど分かります。絶対にええことありますよってに、頑張って」

そう言って、お婆さんは去っていった。洋子はその後ろ姿をしばらく見つめていた。

その夜、洋子は母に電話をした。大学をやめて家に帰ろうかと思っていると伝えた。

「あんたにその話をせなあかんて思うてたんや」

「どうせ、おカネが続かんと思うし、いっそのことやめてな、そっちに戻ってなんかしよかって。小さい兄とも話をしたとこや」

「良介はなんて言うたん」

「なんにも言わんかった。本人は大学院に行きたいって言うてたわ」

「そうかあ。いや、実はなあ、この間、耕治さんが来てな、洋ちゃんの大学の費用を出させてくれへんかって言われたんや。あんた、どう思う」

「どうって、おっちゃんそあなんこと言うたん。すごい話やなあ。おっちゃんはお金持ちやし、子どもがおらんもんなあ。で、お母ちゃん、なんて返事したん」

「それは気持ちはありがたいけど、そんなわけにはいかへんわって言うたんや。ほいたらな、耕治さん、なんて言うたと思う」

「なんて言うたん」

「俺とジュヴィには子がないさか、洋ちゃんが小さいときから自分の子のように思うてきたって言うんや。そやさか、そあな他人行儀なこと言わんと、あと二年ちょっとの毎月の仕送りは出させてほしいって、ジュヴィさんとも相談のうえでのことやさかて、頭下げて頼むんよ」

母の話を聞きながら、おっちゃんはそこまで思ってくれてたのかと驚いた。が、これまでの付き合いの濃さを考えると、その申し出も理解できることだった。

「なあ、あいだけ頭を下げて頼まれたらなあ、むげに断れんしなあ。それにジュヴィさんも納得の上での話やし、あんたどうする」

ちょっと考えてみると言って、洋子は電話を切った。

卒業までの月数で仕送りの額を計算してみると、七十万円に満たなかった。この金額は、多分、耕治には無茶苦茶大きな金額でもないのだろうと洋子は思った。そして、洋子が考えた結論は、そっくり援助してもらうということではなく、一時的にそれを借りるということだった。将来、少しずつ返済することにすればいいと、洋子は考えたのだった。これなら、こちらの気持ちも楽になるし、耕治は反対するだろうが、納得してもらえるだろうと判断したのだった。

数日後、洋子は自分の考えをまとめた手紙を母に送った。折り返し、母から電話があった。耕治は、洋がそうしたいと言うんならと、納得してくれたとのことであった。母は、田んぼの半分は親せきの農家に頼んで作ってもらうことにしたと言った。休耕田にはしたくないという母の思いを、親戚の親父が理解してくれたようだ。収穫したコメはそっくり親戚のもので、萩原にはなにも要らないという約束らしい。畑はどうにでもなるからと母は言った。

洋子は、卒業までの二年余り、いまのままで頑張ろうと思った。二、三ヶ月もすればカンボジアから黒沢も帰ってくるだろうし、そうすればいろいろと相談もできるだろうと洋子は考えた。

晩秋の河原町通りに吹く夕暮れの風は、もう冷たさを感じるものだった。洋子は秋物のネイビーのハーフコートを羽織っていたので、躰は寒さを感じなかった。洋子は、冷たい向い風に二十歳の頬をまっすぐに向けて歩いていた。


（第四部・めぐり逢い　終）

続編を次の内容で予定。
第五部・一九七五年春、パリ
第六部・別れ
第七部・新しい時代
第八部・向かい風

祥賀谷　悠（しょうがたに　ゆう）
和歌山県に生まれる
日本民主主義文学会所属
e-mail：syogatani@snow.ocn.ne.jp

南紀州《みなみきしゅう》　荒南風《あらはえ》のとき

2020年12月10日　初版第1刷発行

著　者　　祥賀谷 悠
発行者　　新舩 海三郎
発行所　　株式会社 本の泉社
〒113-0033 東京都文京区本郷2-25-6
TEL. 03-5800-8494　FAX. 03-5800-5353
印刷・製本　亜細亜印刷株式会社
ＤＴＰ　　木椋 隆夫